Federica de Cesco
Unter fernen Himmeln

Federica de Cesco
wurde in Norditalien geboren. Sie hat viele Länder kennen gelernt und lebt heute mit ihrem japanischen Ehemann in der Schweiz. Ihre Bücher wurden in zahlreiche Sprachen übersetzt. Für ihr schriftstellerisches Schaffen wurde Federica de Cesco mehrfach ausgezeichnet.

Weitere lieferbare Bücher im Arena Verlag:
»Der Ruf der Elefanten«
»Melina und die Delfine« (Hardcover und Taschenbuch Band 1914)
»Frei wie die Sonne«
»Im Zeichen der roten Sonne«
»Im Zeichen der blauen Flamme«
»Im Zeichen des himmlischen Bären«
»Flammender Stern«
»Das Lied der Delfine«
Emi- und Tina-Bände:
»Die Spur führt nach Stockholm (1)«
»Der Tag, an dem Aiko verschwand (2)«
»Venedig kann gefährlich sein (3)«
»Ein Armreif aus Jade (4)«
»Der versteinerte Fisch (5)«
»Das goldene Pferd (6)«
»Der Indianer in der 6 b« (Taschenbuch Band 1774)
»Der Ruf der Elefanten«

Federica de Cesco

Unter fernen Himmeln

Zwei Romane für Mädchen
Das Mondpferd
Frei wie die Sonne

Arena

In neuer Rechtschreibung

Das Mondpferd
Aus dem Französischen von Bruno Berger
Die Originalausgabe erschien 1961 bei Edition Gérard + Cie., Verviers, unter dem Titel »Le cheval de lune«

Frei wie die Sonne
Aus dem Französischen von Hansjörg Ostertag

Jubiläumsausgabe 1999
Einbandgestaltung: Karl Müller-Bussdorf unter Verwendung einer Illustration von Sabine Lochmann
Gesamtherstellung: Westermann Druck Zwickau GmbH
ISBN 3-401-4918-6

Das Mondpferd

Prolog

Diese Geschichte spielt in einem fernen Land zwischen Rußland und China.
Sie spielt zu einer Zeit, als noch keine Lastwagen durch die Steppe zogen, Staudämme die Flüsse aufhielten oder Kernkraftwerke und Bohrtürme die Landschaft verschandelten.
Damals waren die Mongolen frei und die Steppe schön.
Vielleicht ist diese Geschichte ein Märchen . . . oder nur ein Traum.

1

In der Nacht war Schnee gefallen, war das drahtige Steppengras bis an den Fuß der Berge weiß überpudert. Der gefrorene Boden klirrte unter den Pferdehufen. Eine fahle Wintersonne schien über der weiten Ebene und den Felsklippen, ehe sie sich frühzeitig wieder im rötlichen Dunst zum Horizont hinabsenkte.
Die Schafe und Pferde mussten für die Nacht auf den von Palisaden umzäunten Platz zusammengetrieben werden. Gleich nach dem ersten Schneefall pflegten Wölfe und Bären ihre Schlupfwinkel im Gebirge zu verlassen und in die Weidegründe einzufallen.
Schon brach die Nacht herein, da entdeckte Huong, der Schäferhund, Spuren von Schafen, die sich von der Herde entfernt hatten. Mit langen, geschmeidigen Sätzen sprang er einen Berghang hinauf. Anga zögerte. Sollte sie ihm folgen? Huong müsste eigentlich allein damit fertig werden, er war gut abgerichtet und hatte Mut. Wenn sich aber unter den versprengten Schafen auch Lämmer befanden? Jedes Tier war wertvoll, kein einziges durfte verlorengehen. Schnell entschlossen setzte Anga ihr Pferd in Galopp.
Weiß glänzend wie eine Silbermünze, stieg der Vollmond langsam über die Berggipfel empor. Es war sehr kalt. Ein beißender Wind blies pfeifend von der sibirischen Steppe her und rüttelte an Tannen und Pappelbäumen.
Anga trug ihre Winterkleider: lederne Hosen und eine

lange, pelzgefütterte Jacke, kleine, reich mit Fransen verzierte Stiefel mit gebogener Schnabelspitze. Wie die meisten Mongolenmädchen war sie groß und sehr schlank. Zwei lange, straff geflochtene Zöpfe hingen ihr bis zum Gürtel und umrahmten das bronzene, junge Gesicht.
Wie weißer Nebel stand der Atem des Pferdes vor seinen Nüstern. Die Hufe wirbelten den trockenen Schnee auf. Huong, der Hund, glitt leise wie ein Schatten zwischen die Felsen. Plötzlich bellte er kurz auf und sprang schneller voran. Anga spornte das Pferd an. Hinter einer Felswand erschienen, ängstlich unter einer überhängenden Platte zusammengeschart, einige Schafe. Knurrend umrundete Huong die Tiere. Im Halbdunkel zeigten seine Augen einen rötlichen Glanz. Die kräftigen Zähne, der lange buschige Schweif verrieten seine wölfische Herkunft, aber nie hätte Huong die seiner Hut anvertrauten Schafe gerissen.
Knurrend stieß der Hund die Schafe mit der Schnauze und trieb sie aus ihrem Schlupfwinkel heraus. Eines der Lämmer hinkte und stieß klagende Schreie aus – es musste verletzt sein. Anga sprang vom Pferd, fing das Lamm ein und untersuchte seine Gelenke. Aber es war schon dunkel, sie konnte nichts feststellen. Vielleicht war das Tier auch in einen Dorn getreten. Anga überlegte nicht lange, nahm das Lamm fest in den Arm, ging zum Pferd zurück und schwang sich in den Sattel. Ohne sich zu sträuben, ließ das Lamm alles mit sich geschehen. Spürte es, dass ihm geholfen werden sollte? Oder war es nur gleichgültig ergeben, wie Schafe eben sind?
Im Schritt ritt Anga den Abhang hinab und hielt ihr lebendiges Bündel fest im Arm. Unten in der Ebene lenkte sie das Pferd vorsichtig zwischen Geröllbrocken hindurch.

Plötzlich hob sie den Blick und zuckte zusammen. Instinktiv zog sie am Zügel, ihr Tier blieb stehen.
Vor ihr stand, völlig unbeweglich, ein Pferd. Sein Fell war von milchigem, leicht bläulich schimmerndem Weiß, so geheimnisvoll leuchtend und hell, als ob die Strahlen des Mondlichtes selbst das Tier zum Leben erweckt hätten. Seine Mähne war lang und seidig wie Frauenhaar, der dichte Schweif reichte bis zur Erde hinab. Wie schwarze Perlen glänzten die Augen. Aufmerksam, mit erhobenem Kopf betrachtete es das Mädchen, teils misstrauisch, teils überrascht, aber in keiner Weise scheu oder erschreckt.
Anga hielt den Atem an. Noch nie im Leben hatte sie ein so schönes Pferd gesehen! Wie ein Zauber wirkte die stumme, helle Gestalt hier unter den schwarzen Basaltfelsen. Sekundenlang glaubte Anga an eine wunderbare Erscheinung, doch das leichte Geräusch eines unter den Hufen des Tieres klirrenden Kiesels bewies ihr: das war ein Pferd aus Fleisch und Blut, es lebte!
Blitzschnell kam ihr in den Sinn, was das Gesetz der Steppe besagte: Ist ein Pferd nicht gezeichnet, so gehört es demjenigen, der es einfängt.
»Ob ich es einfangen kann? Es ist nicht älter als ein Jahr! Und noch nie ist es geritten worden, das sieht man an seinem Blick! Aber woher kommt es? Es muss zu einer wilden Herde im Gebirge gehören . . .«, überlegte Anga fieberhaft.
Langsam und vorsichtig zog sie die Füße aus den Steigbügeln und ließ sich zu Boden gleiten. Sie beugte sich nieder und setzte das Lamm behutsam auf die Erde. Ein Blitz zuckte in den Augen des Pferdes. Es spitzte die Ohren.
Mit schnellem Blick schätzte Anga das Gelände ab: Hinter dem Füllen erhoben sich die Felsen, es konnte also seinen

Fluchtweg nur an ihr vorbei nehmen. Sie betrachtete den kurzen, kräftigen Hals des Tieres, seine schlanken und muskulösen Glieder. Sicher war es sehr stark und gewandt. Anga hatte ihr ganzes Leben unter Pferden verbracht und wusste, wie sie vorgehen musste. Ob es ihr aber gelänge, dies herrliche Tier zu bändigen?
Ganz langsam und mit so wenig Bewegungen wie möglich löste sie das Fangseil vom Sattel, entrollte es langsam und trat schrittweise näher. Dem Pferd entging keine ihrer Bewegungen, unruhig scharrten seine Hufe auf dem Erdboden. Plötzlich setzte es sich in Galopp. Mit sicherem Schwung warf Anga das Fangseil, es zischte durch die Luft und legte sich um den Hals des Füllens, das sofort an allen Gliedern zu zittern begann. Es bäumte sich mit unwilligem Wiehern hoch auf; die Vorderhufe schlugen ins Leere, hätten aber beinahe Angas Gesicht getroffen. Sie sprang zurück. Wild rollte das Füllen die Augen, machte eine Wendung und stürmte hinaus in die Ebene. Das Fangseil spannte sich wie eine Bogensehne. Breitbeinig stemmte sich Anga mit allen Kräften dem gewaltigen Zug entgegen, aber sie wurde mit einem mächtigen Schwung nach vorne gerissen, verlor den Halt und stürzte zu Boden.
Im wilden Galopp sauste das Pferd über die vom Mondlicht überflutete Ebene und schleifte die junge Mongolin am Fangseil hinter sich her. Schimmernd flatterte die lange, seidige Mähne im Wind.
Anga sah ein, sie hatte verloren. Sie öffnete die Hand, ließ das Fangseil los – und spürte voller Schreck, dass es sich fest um ihr Handgelenk gewickelt hatte.
Der Wind pfiff ihr um die Ohren, ihr Körper schlug an Felsbrocken und Geröll, schleifte auf der Erde, wurde hochgeschleudert und fiel wieder zurück. Ein Stein schlug

ihr gegen Mund und Zähne. Sie tastete mit der freien Hand nach dem Dolch im Gürtel. Endlich konnte sie ihn aus der Scheide ziehen und den linken Arm zum rechten Handgelenk heben. Sie durchschnitt das Fangseil. Im sausenden Schwung stürzte sie mit dem Gesicht auf die Erde; atemlos, zerschunden und den Mund voller Blut und Sand, blieb sie ausgestreckt liegen. Mit hämmernden Hufen floh das Mondpferd wie ein Silberpfeil hinaus in die Nacht.

2

Hohe Palisaden umgaben das Winterlager, aus dem weißer Rauch kräuselnd in die Höhe stieg. Es waren fünfzehn Zelte, fünfzehn Jurten, um ein größeres Häuptlingszelt in der Mitte angeordnet.
Anga führte ihr Pferd in den Tierpferch. Ihre aufgerissenen Lippen bluteten stark, sie war enttäuscht und missmutig.
Schnell schirrte sie ihr Tier ab, nahm den Sattel auf die Schultern und ging zur Jurte ihrer Eltern. Sie schob den dicken Filzvorhang zur Seite, der den Eingang verschloss, und schlüpfte in den halbdunklen, warmen Raum. Der Boden des Zeltes war mit Schaffellen belegt. Bogen und bunte Köcher hingen an der Zeltwand und inmitten des Raumes brannte ein kleines Feuer, dessen Rauch durch eine Öffnung im Zeltdach abzog.
Nirma, Angas Mutter, zerteilte gerade eine Hammelkeule und warf die Stücke in einen über dem Feuer hängenden Kupferkessel. Sie trug eine blaue, gegürtete Jacke und eine bunt bestickte Pelzmütze. Nirma war eine schlanke, fast hagere Frau mit langen, kräftigen Armen. Ihre mandelförmigen Augen über den runden, hohen Wangen waren denen der Tochter sehr ähnlich.
Angas Vater Sadgum saß auf einem Bärenfell und rauchte seine Pfeife. Er war von mittlerer Größe, aber drahtig und gelenkig. Tiefe Falten durchfurchten sein breites Gesicht, aus dem scharfe, intelligente Augen blickten. Er trug eine

pelzgesäumte Lederjacke und hohe, geschnäbelte Stiefel. An seinem Gürtel hing ein langes, zweischneidiges Messer.

Als Anga die Jurte betrat und einen Schwall kalter Luft mit hereinbrachte, hob Mutter Nirma den Kopf.

»Du kommst sehr spät. Ist . . .« Sie schrie auf: »Anga, was ist passiert?«

Anga fuhr sich mit der Hand übers Kinn. Als sie ihre blutigen Finger sah, versuchte sie zu lächeln. Sie legte den Sattel auf den Boden und wollte antworten, doch aufgrund ihrer geschwollenen Lippen klang ihre Stimme entstellt: »Ich – ich habe ein Fohlen bei den Bergen gesehen. Es war schneeweiß und seine Mähne glänzte wie Silber. Doch als ich es einfangen wollte, hat es mich wie ein Schaf durch die Steppe geschleift.«

Nirma stand auf und drehte Angas Gesicht in den Feuerschein.

»Es ist nicht so schlimm«, verteidigte sich Anga.

Schweigend schüttelte Mutter Nirma den Kopf. Sie holte ein holzgeschnitztes Kästchen, entnahm ihm ein braunes Pulver und rührte es mit warmem Wasser an. Dann strich sie es auf ein Tuch und legte es auf Angas aufgeplatzte Lippen. Weil es widerwärtig schmeckte, zog Anga eine Grimasse. Sie sah ihren Vater an und es schien ihr, als ob er lächle. Sie wusste, nichts schätzte er mehr als Mut.

»Wenn man dich so reden hört, scheint dieses Pferd ja würdig, einen Khan auf seinem Rücken zu tragen!«, sagte er in leicht spöttischem Ton.

Begeistert fuhr Anga auf. »Khan! Ja, so soll es heißen! – Khan! Ein wunderbarer Name!«

Sadgum klopfte seine Pfeife über dem Feuer aus und sagte lächelnd zu seiner Frau: »Haben wir nicht eine tüchtige

Tochter? Sie hat das Pferd noch gar nicht gefangen, aber schon gibt sie ihm einen Namen.«
Trotzig warf Anga den Kopf hoch: »Einmal fange ich es doch! Es entkommt mir nicht! Gleich morgen gehe ich wieder auf die Suche!«
»Und wenn es schon ein Zeichen hat?«, fragte Sadgum.
Angas Augen funkelten. »Es trägt kein Zeichen! Ich bin ganz sicher! Und *ich will* dieses Pferd!«
Dieses »ich will« hatte sie in herausforderndem, entschlossenem Ton gesagt; es lag darin nicht nur der Wunsch, das Pferd zu besitzen, sondern mehr noch das Verlangen, die Schande zu sühnen, die das Fohlen ihr angetan hatte, als es sie so erbärmlich durch die Steppe schleifte. Sadgum verstand dies sofort. Er war stolz auf seine Tochter, in der er immer wieder seine eigene Energie und Lebenskraft wieder erkannte. Er war mit ihr genauso zufrieden wie mit einem Jungen. Niemals hatte Sadgum bedauert, keinen Sohn zu besitzen. Anga war klug und sehr geschickt. Wenn sie einen Pfeil abschoss, flog er weiter als zweihundert Ellen, und kein Sperber hatte schärfere Augen als sie. Außerdem war sie schön, viel schöner als Chur und Darmina, die Häuptlingstöchter, die Jacken aus Seide trugen, sich ihre Gesichter bemalten und die Brauen färbten.

In der Nacht erhob sich ein Schneesturm. Riesige Wolken zogen wild über den Himmel, zuerst fielen vereinzelte Flocken, dann wurde der Schneefall immer dichter.
Anga erwachte vom Brausen des Sturmes und setzte sich auf. Sie schlüpfte aus dem Schlafsack, kroch leise durch das Zelt, hob die Filzdecke am Eingang und spähte hinaus in die tosende Nacht. Eisiger Wind blies ihr ins Gesicht,

dichte Flocken wirbelten durch die Luft. Der Sturm ächzte wie ein verwundetes Tier.

Anga war enttäuscht. Bei diesem Sturm war es ganz und gar unmöglich, sich vom Lager zu entfernen, doch unterdessen konnte sich das Pferd in der Weite der Steppe verirren. »Ich werde es finden!«, dachte Anga. »Ich *muss* es finden!«

Sie legte sich wieder hin, kroch bis zum Gesicht in den Schlafsack und versuchte einzuschlafen. Aber sie war zu aufgeregt und lauschte mit halbem Ohr immer wieder nach dem Brausen des Sturmes. Es war eine unruhige Nacht.

Als der Tag anbrach, schneite es immer noch so stark, dass sie kaum die Umrisse der benachbarten Jurten erkennen konnte. Wut stieg in Anga auf. Sie verwünschte den Sturm, der sie weiterhin im Zelt festhielt und ihre Suche nach dem rätselhaften Pferd verhinderte.

Tchi-Sik, Angas gezähmter Jagdfalke, saß auf einem quer durch das Zelt gespannten Seil aus Kamelhaar. Auch er liebte den Schnee nicht, denn er hinderte ihn am Jagen. Wild schlug er mit den Flügeln und stieß schrille, verwirrte Schreie aus. Anga warf ihm ein Stück Fleisch zu, um ihn zum Schweigen zu bringen. Dann setzte sie sich mit trotzigem Gesicht ans Feuer. Sadgum hatte sie beobachtet.

»Es gibt so manches, was du noch lernen musst«, sagte er mit ruhiger Stimme. »Es führt zu nichts, wenn man sich gegen die Naturgewalten empört. Du kannst den Lauf des Flusses nicht aufhalten, kannst die Sonne nicht hindern zu scheinen. Es schneit? Lass es schneien, finde dich damit ab. Warum zornig werden.«

Anga senkte nachdenklich den Kopf.

»Du hast Recht. Ich muss mir Mühe geben und geduldiger

sein, aber es ist so schrecklich schwer«, sagte sie nach einer Weile mit wieder aufsteigendem Trotz.

Vier Tage lang schneite es unaufhörlich. Der graue Himmel hing tief und presste den Rauch aus den Jurten in Wirbeln zum Erdboden. In das Heulen des Windes mischte sich das Blöken der Schafe. Die empfindlicheren Lämmer und jungen Ziegen hatte man alle in die Jurten genommen, hier spielten die Kinder mit den kleinen Tieren und reichten ihnen in Schöpfkellen Milch, von der sie jedoch kaum nippten. Zitternd drängten sich die Tiere an die Zeltfeuer, ließen traurig die Ohren hängen und wimmerten herzzerreißend.

Am fünften Tage legte sich der Schneesturm ganz unvermittelt. Rötliche Sonnenstrahlen drangen durch die graue Wolkendecke. Ebene und Berge waren dick mit Schnee bedeckt und eine geheimnisvolle Stille lag über der Ebene. Anga griff nach Bogen und Köcher und rief ihren Falken. Voller Jagdlust flog er auf und setzte sich auf Angas Schulter. Mit strahlendem Gesicht stapfte das Mädchen durch den Schnee zum Pferdepferch und sattelte ihr Reittier. Gleich darauf ritt sie über die glitzernde Ebene, ihre schwarzen Zöpfe tanzten im Rhythmus des Rittes. Die Hufe des Pferdes wirbelten den Schnee hoch auf, er stob nach allen Seiten. Die Tannen trugen dicke Schneepolster und die Pappeln beugten sich unter der weißen Last. Der Fluss schien langsamer zu strömen. Sein sonst so blaues Wasser floss schwarz zwischen dem blendenden Weiß der Uferböschungen in die Ferne.

Eine Zeit lang ritt Anga am Fluss entlang, dann lenkte sie ihr Pferd zu den Abhängen des Gebirges. Eine innere Stimme sagte ihr, das Füllen könnte dort unter den Felsen

einen Schlupfwinkel gefunden haben. Obwohl sie stundenlang vergeblich suchte, ließ Anga keine Mutlosigkeit in sich aufkommen.
Erst als sich die Sonne zum Horizont neigte, machte sich Anga auf den Heimweg. Tchi-Sik hatte auf eigene Faust gejagt, hatte aber immer seine Herrin wieder gesucht und gefunden. In weiten Kreisen folgte er ihr am klaren Himmel. Dann ließ er sich plötzlich wie ein Stein in die Tiefe fallen – ein Stoß, ein paar rasche Flügelschläge und schon hatte er wieder seinen Platz auf Angas Schultern eingenommen. Seine kräftigen Fänge, die eine Jagdbeute zerreißen konnten, krallten sich fest in die dicke Lederjacke des Mädchens.
In diesem Augenblick vernahm Anga in der Ferne ein lang gezogenes Geheul.
»Hörst du, Tchi-Sik?«, murmelte sie vor sich hin. »Wölfe!«
Sie dachte an das Füllen, das in der Einsamkeit der Bergwelt umherirrte, und ein Schauer lief ihr über den Rücken.
»Ich *muss* es finden, Tchi-Sik! Morgen gehen wir wieder auf die Jagd.«

Auch Sadgum hatte das Heulen der Wölfe vernommen. Als Anga wieder ins Zelt kam und ihre klammen Finger am Feuer wärmte, sagte er in besorgtem Ton: »Bleib nach Sonnenuntergang nicht mehr draußen, die Wölfe sind feige. Das Tageslicht macht ihnen Angst, aber in der Dunkelheit wächst ihr Mut.«
»Ich werde vorsichtig sein«, versprach Anga und trank in kleinen Schlucken den glühend heißen Tee, den die Mutter ihr gereicht hatte.
Am anderen Morgen nahm sie die Suche wieder auf. Die Luft war eisig und nur eine blasse Sonne ging über den

Berggipfeln auf. Der harte Schnee krachte bei jedem Tritt des Pferdes. Anga schlotterte vor Kälte, obwohl sie lammfellgefütterte Handschuhe und ihre Lederjacke trug. Vor ihrem Mund stand der Atem wie eine kleine Wolke.
Im Galopp ritt sie zum Fluss. Die Schneedecke zu ihren Füßen war von kreuz und quer laufenden Spuren wie mit Stickerei geziert: Hier war ein Fuchs geschnürt, dort war ein Marder gelaufen, die zierlichen Spuren da stammten von einer Elster, wieder andere von einem Fasan. Als Anga in der Ferne am Ufer die massige Gestalt eines Bären erspähte, der nach Fischen Ausschau hielt, machte sie eine Kehrtwendung und ritt in entgegengesetzter Richtung weiter. Nach solch unangenehmen Begegnungen stand ihr nicht der Sinn. Dann ritt sie den Berg hinan. Ihr Pferd keuchte unter der Anstrengung des steilen Aufstieges. Schneebeladene, tief hängende Tannenzweige strichen ihr ins Gesicht. Mit weit gespannten Flügeln segelte Tchi-Sik gelassen hoch über den Bäumen. Anga warf ihm einen neidvollen Blick zu.
»Wenn ich doch Flügel hätte! Dieses Pferd kommt ja nur wie eine Schnecke voran!«
Voller Ungeduld trieb sie das Tier an, aber es wieherte nur verdrossen. Tief sanken seine Hufe in den weichen Bergschnee.
Endlich gelangte die Reiterin auf eine Hochebene zwischen steil aufragenden Felsen. Zu ihrer Linken zog sich dunkler Tannenwald die ganze Bergflanke entlang.
Langsam, mit gespannter Aufmerksamkeit, ritt Anga weiter. Die Gegend gefiel ihr nicht, doch sie hätte nicht zu sagen gewusst, warum. Schon wollte sie umkehren, als ihr Herz plötzlich heftig zu klopfen begann: Vor ihr im Schnee waren ganz deutlich die Abdrücke von Hufen zu erkennen

und zwischen ihnen, wie purpurrote Blüten, große Blutflecken!
Anga wurde bleich vor Aufregung, sie hob den Kopf und blickte unruhig um sich. Überall Stille. Im Frost erstarrt, schienen die Tannen für ewig unbeweglich und leblos. Doch die Spuren waren ganz frisch; das Blut hatte kaum Zeit gehabt zu gefrieren. Anga trieb das Pferd an und folgte den Hufspuren, die tiefer und tiefer erschienen, als ob das Tier sich nur mit Mühe vorangeschleppt hätte. Sie zogen sich endlos zwischen Felsen, Tannen und Gestrüpp hin. Angas Unruhe wuchs mit jedem Augenblick. Sie ritt wie im Traum und konnte den Blick nicht von den blutigen Spuren lösen. Mit einem Male erblickte sie das Füllen: Es lag am Fuß einer Felsklippe ausgestreckt. Der Schnee in seiner Umgebung war rot von Blut.
Anga spürte, wie ihre Zähne aufeinander schlugen. Sie stieg ab und mit steifen Beinen ging sie langsam auf das unbewegliche Pferd zu. Ob es noch lebte?
Plötzlich lief ein Zittern über den Pferdeleib. Das Tier bemühte sich den Kopf zu heben. Seine Mähne wirbelte Schnee auf.
Voller Freude, dass das Füllen lebte, wollte sie in schneller Bewegung auf das Tier zueilen, doch gleich darauf blieb sie wieder stehen. Nein, sie durfte das Pferd nicht erschrecken.
Kraftlos war der Kopf des Füllens wieder zurückgefallen. Es atmete schwer. Seine Seiten, sein Hals waren von Bissen zerfetzt. Mit einem Schlag wurde Anga klar, dass das Tier von Wölfen angefallen worden sein musste. Noch nie aber hatte sie gehört, dass sich ein Pferd gegen eine Horde ausgehungerter Wölfe hatte durchsetzen können – dies war ganz außergewöhnlich.

So nahe stand Anga nun beim Füllen, dass sie es mit ausgestreckter Hand hätte berühren können. Aber sie sah, wie seine Augen vor Angst und Schmerzen weit aufgerissen waren.

»Geduld . . .«, flüsterte Anga, »Geduld. Hab keine Angst.«

Obwohl sie mit ruhiger Stimme sprach und nur langsame Bewegungen machte, wich der misstrauische Blick nicht aus den Augen des Füllens. Noch einmal versuchte es sich aufzurichten. Es keuchte und zitterte. Sicher hatte es Fieber. Man musste unbedingt seine Wunden reinigen, ihm zu trinken geben – die Frage war nur, wie!

Einige Augenblicke lang überlegte Anga fieberhaft, wie sie das Tier retten könnte, dann hatte sie eine Idee. Schnell raffte sie trockenes Gestrüpp zusammen und suchte in der kleinen Ledertasche am Gürtel Feuerstein und Zunder. Es dauerte lange, bis die feuchten Zweige Feuer fingen, aber schließlich flackerte eine kleine Flamme auf. Über ihrer Jacke trug Anga einen ledernen Umhang. Sie legte ihn in die Nähe des Feuers, füllte ein paar Hand voll Schnee hinein und brachte diesen mit viel Geduld über dem Feuer zum Schmelzen.

Das Pferd bewegte sich nicht, nur von Zeit zu Zeit lief ein Zittern über seinen Körper. Als Anga eine kleine Menge Wasser beisammenhatte, legte sie vorsichtig den Umhang mit dem Wasser vor den Kopf des Füllens. Das Tier rührte sich, mit heftiger Bewegung hob es den Kopf und wollte beißen; Anga hörte, wie die Zähne zusammenschlugen und ins Leere schnappten.

»Sei ruhig!«, rief sie. »Du brauchst mich nicht zu beißen, ich bin doch kein Wolf! Schnell, trink, bevor alles wegläuft!«

Das Pferd hatte das Wasser erblickt, doch zögerte es noch. Dann aber schob es langsam die Lefzen vor, schnupperte und erhob sich schließlich schwerfällig auf die Knie. Mit langen Zügen schlürfte es durstig das Wasser ein, schnell war alles verschwunden. Anga hockte abseits im Schnee und sah ihm zufrieden zu.

»Siehst du? Ich tu dir doch nichts Böses. Hab Vertrauen zu mir.«

In diesem Augenblick gab Angas Pferd, das sie an einem Baum angebunden hatte, Zeichen von Angst. Sofort richtete sich das Mädchen auf und spähte mit zusammengekniffenen Augen umher. Sie war es gewohnt, auf die Äußerungen ihrer Tiere zu achten und sie zu deuten.

Sie musste nicht lange den Grund der Unruhe suchen: Aus dem undurchdringlichen Dunkel des Waldes drangen lang gezogene Heultöne, die wie unterdrücktes Schluchzen klangen. Das verwundete Füllen antwortete mit einem durchdringenden Wiehern. Mit stolzem Trotz machte es vergeblich Anstrengungen aufzustehen. Angas Pferd zog währenddessen aufgeregt an der Leine und rollte schreckhaft die Augen.

Anga lief eiskalter Schweiß den Nacken hinunter. Wölfe! Es war noch hell, aber die Sonne begann sich schon zum Horizont zu neigen und die Schatten wurden länger. Für sie wäre noch Zeit, auf ihrem Pferd im Galopp zu fliehen – aber dann musste sie das erschöpfte, verwundete Füllen im Stich lassen. Nein! Niemals! Nur einige Sekunden zögerte Anga und schon kam ihr ein verwegener Gedanke. Sie steckte zwei Finger in den Mund und ließ einen gellenden, scharfen Pfiff ertönen. Nur wenige Augenblicke später fiel vom hohen Abendhimmel in sausendem Sturzflug Tchi-Sik, der Falke. Nach kurzem, flatterndem Flügelschlag setzte er sich auf Angas Schulter.

»Flieg, Tchi-Sik, flieg zurück ins Lager!«, sagte sie ihm und

kraulte ihm Kopf und Rücken. »Flieg ins Lager, hol meinen Vater, schnell, schnell!«
Wenn Vater Sadgum den Falken allein ankommen sah, würde er verstehen, dass seine Tochter Hilfe brauchte. Tchi-Sik konnte ihn führen und noch vor Mitternacht wäre der Vater hier!
Sie griff nach den Ständern des Falken, streckte den Arm weit aus und warf den Vogel mit heftigem Schwung in die Lüfte. Tchi-Sik kreiste in weiten Spiralen über seiner Herrin, gewann langsam an Höhe, und da Anga ihn nicht zurückrief, verstand er, was sie von ihm erwartete. Mit mächtigen Flügelschlägen erhob er sich über die Klippen und war sogleich am dämmernden Himmel verschwunden.
Anga hatte keine Zeit zu verlieren. Mit ihrem Dolch schnitt sie eilig alle erreichbaren niederen Zweige der Tannen ab. Es wurde schnell dunkel und schon tönte wieder das klagende Geheul der Wölfe aus der Waldestiefe. Beide Pferde zitterten vor Angst. Von einer Felswand hinter ihrem Rücken beginnend, schichtete Anga eine breite Linie von Zweigen und Gestrüpp im Halbkreis um sich und die zwei Tiere. Sie keuchte vor Anstrengung, ihre Hände wurden von Tannennadeln und Rinden aufgerissen. Sie brauchte eine große Menge Holz, wenn sie bis zur Ankunft ihres Vaters durchhalten wollte. Die Wölfe, das wusste sie, fürchteten nichts so sehr wie loderndes Feuer. Aber sollte es ausgehen, war sie verloren.
Anga entdeckte nicht weit entfernt im Gestrüpp einen entwurzelten Baumstamm. Sie entastete ihn, so gut es mit dem Dolch gehen wollte, und schleppte ihn mit ungeheurer Anstrengung als Schutzwall vor ihre zwei Pferde.
Plötzlich ertönte das Wolfsgeheul in so großer Nähe, dass

Anga vor Furcht erbebte. Im blauen Halbdunkel glaubte sie zu sehen, wie sich am Waldrand Schatten bewegten. Die beiden Pferde wieherten in größter Angst.

Anga bückte sich zu ihrer kleinen Feuerstelle – es war kein Fünkchen Glut mehr vorhanden. Sie kauerte sich nieder und schlug Feuer. Unter Felsen hatte sie trockene Zweige gefunden und schon zurechtgelegt. Nun wollte sie sie entflammen. Doch es gelang ihr nicht. Mit zusammengebissenen Zähnen versuchte sie es immer wieder, trotz Spannung und Erregung waren ihre Bewegungen sicher und genau. Sicher, sie hatte Angst, aber ihr ganzes Leben war stets ein unaufhörlicher Kampf gegen die Gefahren einer feindlichen Natur gewesen. Das Wichtigste war jetzt ruhig zu bleiben und nicht den Kopf zu verlieren, auch wenn sich eine ganze Meute ausgehungerter Wölfe zum Angriff rüsten sollte.

Endlich züngelte eine kleine Flamme auf und rötlicher Schein fiel auf den Schnee. Anga beugte sich nieder und blies mit aller Kraft in die Glut, bis die Flamme größer wurde und um sich greifen konnte. Mit trockenem Krachen entzündeten sich immer mehr Zweige und in breiten Schwaden zog der nach Harz riechende Rauch in die Höhe. Anga wachte mit aller Vorsicht über das Feuer und ließ nur einen Teil des Holzwalles brennen, denn sie musste ja mit dem Material sparsam umgehen. Der Feuerschein allein, so überlegte sie, musste genügen, die Wölfe in Abstand zu halten.

Das völlig erschöpfte Füllen keuchte und immer wieder schüttelten krampfhafte Zuckungen seinen Leib. Unter der Wärme des Feuers begannen die Wunden wieder zu bluten.

Die Nacht war nun vollends hereingebrochen. In der Ferne

glitten graue Schattengestalten über den Schnee. Aus dem Dunkel des Waldes glühten immer wieder zwei funkelnde Punkte auf. Die Wölfe näherten sich. Bald konnte Anga ihre spitzen Ohren und die langen buschigen Schweife unterscheiden. Sie heulten jetzt nicht mehr, sondern rückten schweigend näher. Der Widerschein der roten Flammen tanzte in zuckenden Schatten über den Schnee.

Anga nahm einen glühenden Zweig, schwang ihn schnell über ihrem Kopf und warf ihn, der durch den Luftzug in helles Flackern geraten war, mit weitem Schwung in Richtung der andringenden Wölfe. Sie wichen zurück. Zischend erlosch der Zweig auf dem Schnee. Nun blieben die Wölfe in respektvollem Abstand, aber der Hunger machte sie wild. Bald setzten die Mutigsten zu neuem Angriff an. Wieder schwang das Mädchen einen glühenden Ast und schlug die Feinde damit in die Flucht.

Nun warf Anga wieder einen Blick auf das Füllen. Im Schein des Feuers sah sie, wie seine Augen schreckgeweitet zu ihr herüberstarrten. Sein Atem rasselte. Wie gerne hätte Anga ihm verständlich gemacht, dass nicht sie, sondern die Wölfe schuld an seinen Schmerzen waren. Es schienen mehr geworden zu sein, anfänglich hatte sie nur fünf oder sechs gezählt. Mit erhobenem Kopf und glühenden Augen standen sie am Waldrand und heulten den Himmel an. Ihnen antwortete in der Ferne, von jenseits des Hügels, dumpf ein anderes Rudel.

Anga nahm ihren Bogen und zielte sorgfältig. Mit leisem Sausen flog der Pfeil durch die Luft. Einer der Wölfe war mitten in den Leib getroffen, sprang in die Höhe und fiel in den Schnee zurück. Sofort stürzten die anderen Tiere der Meute auf den verblutenden Genossen zu, liefen um ihn herum und beschnüffelten ihn. Sobald er sich nicht mehr

rührte, warfen sie sich auf ihn. Knurrend und erbittert japsend, machten sie einander die Beute streitig.
Anga vernahm das gierige Hecheln und wandte sich angeekelt ab. Eine Weile wenigstens würde sie nun Ruhe haben.
Sie sah zum Himmel auf – wenn es nur nicht wieder zu schneien anfinge und dann das Feuer auslöschte! Dann wäre sie verloren! Aber im schwarzen Himmel funkelten die Sterne rein und klar, bis weit an den Horizont.
Mit dem Bogen über der Schulter überwachte Anga das Feuer und nährte es hin und wieder mit einem trockenen Ast. Als die Wölfe erneut einen Angriff wagten, erlegte sie ein zweites Tier. Wieder und wieder stürzte sich die Meute auf den Kadaver. Anga schien, es seien unterdessen noch mehr Tiere geworden.
Sie wusste nicht, wieviel Zeit vergangen war. Angespannt auf die Angreifer lauschend und gleichzeitig unermüdlich das Feuer nährend, hatte sie nicht darauf achten können, wie sich die Gestirne und Sternbilder langsam am Himmel verschoben. Besorgt schaute sie nur nach ihrem Holzvorrat: Er nahm mehr und mehr ab und der dicke, vom Sturm gefällte Stamm wollte kein Feuer fangen. Er war von Feuchtigkeit ganz durchzogen.
Plötzlich bemerkte sie unter den Wölfen Unruhe. Was geschah da? Gespannt hielt sie den Atem an und lauschte voller Hoffnung auf die tausend Geräusche der Nacht. Bald vernahm sie deutlich in der Ferne ein schnelles Getrappel von Pferdehufen. Sie stieß einen leisen Freudenschrei aus – dies musste ihr Vater mit den Jägern des Stammes sein! Dann war sie gerettet!
Die unruhigen Wölfe huschten unentschlossen hin und her. Der Feuerschein wies die Reiter an die richtige Stelle

und plötzlich sah Anga zwischen den Bäumen Waffen und Zaumzeug aufblitzen. Stimmen erklangen und mit einem Mal flog eine Wolke von Pfeilen in das Wolfsrudel. Das Todesgeheul der verendenden Tiere hallte von den Felswänden wider. In hurtigen Sätzen verschwanden die überlebenden Wölfe wie Schatten im Wald.

Anga sprang leichtfüßig über das Feuer zu ihrem Vater hin.

Sadgum war abgestiegen. Auf seiner Schulter saß Tchi-Sik. Im Feuerschein blitzten seine gelben Augen, er schlug mit dem Flügel und stieß rauhe Schreie aus.

»Wir kommen gerade noch zur rechten Zeit, wie ich sehe«, sagte Sadgum und legte seiner Tochter die Hand auf die Schulter. »Bist du verletzt?«

Anga schüttelte den Kopf. Atemlos erzählte sie ihm sofort: »Vater, ich habe das Pferd gefunden! Es ist von Wölfen angegriffen worden. Komm, sieh mal!«

Sadgum stieg über die langsam erlöschende Feuerlinie und ging zu dem verletzten Füllen, dessen Atem nur noch stoßweise ging. Er beugte sich hinab und untersuchte die Wunden. Herzklopfend beobachtete Anga jede seiner Bewegungen. Endlich richtete sich Sadgum wieder auf.

»Wenn ein Pferd so vielen Wölfen standgehalten hat, ist es wirklich eines Khans würdig«, sagte er nachdenklich. »Die Wunden sind schlimm, aber es wird davonkommen.«

Freudestrahlend sah Anga ihren Vater an. »Was können wir tun?«

»Es ist zu schwach, wir können es nicht ins Lager mitnehmen. Ich bleibe hier und sorge für das Tier.«

»Dann bleibe ich bei dir!«, sagte Anga.

»Die Nacht ist noch lang«, antwortete der Vater. »Die Wölfe können wiederkommen.«

»Ich habe keine Angst!«, rief Anga stolz und schüttelte den Kopf, dass die Zöpfe flogen.
Sadgum zögerte, dann sagte er lächelnd: »Gut, wie du willst.«

Die Jäger beschlossen, alle zusammen die Nacht hier in den Bergen bei dem verwundeten Tier zu bleiben, um gemeinsam einen neuen Angriff der Wölfe abwehren zu können. Zuerst schlugen sie neues Holz, entfachten ein großes Feuer und wärmten in kupfernen Flaschen mitgebrachten Tee. Anga reinigte die Wunden des Füllens mit warmem Wasser. Anfänglich sträubte sich das Tier voller Misstrauen, schien aber bald zu spüren, dass man ihm helfen wollte, und bewegte sich nicht mehr. Behutsam wusch Anga den Hals des Pferdes.
»Ich sehe kein Brandzeichen«, sagte Sadgum und untersuchte aufmerksam das Fell des Tieres. »Es könnte allerdings sein, dass die Bisse das Kennzeichen ausgelöscht haben.«
»Ich bin ganz sicher, es hat keine Marke gehabt!«, brauste Anga auf. »Khan gehört mir! Niemand anders soll ihn haben!«
»Mögen die Götter es so wenden«, erwiderte Sadgum ernst, »du hast dir das Pferd verdient.«

Einen großen Teil der Nacht lösten Sadgum und seine Tochter einander in der Pflege des Pferdes ab. Anga schwankte aber schließlich trotz aller Überwindung vor Erschöpfung. Sadgum befahl ihr sich auszuruhen. Sie widersprach erst, folgte ihm dann aber doch. Die Männer lagen um das Feuer herum in ihren mitgebrachten Schlafsäcken. Nur eine einzige Wache unterhielt die Glut und beobachtete den Wald. Auch Anga suchte in der Nähe des Feuers einen Platz, wickelte sich in den Schlafsack des Wachhabenden und schlief sofort ein.

Als sie aufwachte, begann es zu tagen. Noch benommen vom Schlaf, schaute sie sich verblüfft um und wusste nicht mehr, warum sie hier im Freien lag. Es war sehr kalt. Langsam glitten Nebelschleier an den Felswänden entlang.

Da erst erinnerte sich Anga an die Entdeckung des verletzten Füllens, an den Kampf gegen die Wölfe. Schnell richtete sie sich auf und blickte erstaunt nach dem Pferd – es war aufgestanden! Noch war es schwach, es schwankte auf seinen Beinen leicht hin und her. Und nun ging es mit hängendem Kopf vorsichtig ein paar Schritte voran, so zögernd, als hätte es noch nie einen Huf vor den anderen gesetzt. Aber es stand aufrecht!

Anga sprang auf die Beine. Mit einem Schwung schleuderte sie den Schlafsack beiseite und eilte zu ihrem Vater, der bei den Felsen stand. Er sah seine Tochter freundlich an: »Das Fieber ist gefallen.«

Angas Herz klopfte vor Freude. Langsam, Schritt für Schritt, ging sie auf den Schimmel zu. Er hob den Kopf und sah sie mit großen schwarzen, feuchtglänzenden Augen an. Anga hielt den Atem an und streckte ganz langsam und vorsichtig einen Arm aus. Das Füllen zuckte zusammen und wich zur Seite, ließ sie aber nicht aus dem Blick. Noch einmal hob Anga den Arm und streichelte mit langsamen, sanften Bewegungen den Hals des Tieres. Diesmal machte es nicht die geringste Fluchtbewegung mehr.

3

In diesem Jahr war der Winter sehr streng. Stürme schüttelten die Zelte und drohten sie vom Erdboden loszureißen. Unter ihren Schneehauben glichen die Jurten riesigen weißen Maulwurfshügeln. Die Pferde in den Pferchen stemmten sich mit gesenkten Köpfen gegen den Schneesturm. Ihr Fell war mit Reif bedeckt.

Unbekümmert um Kälte und Sturm, suchte Anga das Pferd Khan jeden Tag im Pferch auf. Die Bisswunden waren nun alle vernarbt. Sehr schnell hatte das intelligente Tier gelernt, Angas Stimme zu erkennen. Rief sie es schon von weit her bei seinem Namen, so kam es sofort herbeigetrabt und seine schöne Mähne flatterte im Wind. Im Galopp strich es den Zaun entlang und stieß in seiner Freude, Anga zu sehen, die anderen Pferde stolz zur Seite. Anga schwang sich auf die Pferchstange, sprach zu ihm und legte vorsichtig den Arm um seinen Hals.

Als der Winter seinen Höhepunkt erreicht hatte, wagten sich Wolfsrudel, vom Hunger mutig gemacht, bis an die Zäune der Pferche und des Lagers. Dauernd mussten Männer Wache stehen. Mit Pfeilschüssen wurden allnächtlich zahlreiche Wölfe erlegt, aber immer wieder erschienen neue blutrünstige Rudel. Ihr Heulen tönte schauerlich durch die Nacht und jeden Morgen lagen verblutete Kadaver auf dem weißen Schnee.

Als endlich der Frühling kam, zogen sich die Wölfe in ihre Schlupfwinkel in den Bergen zurück. Der Schnee blieb noch lange liegen, in der trockenen Luft wurde er zu Eisstaub, den die Winde in hohen Schleiern emporfegten. Dicke, regenschwere Wolken zogen langsam am Himmel dahin. Der Fluss schwemmte durchsichtige Eisschollen mit sich, die im Sonnenlicht funkelten und glitzerten. Randvoll war das Flussbett, und das Wasser blinkte hell und kristallklar. Gurgelnd und plätschernd strömte der Fluss zwischen den weidenbewachsenen Ufern dahin.

Anga war im Laufe des Winters gewachsen. Ihre Gestalt war weiblicher geworden, ihr Gesicht feiner. Aber ihre Wangen blieben zart gerundet und ihre Augen blitzten kühner und fröhlicher denn je.

Mit unendlicher Geduld hatte sie in täglicher Mühe nach vielen Rückschlägen das weiße Pferd an das Gewicht des Sattels und an Trense und Kandare gewöhnt. Noch schwieriger war es, das Füllen zuzureiten. Unzählige Male hatte es sie abgeworfen und sich wild gegen die ungewohnte Zucht gesträubt. Doch Anga hatte Geduld, sie besaß eine zarte und doch feste Hand. Ihre Liebe zu dem schönen Tier war unerschütterlich. Es kümmerte sie wenig, wenn sie in hohem Bogen durch die Luft geschleudert wurde – sie verstand zu fallen, ohne sich etwas zu brechen, und blaue Flecken zählte sie nicht. Ihr größtes Glück war es, als eines Tages das prächtige Pferd seine Reiterin geduldig trug und ihren Zügeln willig folgte. Jetzt ritt sie täglich durch die Steppe, den Jagdfalken auf der Schulter. Stolz sah der Vater ihr nach. Khan hatte einen wunderbar weichen und gelenkigen Gang, seine Hufe schienen kaum den Erdboden zu berühren, als ob er schwebe.

Das Pferd wies an Hals und Leib noch die Spuren der Wunden auf, doch Anga nannte sie stolz »Siegeswunden«. Jeden Tag führte sie ihr Tier an den Fluss, wusch und

bürstete sein Fell so lange, bis es seidenweich war und wie Perlmutt schimmerte. Sie rieb die Hufe, dass sie glänzten, und in die weiße Mähne flocht sie rote Wollschnüre. Mit seiner Herrin war Khan geduldig und lenksam, doch bei jedem anderen Menschen blieb er misstrauisch. Wollte jemand ihn nur berühren oder gar streicheln, so entzog er sich ihm schnaubend und schlug ungeduldig aus. Anga hatte ihre helle Freude daran, sie lachte schallend, wenn sie beobachten konnte, dass kein Mensch sich ihrem stolzen Pferd nähern durfte.
Als Anga eines Tages mit ihrem Vater von der Frühjagd zurückkam, meldete ihr ein Bote, der Stammeshäuptling Djalserai erwarte sie in seinem Zelt. Wortlos wechselte sie mit ihrem Vater einen erstaunten Blick, doch auf sein Nicken hin sagte sie nichts, sondern folgte dem Boten. Was hatte dieser Befehl zu bedeuten?
Schüchtern, aber keineswegs ängstlich betrat Anga das große Zelt des Häuptlings. Das Feuer inmitten der Jurte warf einen warmen Schein auf die kostbaren rotseidenen Zeltwände und die dichten Felle auf dem Fußboden. An den Wänden entlang standen Truhen aus geschnitztem Holz, und in einer Ecke sah Anga ein Schachspiel mit elfenbeingeschnitzten Figuren.
Djalserai thronte auf einem erhöhten, mit einer Büffelfelldecke bedeckten Sitz. Er war untersetzt und massig, und über sein kupferfarbenes Gesicht zog sich eine lange Narbe. Bei einem Zweikampf in seiner Jugend hatte ihm ein Säbelhieb die Wange gespalten. Unaufhörlich zwinkerte er mit einem Auge.
Djalserai war nicht allein: Seine Töchter Chur und Darmina saßen neben ihm auf Kissen. Ihre silbergestickten langen Jacken waren an den Seiten geschlitzt und ließen

darunter weite Hosen aus schwarzer Seide sehen. Ketten mit Türkisen und Korallen baumelten um ihre Hälse. Ihre Kiefer bewegten sich unaufhörlich, denn beide kauten köstliche Ingwerwurzeln. Die verwöhnten Mädchen musterten die Besucherin ziemlich verächtlich und stießen einander kichernd mit den Ellbogen. Die Häuptlingstöchter waren voller Stolz. Anga dagegen war ja nur die Tochter eines Jägers!

Djalserai hob die Hand.

»Komm näher, Anga, Tochter Sadgums!«, sagte er in gönnerhaftem Ton. Mit höflich gesenkten Augen ging Anga einige Schritte auf ihn zu. Sie trug noch ihr Jagdgewand, die Lederhose mit der kurzen Lederjacke und die geschnäbelten Filzstiefel mit Fransen.

»Wir wissen, dass du ein weißes Füllen eingefangen hast«, fing Djalserai an und kratzte sich bedächtig das Kinn.

»Schimmel sind selten und wertvoll. Ich habe es selbst beobachtet, wie es über die Ebene galoppierte. Es ist ein prächtiges Pferd.«

Schweigend neigte Anga den Kopf. Worauf wollte Djalserai hinaus?

»Du hast es selbst zugeritten? Ist es gelehrig?«

»Ja«, sagte Anga und gab sich Mühe, nicht immer auf das zwinkernde Auge zu sehen.

Djalserai beugte sich vor. Langsam nahm er ein zu seinen Füßen liegendes Zobelfell auf. Im Flammenschein funkelte der lange, aus Fellstücken zusammengesetzte Umhang silbern. Djalserai betrachtete ihn mit anerkennender Miene.

»Dieser Pelz ist eines Prinzen würdig. Er ist zehnmal so viel wert wie ein Pferd – ich gebe ihn dir im Austausch gegen deinen Schimmel.«

Er hielt inne, zwinkerte auf dem einen Auge und fuhr schroff fort: »Meine Töchter wünschen dein Pferd zu besitzen – und ich kann diesen schönen jungen Damen nichts abschlagen!«
Chur und Darmina kicherten. Ihre Zähne blitzten weiß wie Perlen. Chur, die jüngere, beugte sich zu ihrem Vater und streichelte seine Hand, ließ aber dabei ihren herausfordernden Blick nicht von Anga, als wollte sie sagen: Du wirst ja wohl nicht wagen, einem Befehl des Häuptlings zu widersprechen!
Anga schwieg wie gelähmt. Ein Blitz, der genau vor ihren Füßen in die Erde geschlagen wäre, hätte sie nicht mehr erschrecken können. Sie presste die Hände fest aneinander, damit ihr Zittern sie nicht verriete.
»Hergeben – Khan?«, konnte sie endlich nur stammeln. »Aber – aber – das kann ich nicht, Herr!«
Sofort sprang Chur auf. Ihre langen Ketten baumelten wild umher und warfen kleine Funken aus Licht.
»Du bist unverschämt!«, schrie sie. »Wie kannst du meinem Vater widersprechen!«
»Ich bitte den Khan und seine Töchter um Vergebung!«, erwiderte Anga in ruhigem, stolzem Ton. »Aber es ist unmöglich! Ich kann mein Pferd nicht verkaufen.«
Djalserai runzelte die Stirn.
»Du lehnst mein Angebot ab? Überleg einmal, du Dickkopf! Was ich dir zum Tausch anbiete, ist doch viel wertvoller als ein Pferd! Genügt es dir nicht? Willst du noch Schmuck? Ich habe schöne Armreife aus Jade –«
»Herr . . .« Mühsam setzte Anga zum Sprechen an und versuchte ihrer Stimme mehr Festigkeit zu geben. »Auch wenn du mir hundert Zobelpelze – und hundert Kisten voll Schmuck gibst , ich kann mich von Khan nicht tren-

nen. Das wäre – das wäre , als wenn du verlangen würdest, ich sollte mir selbst einen Arm oder ein Bein abhacken! Khan ist ein Teil von mir! Ich will ihn nicht verkaufen! Nie!«

Plötzlich brach Anga ab, erschrocken über ihre eigene Kühnheit. Nun sprang auch Darmina auf und ihre Augen blitzten vor Wut. Man konnte deutlich erkennen, dass ihr jede Laune erfüllt wurde.

»Vater! Müssen wir uns dieses blödsinnige Gerede wirklich anhören? Befiehl doch einfach – sie *muss* uns das Pferd geben!«

Mit wutverzerrtem Gesicht ging sie auf Anga zu: »Du hast nicht das Recht, nein zu sagen! Dein Vater ist nur ein Jäger!«

Mit einer Handbewegung hieß Djalserai sie schweigen.

»Beruhige dich, meine Tochter! Nach den Gesetzen unseres Volkes hat jeder ein Recht auf Besitz. Wenn Anga das Pferd nicht verkaufen will, kann ich sie nicht dazu zwingen.«

Beide Mädchen heulten vor Enttäuschung laut auf.

Angas Herz klopfte. In ihren Ohren dröhnte das Blut. Fassungslos vor Freude fragte sie: »Ist es wahr? Darf ich mein Pferd behalten?«

»Wenn du es unbedingt haben willst, ja«, brummte Djalserai. »Ich habe aber nie etwas so Dummes erlebt – ein Pferd einem Zobelpelz vorzuziehen! Genug, hört mit dem Geschrei auf!«, sagte er gereizt zu seinen laut jammernden Töchtern. »Ihr könnt euch andere Pferde aus der Herde aussuchen.«

Mit einer Handbewegung schickte er Anga weg. Sie verneigte sich tief und ging rückwärts zum Ausgang, wie es die Sitte verlangte. Kaum aber war sie draußen, lief sie, so schnell sie konnte, zum Pferdepferch. Behände sprang sie über die Einzäunung und stürzte auf Khan zu, der ihr leichtfüßig entgegentrottete. Sie warf ihre Arme um seinen Hals und presste ihre Wange an seine weichen, warmen Nüstern.

»Du gehörst mir, Khan! Mir ganz allein! Niemand darf dich mir wegnehmen, nicht einmal die Häuptlingstöchter! Niemand! Verstehst du?«

Als Anga kurze Zeit später zur Jurte ihrer Eltern ging, sah sie ihren Vater auf sie warten. Sie spürte seine Unruhe. Aber als er das strahlende Gesicht seiner Tochter sah, entspannten sich seine Züge.

»Chur und Darmina wollten Khan kaufen. Djalserai hat mir einen großen Zobelpelz und Jadeschmuck angeboten, aber ich habe alles abgelehnt«, erklärte sie ihm atemlos.

»Was hat Djalserai geantwortet?«, fragte Sadgum mit etwas unsicherem Lächeln.

»Er hat gesagt, niemand, nicht einmal der Häuptling, hätte das Recht, mir das Pferd wegzunehmen. Chur und Darmina waren blass vor Neid! Aber ich kann Khan behalten!«

»Djalserai ist ein weiser Mann«, sagte Sadgum und nickte erleichtert.

4

Bald stand die Steppe in voller Blüte. Dichtes smaragdgrünes Gras bedeckte die weite Ebene und die schroffen Abhänge der Berge. Rudel von Steinböcken sprangen über die Hänge und tänzelten graziös über Geröll und Steine. Längs des Flusses blühten gelbe Narzissen, blaue Glockenblumen und weiße Veilchen in verschwenderischer Fülle und Schwärme von Lerchen stiegen in die Höhe des strahlenden Himmels.

Und dennoch, trotz der beschwingten Frühlingsstimmung lag ein seltsam bedrückendes Unbehagen in der merkwürdig warmen und schweren Luft. Die untergehende Sonne stand in einem geheimnisvoll roten Hof und die ganze Nacht hörte man die Hütehunde in den Tierpferchen heulen, als spürten sie das Nahen einer unbekannten, drohenden Gefahr.

Den Menschen bereiteten diese Zeichen große Sorgen, und um Gewissheit zu bekommen, was es mit all den ungewöhnlichen Erscheinungen auf sich habe, beschloss Djalserai, den Schamanen zu befragen.

Der Schamane war ein kleiner Mann mit einem hageren, spitzen Gesicht, seine Augen hatten einen eigentümlichen Glanz. Die Menge wartete vor dem von zwei schwer bewaffneten Kriegern bewachten Zelt, in dem der Schamane die rituellen Handlungen vornahm. Nur Djalserai und die älteste Frau des Stammes, N'Gula, durften in der Jurte anwesend sein. Nachdem der Schamane verschiedene Arten schwer duftenden Weihrauchs auf glühenden Holzkohlen verbrannt und seine Gebete unter vielen Verneigungen und beschwörenden Gesten gesprochen hatte, schnupfte er ein aus den Samenkörnern des weißen Mohnes bereitetes Pulver und versank bald in tiefen Schlaf. Erst bei Sonnenuntergang erwachte er, aber er war so schwach, dass er sich nicht allein von seinem Lager aufrichten konnte. Djalserai und N'Gula stützten ihn.

Mit erstickter Stimme begann er zu sprechen: »Ich wanderte durch das Reich des Jenseits. Schwarze Gewitterwolken verbargen den Thron der Götter, und während ich schritt, zuckten Blitze unter meinen Füßen hervor. Ich vernahm eine mächtige Stimme, die zu mir sagte: ›Hüte dich, Sohn der Steppe! Der in den Tiefen der Erde schlummernde Drache wird mit Donnergrollen erwachen, wird seinen riesigen Leib schütteln und mit seinem ungeheuren Schwanze die Erde peitschen. Schweflige Wolken werden die Berge verdecken und der Fluss wird über seine Ufer treten. Wenn der Himmel von Vogelschreien widerhallt, werden Not und Elend über das mongolische Volk hereinbrechen.‹«

Dann schwieg der Schamane erschöpft. Sein Gesicht war mit vielen Schweißperlen bedeckt. N'Gula goss Wasser in einen silbernen Becher und stützte ihn, damit er trinken konnte.

Nachdenklich verließ Djalserai die Jurte. Hunderte von ängstlichen Augen hefteten sich an sein Gesicht, das tiefen Ernst ausdrückte. Die Narbe auf seiner Wange leuchtete durch die Erregung über die eben vernommene Prophezeiung in tiefem Rot.

Mit lauter Stimme, damit alle seine Worte verstehen konnten, verkündete er darauf die Antwort der Götter. Betrof-

fen hörte die Menge die Botschaft an, um dann still auseinander zu gehen.
Die Sonne glühte zwischen den rotverhangenen Gipfeln der Berge.

Wenige Tage später näherte sich ein Trupp von Reisenden dem Lager. Es waren Angehörige des mächtigen Stammes der Chaharen. Sie ritten kleine lebhafte Pferde, die munter einherstampften. Sie waren reich aufgezäumt und in ihren Mähnen trugen sie bunte Bänder. Khan Naidung Djaman kehrte mit seiner Frau Yashigema und seinem Sohn Bantje, von fünfzehn Kriegern begleitet, von einer Pilgerfahrt zum »Tempel der Prinzessin« zurück. Dieses Heiligtum, auch »Khatum Sumee« genannt, lag hoch im Gebirge und alljährlich im Frühling brachten die Vertreter der verschiedenen Mongolenstämme dort ihre Opfer dar.
Djalserai empfing die Gäste mit aller gebührenden Verehrung, denn der Chaharenstamm war der bedeutendste und mächtigste unter allen Völkern im westlichen Mongolenland.
Der Khan selbst war ein hoch gewachsener und eindrucksvoll aussehender Mann von etwa fünfzig Jahren. Er trug einen silbernen, ziselierten Brustpanzer. Seine Frau, deren kaukasische Abstammung man an ihrem ovalen, hellhäutigen Gesicht erkannte, war viel jünger. Die schwarzen Haare trug sie in einem dicken, tief im Nacken liegenden Knoten, den ein Haarteil aus Jade zusammenhielt. Ihre Reitjacke war aus grüner Seide und ihre zierlichen Schnabelstiefel waren mit Goldstickerei geschmückt.
Ihr Sohn, Prinz Bantje, war ungefähr achtzehn Jahre alt und hatte die typische bronzene Gesichtsfarbe dieser Reitervölker. Die Adlernase und die breiten Backenknochen

wiesen deutlich auf den mongolischen Vater hin, doch das Blut der kaukasischen Mutter zeigte sich in seinem trainierten, schlanken Körper und hauptsächlich in der Farbe seiner Augen – sie waren nicht schwarz, sondern grünlich wie Gebirgswasser. Seine kurze Jacke war mit Marderfell besetzt und er trug hirschlederne Hosen. Über seinen Schultern hing ein großer Bogen und im Köcher steckten Pfeile mit befiederten Kielen.

Er sprang vom Pferd, reichte die Zügel einem Krieger und ging zu seiner Mutter, um ihr beim Absteigen behilflich zu sein. Seine Haltung war sehr höflich, wirkte aber zugleich auch recht anmaßend. Die Herablassung eines jungen Mannes von hoher Geburt kam in ihr zum Ausdruck.

Djalserais Frau und Töchter warteten vor dem Eingang des Gastzeltes, um die vornehmen Besucher zu begrüßen. Anga stand in der gaffenden Menge und sah, dass Chur und Darmina ihre Gesichter weiß gepudert und die Augenbrauen schwarz nachgezogen hatten. Sie hatten schnellstens ihre schönsten Gewänder übergeworfen und waren beladen mit Korallen- und Silberschmuck, den sie eilig den Truhen entnommen hatten, in denen die Familienschätze aufbewahrt wurden.

Mit einer Kopfbewegung rief Bantje einen Krieger heran und übergab ihm Bogen und Köcher. Dann verneigte er sich vor den Häuptlingstöchtern. Als er sich wieder aufrichtete, lag ein breites, spöttisches Lächeln auf seinem schönen Gesicht. Züchtig schlugen Chur und Darmina die Augen nieder, kicherten dann aber und versteckten ihre Gesichter hinter den Flügelärmeln ihrer Festgewänder.

Anga beobachtete verachtungsvoll, wie würdelos die beiden sich betrugen. Es war ja verständlich, wenn Mädchen in heiratsfähigem Alter die Aufmerksamkeit eines jungen

Mannes auf sich ziehen wollten. Ob aber dieser Sohn eines der mächtigsten Fürsten der Mongolei sich durch die läppischen und eigentlich nur eingebildeten Reize von zwei dummen Gänsen einfangen ließ, die lediglich Töchter eines unbedeutenden Stammeshäuptlings waren? Doch sicher nicht! Anga erkannte mit einem Blick, dass er mit ihnen spielte und seinen Spaß an ihrer naiven Dummheit hatte. Anga selbst fand den Prinzen frech und hochnäsig und fühlte sich an einen Pfau erinnert, der sein Rad in einem Hühnerhof schlägt!

Obwohl der Schamane nach seinen besorgniserregenden Prophezeiungen angeraten hatte zu fasten, damit der Zorn der Götter besänftigt werde, hatte Djalserai sich dennoch entschlossen seine vornehmen Besucher gebührend zu feiern. Nun gab er in aller Eile Befehle, ein großes Fest zu rüsten, und führte seine Gäste ins Zelt, wo ihnen heißer Tee und Reisschnaps angeboten wurden.

Die Männer der Eskorte zerstreuten sich im Lager, ließen sich in ihren kupfer- und silberverzierten Rüstungen anstaunen und scherzten mit den Mädchen.

Anga hielt sich gedankenverloren abseits. Sie war bedrückt. In früherer Zeit hätte so ein ungewohntes Ereignis wie dieser Besuch von vornehmen Gästen ihre Neugier erregt und sie wäre wie jedes andere Mädchen aufgeregt und gespannt gewesen. Heute aber ließen diese lärmenden Vergnügungen der Menge sie seltsamerweise kalt, ja, sie waren ihr sogar zuwider. Sie hatte das Bedürfnis, allein zu sein.

Durch das Gedränge hindurch suchte sie sich den Weg zur Jurte ihrer Eltern. Tchi-Sik flatterte von einem der Haltepfosten der Jurte auf und setzte sich auf Angas Schulter.

»Komm!«, sagte sie laut. »Wir wollen jagen.«

Im Pferdepferch schlug Khan unruhig aus. Die Menschenmenge, die fremden Pferde und wer weiß was sonst noch machten das edle Tier nervös. Anga sattelte es eilig, sprang auf und ritt in schnellem Trab hinaus in die Ebene.
Doch sie fand ihre innere Ruhe nicht, im Gegenteil, ihr Unbehagen wuchs. Erbarmungslos brannte die Sonne auf die Steppe nieder. Nicht der geringste Windhauch regte sich. Die Luft flimmerte in der Hitze. Die Berggipfel waren umhüllt von einem bläulichen Dunst.
Angas Gesicht war nass vor Schweiß, sie war unruhig und gereizt. Zum ersten Mal hatte sie das sichere Gefühl einer unmittelbar drohenden Gefahr, die unsichtbar und geheimnisvoll aus dem weiten Land selbst heranzunahen schien. Bisher hatte Anga die Natur immer als freundlich empfunden, auch wenn sie wusste, dass dem nicht immer so war – warum machte sie ihr heute auf einmal Angst? Plötzlich kamen ihr die Prophezeiungen des Schamanen wieder in den Sinn: »Der in den Tiefen der Erde schlummernde Drache wird mit Donnergrollen erwachen, wird seinen riesigen Leib schütteln und mit seinem ungeheuren Schwanze die Erde peitschen. Schweflige Wolken werden die Berge verdecken und der Fluss wird über seine Ufer treten . . .«
Halblaut sprach Anga die Worte vor sich hin und suchte vergebens ihren Sinn zu enträtseln. Trotz der Hitze lief ihr ein Schauder über den Rücken.
Auch Khan gab Zeichen der Unruhe. Mit einem Mal machte er unvermittelt und grundlos einen Satz zur Seite und raste im Galopp wie toll ins Weite, schnaubte wild und hatte das Maul voller Schaum. Nur mit Mühe konnte Anga das aufgeregte Tier bändigen.
»Beruhige dich, Khan«, sagte sie und klopfte ihm den Hals. »Was ist das, was spürst du?«

Khan zitterte am ganzen Körper. Schauer liefen über sein schweißnasses Fell. Anga legte die Hand auf seine feuchte Stirn.

»Was ist es, das ihm solche Angst macht?«, dachte sie. »Und warum ängstige auch ich mich so sehr?«

Noch nie in ihrem Leben hatte die Furcht so lähmend nach Angas Herz gegriffen.

5

Bei Sonnenuntergang kam Anga wieder ins Zeltlager zurück. Von weitem schon sah sie Flammenschein, hörte Musik und Händeklatschen. Das Fest hatte begonnen und die Häuptlingstöchter tanzten vor den Gästen.

Als Anga bei den Palisaden ankam, stieg sie ab und führte das Pferd am Zügel hinter sich her. Die Menschen standen alle vor dem großen Zelt in der Lagermitte. Auf seidenen Kissen saßen der Große Khan und seine Familie. Vor ihnen tanzten Chur und Darmina zum Klang der Harfen und Trommeln, ihre Gesichter und Hände mit traditionellen Zeichnungen geschmückt. Ihre Körper bewegten sich wie Schilfrohre im Wind und ihre gelenkigen Hände ahmten den Flügelschlag der wilden Schwäne nach.

Neugierig trat Anga näher, um über die Köpfe der Zuschauer hinweg die Tänzerinnen besser sehen zu können. Plötzlich löste sich eine Gestalt aus der Menge und lief auf sie zu – erstaunt erkannte sie ihre Mutter. Trotz ihres roten Festgewandes und der sorgfältig im Nacken zusammengefassten Haare sah sie bestürzt und aufgeregt aus.

»Anga!«, tuschelte sie. »Endlich bist du da! Warum bist du fort gewesen? Komm! Komm schnell!«

»Mutter!«, fragte Anga erschreckt, »was ist geschehen?«

Nirma neigte sich zu Anga und erklärte erregt flüsternd: »Beim Festmahl hat der Häuptling Djalserai von dir zu dem Großen Khan gesprochen . . .«

»Von – mir – gesprochen?«, stammelte Anga, die meinte ihren Ohren nicht zu trauen.
»Ja – er hat erzählt, du hättest dich geweigert dein Pferd gegen einen Zobelpelz einzutauschen. Der Große Khan hat darauf lachend gesagt: ›Das ist ja ein mutiges, eigensinniges Mädchen! Wo ist sie? Ich will sie sehen!‹ Djalserai hat mir sofort ein Zeichen gegeben, dich zu holen, und ich habe dich überall gesucht. Djalserai war sehr unzufrieden über dein Verschwinden. Er hat mir befohlen dich sofort nach deiner Rückkehr vor den Großen Khan zu bringen.«
»Aber warum denn ...«, begann Anga.
»Stell jetzt nicht so viele Fragen, Kind«, sagte Mutter Nirma und zog ihre Tochter mit. »Es ist eine große Ehre für uns. Ach, wenn nur wenigstens Zeit wäre, dass du dich umkleiden könntest! Und diese unordentlichen Haare! Aber komm, komm! Wir dürfen den Großen Khan nicht warten lassen!«
Verblüfft und wortlos folgte Anga der Mutter. Immer noch hielt sie ihren Schimmel am Zügel. Nirma bahnte sich mit den Ellbogen einen Weg durch die Menge und schob Anga nach vorn.
Chur und Darmina tanzten, wobei sie jetzt große rote Seidenschleier wirbelnd um sich schwangen. Djalserai und seine Frau strahlten voller Stolz über die Darbietungen ihrer Töchter und konnten die Blicke nicht von ihnen lassen. Der Khan der Chaharen hingegen schien nicht besonders interessiert zu sein. Er hatte den Brustpanzer abgelegt und trank mit nachdenklichem Gesicht Reiswein aus einem silbernen Becher. Auch das Gesicht seiner Frau drückte mit seinem fest gefrorenen Lächeln Langeweile und Schläfrigkeit aus. Lässig in ihre Kissen gelehnt, spielte sie mit ihrem Ring und betrachtete die Tänzerinnen mit

Herablassung. Prinz Bantje allein schien sich wirklich zu unterhalten. Den Becher in der Hand, beobachtete er mit spöttischer Miene die beiden tanzenden Mädchen und klopfte mit seiner Stiefelspitze den Takt mit.
Plötzlich fielen seine Augen auf Anga. Sie stand aufrecht neben ihrem Pferd und erhob den Kopf in einer Haltung unbewusster Missachtung. Der Gesichtsausdruck des Prinzen verwandelte sich im Nu. Ohne sich weiter um die Tänzerinnen zu kümmern, beugte er sich leicht nach vorn und musterte das Mädchen.
Ruhig hielt Anga seinem Blick stand. Vielleicht war ihr Ausdruck ein wenig herausfordernd, aber in Wirklichkeit überlegte sie ganz einfach, was er eigentlich von ihr wolle. Nun runzelte Bantje die Stirn. Er schien erstaunt und plötzlich merkte Anga, dass er nicht sie ansah, sondern das weiße Pferd, dessen lange Mähne im Flammenschein golden glänzte. Anga wäre am liebsten davongerannt und verschwunden. Aber sie blieb stehen, unbeweglich, wie verzaubert. Mit beiden Händen hielt sie die Zügel fest und ihr Herz schlug schwer und aufgeregt.
Mit der selbstverständlichen Unbekümmertheit seiner Herkunft stand Bantje auf. Alle Blicke hefteten sich auf ihn, der so bedenkenlos das Fest störte. Die Musiker unterbrachen ihr Spiel, sodass die jungen Tänzerinnen aus dem Takt kamen und verblüfft ihre roten Schleier senkten. Khan Naidung Djaman runzelte die Stirn.
»Was geht hier vor?«, fragte er barsch. Ohne zu antworten, ging Bantje langsam auf Anga zu. In seinem Blick lagen Gereiztheit und Staunen. Endlich fragte er in anmaßendem Ton: »Wo hast du dieses Pferd her?«
Anga rang mühsam um Fassung. Es gelang ihr dennoch ruhig zu bleiben. Sie antwortete leise und höflich: »Hoher

Herr, ich habe es in den Bergen gefunden. Es war ein wildes Pferd. Ich habe es gezähmt und . . .«
Bantje ließ sie den Satz nicht vollenden. Seine grünen Augen funkelten vor Wut: »Dies Pferd gehört mir! Ich selbst habe es aus den Herden meines Vaters ausgesucht! Eines Abends löste sich im Gebirge eine Steinlawine. Das Pferd erschrak und floh – ich habe es nie wiederfinden können.«
Er sprach mit lauter, selbstsicherer Stimme. Die Menschen hatten sich nun im Kreis um Anga und den jungen Prinzen geschart und genossen unverhohlen das seltene Ereignis. Unter der Menge bemerkte Anga ihren Vater. Sadgums Gesicht war voller Kummer.
Nun erhob sich Khan Naidung Djaman und schritt auf seinen Sohn zu. Ehrerbietig wichen die Menschen vor ihm zur Seite.
»Vater!«, rief Bantje. »Dies ist mein Pferd!«
Er sprach mit dem verärgerten Ton eines verwöhnten Kindes, das gewohnt ist alle seine Wünsche erfüllt zu sehen und beim geringsten Widerstand in Wut gerät. Anga spürte es genau. Sie vergaß, dass Bantje, der mächtige Prinz der Chaharen, vor ihr stand. Sie sah in ihm nur einen anmaßenden Burschen, der ihr Pferd rauben wollte.
»Das ist nicht wahr!«, rief sie zornig. »Es trägt nicht das geringste Brandzeichen!«
Das Stimmengewirr verstummte und tiefes, verängstigtes Schweigen hing über dem Lagerdorf. Es war so still, dass man das letzte Knistern des zu Ende brennenden Holzes vernahm. Wie konnte dieses unselige Mädchen in einem solchen Ton zu einem Fürsten sprechen? Auf eine solche Frechheit stand die Prügelstrafe! Alle Augen wendeten sich zu Naidung Djaman und warteten darauf, aus seinem Mund den Befehl zur Bestrafung zu hören. Der Khan der

Chaharen aber schwieg, sein undurchdringliches Gesicht schien wie aus Stein gemeißelt.
Bantje aber war verärgert und verunsichert. Hätte sich Anga demütig gezeigt und um Gnade gefleht, hätte er sie voller Verachtung beiseite geschoben und sich des Pferdes ohne weitere Umstände bemächtigt. Angas kämpferische Haltung und ihr Stolz beeindruckten ihn jedoch. Vor ihm stand ein freies Kind der Steppe und instinktiv erahnte er in ihr einen Gegner, der seiner würdig war. So schritt er erneut, mit dem Hochmut seiner verletzten Eigenliebe, zum Angriff.
»Du lügst! Dies Pferd hat ein Brandzeichen genau unterhalb des Halses!«
Anga hob herausfordernd ihren Kopf. »Beweise es!«, verlangte sie. Beide maßen sich mit blitzenden Augen. Plötzlich waren sie nicht mehr nur ein hochmütiger junger Mann und ein stolzes Mädchen, sondern erbitterte Feinde.
Bantje tat einen Schritt auf Khan zu. Dieser aber, erregt durch die Unruhe, wich schnaubend und misstrauisch zurück. Der Prinz ging siegesgewiss dem Pferd nach und legte ihm die Hand auf den Hals.
»Hier . . .!« Aber er hielt erstaunt inne und fragte: »Was ist das?«
»Narben!«, entgegnete Anga kalt. »Das Pferd ist von Wölfen angefallen worden. Als ich es im Schnee liegend fand, war es mit Bisswunden übersät. Ich habe ein Feuer entfacht, um die Wölfe fern zu halten, und Khan die ganze Nacht mit meinem Vater zusammen gepflegt.«
Bantje hörte ihr kaum zu. Aufgeregt tastete er mit seinen langen braunen Händen den Pferdehals ab.
»Aber das Brandzeichen . . . hier war es doch! Ich bin ganz sicher! Ich selbst habe es eingebrannt!«

Plötzlich hielt er inne, ein Gedanke war ihm gekommen. »Wenn nicht . . . aber ja, so muss es sein: die Wolfsbisse haben die Marke zerstört! Hier – genau hier fühle ich eine lange Narbe! Sieh doch!«
Aufgeregt wandte er sich nach allen Seiten und wartete auf ein zustimmendes Wort oder ein Nicken, doch er blickte nur in feindselige, verschlossene Gesichter. In seiner Not sah er keinen anderen Weg, als seinen Vater zu bitten den Streit zu schlichten: »Vater! Du hast es gesehen! Du weißt doch, dass ich die Wahrheit sage!«
Naidung Djaman nickte ungerührt.
»Sicherlich. Auch mir scheint es, als könne dies dein Pferd sein. Aber jeder kann sich täuschen. Wenn das Pferd kein Zeichen trägt, hast du kein Recht zu behaupten, es gehöre dir.«
Bantje glaubte seinen Ohren nicht zu trauen und starrte seinen Vater ungläubig und verletzt an.
»Ich bin aber ganz sicher, dass dies mein Pferd ist!«
Unbeherrscht riss er die Zügel aus Angas Hand. Empört warf sie sich an den Hals ihres Schimmels.
»Khan gehört mir!«
Voller Zorn wollte Bantje sie wegreißen, Anga aber gab nicht nach. Schweigend und verbissen rangen sie einige Sekunden miteinander.
Ungeduldig runzelte Naidung Djaman die Stirn.
»Prinz Bantje«, sagte er streng, »willst du unsere Gastgeber beleidigen?«
Bantje öffnete den Mund, als wollte er etwas erwidern, doch vor der zornigen Miene seines Vaters verstummte er und senkte verbissen den Kopf. Seine Wangen waren hochrot geworden.
In diesem Augenblick wichen die Menschen zur Seite und

langsam betrat ein Mann den von der Feuersglut erleuchteten Platz. Erstaunt und von freudiger Hoffnung erfüllt, erkannte Anga ihren Vater. Nun war alles gut. Sicherlich würde er einen Weg finden, ihr zu helfen!

Sadgum ging auf den Khan der Chaharen zu und verneigte sich tief.

»Bitte verzeih, mächtiger Khan, doch dieses Mädchen ist meine Tochter und ich halte es für meine Pflicht einzugreifen.«

Mit durchdringendem Blick musterte der Khan den Mann und neigte darauf zustimmend den Kopf.

»Sprich!«, sagte er.

»Wenn dein Sohn dieses Pferd als das seine zu erkennen glaubt, so sehen seine Augen zweifellos klarer als unsere. Es ist also nicht nötig das Fest länger zu stören.«

Alles Blut wich aus Angas Gesicht.

»Vater!«, flüsterte sie mit erstickter Stimme.

Sadgum wandte sich seiner Tochter zu. Auf seinem Gesicht lag Schmerz, aber auch eine unerschütterliche Entschlossenheit. Knapp ordnete er an: »Anga, gib dem Prinzen das Pferd zurück.«

Anga starrte ihren Vater an. Obwohl sie seine Worte deutlich vernommen hatte, schien sie deren Sinn nicht zu begreifen.

Sadgum legte ihr die Hand auf die Schulter, als ob er ihr durch diese Berührung Mut machen wollte.

»Ich weiß, es ist hart für dich. Aber es muss Gerechtigkeit herrschen. Niemand darf den Sohn des Khans der Lüge bezichtigen. Dieses Pferd gehört ihm. Also muss es ihm zurückgegeben werden.«

Mit gequältem Gesicht sah Anga erst ihren Vater, dann Prinz Bantje an. Der junge Mann rührte sich nicht und

wartete. Anga spürte, wie Tränen der Verzweiflung in ihr hochstiegen, wie sie gleich vor aller Augen, vor dem jungen Prinzen, in Schluchzen ausbrechen würde . . . Da schüttelte sie heftig den Kopf. Ihr ganzes Wesen bestand jetzt nur noch aus verzweifelter Empörung.
»Ich kann nicht«, stieß sie hervor. »Ich kann nicht.«
»Du wirst mir gehorchen!«, sagte der Vater in einem Ton, der keine Widerrede zuließ.
Anga biss sich auf die Lippen. Heftig warf sie den Kopf zurück. Ihre Blicke kreuzten sich mit denen des Prinzen und einen Augenblick lang hielten sie einander stand. Der Prinz senkte als erster die Lider. Und nun reichte Anga ihm herausfordernd die Zügel des Schimmels. Bantje schien zu zögern. Er schien etwas sagen zu wollen. Aber schon wandte Anga sich ab und lief davon. Die Menge teilte sich stumm, um sie vorbeizulassen, und schloss darauf gleich wieder ihren Kreis.

6

Sadgum hob den Filzvorhang und betrat die Jurte. Er sah müde aus. Im Schein des erlöschenden Hüttenfeuers erschienen die Falten in seinem Antlitz noch tiefer.
Anga kauerte auf ihrem Bärenfell. Man sah nur ihre schmalen Schultern und die bronzefarbene Linie ihres Nackens.
Traurig beugte sich Sadgum zu seiner Tochter herab und legte ihr die Hand auf die Schulter. Anga schreckte auf und hob den Kopf. Sie war bleich und ihre Augen glänzten seltsam fiebrig und trostlos, aber sie weinte nicht. Als sie ihren Vater erkannte, machte sie eine abweisende Bewegung.
»Lass mich!«, sagte sie mit rauher Stimme.
»Anga«, antwortete Sadgum leise, »ich weiß, was du fühlst. Glaube mir, ich leide wie du.«
»Lass mich!«, stieß Anga noch einmal zwischen den Zähnen hervor.
»Ich musste es tun«, fuhr Sadgum eindringlich fort. »Der Prinz ist jung und unerfahren. Ich wollte nicht, dass durch seine Schuld und durch dich ein Unglück den Frieden zwischen unseren beiden Völkern zerstört.«
Anga richtete sich auf und sah ihrem Vater gerade in die Augen.
»Du hast ihm Khan gegeben, weil er ein Prinz ist und weil ich ein bedeutungsloses dummes Ding bin. Das ist die Wahrheit, nicht wahr?«

Sadgum blieb ruhig unter dem anklagenden Blick seiner Tochter.
»Teilweise ja. Ich hätte aber nicht so gehandelt, wäre ich nicht sicher gewesen, dass der Prinz die Wahrheit sagte.«
Anga zitterte vor Empörung und Staunen. »Dann – hast du ihm also auch geglaubt?«
»Ja«, antwortete Sadgum. »Seine Augen waren aufrichtig. Dieses Pferd gehört wirklich ihm.«
Anga wollte sich nicht beirren lassen. Und wenn es tausendfach so wäre – *sie* hatte doch Khan aufgefunden, *sie* hatte ihn gerettet, seine Wunden gepflegt und ihn unter Gefährdung ihres eigenen Lebens vor den Wölfen geschützt! Sie hatte ihn gezähmt und zugeritten, Tag für Tag, mit so viel Liebe, mit so viel Geduld! Und jetzt sollte sie ihn diesem Unbekannten überlassen! Das war grausam und ungerecht. Ich möchte sterben, dachte Anga in ihrer grenzenlosen Verzweiflung, ja, ich möchte sterben!
»Noch eins musst du wissen«, fuhr Sagdum zögernd fort. »Der Prinz hat mich beauftragt dich um Verzeihung zu bitten.«
Anga hob verblüfft den Kopf. Sie glaubte, nicht recht verstanden zu haben.
»*Er* entschuldigt sich?«
Sadgum nickte. Sein Gesicht ließ erkennen, dass ihm nicht wohl bei dieser Botschaft war.
»Dies hat er mir für dich mitgegeben – als Dank dafür, dass du Khan gepflegt hast ...«
Er beugte sich zu seiner Tochter nieder. In seiner Hand erblickte Anga eine große Schmucknadel aus Bernstein in Form eines sechszackigen Sterns. Automatisch griff sie danach. Die Nadel war schwer und kalt. Anga wendete den Schmuck gedankenverloren hin und her. Endlich

flüsterte sie: »Ich habe dem Prinzen mein Pferd doch gegeben – was für ein Recht hat er mich mit so etwas derart zu erniedrigen?«

Heftig schleuderte sie das Schmuckstück von sich, quer durch die Jurte. Der Stern fiel in die noch warme Asche der Feuerstelle; schwach glänzten die sechs Zacken im Halbdunkel.

Anga ließ sich auf ihr Lager zurückfallen. Aufgelöste Haarsträhnen verbargen ihr Gesicht. Sadgum sah sie lange schweigend an, voller Verständnis und Mitgefühl.

In dieser Nacht wartete Anga, bis ihre Eltern tief schliefen, dann stand sie vorsichtig auf. Barfuß, die Haare offen auf den Schultern, glitt sie zum Zelt hinaus und schlich durch das schlafende Lager. Ein Hund sprang sie an, beschnupperte sie mit aufgestellten Ohren und ging beruhigt zurück.

Ohne Aufsehen zu erregen, gelangte Anga zum Pferdepferch. Da stand Khan. Sein weißes Fell glänzte bläulich im Sternenlicht und seine silbern schimmernde Mähne hing ihm halb über die schwarzen Augen. Er hob den Kopf und seine Ohren bewegten sich sacht. Langsam schritt er auf das Gatter zu. Anga schlang die Arme um seinen Hals und lehnte sich zitternd an den warmen Leib des Schimmels. Sie litt so sehr, dass sie sich kaum auf den Beinen halten konnte. Plötzlich waren ihre Augen voll Tränen. Sie rannen über ihre Wangen, doch sie dachte nicht daran sie wegzuwischen. Es war egal, denn niemand beobachtete sie. Sie war allein. Endlich, endlich konnte sie weinen!

»Khan«, schluchzte sie. »Oh, Khan! Wir werden nicht lange getrennt sein, ich verspreche es dir! Einmal werde ich dich wieder finden und wegholen! Und wenn der Prinz es wagen sollte, dich zu peitschen oder mit Sporen zu reiten,

dann wirf ihn ab! Trample auf ihm herum! Wenn er umkommt – um so besser! Oh, wie recht wäre mir das!«
Sie schluckte und presste das Gesicht an den Kopf des Schimmels. Am dunklen Himmel glänzten Sterne. Kleine silberne Wolken zogen übers Gebirge. Im Pferch schnaubte ein Tier, überall war Stille. Aber Angas Herz war voller Hass und Verzweiflung.

7

Bei Sonnenaufgang verließ Naidung Djaman mit seiner Eskorte das Zeltlager. Anga vernahm in ihrer Jurte die kurzen Befehle zum Aufbruch und das Hämmern der Hufe. Sie biss in ihre Faust, um nicht vor Wut laut zu schreien. Endlich, endlich entfernte sich das Getrappel und verhallte in der Weite. Anga atmete tief durch. Langsam entspannten sich ihre Muskeln. Sie schloss die Augen, denn sie fühlte sich müde, unendlich müde, wie nach einer schweren Krankheit.

Einige Zeit später raffte sie sich dennoch auf. Dem fragenden Blick der Mutter antwortete sie mit einem schwachen Lächeln. Sie spülte den Mund mit lauem Wasser, flocht sorgfältig ihre Zöpfe und legte ihre lederne Jagdjacke an. Als Sadgum, der beim Abschied der Gäste dabei gewesen war, in die Jurte kam, schaute Anga ihn ruhig an.

»Wie ... war es?«, fragte sie mit tonloser Stimme.

»Khan wollte nicht fort«, sagte Sadgum und bemühte sich in nebensächlichem Ton zu sprechen. »Als Prinz Bantje ihm die Kandare anlegen wollte, hat der Schimmel ihn gegen das Geländer geworfen.«

Angas Augen blitzten voller Schadenfreude. »Keiner kann auf Khan reiten! Nur mich nimmt er an!«

Sadgum wandte sich ab und nahm aus der Hand seiner Frau einen Becher mit Tee. Er wollte die Angelegenheit zu Ende bringen, seine Tochter sollte lieber der Wahrheit ins Gesicht sehen, als sich in Wunschträumen zu wiegen.

»Der Prinz wird schon mit ihm fertig werden. Der junge Mann ist sehr geschickt. Als er gemerkt hat, dass Khan sich nicht satteln lassen wollte, nahm er ihn einfach an der Leine mit.«

Der freudige Ausdruck in Angas Augen erlosch. Sie setzte sich neben das Feuer auf den Boden, stützte den Kopf in die Hände und starrte traurig vor sich hin.

»Willst du Tee?«, fragte Nirma sanft. Wortlos schüttelte Anga den Kopf. Es war ihr alles zuwider.

»Du könntest dir ein anderes Füllen aussuchen«, schlug Sadgum freundlich vor. »Ich habe kürzlich eines gesehen, das dir sicher gefallen würde.«

»Nein«, entgegnete Anga hart. »Ich will nichts davon hören.«

Mit heftigen Bewegungen, wie um vor sich selbst zu fliehen, stand Anga auf und verließ das Zelt. Einen Augenblick blieb sie vor dem Eingang stehen und blinzelte in die blendende Morgensonne. Dann schlenderte sie scheinbar teilnahmslos durch das Lager, wobei sie es vermied, auch nur einen Blick nach dem Pferdepferch zu werfen. Die Nomaden beobachteten sie neugierig und voller Mitgefühl. Sie flüsterten untereinander. Anga ging daraufhin schneller, hob das Kinn hoch und sah starr vor sich hin. Niemand sollte erfahren, wie sehr sie litt.

An diesem Tag verließ Anga das Lager für keine Sekunde. Ruhelos sah man sie längs der Palisaden hin und her gehen. Heiß brannte die Sonne auf die Steppe. Der Himmel war mit einem gelblich dunstigen Staubschleier bedeckt. Über Angas Gesicht rann der Schweiß. Immer wieder wischte sie ihn mit dem Handrücken weg.

Zur Essenszeit ging sie in die Jurte ihrer Eltern, wollte aber nichts von der Hammelkeule, die der Vater aufschnitt. Sie trank nur ein wenig Tee und knabberte eine Scheibe Gerstenkuchen. Gleich danach verließ sie die Jurte und stand wieder Wache am Lagereingang. Am Nachmittag kam ihr Vater dorthin. Anga saß zusammengesunken auf einem Stein, hatte die Ellbogen auf den Knien und starrte unbeweglich in die ungeheure Weite der Steppe. Ihre langen Zöpfe berührten den Erdboden.

»Was machst du denn hier?«, fragte Sadgum stirnrunzelnd.

Verträumt hob Anga den Kopf. Ihr Blick war leer und verloren. Sadgum hatte den Eindruck, sie sehe ihn kaum.

»Ich ... ich weiß nicht«, antwortete sie. »Ich denke nach ...«

Sadgum konnte die Ungeduld in seiner Stimme nicht unterdrücken: »Anga«, sagte er streng, »du musst dich an den Gedanken gewöhnen, dass der Schimmel von nun an dem Prinzen gehört. Du wirst ihn nicht wieder sehen. Komm jetzt mit ins Dorf.«

Anga schüttelte den Kopf. Ihr Mund bekam einen trotzigen Ausdruck.

»Noch nicht! Lass mich noch warten, bis es dunkel wird.«

»Meinetwegen«, erwiderte Sadgum verärgert. »Bleib, wenn du willst. Aber ich habe es nicht gern, wenn meine Tochter Vernunft und Anstand vergisst und sich vor den Augen aller wie ein launisches Kind aufführt.« Böse ging er weg.

Anga blieb allein. Nach einiger Zeit kamen die Hirten für die Nacht ins Lager. Die Reiter wirbelten den gelben Steppenstaub auf, der noch lange in der unbewegten Luft stillstand. Irgendwo in der Nähe spielte ein Junge Flöte.

Die lang gezogenen Töne klangen sanft in der Abendstille. Von ferne klangen Hundegebell und das Blöken von Schafen heran. Dann herrschte wieder Stille. Langsam senkten sich die Staubwolken zur Erde.
Den Kopf auf die angezogenen Knie gestützt, träumte Anga vor sich hin. Sie versuchte sich vorzustellen, welchen Weg der Prinz und seine Begleitung genommen haben könnten. Anga hatte das Chaharenland niemals gesehen. Gab es dort auch baumbewachsene Berge und jadegrüne Flüsse? Oder war es eine trockene, einsame Steppe, über die der heiße Südwind wehte und Schwärme von gefräßigen Heuschrecken brachte?
Nun hatte die Sonne die bläulichen Gipfel des Gebirges erreicht. Die ganze Steppe glühte in Gold und Purpur auf. Langsam schwebte mit weit ausgebreiteten Flügeln ein Bussard am flammenden Himmel.
Plötzlich lief Anga ein Schauer über den Rücken: Das Geräusch hämmernder Hufe drang an ihr Ohr. Mit einem Satz sprang sie auf. Ihr Herz schlug wild.
Dort, in der schon schattenverhangenen Ebene, galoppierte ein Pferd auf das Lager zu. Ein Schimmel! In seiner langen Mähne verfing sich der Glanz der untergehenden Sonne.
Anga stürzte ihm entgegen. Sie lief, so schnell sie konnte, ihre Füße schienen kaum den Boden zu berühren und die Zöpfe tanzten auf ihrem Rücken.
Schneller, immer schneller kam Khan näher in seinem nur ihm eigenen federnden Galopp. Als er Anga erblickte, verlangsamte er seinen Gang, fiel in Trott und warf den Hals hochmütig zurück, als wollte er sagen: »Siehst du, hier bin ich wieder! Ich wollte nicht bei den anderen bleiben!«
Völlig außer Atem erreichte Anga das Pferd, streichelte

ihm den Kopf und die warmen Nüstern. Der Schimmel schnaubte und keuchte, seine Flanken waren schweißbedeckt.

»Khan!«, flüsterte Anga vor Freude. »Ich habe gewusst, du kommst wieder! Ja, ich habe es gewusst. Deswegen habe ich doch den ganzen Tag gewartet! Jetzt bleiben wir immer beisammen! Wenn sie kommen und dich holen wollen, verstecke ich dich in den Bergen! Nie werden sie dich finden!«

Sie nahm Anlauf und schwang sich auf den Rücken ihres Schimmels. Im Galopp stürmte Khan auf das Lager zu. Anga lachte und ihre weißen Zähne blinkten. Sie lenkte ihren Schimmel ohne Kandare und Zügel nur durch leichten Schenkeldruck und einen sanften Stoß mit dem Absatz.

Als Khan donnernd ins Lager galoppierte, stürzten die Nomaden erstaunt aus den Zelten. Beunruhigte Stimmen erhoben sich da und dort. Die Rückkehr des Schimmels sei eine Beleidigung für den Chaharenfürsten, sicher seien Vergeltungsmaßnahmen zu befürchten! Anga aber sah und hörte nichts. Hoch erhobenen Hauptes ritt sie stolz bis vor die elterliche Jurte.

Der Tumult rief Nirma und Sadgum vor den Zelteingang. Die Mutter schrie überrascht auf, während Sadgum unwillig die buschigen Brauen runzelte.

»Was hat das zu bedeuten?«, fragte er seine Tochter. Anga warf mit einer Kopfbewegung die Zöpfe zurück.

»Khan ist geflohen!«, rief sie freudestrahlend. »Er ist zu mir zurückgekommen!«

Sadgums Gesicht blieb streng und verschlossen, aber Anga glaubte doch in seinen Augen eine seltsame Rührung zu erkennen. Schwerfällig ging er auf den Schimmel

zu, streichelte ihm über den Kopf. Khan wieherte leise auf und griff mit weichem Maul nach den flatternden Ärmeln des Mannes.
»Khan sucht sich seinen Herrn selbst aus«, sagte Sadgum und hatte noch immer den gleichen Glanz in den Augen. »Aber jedes Tier, auch das edelste, muss dem Menschen gehorchen. Das ist ein Gesetz der Natur. Anga . . .«, und nun nahm seine Stimme einen unerbittlichen Ton an, »du wirst morgen früh bei Sonnenaufgang fortreiten und dieses Pferd dem Prinzen Bantje zurückbringen.«
Anga fuhr zusammen. Entsetzt starrte sie ihren Vater an. »Das kann ich nicht!«
»Du wirst gehorchen, Anga«, sprach Sadgum unerbittlich. »Willst du denn, dass die Soldaten des Prinzen das Pferd mit Gewalt hier wegholen?«
Anga fuhr mit der Zunge über ihre trockenen Lippen. »Das – das wäre dann Krieg?«, stammelte sie erschrocken.
»Auf alle Fälle gäbe es Blutvergießen«, antwortete Sadgum kalt. »Wir sind ein Hirten- und Jägervolk, die Chaharen aber sind Krieger. Was glaubst du, wie das ausgeht?«
Anga erbleichte. Unruhig scharte sich die Menge um ihres Vaters Jurte. Man warf ihr missbilligende Blicke zu. Anga schauderte. Ja, sie verstand ihre Angst, ihr Vater hatte für sie alle gesprochen. Den Schimmel behalten, das würde eine Beleidigung des Prinzen bedeuten und die Chaharen würden dies nicht hinnehmen.
Sie senkte den Kopf auf die Brust.
»Ich werde Khan zurückbringen«, sagte sie tonlos.
Sie ließ das Pferd wenden und entfernte sich langsam unter dem erregten Flüstern der Nomaden.

8

Zum letzten Mal trug Khan nun also das Mädchen mit seinem federnden, leichten Galopp. Anga genoss dieses Gefühl doppelt und überlegte gleichzeitig mit bitterer Verzweiflung, ob sie sich jemals in ihrem Leben wieder an ein anderes Pferd würde gewöhnen können.
Sie ritt auf einem schmalen, steinigen Pfad, der bald anstieg, bald wieder abwärts führte. An der langen Leine führte sie ein zweites Pferd mit, das sie wieder ins Dorf zurückbringen sollte, nachdem sie ... Anga biss sich auf die Lippen. Nein, bloß nicht daran denken!
Es war früher Morgen. Langsam verblassten die Sterne, während die Sonne in einem nebligen Hof aufging. Ihre weißlichen Strahlen gossen über Berghänge und Ebene blendendes Licht. Hoch oben sang unsichtbar eine Lerche. Mit trotziger Miene ritt Anga weiter und weiter. Gegen Mittag würde sie die Chaharen erreicht haben. Wenn sie an Prinz Bantje dachte, sah sie sogleich seine grünen Augen und sein freches Lächeln vor sich. Voller Zorn krampften sich ihre Finger zur Faust zusammen. Sie verachtete ihn, wie sie noch nie in ihrem Leben jemanden verachtet hatte.
Stunde um Stunde verging, und je höher die Sonne stieg, desto feuchter und schwerer wurde die Luft. Eine dunstige Hitzeglocke lag über der Steppe und den Bergen. Angas Lederkleider klebten an ihrem Leib wie eine zweite Haut. Die Flanken der Pferde waren schweißnass. Gegen Mittag

häuften sich ungeheure graue Wolkenberge am Horizont. Dann wechselte ihre Farbe langsam über Lila zu Gelb. Anga musste an die unheilvollen Prophezeiungen des Schamanen denken: »Schweflige Wolken werden die Berge bedecken.« Ihr wurde angst und bange, doch sie wusste sich nicht dagegen zu wehren. Die Luft wurde immer stickiger. Nicht der geringste Windhauch war zu spüren. Es herrschte absolute Stille. Anga vernahm nichts als das Hämmern der acht Hufe und manchmal ein leichtes Klirren, wenn ein Kiesel sich bewegte.

Die Wolken türmten sich mehr und mehr auf. Mit unheildrohender Gewalt schienen sie die Berge zerquetschen zu wollen.

Später, am Nachmittag, entdeckte Anga weit voraus in der Ferne eine sich gegen Süden bewegende Reitergruppe.

»Das sind sie . . .!«, stieß sie wütend hervor. Einen Augenblick hielt sie an. Dann biss sie die Zähne zusammen und spornte ihr Pferd an: »Los!«

Die Pferde schritten vorsichtig einen weiten, mit Gestrüpp bewachsenen Abhang hinab und setzten dann in rascherem Gang hinaus in die Ebene. Der Erdboden dröhnte unter dem raschen Hufschlag. Die schwarze Gruppe am Horizont wurde schnell größer und in kaum einer halben Stunde konnte Anga mit ihren scharfen Augen die Chaharenkrieger an ihrer funkelnden Bewaffnung erkennen. Als sie näher kam, unterschied sie auch Prinz Bantje an dem großen Bogen, den er quer über der Schulter trug.

Die Truppe hatte angehalten. Mit der Lanze in der Faust beobachteten die Krieger das heranreitende Mädchen. Ohne irgendjemanden anzusehen, preschte Anga mit hartem und verschlossenem Gesicht voran. Als sie bei dem Khan und seinem Sohn ankam, sprang sie vom Pferd, noch

bevor die Tiere zum Stehen kamen. Beide Pferde an der Leine führend, ging sie auf den Fürsten zu.
Naidung Djaman saß unbeweglich im Sattel und beobachtete mit undurchdringlicher Miene, wie das schweiß- und staubverschmierte Mädchen auf ihn zukam. Prinz Bantje bemühte sich sein Erstaunen über diese Begegnung hinter einem abweisenden Gesicht zu verbergen. Aber seine Erregung war ihm dennoch anzusehen. Seine Mutter Yashigema hatte ihr Reittier neben ihn gebracht und benutzte den Halt, die Jadenadel in ihrem Haar neu festzustecken.
»Friede sei mit dir, Mädchen!«, sagte Naidung Djaman schließlich mit dunkler Stimme.
Anga verneigte sich tief, wie es die Sitte vorschrieb.
»Friede mit Euch, Großer Khan!«
Und dann sagte sie in einem Zug, wie einen gut auswendig gelernten Satz: »Das Pferd ist gestern Abend in das Lager zurückgekommen. Mein Vater schickt mich her, um es dem edlen Prinzen zurückzugeben.«
Sie trat Bantje einen Schritt entgegen und warf ihm die Zügel zu. Er beugte sich vor und fing sie geschickt auf. Er schien verlegen. Seine schnelle Bewegung erschreckte den Schimmel, der zurückhufte und zur Seite weichen wollte.
»Hooo!«, rief Bantje und zerrte am Zügel. Anga ging schnell auf den Schimmel zu und streichelte ihm sanft den Hals.
»Ruhig, Khan, ruhig! Schön ruhig bleiben! Wir trennen uns jetzt, du gehörst dem Prinzen. Du wirst sehen, er wird gut zu dir sein . . .«
Sie sprach mit erstickter Stimme. Doch Bantje musste es gehört haben, denn er schien verlegen. Seine Eitelkeit ließ aber nicht zu, dass er seine Stimmung zeigte.
»Ich möchte Euch hier etwas zurückgeben«, sagte Anga

und ging sacht von dem Schimmel weg. Sie griff in einen an ihrem Gürtel hängenden Beutel und holte das Schmuckstück aus Bernstein hervor. Ohne zu wollen, wurde ihre Stimme bitter: »Die Zuneigung dieses Pferdes war für mich die größte Freude auf der Welt. Ich brauche keine Entlohnung.«
Bantje spürte zu seinem Verdruss, dass er rot wurde. Er zog an den Zügeln seines Pferdes, das unruhig auf der Stelle tänzelte. Anga wartete, bis das Tier wieder ruhig stand, ging dann auf Bantje zu und reichte ihm das Schmuckstück. Mit Widerwillen nahm er es entgegen, wagte aber nicht, dem Mädchen in die Augen zu sehen. Der ganze Vorgang war ihm peinlich.
»Ich wollte dich nicht beleidigen«, brummte er.
Anga antwortete nicht. Sie trat einen Schritt zurück und verneigte sich ehrerbietig.
»Hohe Fürsten, ich wünsche Euch eine gesegnete Weiterreise!«
Dann aber zögerte sie, blickte auf, sah jedoch sofort wieder zur Erde und bat mit leiser Stimme: »Ich . . . ich bitte, sorgt gut für Khan! Wenn er etwas wild ist, so kann er nichts dafür . . . in Wirklichkeit ist er sehr sanft . . . und . . . und . . .«
Ihre Stimme brach. Blind vor Tränen, wandte sie sich schnell ab und lief zu ihrem zweiten Pferd. Als sie gerade einen Fuß in den Steigbügel setzte, vernahm sie die gebieterische Stimme von Naidung Djaman.
»Warte noch, Tochter Sadgums!«
Anga blickte sich verwirrt um und wischte unwillkürlich ihre Tränen aus dem Gesicht.
»Komm näher«, begann Naidung Djaman nochmals.
Er sprach in festem Ton, aber nicht böse. Anga gehorchte

und ging langsam und mit unglücklichem Gesicht auf den Fürsten zu. Der Khan der Chaharen wirkte, als er so auf seinem silbergezäumten Rappen saß, wie ein Riese, der auf das schmale Mädchen herabsah. Lange schwieg Naidung Djaman, aber endlich sagte er langsam und gewichtig: »Ich danke dir für deine Gesinnung. Wir wissen alle, wie sehr du an diesem Pferd hängst. Ich will dir eine Möglichkeit geben es zu behalten. Nimm deinen Bogen und die Pfeile. Du sollst dich mit meinem Sohn messen. Der Schimmel gehört dem Sieger.«

Bantje glaubte seinen Ohren nicht zu trauen.

»Aber dieses Pferd ... gehört doch mir!«, schrie er empört auf.

»Es gehört dir, das ist richtig«, antwortete sein Vater ungerührt. »Dieses Mädchen aber hat ihm das Leben gerettet. Sie hat seine Wunden geheilt und hat es lange Monde gepflegt. Ich finde, sie hat ein Recht auf den Schimmel, und ich will ihr eine letzte Möglichkeit geben.«

»Aber ich, Bantje, messe mich nicht mit einem Mädchen!«, warf der Prinz geringschätzig ein und versuchte sichtlich, nicht ganz die Beherrschung zu verlieren. Er sagte zwar nicht, was er über seines Vaters Entscheidung dachte, doch zeigte seine störrische Haltung deutlich seine wahren Gefühle. Nun wandte er sich Yashigema zu, als wollte er ihre Meinung hören. Sie zog jedoch nur die schön geschwungenen Augenbrauen hoch: »Du hast gehört, was dein Vater gesagt hat. Steig ab und mach dich bereit für den Wettkampf.«

Beleidigt schwang Bantje ein Bein über den Sattel und sprang zu Boden. Er war außer sich. Sein einziger Trost war das unerschütterliche Vertrauen in die eigene Überlegenheit. Vielleicht, so dachte er, war diese kleine Kröte

ganz brauchbar, ein Pferd zuzureiten, aber es würde sich ja zeigen, ob sie im Bogenschießen etwas taugte!
Naidung Djaman winkte einen seiner Krieger herbei und gab ihm halblaut einige Anweisungen. Im Galopp ritt dieser zu einer etwa zweihundert Schritt entfernten jungen Birke und hängte dort ein kleines rotes Tuch an einen tief stehenden Zweig.
»Wer das Ziel trifft, ist Sieger«, sagte Naidung Djaman. »Bantje, du hast den ersten Schuss.«
Die mongolischen Krieger beobachteten den nun folgenden Wettkampf auf ihren Pferden sitzend. Ihre Gesichter gaben keine Regung preis. Es herrschte eine erdrückende Hitze, obwohl die Sonne verschwunden war, das aufsteigende Wolkengebirge hatte sie verschluckt. Es war eine Stimmung wie direkt vor einem Gewitterausbruch, aber nicht das geringste Donnergrollen war zu vernehmen und weder Wetterleuchten noch Blitze zuckten aus der Wolkenwand.
Bantje trat hervor. Mit lässiger Miene nahm er einen Pfeil aus dem Köcher, legte ihn auf, zielte kurz und ließ den Pfeil los. Er verfehlte nur knapp sein Ziel. Mit einer verächtlichen Bewegung, als ob er sagen wollte: wartet nur, beim nächsten Mal!, wandte sich Bantje ab und verneigte sich mit spöttischer Miene leicht vor seiner Gegnerin.
Anga biss die Zähne zusammen. Sorgfältig legte sie ihren Pfeil auf. Ihre scharfen Augen richteten sich auf das Ziel, maßen genau die Entfernung ab. Doch sie hatte Mühe, das Zittern ihrer Hände zu beherrschen. Kleine Schweißperlen klebten auf ihrer Stirn. Endlich schoss sie. Auch ihr Pfeil flog am Ziel vorbei.
Bantje warf ihr einen höhnischen Blick zu. Mit selbstgefälligem Lächeln legte er seinen zweiten Pfeil auf, zielte

äußerst aufmerksam ... und dieses Mal streifte der Pfeil den roten Fetzen, so dass er flatterte.
Bantjes Grinsen ließ die Zähne in seinem dunklen Gesicht aufblitzen. Nun war er sicher, dass er gewinnen würde.
Anga fuhr sich nervös mit der Zunge über die Lippen. Ihre Unruhe war kaum mehr zu ertragen. Sonst verfehlte sie ihr Ziel nie und ihr Vater rühmte sie als die beste Bogenschützin im ganzen Jurtenlager. Heute aber, wohl durch die Aufregung, schienen ihre Arme seltsam kraftlos und die Umrisse des roten Zieles verschwammen vor ihren Augen.
»Ich *muss* gewinnen!«, dachte Anga. »Ich *muss!*«
Sie holte tief Luft, legte zum zweiten Mal den Pfeil auf und zielte lange. Und wieder fuhr er wenige Fingerbreit am Ziel vorbei. Verzweifelt ließ Anga langsam den Bogen sinken. Sie hatte nur noch einen einzigen Schuss und jetzt war die Reihe an Bantje. »Ich habe verloren ...«, dachte sie, stellte aber gleichzeitig verblüfft fest, dass sie überhaupt nichts empfand. Als ob dieser Wettkampf keine Bedeutung mehr hätte ...
Sie spürte, dass Bantjes Blick siegesgewiss auf ihr lag. Verbissen hielt sie die Augen gesenkt. »Ich darf ihn nicht ansehen ... Wenn ich ihn ansehe, spürt er, wie sehr ich ihn hasse!«
Bantje hob den Bogen zum letzten Schuss. Anga hielt den Atem an. Sie spürte kaum, wie ihre Fingernägel sich in ihre Handflächen gruben.
Plötzlich fuhr ein starker Windstoß durch die Landschaft. Die Stille war mit einem Male wie weggeblasen, jeder Baum, jedes Gebüsch begann zu zittern und zu beben, aus allen Zweigen flatterten Vögel auf und flogen mit kreischenden Schreien in die Höhe. Die gesamte Steppe schien zu leben, Staubwolken wirbelten in der Luft und über

ihnen flatterten ganze Schwärme großer und kleiner Vögel mit schrillen Angstrufen. Anga lief ein Schauder den Rücken hinunter. »Der Himmel wird von Vogelgeschrei widerhallen . . .«
Verwundert hatte Bantje seinen Bogen sinken lassen, nahm ihn aber sofort wieder auf. Er wollte diesem lächerlichen Wettschießen sofort ein Ende bereiten. Anga rührte sich nicht. Bleich und unbeweglich starrte sie auf das Ziel. Ein Schweißtropfen rollte von ihrer Stirn über die Wange. Sie hatte das Gefühl, es sei eine Träne.
Da fuhr ein neuer Windstoß pfeifend über die Erde. Die Pferde wieherten, wollten ausbrechen und rissen an den Zügeln. Die Krieger hatten große Mühe, sie zu halten.
Mit einem Mal ertönte aus der Tiefe ein Grollen und Donnern. Die Erde bebte und wankte. Anga war, als würde ihr der Boden unter den Füßen weggezogen. Sie verlor das Gleichgewicht, stürzte und prallte hart auf die Steine auf. Sie hörte Schreien und Kreischen und noch einmal drang ein gewaltiges Donnern und Poltern aus dem Erdinnern hervor und hallte von den Bergen und vom Himmel wider. Als Anga den Kopf hob, erschrak sie zu Tode: Die ganze Bergkette schwankte, ein ungeheures Felsenstück löste sich und rollte mit Getöse zu Tal. Das Toben und Krachen nahm kein Ende, in Angas Ohren dröhnte und hallte es unaufhörlich. In nächster Nähe schaukelte und wankte ein hoher Baum. Die Wurzeln rissen sich aus dem Erdreich und öffneten eine tiefe Grube. Immer neue Stöße erschütterten den Boden und plötzlich brach mit fürchterlichem Krachen die Erde auf. Starr vor Schreck erblickte Anga eine klaffende Spalte, die sich mit rasender Geschwindigkeit vor ihren Augen bis weit in die Ferne hin fortsetzte, immer breiter, immer tiefer wurde und von allen Seiten Bäume,

Gestein, Tiere und Menschen in ihre Abgründe hineinriss. Sie sah Männer und Pferde in sinnloser Flucht davonrasen und gleich darauf wie weggeblasen verschwinden. Anga wollte vor der immer tiefer werdenden Spalte fliehen, doch ihr war, als sei sie gelähmt. Sie stolperte und fiel. Der Himmel stürzte auf sie herab, sie fühlte einen heftigen Stoß im Rücken. Verzweifelt krallte sie sich in Gestrüpp und Gestein. Mit einem Male war ihr, als steige die Erde unter ihr empor und wanke wie ein sich aufbäumendes Pferd. Dann nahm sie gerade noch wahr, wie sie schwerelos in der Luft schwebte, bevor sie das Bewusstsein verlor.

9

Langsam und mit großer Mühe öffnete Anga die Augen. Sie lag ausgestreckt unter dem Geröll. Zuerst erblickte sie den blauen, von kleinen Wolken durchzogenen Himmel und ihr erster bewusster Gedanke war: Ist jetzt schon Abend?

Sie fuhr mit der Hand über ihr schweiß- und blutverklebtes Gesicht und versuchte sich zu erinnern. Ihr Körper war steif und schmerzte überall. Stöhnend richtete sie sich auf. Sie spürte, wie ihr übel wurde, alles drehte sich um sie herum. Nach einer Weile verschwand dies Gefühl und sie konnte wieder richtig sehen. Sie traute ihren Augen nicht: Die grüne Steppe war verschwunden, sie sah nur ein ungeheures Geröllfeld. Sie blickte auf – sogar die Formen der Berge hatten sich verändert. Sie erkannte nichts mehr. Dort war ein Gipfel wie abgeschnitten, dort drüben schienen Kuppen und Spitzen verschoben. Die ganze Landschaft war grau, düster und tot. Das Unterste schien nach oben gekehrt, das Innere nach außen.

Lange Zeit starrte Anga unbeweglich in diese leblose Trümmerwelt. Sie konnte keinen klaren Gedanken fassen. Sie wusste nur, dass etwas unvorstellbar Fürchterliches geschehen war und dass sie wie durch ein Wunder noch lebte.

Das erste Zeichen anderen Lebens, das an ihr Ohr drang, war der heisere Schrei eines Bussards. Sie hob die Augen zum Himmel: Da kreiste der Raubvogel mit ausgebreite-

ten Flügeln in immer engeren Zirkeln. Plötzlich ließ er sich senkrecht in die Tiefe auf einen Felsvorsprung fallen.
Schwankend zog sich Anga an einem Steinblock hoch. Die Kleider hingen in Fetzen an ihr herunter, ihre Hände, ihr Gesicht waren aufgerissen. Sie blickte suchend umher: nichts, keine Menschenseele! Keine Spur von Naidung Djaman, von seiner Familie, von seinen Kriegern, seinen Pferden. Sie mussten tot sein – alle von der Erde verschlungen.
Anga rang nach Atem. Ihre Zähne schlugen aufeinander. Überrascht stellte sie fest, wie frisch und sauber die Luft war. Die Sonne im rein gewaschenen Himmel schien wie eine kristallene Scheibe über die Greuel der Verwüstung. Plötzlich zuckte Anga zusammen – über die Totenstille hinweg hatte sie ein Geräusch vernommen, das wie Hufgetrappel klang. Von dort, hinter dem Hügel, schien es herzukommen. Mühselig kroch sie auf Händen und Füßen einen Geröllhügel hinan. Jede Bewegung ließ Schmerzen wie Dolchstiche in ihrer Schulter aufzucken.
Anga hatte nun wieder ihr volles Bewusstsein erlangt. Sie ahnte, was geschehen war, wagte aber nicht weiterzudenken. Ihre Eltern, ihr Dorf – nein, sie durfte sich nicht vorstellen, was dort geschehen sein könnte, wenn sie vor Angst und Schmerz nicht wahnsinnig werden wollte.
Dies alles schoss ihr durch den Kopf, während sie kletterte. Auf dem Hügel angekommen, richtete sie sich auf und schaute sich um. Sie konnte einen Freudenschrei nicht unterdrücken: Nicht weit von ihr irrten drei Pferde zwischen den Gesteinstrümmern umher und unter ihnen war Khan.
Laut rief sie seinen Namen. Ihre Stimme klang gespenstisch in der lastenden Stille.

Der Schimmel hob den Kopf und spitzte die Ohren. Ein Zittern lief über sein Fell und er antwortete mit durchdringendem Wiehern.
Nun spürte Anga weder Schmerzen noch Erschöpfung mehr. Die Freude, Khan lebendig und wohlbehalten zu sehen, gab ihr neue Kraft. Sie lief den Hügel hinunter auf die Pferde zu, stieg dabei über Geröll und Erdspalten hinweg. Plötzlich blieb sie stehen – hatte da nicht eine menschliche Stimme gerufen? Sie lauschte aufmerksam. Oder war es eine Täuschung? Angestrengt suchte sie im näheren Umkreis nach einer Spur menschlichen Lebens.
»Ist da jemand?«, rief sie laut. Nichts regte sich. Stille.
Nochmals rief sie: »Ist da jemand? Antwortet!«
Voller Verzweiflung lauschte sie – und wirklich, es war kein Zweifel: Da war ein Geräusch, ein Stöhnen, das direkt aus der Erde zu dringen schien. Sie machte noch ein paar Schritte durch das Gesteinstrümmerfeld, bis sie plötzlich nicht mehr weiterkonnte: Zu ihren Füßen zog sich eine Spalte durchs Felsgestein, als ob ein riesiges Messer die Erde aufgeschlitzt hätte. Vorsichtig kniete sie am Rand der Spalte nieder und spähte in die halbdunkle Tiefe hinab. Ganz unten im Abgrund lag eine Gestalt, die sich schwach bewegte.
Die Spalte war sehr tief, mindestens dreißig, vierzig Fuß, schätzte Anga mit Entsetzen. Wie sollte sie den Menschen hier herausholen? Unmöglich in diese Spalte hinabzusteigen. Die Wände schienen aus lockerer Erde zu bestehen und waren ohne jeden Vorsprung. Was nun?
Plötzlich kam ihr der rettende Einfall.
»Habt Geduld! Ich helfe euch!«, rief sie hinab und eilte zu den Pferden. Sie ließen sich widerstandslos greifen. Khan rieb seinen Kopf an ihrer Schulter. Anga klopfte seinen

Hals und sah nach den beiden anderen Pferden. Wie erwartet, fand sie bei beiden Tieren an den Sattelknäufen die langen Kamelhaarseile, die zum Einfangen wilder Pferde dienten. Hastig knüpfte sie beide fest aneinander. Dann ging sie zu der Erdspalte zurück. Das eine Ende des Seiles schlang sie sich um den Leib; das andere legte sie mit einer Schlinge um einen fest im Boden verankerten Felsen. Sie setzte sich an den Rand der Spalte, ließ sich vorsichtig hinabgleiten.

Sie stemmte sich mit beiden Füßen gegen die Erdmassen, und Hand unter Hand setzend, ließ sie sich langsam in die Spalte hinabgleiten. Das Seil schwankte mit ihr hin und her, und je tiefer sie gelangte, desto weiter war der Ausschlag. Sie schlug gegen die Erdwand und ein paar Mal drehte sie sich um sich selbst. Ihre Hände brannten wie Feuer. Sie glaubte sich nicht länger festhalten zu können. Doch sie *durfte* nicht hinabfallen! Verbissen arbeitete sie sich langsam tiefer. Es roch feucht in dieser Grube und es wurde immer düsterer. Manchmal fielen von oben Steinsplitter herab und sie geriet in größte Angst bei dem Gedanken, das Seil könne durchscheuern und reißen – dann läge sie mit dem Menschen da unten in ihrem sicheren Grab. Mit Gewalt schob sie den Gedanken von sich und beinahe hatte sie schon die auf dem Boden liegende Gestalt erreicht, als sie die grüne Jacke von Bantje erkannte. Sie zuckte zusammen, doch sie ließ sich nicht aufhalten. Ob es nun Bantje war oder ein anderer, sie musste ihn retten!

Behutsam suchte sie mit dem Fuß eine Stelle, wo sie stehen konnte. Bantje beobachtete sie schweigend. Selbst im Halbdunkel erkannte Anga, dass sein Gesicht aschfahl und schmerzverzerrt war.

»Bist du verletzt?«, fragte sie ängstlich. Sie kauerte sich neben ihn und sah mit Schrecken, dass sein Bein unnatürlich verdreht lag. Das Knie musste gebrochen sein.
Bantje gab keine Antwort. Seine Augen glänzten fiebrig. Als er endlich sprach, lief Blut aus seinem Mund.
»Wo sind – meine Eltern?«, stieß er hervor.
Anga schluckte.
Dann erwiderte sie schlicht: »Ich habe sie nicht gesehen.«
Einen Augenblick lang starrte Bantje sie an, dann schloss er die Augen. Sein Kopf, den er etwas angehoben hatte, sank wieder zurück. Er atmete schwer. Anga bekam Angst. Sie durfte nicht zulassen, dass er den Mut verlor.
»Prinz Bantje, wir müssen fort von hier! Kannst du dich bewegen?«
Doch Bantje blieb stumm. Durch die Schmerzen und den Schock war er zu benommen, um eine Entscheidung zu treffen. Endlich murmelte er matt: »Wie soll ich hier fort? Ich kann den Arm nicht gebrauchen, auch nicht das Bein bewegen. Geh, lass mich, du kannst mir nicht helfen.«
Anga schüttelte ungeduldig den Kopf. Sie musste ihn aus seiner Erstarrung reißen.
»Prinz«, sagte sie scharf, »ich bin gekommen, um dir zu helfen, und nicht, um mich wegschicken zu lassen. Sag, kannst du dich bewegen?«
Bantje sah erst sie an und blickte dann in die Höhe, wo in der Öffnung der Spalte der Himmel rötlich leuchtete. Er wehrte ab.
»Ich kann diese Wand nicht hinaufklettern. Mit dem Bein und dem Arm müsste ich schon fliegen können«, setzte er bitter hinzu.
»Er hat Recht«, dachte Anga niedergeschlagen. Sie kniete neben Bantje, dessen Augen wieder zugefallen waren. Er

atmete schwer. Staub und Blut hatten sein Gesicht in eine unheimliche Maske verwandelt. Jede kleinste Bewegung ließ ihn vor Schmerz aufstöhnen. Anga spürte, wie ihre Verzweiflung wuchs. Es schien schlimmer um den Prinzen bestellt, als sie vermutet hatte. Was sollte sie nur tun, was sollte sie nur anstellen!

Angestrengt dachte sie nach.

»Geduld, Prinz! Ich will es wenigstens versuchen.«

Dann hatte sie die rettende Idee.

»Was willst du tun?«

Bantje schaute sie fragend an. Es schien, als habe er die Erstarrung überwunden. Trotz der vielen Wunden und völliger Erschöpfung klammerte er sich nun mit letzter Kraft an das Leben. Dass dieses Mädchen, das er derart gekränkt und beleidigt hatte, nun weggehen wollte, jagte ihm panische Angst ein. Bantje presste die Lippen zusammen. Sein Stolz verbot ihm auch jetzt noch, um Hilfe zu bitten, aber die Aussicht hier wie ein Tier zu enden . . .

Anga erriet seine Gedanken.

»Mach dir keine Sorgen, Prinz«, sagte sie ruhig und prüfte das um ihren Körper gebundene Seil. »Ich lasse dich nicht im Stich. Warte nur einen Augenblick.«

Sie begann den Aufstieg, stemmte die Füße gegen die Wand und zog sich Elle um Elle höher. Schon bald entstanden Blasen an ihren Händen, die schmerzten und brannten, und als sie platzten, glaubte sie mehrmals sich fallen lassen zu müssen. Keuchend und am Ende ihrer Kräfte, gelangte Anga endlich an den Rand der Spalte, zog sich heraus, bevor sie erschöpft und mit rasselndem Atem auf die Erde sank. Hier blieb sie eine Weile liegen und wartete, bis sich ihr Atem beruhigt hatte. Rot glühte die Sonne zwischen violettfarbenen Berggipfeln. Der Himmel war

klar und leer. Kein einziger Raubvogel zog mehr seine Runden.
Schließlich richtete sich Anga wieder auf. Sie konnte sich kaum auf den Beinen halten; ihre trockene Kehle brannte. Die Pferde wandelten geduldig im Dämmerlicht hin und her. Im letzten Abendschein schimmerte das weiße Fell Khans rosa wie das Innere einer Muschel. Er kam langsam auf Anga zu. Unter seinen Hufen klirrten die Steine. Die Gegenwart des geliebten Tieres in dieser zerstörten Welt war für Anga der einzige Trost. Seufzend lehnte sie ihre Stirn an den warmen Pferdehals, als ob sie aus dieser Berührung Kraft schöpfen könnte. Doch nun durfte sie keine Zeit mehr verlieren! Sie sah sich um und fand bald, was sie suchte: Halb zwischen Gestein eingeklemmt lag eine junge Tanne.
Nun machte sie sich an die Sattelsäcke der beiden Kriegerpferde und auch hier wurde sie schnell fündig: ein kleines Beil, das die Krieger zum Zerteilen der Knochen ihrer Jagdbeute benötigten. Sie entastete damit die Tanne und schlug sich zwei gleich große, starke Stücke zurecht. Laut hämmerten ihre Schläge durch die Abendluft und sie überlegte, dass auch Bantje in seinem Abgrund sie hören konnte. Er traut mir nicht, dachte sie mit geheimer Genugtuung. Er hat Angst, ich lasse ihn im Stich. Aber ich werde ihm schon zeigen, dass ich weiß, was sich gehört.
Als sie fertig war, befestigte sie am unteren Ende ihres Rettungsseiles eines der Holzstücke. Zwei Ellen höher verknotete sie das zweite Holzstück so, dass es wie das erste das Seil in seiner Mitte hielt. Dann kniete sie sich an den Rand der Erdspalte und ließ die Leine mit den Holzstücken vorsichtig hinabgleiten. Den beiden Chaharenpferden nahm sie die Sättel ab und entfernte die Lederrie-

men der Steigbügel. Diese knüpfte sie sich um die Hüften. Aus der Satteldecke schnitt sie zwei dicke Wollstücke. Mit ihnen ergriff sie die Rettungsleine und ließ sich in die Tiefe hinabgleiten. Die Wollfetzen dienten dazu, ihre aufgeplatzten Handflächen zu schützen.

In der Tiefe angekommen, merkte sie entsetzt, dass der Prinz sich nicht rührte und auch nicht antwortete, als sie ihn rief. War er während ihrer Abwesenheit gestorben? Nur noch eine kurze Entfernung trennte sie von dem Verletzten – sie überwand auch diese. Sie kniete nieder und beugte ihre Wange über das Gesicht des Prinzen, bis sie den leichten Hauch seines Atems auf ihrer Haut spürte. Erleichtert seufzte sie auf. Er hatte nur das Bewusstsein verloren.

»Um so besser«, dachte sie, »dann wird er keine Schmerzen verspüren.«

Unter Aufbietung aller Kräfte hob sie den Prinzen hoch, setzte ihn mit viel Mühe auf den unteren der Querbalken des Seiles und lehnte seinen Kopf und die Arme an den oberen Balken. Danach band sie ihn mit Hilfe der ledernen Riemen daran fest.

Nun machte sie sich wieder an den Aufstieg. Sie biss die Zähne zusammen, um nicht vor Schmerzen aufzuschreien. Die Arme versagten ihr beinahe den Dienst und ihre Beine wollten sich kaum noch um das Seil klammern. In halber Höhe wurde ihr plötzlich schwindelig, alles drehte sich um sie und sie rutschte zurück. Da schloss sie die Augen und klammerte sich noch einmal mit aller Kraft an das Seil, um nicht in die Tiefe zu dem ohnmächtigen Prinzen hinabzustürzen.

Als sie endlich den Rand der Spalte erreichte, wurde ihr schwarz vor Augen. Mit jagendem Herzen lag sie keu-

chend auf der Erde. Aber schon riss sie sich wieder hoch und wankte auf zittrigen Beinen zu den Pferden.
»Khan«, rief sie, »Khan, komm her!«
Gehorsam trabte Khan auf sie zu. Anga hatte unterdessen mit klammen Fingern die Leine vom Felsen gelöst und formte nun eine Schlinge, die sie um den Hals des Pferdes legte.
»Hilf mir, Khan! Hilf ziehen! Ruhig, ruhig, hab keine Angst!«
Sie führte den Schimmel am Zügel rückwärts, und als das Rettungsseil sich spannte, stemmte sie sich an Khans mächtige Brust und drückte ihn zurück. Dann griff sie selbst auch nach dem Seil und zog mit beiden Händen.
»Hilf mir, Khan, hilf mir!«, keuchte sie immer wieder. »Zieh, zieh! Hilf!«
Das Wunder geschah. Das kluge Tier begriff, was von ihm verlangt wurde, und wanderte langsam rückwärts. Die Muskeln seines Halses und der Brust spannten sich, es stemmte sich fest mit den Füßen in den Boden und unter Angas Führung und Hilfe, unter ihrem steten Zuspruch, vergrößerte sich der Abstand zwischen Anga und der Erdspalte immer mehr.
Endlich tauchten Bantjes Kopf und Schultern aus der Tiefe auf. Anga eilte zu ihm, um ihn zu stützen. Khan blieb schnaubend stehen, doch nun winkte Anga und rief: »Khan, zurück, noch weiter zurück!«
Das Wiehern des Schimmels klang rauh, aber er gehorchte und zog weiter. Anga half nach, den immer noch bewusstlosen Bantje über den Gesteinsrand zu bringen und flach auf die Erde zu betten. Dann streifte sie die Schlinge von Khans Hals, doch als sie nun zurückging, um Bantje von seinem Rettungsseil zu lösen, versagten die Beine ihr end-

gültig den Dienst. Seltsame Funken kreisten vor ihren Augen. Der Boden hob sich und kam ihr entgegen. Anga fiel vornüber auf die Steine und fühlte lange Zeit gar nichts mehr.

10

Wiederkehrende Stöße an ihrer Schulter weckten Anga aus ihrer Betäubung auf. Ein warmer, schnaubender Hauch blies über ihr Gesicht. Sie wusste nicht gleich, wo sie war, als sie die Augen öffnete. Es war dunkle Nacht. Seltsam klar blitzten am Himmel die Sterne. Der Schweiß in Angas Gesicht war inzwischen getrocknet. Zitternd stützte sie sich auf dem Ellbogen auf. Da erst entdeckte sie Khan. Der Schimmel hatte sie geweckt, indem er ihren Arm mit seinen weichen Lippen gefasst und leicht geschüttelt hatte. Als er Anga sich jetzt bewegen sah, spielte er zufrieden mit den Ohren.

Anga umfasste seinen Hals. »Ohne dich hätte ich es nie geschafft«, flüsterte sie heiser.

Dann richtete sie sich schwerfällig auf die Knie und zog sich an Khan in die Höhe. Ihr ganzer Körper war wie zerschlagen, voller Wunden und blauer Flecken.

Im Sternenlicht sah sie sich nach dem Prinzen um. Er lag noch immer am gleichen Ort mit dem Gesicht zur Erde. Sie löste alle Riemen und Stricke und wandte ihn vorsichtig auf den Rücken. Zu ihrem großen Erstaunen stellte sie fest, dass seine Augen offen standen. Mit seltsamem Ausdruck starrte er sie an. Wie lange er wohl schon bei Bewusstsein war?

Und in dem Moment, in dem ihre Augen sich trafen, wurde ihr bewusst, dass sie ihn nicht mehr hasste. War dies noch derselbe junge Mann, den sie dermaßen verachtet hatte? Das alles war schon lange vorbei, so viel war geschehen. Wie ein Strudel wirrer Gedanken zog alles Erlebte blitzschnell wieder an ihr vorbei. Aber noch bevor sie etwas sagen konnte, flüsterte Bantje kaum hörbar: »Hab Dank. Ich schulde dir mein Leben.«

Verlegen wandte Anga den Blick ab. Es dauerte eine Weile, bis sie wieder sprechen konnte. »Hast du Schmerzen?«

»Es geht«, antwortete er matt und schüttelte schwach den Kopf. »Aber ich habe großen Durst.«

Anga stand auf und ging zu den Pferden. Sie erinnerte sich in den Satteltaschen einen Lederschlauch gesehen zu haben. Sie fand ihn und merkte sofort, dass noch Wasser vorhanden war. Sie kniete neben dem Verletzten nieder, stützte ihm den Kopf und hielt ihm den Lederschlauch an den Mund. Gierig trank er. Anga spürte, wie heiß seine Stirn sich anfühlte, er musste hohes Fieber haben. Plötzlich erfasste sie Mutlosigkeit. Was sollte nur aus ihnen werden, wenn Bantje sich nicht im Sattel halten konnte?

Sie untersuchte seine Verletzungen. Anga hatte kürzlich miterlebt, wie die alte N'Gula, die Heilkundige des Stammes, einem vom Pferd gefallenen Jungen das Bein geschient hatte. Ihr kam in Erinnerung, was zu tun war. Sie löste die beiden Stangen aus der Rettungsleine und schnitt sich zwei weitere Stangen aus den Zweigen der Tanne zurecht. Mit Bantjes Hilfe band sie diese Holzstücke fest um seinen Schenkel, nachdem sie mit einem Stofffetzen eine Polsterung dazwischengelegt hatte. Bantje gab kaum einen Laut von sich, doch sie hörte, dass er mit den Zähnen knirschte, um nicht vor Schmerzen laut aufzuschreien.

Jetzt der Arm! Behutsam schnitt Anga mit ihrem Dolch den Ärmel seiner Lederjacke auf. Trotz ihrer Kaltblütigkeit erschrak sie sehr, als sie im matten Licht entdeckte, wie tief

der Arm vom Ellbogen bis zur Schulter aufgerissen war. Die Wunde klaffte weit auseinander, das Blut schien gestockt und schon verkrustet. Sie ließ den Prinzen den Arm vorsichtig bewegen. Wenigstens schien nichts gebrochen. Nun riss sie die Ärmel seines Hemdes in lange Streifen, umwickelte fest den Arm damit, um die Wundränder einander zu nähern, und machte darüber noch einen Verband aus den Resten des Ärmels.
Mehr konnte sie nicht tun. Wenigstens im Moment nicht. Sie dachte nach. Schließlich sagte sie: »Hier können wir nicht bleiben.«
Bantje nickte. »Wenn du mir hilfst aufs Pferd zu steigen, werde ich wohl reiten können.«
»Was dann?«, fragte sie.
Ein Seufzer hob seine Brust. »Ich muss zu meinem Volk. Meine Eltern sind wohl nicht mehr am Leben. Ich bin der Nachfolger meines Vaters. Aber wenn die Chaharen mich tot glauben, werden sie einen anderen zum Khan auserwählen.«
»Wie weit ist es von hier zu deiner Stadt?«
»Zu Pferd ungefähr sieben Tage«, antwortete Bantje düster. Er wusste wohl, wie unmöglich für ihn jetzt eine solche Strapaze war, aber er sah keinen anderen Ausweg.
»Hör mir zu, Prinz«, sagte Anga nach kurzer Überlegung. »Das Lager meiner Eltern ist nicht weit von hier entfernt. Lass mich versuchen dich dorthin zu bringen. Dort kannst du gepflegt werden und unser Häuptling wird dich in einer Tragsänfte zu deinem Volk bringen. Er wird auch sofort einen Boten schicken, der deine Rettung bekannt gibt.«
Anga stockte mitten im Satz. Der entsetzliche Gedanke, das Erdbeben könnte auch ihr heimatliches Zeltlager

verwüstet haben, durchfuhr sie mit all seiner Grausamkeit.
Sie schauderte und schlug entsetzt die Hände vors Gesicht.
Bantje sah sie lange schweigend an. Vielleicht erriet er ihre Gedanken. Endlich hob er den Kopf und sah zum Himmel auf. Halblaut, als ob er zu sich selbst spräche, sagte er: »Der Himmel sieht aus wie immer. Dort ist der Große Jäger mit seinem funkelnden Sternengürtel. Und dort steht das Gestirn Anilam, das die Wanderer lenkt. Nichts hat sich geändert. Nur Berge sind zusammengestürzt . . .«
Anga antwortete nicht. Ihre Lippen zitterten. Sie war den Tränen nahe. Doch sie bezwang die Furcht, die die schreckliche Vorahnung in ihr geweckt hatte.
»Nimmst du meine Hilfe an?«, fragte sie den Prinzen so ruhig wie möglich.
Der Schatten eines Lächelns glitt über sein Gesicht. »Ja, ich danke dir. Wir werden gemeinsam einen Weg suchen.«

11

In dieser Nacht fand Anga trotz ihrer Erschöpfung lange keinen Schlaf. Die Angst um ihre Eltern, um das heimatliche Lager, hielt sie wach. Wenn sie doch aufs Pferd steigen und davonreiten, fliehen könnte, weg von diesem Ort des Grauens, nach Hause, um endlich Gewissheit zu haben! Aber sie hatte dem Verletzten ihr Versprechen gegeben, ihn nicht im Stich zu lassen. Lange Zeit vernahm sie, wie er im Fieberschlaf zusammenhanglose Worte sprach, stöhnte, unterdrückt aufschrie. Bald aber sank auch sie in tiefen, traumlosen Schlaf. Die drei Pferde standen unbeweglich in der Dunkelheit und schienen über den Schlaf der beiden jungen Menschen zu wachen.

Der Himmel glühte rot wie ein Rubin, als Anga verwirrt die Augen aufschlug. Was war geschehen? Warum schlief sie draußen auf dem kalten Erdboden anstatt im vertrauten Zelt ihrer Eltern?

Die Erinnerung traf sie wie ein heftiger Schlag: das Erdbeben, die Rettung des Prinzen, die entsetzliche Angst um Vater und Mutter ...

Neben ihr regte sich der verletzte Prinz in unruhigen Fieberträumen. Das schweißnasse Haar klebte an Stirn und Wangen, die zerfetzten Kleider ließen aufgeschürfte Haut sehen, auf der das Blut getrocknet war. Anga berührte vorsichtig seine Schulter. Er zuckte zusammen, öffnete die Augen und blickte sofort klar.

»Wir müssen aufbrechen«, sagte Anga.
Er nickte. Sie ging zu den Pferden und sattelte Khan. Sein weicher Gang würde dem Verwundeten die wenigsten Schmerzen bereiten. Am Zügel führte sie den Schimmel zu Bantje, der vergeblich versuchte sich ohne Hilfe aufzurichten. Er stützte sich mit dem ganzen Gewicht auf das Mädchen. Anga merkte, er würde nicht aufsteigen können. Sie blickte umher. Dort drüben war eine Steinplatte, von ihr aus konnte er sich vielleicht auf den Rücken des Pferdes ziehen. Sie gab ihm durch Zeichen zu verstehen, was sie vorhatte, und half ihm auf dem unverletzten Bein zur Steinplatte zu humpeln. Schnell führte sie Khan heran, der willig stillhielt, bis es Bantje gelang das gesunde Bein über den Pferderücken zu schwingen und aufzusitzen.
Doch die Anstrengung war zu viel für ihn. Er schwankte und sank vornüber auf den Hals des Pferdes.
Zornig auf sich selbst, stieß er hervor: »Binde mich am Sattel fest.«
Anga tat, was er wollte. Als er gefesselt im Sattel saß, sprang sie auf eines der Chaharenpferde.
»Überlass mir die Zügel«, sagte sie zu Bantje. »Ich werde den Schimmel führen.«
Sie ritt neben Khan. Das dritte Pferd, das mit dem verlängerten Zügel an ihren Sattelknauf gebunden war, folgte gehorsam. Schritt für Schritt ritten sie durch das verwüstete Land, dessen furchtbare Zerstörung im hellen Sonnenlicht noch deutlicher sichtbar wurde als am Abend zuvor. So weit das Auge reichte, war die Erde aufgerissen und durcheinander gewühlt; überall schauten Baumspitzen oder Äste, letzte Spuren verschütteter und verschluckter Bäume, aus Geröll und Schutt hervor. Die Reiter kamen nur mühsam vorwärts. Oftmals versperrten gewaltige,

von hohen Bergeshöhen herabgestürzte Felstrümmer den Weg. Anga verlor mehrmals die Richtung. Sie konnte sich nur nach der Sonne orientieren. Manchmal sanken die Pferde bis an die Fesseln in die weiche Erde. Dann war nicht einmal mehr das eintönige Hufgetrappel zu vernehmen, sondern nur lastende, tödliche Stille, die durch keinen einzigen Vogelruf unterbrochen wurde. Nur hoch oben, am Himmel, zogen Geier ihre Kreise.
Anga hielt krampfhaft die Zügel in der Hand und war vor Angst und Ungeduld am Rande des Wahnsinns. Dieser gespenstische Ritt wollte kein Ende nehmen. Es war unmöglich, die Pferde zu größerer Eile anzutreiben, unmöglich wegen der Bodenbeschaffenheit und unmöglich wegen Bantjes Zustand.
Sie brauchte nicht zu fragen, wie er sich fühlte. Sie sah, wie er mit halb geschlossenen Augen zusammengesunken auf dem Sattel hockte und bei jedem Schritt hin und her schwankte. Vielleicht war er eingeschlafen, vielleicht auch bewusstlos – sie konnte nichts anderes tun, als sie beide aus dieser Hölle wegzubringen.
Der Morgen ging vorbei, es wurde Mittag. Die Sonne brannte wie ein vor Zorn glühendes Auge vom Himmel herab und warf keinerlei Schatten mehr.
Sie teilten sich das lauwarme Wasser, das noch in dem Lederschlauch schwappte. Die Pferde konnten überhaupt nicht getränkt werden. Durch Bantjes Armverband sickerte Blut, sein Gesicht war leichenblass. Mit keinem einzigen Laut ließ er vernehmen, welch unmenschliche Schmerzen ihm die Bewegungen des Pferdes verursachten. Er fragte auch nicht, ob es noch weit sei bis zum Lager von Angas Eltern, sondern knirschte nur mit den Zähnen. Anga musste wider Willen seine Tapferkeit bewundern.

»Vor Sonnenuntergang sind wir da«, beruhigte sie ihn und sich im Geiste. »Warte ab, nur noch eine kleine Weile, sobald die Schatten länger werden, dann sehen wir das Lager. Meine Mutter wird dir süßen, heißen Tee zubereiten, und die alte N'Gula wird deine Wunden pflegen ...«
Die Sonne hatte ihren höchsten Punkt überschritten, als plötzlich das Plätschern von Wasser an Angas Ohr drang. Ein Freudenschrei entfuhr ihr: Bald waren sie da! Kein Zweifel, dies war der Fluss in der Nähe ihres heimatlichen Lagers. Anga ritt schnell in die Richtung, aus der das Murmeln und Brausen kam, das nun immer deutlicher zu hören war. Plötzlich – inmitten eines Gewirrs entwurzelter Bäume und zerborstener Felsen – erblickte sie ihn. Doch der sonst so vertraute Fluss war so anders, so ungewohnt, dass sie nur mit Mühe einen Aufschrei unterdrückte: Wo sonst das Wasser an sanften Ufern dahingeflossen war, rauschte und toste nun eine reißende Strömung.
Hatten Stein- und Erdmassen das Wasser an der Mündung gestaut? Angas müder Verstand vermochte diese Fragen nicht zu beantworten. Und doch, diese Gegend war ihr vertraut, und wenn sie weiterritten, hier, den Flusslauf entlang, mussten sie in Kürze zum Zeltlager kommen. Fast hatte sie den verletzten Bantje vergessen, als sie unbewusst die Pferde antrieb und einen Weg durch die Schlucht suchte. Der Pfad wurde immer schmaler, die Wasser überfluteten ihn; die Pferde rutschten manchmal auf den nassen Steinen aus. Plötzlich lichtete sich der Wald und gab den Blick auf die weite Ebene frei. Im selben Augenblick riss Anga ihr Reittier so heftig zurück, dass es empört wiehernd ausbrach. Doch unwillkürlich vollführte Anga die notwendige Gegenbewegung. Ihr verzweifelter Blick irrte über die Ebene und suchte jene Stelle, an der sich das

Zeltlager befinden musste. Doch an seiner Stelle sah Anga nur einen tiefen schwarzroten Krater. Ein paar einzelne Pfähle standen noch da, halb vom Feuer verkohlt. Eine letzte Spur. Sonst nichts.

Anga war wie gelähmt, schwerfällig schwang sie ihr Bein über den Sattel und ließ sich zu Boden gleiten. Wie im Traum machte sie einen Schritt und noch einen, doch plötzlich versagten die Beine ihr den Dienst. Bantje, der ihr unterdessen auf Khan nachgeritten war, kam gerade noch rechtzeitig aus dem Dickicht hervor, um zu sehen, wie sie zu Boden sank. Ein einziger Blick auf den Krater und die verkohlten Holzreste genügte, er wusste Bescheid, was hier geschehen war. Doch er selbst war vom Fieber so benommen, dass er seine Empfindungen nicht in klare Worte fassen konnte.

Eine Weile verging. Anga rührte sich nicht, sondern kniete am Boden, das Gesicht in den Händen vergraben. Bantje sah, wie ihre Schultern zuckten, und glaubte, sie weine. Doch als sie sich endlich aufrichtete, waren ihre Augen trocken. Langsam und wie betäubt, als ob jeder Schritt sie eine unendliche Anstrengung kostete, ging sie auf den Prinzen zu. Ihre Blicke trafen sich und jeder las in den Augen des anderen die gleiche grenzenlose Verzweiflung. Müde schob Anga eine widerspenstige Haarsträhne aus dem Gesicht und fragte mit tonloser Stimme: »Was nun?«

Bantje schluckte schwer. »Wir müssen hier bleiben, für diese Nacht ...«, antwortete er.

Sie reagierte nicht. Plötzlich begann sie zu weinen, den Kopf an den Hals des Pferdes gelehnt. Leise schluchzte sie vor sich hin. Die Tränen zogen helle Spuren durch ihr staubiges Gesicht.

Bantje wandte seine Augen ab. Die Tränen des Mädchens

gingen ihm um so näher, als auch ihm das Schluchzen im Halse steckte und er gerne wie ein kleiner Junge geweint hätte. Nur ein letzter Rest von Selbstbeherrschung hinderte ihn daran. Aber er musste mehrere Male tief Atem holen, bevor er mit rauher Stimme sagen konnte: »Auch ich habe meine Eltern verloren ... Ich weiß, was du empfindest.«

Anga nickte wortlos. Nach und nach ließ ihr Schluchzen nach. Sie seufzte, wischte sich mit dem Handrücken über die Wangen und warf den Kopf zurück. Dann machte sie sich daran die Stricke zu lösen, die Bantje fest im Sattel hielten. Ihr Gesicht war ausdruckslos. Nachdem sie den jungen Mann von seinen Fesseln befreit hatte, half sie ihm vom Pferd zu steigen und sich auf dem Boden auszustrecken. Danach schob sie ihm einen Sattel unter den Kopf. Bantjes Knie war inzwischen dick geschwollen. Er spürte das Blut in seinen Wunden pochen.

Immer noch wortlos führte Anga die Pferde zum Wasser. Als sie nach einer Weile wiederkam, sagte sie mit erstaunlich ruhiger Stimme: »Warte hier. Ich will mich umschauen, ob nicht irgendwo noch Schafe unserer Herde umherirren. Wir müssen etwas zu essen finden.«

»Erspar dir diese Mühe, Tochter Sadgums«, ertönte plötzlich hinter ihrem Rücken eine brüchige Stimme. »Meine Vorräte genügen für uns alle.«

Anga wirbelte erschrocken herum. Vor ihr stand, wie aus dem Nichts herbeigezaubert, N'Gula, die Älteste des Stammes. Schneeweiße Haarsträhnen hingen um ihr gelbes, runzliges Gesicht, in dem der dünne Strich ihrer Lippen selbst wie eine Runzel wirkte. Mit ihren alten, aber immer noch klaren Augen betrachtete sie Anga jetzt voller Mitgefühl.

Mit einem schwachen Aufschrei stürzte Anga der alten Schamanin entgegen, fiel ihr zu Füßen.
»N'Gula! Du lebst noch! Wo sind die anderen? Wo sind meine Eltern?«
N'Gula schüttelte langsam den Kopf. Sie streckte die Hände aus und half dem Mädchen sich wieder aufzurichten.
»Steh auf, Kind. Deine Eltern sind tot. Sie sind alle tot. Unter ihren Füßen hat sich die Erde aufgetan und das ganze Lager in den Abgrund gerissen. Ich suchte Kräuter in den Bergen, so bin ich davongekommen.«
»Hat denn überhaupt niemand überlebt? Niemand?«
»Ich bin die Einzige«, stieß N'Gula leise hervor. »Aber die Götter wissen, ich hätte mein Leben freudig geopfert, wenn unserem Stamm dadurch dieses Ende erspart geblieben wäre.«
Anga senkte den Kopf.
»Ich auch – ich wäre auch lieber tot«, flüsterte sie.
»Schweig«, murmelte N'Gula und fasste sie am Arm. »Die Götter haben beschlossen dich am Leben zu lassen.«
Sie wandte sich an den Verletzten, der die ganze Zeit über schweigend zugehört hatte.
»Friede mit dir, Prinz der Chaharen. Auch du wurdest von den Göttern begünstigt.«
»Friede mit dir!«, antwortete Bantje kaum hörbar.
»Lass mich deine Wunden sehen«, sagte die Alte. Sie kniete neben ihn und strich leicht über das geschwollene Bein. Bantje zuckte zusammen. Die Alte zog einen Dolch aus dem Gürtel und schnitt die lederne Hose auf. Mit geschickten Fingern betastete sie das stark gerötete und angeschwollene Knie, das eigentümlich verformt war. Nach einer Weile hob sie den Kopf und sprach: »Dein Bein

ist nicht gebrochen, aber es ist aus dem Gelenk gefahren. Ich werde dir helfen und es wird sehr wehtun. Aber es muss sein.«

»Tu, was du für richtig hältst«, sagte Bantje, über dessen Gesicht ein Hoffnungsschimmer lag. »Ich bin zu allem bereit.«

N'Gula nickte. Sie gab Anga Anweisungen, aus ihrer Jacke lange Streifen zu reißen, um über genügend Verbandsstoff zu verfügen. Danach betastete sie mit ihren erfahrenen Fingern sanft das angeschwollene Knie. Plötzlich wurden ihre Hände hart wie eiserne Zangen und mit einer schnellen, sehr kräftigen Drehung renkte sie das ausgekugelte Knie wieder ein. Bantje schrie vor Schmerzen gellend auf. Sein Oberkörper fiel auf die Erde zurück, er griff wild um sich, bekam den Zweig einer Tanne zu fassen und riss mit aller Kraft daran.

N'Gula ließ sich von Anga die Stoffbahnen reichen und umwickelte ruhig und sicher das wieder eingerenkte Knie. Mit schweißüberströmtem Gesicht ließ Bantje alles mit sich geschehen und ächzte nur dann und wann leise vor sich hin.

»So«, sagte N'Gula, »nun ist es in Ordnung. Doch jetzt musst du ruhig liegen bleiben und darfst dich vor Neumond weder bewegen noch aufs Pferd steigen, sonst kugelt das Gelenk sich wieder aus. Nun will ich auch noch deinen Arm sehen und verbinden. Danach bereite ich dir einen Trank, damit du schlafen kannst.«

Später, als die Nacht hereingebrochen war und Bantje unter der Wirkung der von N'Gula eingegebenen Kräuter in tiefen Schlaf gesunken war, saß Anga bei der alten Frau am Feuer und erzählte von ihren Erlebnissen. Schweigend

hörte die Schamanin zu und legte dann Anga die Hand auf die Schulter.
»Du musst Mut haben, Tochter. Niemand kann dir deine Eltern wiedergeben. Aber du bist jung und stark, und dein Leben geht weiter.«
Anga schloss die Augen und schwieg. Dann sagte sie leise: »Der Geist meines Vaters und der meiner Mutter schweben noch über der Steppe. Ich konnte ihnen weder ein Grab bereiten noch die Riten vollziehen.«
»Sie ruhen im Schoß der Erdmutter«, sagte die alte Frau. Sie schürte das Feuer und fügte hinzu: »Leg dich hin und schlafe. Ich werde Wache halten.«
Anga ging zu den Pferden, um eine Decke zu holen, als sie plötzlich ein weiches Rauschen über ihrem Kopf vernahm. Rasch blickte sie nach oben. Da senkte sich flügelschlagend ein großer Vogel auf ihre Schulter: Tchi-Sik, der Jagdfalke! Anga stieß den vertrauten Lockruf aus und streichelte dem treuen Tier Kopf und Gefieder. Tchi-Sik ließ zufriedene kleine Pfiffe hören und wiegte sich auf Angas Schulter. Sie aber ließ wieder den Kopf sinken, weil sie Tränen in ihre Augen aufsteigen fühlte. Das warme, lebendige Tier auf der Schulter rief ihr mit bestürzender Gewissheit alles wieder vor Augen, was sie verloren hatte: das Leben in der heimatlichen Jurte mit den Eltern, den Geruch gebratenen Hammelfleisches und den Geschmack des heißen Tees, den Mutter Nirma ihr im kupfernen Becher reichte. Sie sah wieder das freundliche, weise Lächeln des Vaters, sie dachte an die klare Stimme der Mutter und die vielen Menschen, die nicht mehr am Leben waren.
Nun lagen alle unter einer Decke von Gestein und Erde. Es war, als hätten sie nie gelebt außer in Angas Gedächtnis.

Nun war sie allein mit dem Falken Tchi-Sik und dem Schimmel Khan – und nicht einmal mehr Khan gehörte ihr, sondern dem Prinzen Bantje. Denn sobald er geheilt wäre, würde er ihn zurückverlangen und sie müsste ihn wieder hergeben . . . Aber ach, hatte das alles denn überhaupt noch irgendeine Bedeutung?
Anga wickelte sich in die Decke und streckte sich auf dem Boden aus. Stumm saß die alte N'Gula vor dem verlöschenden Feuer und hielt Wache. Tchi-Sik hatte sich auf einen Ast über Angas Lager gesetzt und den Kopf unter einen Flügel gesteckt. Durch die Zweige hindurch sah Anga die Sterne blinken und sie musste an Bantjes Worte denken: »Am Himmel ist nichts verändert. Nur die Berge sind zusammengestürzt.« Jeder Stern stand wie immer an seinem Platz und so würde es noch in tausend Jahren sein und ebenso in hunderttausend Jahren. War das nicht ein Trost?
Erschöpft schloss Anga die Augen. Ihre Lider waren heiß und brannten. Sie legte eine Hand unter die Wange und schlief ein.

12

Am folgenden Tag sattelte Anga gleich nach dem Erwachen den Schimmel und ritt in die Ebene hinab. Trotz der Warnungen von N'Gula war sie entschlossen selbst die Stätte zu durchsuchen, auf der das Zeltlager gestanden hatte. Insgeheim hatte sie an ein Wunder geglaubt, doch sie fand nichts als Verwüstung und Einöde. Der Erdboden hatte sich buchstäblich geöffnet und das ganze Lager in den tiefen Abgrund gerissen. Das Tosen des Flusses oberhalb des Lagers dröhnte in ihren Ohren. Er war durch die Geländeveränderungen umgeleitet worden. Sein Bett war verschwunden. Talwärts hatte sich bereits ein weiter, sumpfiger See gebildet, in dem entwurzelte Baumstämme und Tierkadaver schwammen.

Als Anga zu ihrem Lagerplatz zurückkam, saß Bantje an einen Sattel gelehnt. Das Fieber schien gesunken zu sein. Die Mittel der alten weisen Frau hatten offenbar gewirkt. Da der Prinz sich kräftiger fühlte und nicht länger untätig sein wollte, schnitzte er mit seiner gesunden Hand an einem Ast, der ein Bogen werden sollte. Ein Blick auf Anga sagte ihm deutlich genug, dass nicht die geringste Hoffnung mehr bestand.

Trotzdem fragte er: »Nun?«

Sie ließ sich neben ihm auf dem Boden nieder. »Mir wäre lieber, ich hätte es gar nicht gesehen. Aber ich musste doch Gewissheit haben!«

»Ich verstehe.« Bantje sah sie verstohlen von der Seite an.

»Ich möchte dir etwas sagen«, begann er dann zögernd. Anga hob den Kopf. Als ihre Augen mit denen des Prinzen zusammentrafen, senkte er schnell den Blick. Er war verlegen. Anga schien, als sei er in diesen letzten Stunden erwachsener geworden.
»Es war sehr mutig von dir, mir das Leben zu retten.«
Sie lächelte schwach. »Was hättest du denn an meiner Stelle getan?«
Bantjes Antwort kam schnell und freimütig: »Dasselbe!«
»Siehst du?«
Aufmerksam betrachtete Bantje seinen halb fertigen Bogen. »Ich muss dir noch etwas anderes sagen . . .« Er zögerte und fuhr dann sehr schnell fort: »Ich habe mich sehr schlecht benommen dir gegenüber.«
Dieser Satz hatte ihn viel Überwindung gekostet, Anga spürte es. Doch sie schwieg, einmal weil sie sein Geständnis überraschte und auch weil sie nicht recht wusste, was sie ihm darauf antworten sollte.
»Ich war sicher, dass Khan mir gehört«, fuhr Bantje fort und zerbrach dabei seinen gerade begonnenen Bogen in Stücke. »Aber ich hätte auf ihn verzichten müssen, als ich sah, wie viel dir der Schimmel bedeutet. Ich wollte meinen Willen haben. Verzeih mir, Anga!«
Anga starrte ihn an. Dieses Mal wich er ihrem Blick nicht aus. Im Gegenteil, er schien erleichtert und zufrieden. Anga dachte überrascht, wie seltsam das Leben doch sei. Warum demütigte sich Bantje, Prinz der Chaharen, jetzt vor ihr? Das konnte doch nicht richtig sein und sie fühlte sich seltsam beklommen – und doch auch wieder gerührt.
»Lass nur«, sagte sie freundlich. »Khan gehört dir, das weißt du doch.«

Er schüttelte heftig den Kopf.
»Nein, es ist dein Pferd.«
Ein schüchternes, ungläubiges Lächeln breitete sich über Angas Gesicht aus.
»Ist das wirklich wahr?«, flüsterte sie rauh. »Oder machst du dich lustig über mich?«
»Ich schwöre es dir!«, sagte Bantje mit feierlichem Nachdruck. »Ich schwöre es bei meinen Ahnen!«
Befreit atmete Anga auf. Sie wusste nicht, was diesen Sinneswandel hervorgerufen hatte, aber ihr schien, als wälze man einen ungeheuren Stein von ihrem Herzen.
»Ich danke dir, Prinz Bantje«, flüsterte sie bewegt.
Sie wollte sich verneigen, aber Bantje hielt sie mit rascher Bewegung zurück.
»Ich bin es, der sich vor dir verbeugen sollte!«
Anga hob den Kopf. Sie hatte einen geheimnisvollen Ausdruck auf ihrem Gesicht. Und Bantje war es, als erblickte er zum ersten Mal ihren zarten Nacken und ihre Augenbrauen, die fein und klar wie mit einem Pinsel gezeichnet waren.
Die Worte eines uralten Liedes kamen ihm ins Gedächtnis:

> Zart wie Weidenblätter sind ihre Brauen,
> hell wie Frühlingsbäche glänzen ihre Augen.

Rings um sie war alles nur Tod und Verwüstung und dennoch hatte Bantje plötzlich Lust, Anga diese Verse aufzusagen. Aber er, der sonst mit Mädchen nie schüchtern gewesen war, brachte auf einmal kein Wort über die Lippen.
Doch schon war Anga mit einer fließenden, geschmeidi-

gen Bewegung aufgestanden. »Ich werde Feuer machen«, sagte sie gelassen.
Sie wandte sich ab und begann im Gebüsch nach trockenen Zweigen zu suchen. Wortlos ließ Bantje sie gehen.

13

Da Bantje auf N'Gulas Anordnung eine Zeit lang absolute Ruhe wahren musste, richteten sich die drei Überlebenden in den Bergen ein richtiges Lager ein. N'Gula hatte einige verstreute Schafe aus den ehemaligen Herden gefunden und fertigte mit Angas Hilfe einen kleinen Pferch an, damit sich die Tiere nicht wieder verliefen. Jetzt im Sommer war es zum Glück angenehm im Freien zu leben und Wölfe waren auch nicht zu befürchten.

Bantje litt unter der Untätigkeit. Er war zwar dank N'Gulas Hilfe wieder zu Kräften gekommen und sein Bein schmerzte nicht mehr. Die Armwunde heilte, wenn auch nur langsam. Doch der junge Mann konnte seine Ungeduld kaum noch bezähmen. Er wollte fort, zu seinem Volk. Es war sehr wichtig, bald aufzubrechen. Bantje erzählte von seinem Vetter Maalek, der schon immer nach der Herrschaft gestrebt hatte. Maalek war ehrgeizig und gewissenlos und hatte stets die weise Mäßigung des Herrschers Naidung Djaman verachtet. Schon lange hatte Bantje gewusst, dass er einmal nach dem Tode seines Vaters in Maalek einen gefährlichen und mitleidlosen Gegner haben würde. Wenn Maalek nun aus Bantjes langer Abwesenheit Nutzen zöge und die Familie des rechtmäßigen Khans für tot erklärte? Wer sollte ihn dann hindern sich selbst zum neuen Herrscher über die Chaharen ausrufen zu lassen?

So wuchs Bantjes Unruhe von Tag zu Tag. Er wütete gegen seine Hilflosigkeit. N'Gula hatte gesagt, er müsse bis Neu-

mond warten. Bantje zählte ungeduldig die Tage und die Zeit schien überhaupt nicht zu vergehen.
Als sich der Zustand seines Knies gebessert hatte, erlaubte N'Gula, dass er sich eine Krücke anfertigte und damit Gehversuche unternahm. Bantje war gewohnt über seinen Körper frei und gedankenlos zu verfügen und so ertrug er es nur sehr schwer, unbeweglich wie ein Greis zu sein. Oft verwünschte er sein Schicksal, das ihn in jene Erdspalte geschleudert hatte, auch wenn er natürlich zugab, wie viel Glück er dabei gehabt hatte. Wie leicht hätte er dabei sein Leben verlieren können!
Vor allem vor Anga versuchte er seine Gereiztheit zu verbergen. Er bewunderte die Ruhe des Mädchens und die würdevolle Gelassenheit, mit der sie ihr Schicksal ertrug. Sie hatte ja viel mehr als er verloren.

Jeden Tag fühlte sich Bantje mehr zu Anga hingezogen. Sie war so anders als alle Mädchen, die er bis dahin kennen gelernt hatte. Ihre Schönheit war unabhängig von Schminke und seidenen Gewändern. Sie trug ihre zerrissene Jacke und die schmutzigen Jagdhosen, als wäre es die vornehmste Kleidung, und war von einer erstaunlichen natürlichen Anmut. Und so groß wie ihre Schönheit war ihr Mut. Bantje konnte nicht vergessen, mit welcher Selbstverleugnung und Tatkraft sie ihm das Leben gerettet hatte. Manchmal musste er sich mit geheimer Angst fragen, was er wohl an ihrer Stelle getan hätte. Hätte er die seelische Freiheit gehabt ihr zu verzeihen, die ihn zuvor beleidigt und erniedrigt hatte?
Bantje war ehrlich sich selbst gegenüber, er mochte sich keine irgendwie geartete Entschuldigung zurechtlegen. So blieb seine Frage ohne Antwort.

Als Anga eines Morgens vom Fluss zurückkam, bemerkte sie eine kleine Karawane, die langsam durch die Steppe zog. Sie beeilte sich Bantje und N'Gula Bescheid zu sagen. Die Reisenden hielten geradewegs auf das kleine Lager zu.

Es waren zwei kirgisische Kaufleute, die auf reich geschmückten Kamelen einherzogen, ausgewählt gekleidet und reich an Schmuck. Ihre goldenen Ohrringe funkelten in der Sonne und Ringe blitzten an allen Fingern.

Als sie hinter einem Hügelvorsprung auftauchten und plötzlich vor den drei zerlumpten Menschen standen, erschraken sie. Einer griff nach seiner Flinte, die quer über dem Sattel lag, doch als er erkannte, dass es sich um eine alte Frau und zwei junge Menschen handelte, beruhigte er sich. Sie hielten ihre Kamele an.

»Friede mit euch«, rief Bantje und richtete sich mit seiner Krücke auf. »Woher kommt ihr?«

»Wir kommen aus der Stadt Kwei-Sui und sind unterwegs nach den Bergen von Gobi«, antwortete der Mann.

Bantje horchte auf. Diese Kaufleute konnten ihm vielleicht nützlich sein.

»Haltet doch einen Augenblick an«, sagte er. »Seit dem Erdbeben wissen wir nichts von der übrigen Welt. Steht die Stadt Kwei-Sui noch?«

Die Männer ließen ihre Kamele knien und stiegen ab. Ihre weiten Seidenmäntel flatterten im Wind wie riesige rote Blütenblätter.

»Kwei-Sui ist unbeschädigt«, antwortete der Mann, der eben schon gesprochen hatte. »Nur in der Umgebung ist vieles zerstört.«

»Wenn ihr nach Gobi reitet, so kommt ihr wohl durch das Land der Chaharen?«, erkundigte sich Bantje.

»Ja«, antwortete der Kaufmann. »Wir haben Ballen wertvoller Seide, Schmuck aus Jade und Korallen, der den Frauen gefällt, und wir haben auch Säbel und goldverzierte Dolche . . .«
Bantje winkte ungeduldig ab. Er hatte die übliche Verachtung eines Kriegers gegenüber Handelsleuten geerbt, daher hielt er es für überflüssig, sich das anpreisende Geschwätz anzuhören.
»So geht also zu den Chaharen«, sprach er befehlsgewohnt, »und meldet ihnen, Bantje, ihr Prinz, sei dem Tode entkommen. Man soll mir eine Eskorte von Soldaten mit einer Sänfte schicken und mich hier abholen.«
Einen Augenblick lang schwiegen die Kaufleute verblüfft, brachen dann aber in schallendes Gelächter aus. Dieser zerlumpte, auf Krücken humpelnde junge Mann behauptete der Sohn des Khans der Chaharen zu sein? Das Erdbeben musste ihm wohl die Sinne verwirrt haben!
»Aber sicher, hoher Herr!«, sagte der Sprecher ironisch. »Aber wer beweist uns, dass du die Wahrheit sagst? Was für ein Zeugnis deiner Behauptung dürfen wir den Chaharen vorweisen?«
Bantje biss sich zornig auf die Lippen. Dieses unwürdige Krämervolk erlaubte sich ihn der Lüge zu verdächtigen? Aber dann fasste er sich. Es lohnte nicht, zu brüllen und sich zu empören. Sie wollten einen Beweis? Dann sollten sie ihn bekommen! Mit unwirscher Bewegung riss er seine Jacke auf und nahm eine silberne Kette von seinem Hals, an der als Zeichen seiner königlichen Würde ein geschnittener Stein hing. Es war ein Falke mit ausgebreiteten Flügeln aus Jade.
»Hier, nehmt dies als Beweis!«, sagte er verachtungsvoll. »Zweifelt ihr immer noch an meinem Wort?«

Die Männer wurden sehr verlegen über ihre Ungeschicklichkeit, die sie teuer zu stehen kommen konnte. Mit überhöflichen Verbeugungen und allen Bezeigungen tiefster Ehrfurcht nahmen sie das wertvolle Stück in Empfang.
»Die Sonne muss uns geblendet haben, sonst hätten wir den edlen Prinzen sofort erkannt und diesen unverzeihlichen Fehler nicht begangen. Wir werden deine Botschaft überbringen, hoher Herr, und bitten ergebenst, du mögest uns nicht länger zürnen!«
»Es ist gut«, sagte Bantje trocken und bedeutete ihnen zu gehen.
Die Kaufleute waren glücklich sich trollen zu können. Sie schritten, rückwärts gehend und sich unaufhörlich verbeugend, zu ihren Kamelen und setzten sich in den Sattel. Die Kamele reckten den Hals, richteten sich schwankend in die Höhe und bewegten sich in wiegendem Schritt der südlichen Hochebene entgegen. Der rauhe Steppenwind ließ die Mäntel der Kaufleute flattern und bald war wieder Stille im kleinen Lager.
»Diese Männer machen zwar keinen vertrauenerweckenden Eindruck«, brummte Bantje. »Aber ich hatte ja keine andere Wahl.«

Auch die nächsten Tage vergingen endlos. Der Sommer neigte sich seinem Ende zu und schon wurden die Nächte kälter. Bantje verbrachte die Tage am Rand ihres Bergnestes, von wo er weit in die leere Steppe hinunterblicken konnte. Anga blieb in seiner Nähe, wenn die alte N'Gula getreu ihrer lebenslangen Tätigkeit in den Bergtälern auf der Suche nach Heilkräutern war.
Die beiden sprachen wenig miteinander. Gedankenverlo-

ren ließen sie die Stunden dahingehen und sahen nur an den länger werdenden Schatten, dass der Tag sich seinem Ende näherte. Manchmal beobachtete Bantje verstohlen das Profil des Mädchens, ihre dichten und langen Wimpern. Oft kämpfte er gegen den Wunsch an, ihr über die Hand zu streichen oder ihr zu sagen, wie sehr er sich zu ihr hingezogen fühlte ... Doch immer schreckte er vor Angas Zurückhaltung zurück, ihrer sanften und doch so spürbaren Selbstbeherrschung. Seit dem Erdbeben hatte das Mädchen sich sehr verändert. Sie war nicht mehr so lebhaft und springlebendig wie vorher und ihre früher eckigen und jähen Bewegungen waren nun ruhig und anmutig. Sie sprach wenig und lächelte selten, als ob sich ihr ganzes Wesen nach innen gewendet hätte. Bantje war dadurch sehr verunsichert. Und doch stellte er manchmal überrascht fest, dass ein flüchtiger und doch eindringlicher Blick Angas auf ihn fiel, was seine Unruhe nur noch vergrößerte. Er überlegte oft, was sie wohl von ihm denken mochte. Dass er nicht den Mut fand sie selbst danach zu fragen, ärgerte ihn am meisten.

Die Wahrheit indessen war recht einfach: Zu ihrem eigenen Verdruß hatte Anga gemerkt, dass sie sich in den Prinzen verliebt hatte. Staunend beobachtete sie, wie ihr ursprünglicher Hass, der doch so tief verwurzelt schien, hatte verschwinden können. Was aber war an seine Stelle getreten? Zuneigung, ja, und vielleicht, so überlegte sie, kam dies daher, dass sie ihm das Leben gerettet hatte? Wie hatte ihr Vater einmal gesagt: »Wenn du einem Wesen das Leben rettest, verknüpft dich ein unsichtbares Band mit ihm, das nichts und niemand mehr lösen kann.«

Doch Bantje war ein Prinz und der Erbe einer Herrscherfamilie, sie nur ein Steppenmädchen, und außer den schlechten Kleidern auf ihrem Leib besaß sie nichts mehr, gar nichts! Sie hatte kein Recht, auf dieses unlösbare Band zu hoffen – aber wie sollte sie diese Gedanken abschütteln? Sie fürchtete sich vor dem Tag, an dem Bantje doch bemerken würde, dass er ihr nicht gleichgültig war, und in der Furcht, sie könne sich durch einen Blick oder ein Wort verraten, verschanzte sie sich hinter kühler Zurückhaltung.

So vergingen die Tage und noch immer ließen die Reiter der Chaharen auf sich warten. Bantje schloss daraus, die Kaufleute hätten sich mit dem wertvollen Königszeichen davongemacht und sich nicht um ihr Versprechen gekümmert. Nun hielt er es nicht länger aus. Als N'Gula eines Abends mit einem Arm voll Kräutern aus den Wäldern kam, schleuderte Bantje ungeduldig seine Krücke weit von sich, ging mit schwankendem Schritt zu der alten Frau hin und sagte: »Ich will fort!«

Obwohl sein Ton keine Widerrede zuließ, schüttelte N'Gula den Kopf. »Du bist sehr unvorsichtig, hoher Herr. Dein Bein ist noch nicht ausgeheilt.«

Mit ausgestrecktem Arm wies Bantje auf den abnehmenden Mond, der wie eine silberne Sichel am Himmel hing. »Du hast mir gesagt, dass ich bei Neumond zu meinem Volk zurückkann. Warum soll ich noch warten?«

N'Gula legte in aller Ruhe ihr Bündel Kräuter auf die Erde. »Wenn das letzte Viertel des Mondes den Himmel verlässt, wirst du fortgehen können. Vorher nicht.«

Bantje wollte Widerspruch einlegen, doch N'Gula ließ sich nicht beirren. Sie hob die Krücke vom Boden auf, brachte sie Bantje und sah ihn scharf an: »Willst du für den Rest deines Lebens ein Krüppel sein?«

Bantje ergriff wortlos die Krücke. Einst hatte er seiner Wut einfach freien Lauf gelassen, jetzt stellte er selbst überrascht fest, wie sehr er sich verändert hatte. Statt aufzubrausen oder sich bei der geringsten Gelegenheit zu ärgern, hatte er gelernt seine Regungen zu zähmen. Ein Wort seines Vaters kam ihm ins Gedächtnis: »Bevor du ein Urteil sprichst, nimm einen Stein in den Mund und dreh ihn mit der Zunge siebenmal um.«

Dies alles ging Bantje jetzt durch den Kopf, während er zum Feuer zurückhinkte. Anga kniete dort und briet ein Stück Hammelfleisch am Spieß. Nachdenklich schaute Bantje ihr zu.

»Anga«, brach er unvermittelt das Schweigen, »würdest du mich begleiten, wenn ich in mein Land zurückkehre?«

Das Mädchen sah Bantje über die Flammen hinweg an.

»Dich begleiten?«, fragte sie mit gerunzelter Stirn. »Aber ich muss doch hier bleiben . . .«

Sie stockte, weil ihr plötzlich klar wurde, dass sie ja gar nicht wusste, wo sie überhaupt bleiben solle.

»Du hast mir das Leben gerettet«, fuhr Bantje eindringlich fort. »Nun ist es meine Pflicht, mich um dich zu kümmern. Ich . . . ich möchte gerne, dass du mit mir gehst!«

»Der Prinz hat recht«, sagte N'Gula, die gerade zum Feuerplatz gekommen war. »Du musst mit ihm gehen.«

Anga blieb stumm. Ihr Gesicht leuchtete golden im Licht der Flammen. Nach einer Weile richtete sie das Wort an die alte Frau: »Und du, N'Gula? Was wird aus dir?«

Die alte Frau streckte ihre hageren Hände den Flammen entgegen.

»Ich bin zu alt, um eine solche Reise zu unternehmen. Der Tod wird nicht mehr lange auf sich warten lassen.«

Anga musste traurig einsehen, dass die alte Frau die Wahr-

heit sagte. Ein tiefer Seufzer hob ihre Brust. Sie blickte den Prinzen an, der seine Unruhe über Angas bevorstehende Antwort hinter seiner undurchschaubaren Miene verbarg.
»Nun?« fragte er noch einmal.
Sie neigte zustimmend den Kopf.
»Ich werde mit dir reiten.«

14

Als Anga und N'Gula am nächsten Tag ihre kleine Schafherde zum Lager trieben, legte das Mädchen plötzlich ihre Hand auf den Arm der alten Frau.

»Schau nur! Dort unten!«

N'Gula blinzelte mit den Augen: Drei Reiter kamen zwischen den Felsen hergeritten. Ihre Gesichter waren nicht deutlich zu erkennen, doch beide – die Alte und das Mädchen – sahen, dass sie bis an die Zähne bewaffnet waren.

»Pferdediebe!«, flüsterte Anga. »Rasch, führe die Schafe in den Pferch und warne den Prinzen! Ich bleibe inzwischen hier und beobachte, was sie treiben.«

N'Gula verlor kein weiteres Wort, schwang ihren Stecken über die Schafe und trieb die Tiere einen Abhang hinauf in den Wald. Bald war sie im Dickicht verschwunden.

Anga kauerte sich zwischen die Felsen. Die Unbekannten hatten ihre Reittiere zum Stehen gebracht und untersuchten Spuren auf der Erde, wobei sie sich leise unterhielten. Dieser geheime Kriegsrat machte Anga noch argwöhnischer, denn jeder ehrliche Wanderer hätte sich deutlich bemerkbar gemacht, wenn er in die Nähe eines Lagerplatzes kam. Diese drei dagegen wollten anscheinend um keinen Preis auffallen. Aufmerksam betrachtete Anga die Reiter und stellte fest, dass die Hufe ihrer Pferde mit Lumpen umwickelt waren. Vermutlich woll-

ten sie keine genauen Spuren hinterlassen und nicht gehört werden. Es bestand kein Zweifel: Dies konnten nur Verbrecher sein.
Die drei Männer ritten nun auf den Berghang und auf das Mädchen zu. Anga hielt es nach kurzer Überlegung für klüger sich zurückzuziehen. Zwischen den Felsen rannte sie, leicht geduckt, auf das Lager zu. Hinter sich vernahm sie bald das Krachen von Zweigen und dumpfes Hufgetrappel. Sie schauderte. Ihr Fluchtweg führte sie auf eine Lichtung, die sich am Rand einer jäh abfallenden Schlucht hinzog. Hier konnte sie sich nirgends verbergen – höchstens vielleicht in dem niedrigen, sich am Boden hinziehenden Gebüsch. Oder ob sie noch bis in die Schlucht gelangen könnte? Blitzschnell überlegte Anga, dann sauste sie flink wie ein Eichhörnchen über die Lichtung, sprang über einige quer liegende, vom Sturm gefällte Baumstämme und glitt zwischen den Felsen hindurch.
Als ein lauter Ruf hinter ihr erklang, wandte sie den Kopf. Hinter einem Felsbrocken tauchte ein Reiter auf. Er hatte sie gesehen und zielte mit erhobener Lanze nach ihr. Der Boden zitterte unter den galoppierenden Hufen. Anga warf sich, einen Haken schlagend, herum und ließ sich hinter einem Baumstumpf flach auf den Boden fallen. Nicht weit von ihrem Kopf sauste die Lanze vorbei und bohrte sich in weiches Erdreich. Mit einem Satz sprang Anga auf – und schon war das Pferd über ihr, sie sah den Schaum an seinem Maul und sie sah auch die grausam funkelnden Augen des Reiters. Das Pferd kam so nahe, dass sie die Wärme des Tierleibs fühlen konnte. Es gelang ihr gerade noch sich wegzudrehen, um den Hufen zu entgehen. Das Pferd war so in Schwung, dass der Reiter es nicht rechtzeitig bremsen konnte. Es jagte

den Abhang weiter hinab, zwischen den Baumstämmen hindurch. Der Mann wusste nicht, dass gleich hinter den Stämmen die Fläche endete und jäh abfiel. Als er es bemerkte, war es zu spät. Er riss zwar sein Tier mit riesiger Kraftanstrengung zur Seite, doch gab das lockere Geröll unter den Hufen nach, das Pferd stolperte und fiel auf die Seite. Der Schwung und das eigene Gewicht schleuderten Tier und Reiter unter dem Krachen von Zweigen und Unterholz über den Rand des Abhanges hinab in die tiefe, gähnende Schlucht.

Anga kauerte unbeweglich vor Schreck am Boden und starrte zu der aufsteigenden Staubwolke an der Stelle, wo gerade eben noch ihr Verfolger gewesen war. Doch neues Hufgetrappel hinter ihrem Rücken weckte sie aus ihrer Erstarrung. Sie fuhr herum. Schon preschte der zweite Reiter heran. Entsetzt blickte sich Anga um: sie kauerte wenige Schritte von dem gefährlichen Abgrund entfernt und hatte keine Möglichkeit, in eine andere Richtung zu fliehen. Ohne zu überlegen, sprang sie. Die Luft zischte an ihren Ohren vorbei, und glücklicherweise fiel sie auf ein Gebüsch, das ihren Fall minderte. Von dort rollte sie einige Fuß tiefer und konnte sich schließlich aufrichten und umsehen. Weiter unten im Abgrund lag ihr erster Verfolger neben seinem Pferd, der zweite war nicht zu sehen. Sie zögerte und überlegte, wohin sie fliehen konnte. Da entdeckte sie drüben, auf der anderen Seite der Schlucht, den zweiten Räuber. Er hatte sie erblickt, schwenkte prüfend die Lanze. Anga kehrte um und suchte in entgegengesetzter Richtung durch das Gebüsch einen Ausweg. Zweige schlugen ihr ins Gesicht, dornige Ranken hakten sich in ihre Kleider. Doch das Gebüsch deckte sie wenigstens zum Teil. Sie hastete weiter, stolperte über eine Wurzel und

stürzte zu Boden, rappelte sich wieder auf und eilte atemlos und mit klopfendem Herzen weiter. Rote und gelbe Blitze zuckten vor ihren Augen, sie sah kaum mehr, wohin sie rannte. Im Knöchel pochte bei jedem Schritt ein starker, stechender Schmerz.
Plötzlich tauchte eine Gestalt vor ihr auf. Anga keuchte, atemlos vor Schreck, doch erleichtert erkannte sie Bantje, der hier mit dem Rücken an einer Felswand stand. Er hielt den gespannten Bogen schussbereit in der Hand.
Schon kam ihr Verfolger durch das splitternde und krachende Unterholz herangeprescht. Bantje hob den Bogen. Der Pfeil schwirrte durch die Luft. Der Reiter sank im Sattel zusammen, fiel und rollte den Abhang hinab. Plötzlich preschte der letzte Räuber mit geschwungenem Säbel auf Bantje und Anga zu. Wieder zielte und schoss Bantje ruhig. Mitten in die Brust getroffen, fiel der Mann zu Boden, und die Waffe entfiel seiner Hand. Noch einmal klang ein Stöhnen aus seiner Kehle, dann blieb er liegen, und alles war still.
Langsam ließ Bantje seinen Bogen sinken und tauschte mit Anga einen Blick. Atemlos lauschten sie.
Doch im Walde herrschte nun wieder überall Stille. Beide wussten, dass die Räuber ihnen keine Chance gelassen hätten. Nach einer Weile trat auch N'Gula vorsichtig zwischen den Bäumen hervor. Anga gab ihr zu verstehen, dass die Gefahr gebannt war.
Der Prinz nahm seine Krücke auf und humpelte zu dem am Boden liegenden Mann. Zögernd und zwischen Furcht und Abscheu schwankend, folgte Anga ihm.
Bantje beugte sich zu dem Reiter hinab und drehte ihn, da er mit dem Gesicht zur Erde lag, auf den Rücken. Selbst jetzt, wo er tot war, wirkte der Räuber noch furchtein-

flößend. Plötzlich entfuhr Bantje ein erstaunter Ausruf. Seine Züge wurden hart.
»Das ist ja ein Chahare!«
Anga starrte ihn an.
»Bist du sicher? Das kann doch nicht sein!«
Bantje schüttelte ungläubig den Kopf. Nein, ein Irrtum war ausgeschlossen.
»Sieh dir sein Gesicht an, seine Kleidung! Das ist ein Mann aus meinem Volk.«
Anga erschrak.
»Wäre es denkbar, dass sie auf der Suche nach dir waren?«
Bantje nickte mit finsterem Ausdruck.
»Gewiss, aber nicht, um mich zu meinem Volk zu bringen.«
Er hob den Säbel auf, den der Räuber fallen gelassen hatte, und betrachtete ihn aufmerksam.
»Hier, sieh: der Griff trägt nicht das Zeichen der Leibwache des Khans!«
Plötzlich nahm er seinen Dolch, schnitt von der Jacke des Toten einen der kupfernen Knöpfe ab, die als Wappen eine geringelte Schlange trugen.
»Ich will von jedem dieser drei Halunken einen Knopf aufbewahren«, erwiderte er auf Angas fragenden Blick. »Wer weiß, wozu das einmal nützlich sein kann.«
Anga fing die Pferde der Räuber ein und pflockte sie an. Als sie das Gepäck ihrer Angreifer durchsuchten, entdeckten sie eine Anzahl chinesischer Münzen und Schmuck.
»Plünderer!« murmelte Anga verächtlich. Bantje jedoch war sicher, dass ein Zusammenhang zwischen den kirgisischen Kaufleuten und dem plötzlichen Auftauchen der

drei Räuber bestand. Seine Unruhe wuchs. Was war in seiner Abwesenheit geschehen? Konnte es möglich sein, dass er das Opfer einer Verschwörung geworden war? »Ich darf keine Zeit mehr verlieren!« sprach er entschlossen. »Ich muss zu meinem Volk zurück. Von jetzt an zählt jeder Tag.«

15

Als der Herbstmond drei Tage nach dem heimtückischen Angriff in sein letztes Viertel trat, prüfte N'Gula das Knie von Prinz Bantje und war mit dessen Zustand zufrieden. Bantje konnte nun ohne Krücken gehen, und wenn er auch das Bein noch etwas nachzog, so hatte N'Gula ihm doch versichert, dass auch dies in kurzer Zeit ganz verschwunden sein würde. Jeden Tag übte Bantje sich im Bogenschießen und Lanzenwerfen und sein Arm hatte wieder seine volle Beweglichkeit erlangt. Er war jung und von gesunder Natur. Er würde bald ganz geheilt sein.

»Jetzt ist es so weit, Prinz«, sagte N'Gula. »Deiner Abreise steht nun nichts mehr im Weg.«

Bewegt sah Bantje die Schamanin an.

»Wie soll ich dir für alles danken, was du für mich getan hast?«

»Dein Dank liegt in deinen Augen«, sagte N'Gula und legte ihm die Hand auf die Schulter. »Die Götter mögen dich behüten!«

Am darauf folgenden Tag sattelten die beiden jungen Leute bei Sonnenaufgang ihre Pferde.

Anga umarmte die alte Frau zum letzten Mal und bat sie immer wieder, mit ihnen zu kommen. Aber die Greisin blieb unerschütterlich.

»Geh, Tochter, geh. Du wirst dein Glück finden. Ich bleibe hier und wache bei den Geistern der Toten.«

Anga packte traurig Khans Zügel und schwang sich in den Sattel. Dann pfiff sie laut und von seinem Hochsitz auf einer Tanne flatterte Tchi-Sik auf Angas Schulter herunter. Nach einem letzten Abschiedsgruß trieb Bantje sein Pferd an und Anga folgte ihm. An einer Leine führten sie ein Tragpferd mit. Als sie die Felsenhöhle verließen, warf Anga einen letzten wehmütigen Blick auf das Kraterloch, wo einst das heimatliche Lager gestanden hatte.
N'Gula stand am Abhang und folgte den Reitern mit den Augen. Als sie nur noch zwei kleine schwarze Punkte in der Ebene waren, wandte sich die Greisin ab und verschwand lautlos zwischen den Bäumen.

Vier Tage lang ritten Anga und Bantje fast ohne Pause. Tchi-Sik begleitete sie und kreiste in weiten Bögen über ihren Häuptern. Nachts schliefen sie nur ein paar Stunden und schon vor Sonnenaufgang machten sie sich wieder auf den Weg. Nach und nach kamen sie aus dem Erdbebengebiet heraus. Immer seltener trafen sie auf Spuren der grausamen Verwüstung. Schließlich erreichten sie ein Gebiet, in dem Felswände und Hügel unversehrt waren, wo sich die weite Steppe seit Ewigkeiten flach und eben bis an den Horizont zog und uralte Bäume in den Himmel ragten.
Der Herbst nahte; in der Morgenfrühe waren die graubraunen Hügel mit glitzerndem Reif überzogen, aber noch waren die Flüsse eisfrei und rauschten über schwarzes Gestein. In der nebligen Ferne aber trugen die Berge schon Kronen von Schnee.
Hier und da erlegten die Reiter ein Stück Wild, damit sie bei Kräften blieben. Aber nie hielten sie sich lange an einem Rastplatz auf. Bantje war von großer Unruhe getrieben. Oft hing er ernsten und trüben Gedanken nach.

Böse Vorahnungen plagten ihn. Er berichtete Anga von seiner Sorge, dass sich in seiner Abwesenheit schlimme Dinge ereignet hatten.
»Was wirst du tun?«, fragte Anga
Bantjes grüne Augen funkelten. »Wenn Maalek die Macht an sich gerissen hat, wird er seiner gerechten Strafe nicht entgehen.«
»Glaubst du, er hat es gewagt?«
»Du kennst Maalek nicht!«, antwortete Bantje bitter. »Er ist schlau und heimtückisch wie ein Fuchs. Mein Vater war gerecht und gut, er regierte weise. Maalek wird mein Volk ins Verderben führen, weil er nur an sich denkt.«
Am Rand der Karawanenstraße erblickten sie eine übermannsgroße Steinpyramide, in der auf allen Seiten verrostete Lanzen mit breiten, ausgewaschenen Seidenfähnchen steckten. Manchmal hingen an ihnen Ketten aus aufgefädelten Tierknochen oder Kupferplättchen, die im Wind schaukelten. Es war ein alter Obo, ein schon seit Urzeiten dastehender Opferaltar, an dem jeder Wanderer und jeder vorbeikommende Reiter einen Gegenstand niederlegte oder aufhängte, um sich die Gunst der Götter während der Reise oder Pilgerschaft zu erhalten.
Auch Anga und Bantje stiegen von den Pferden. Da sie aber keine Opfergaben mehr besaßen, suchte jeder einen runden weißen Kiesel und legte ihn mit einem Gebet am Obo nieder. Dann saßen sie wieder auf und ritten weiter.

Am Abend hielten sie bei Sonnenuntergang an einer steilen Bergwand, um zu lagern. Bantje suchte trockene, leicht brennende Birkenrinde und begann Feuer zu machen. Anga sattelte die Pferde ab und führte sie an einen nahen Fluss, der stürmisch am Waldrand entlangfloss. Sie ließ die

Pferde im seichten Uferwasser stehen und stieg selbst über herausstehende Steine, die feucht und moosig waren, vorsichtig ins Flussbett, um sich Gesicht und Hände zu erfrischen. Plötzlich wurden die Pferde unruhig. Khan spitzte die Ohren und wieherte unterdrückt, als wenn Gefahr drohte, und scharrte mit den Hufen die Steine auf. Langsam richtete sich Anga auf und spähte umher. Das Wasser troff ihr vom Gesicht. Sie schritt an Land, doch ein Krachen im Unterholz ließ sie wie angenagelt stehen bleiben. Die Pferde wieherten vor Schreck auf und sprangen beiseite, sodass das Wasser hoch aufsprühte. Im Gebüsch entdeckte Anga plötzlich die massige Gestalt eines Bären. Das Tier beobachtete sie aus dem Halbdunkel mit kleinen, misstrauischen Augen und hatte dabei seinen riesigen Kopf trügerisch gutmütig halb an die Schulter geneigt.
Nach einer kurzen Schrecksekunde fand Anga zu ihrer Ruhe zurück. Langsam ging sie rückwärts, die Hand am Dolch und den Blick auf das Raubtier gerichtet. Wenn es ihr gelang, das andere Ufer zu erreichen, war sie gerettet. Das kalte Wasser flutete um ihre Waden. Schritt für Schritt glitt sie vorsichtig rückwärts in den Fluss hinein und hielt den Dolch fest in der Hand. Ihn zu fühlen gab ihr Zutrauen. Sie hätte gerne Bantje um Hilfe gerufen, fürchtete aber, ihre Stimme könne den Bären reizen. Mit einem Male trat sie auf einen kippenden, schlüpfrigen Stein, verlor das Gleichgewicht und stürzte ins strömende Wasser, wobei ihr der Dolch aus der Hand glitt. Sie sah, wie sich der Bär auf die Hinterfüße aufrichtete und nun ins Wasser watete. Voller Entsetzen suchte sie mit Armen und Beinen einen festen Halt, doch ihre Finger rutschten an den feuchten Steinen immer wieder ab. So nah war der Bär nun schon, dass Anga seinen scharfen Wildgeruch in die Nase bekam.

Jetzt schrie sie aus Leibeskräften um Hilfe und hob schützend einen Arm vors Gesicht. Noch bevor das Echo ihres Schreies verhallte, ertönte ein anderes Geräusch – in einem Wirbel von Wasser und Gischt sauste ein weißer Körper durch die Dunkelheit auf den Bären zu: Khan war es, der in rasendem Galopp herangeprescht kam und sich auf den Bären warf, mit den Vorderhufen auf Kopf und Körper des Tieres einschlug. Brummend wich der Bär zurück und versuchte den Kopf mit seinen Tatzen zu schützen. Doch immer wieder bäumte sich Khan wiehernd auf und ließ sich mit seinem ganzen Gewicht auf den Bären niederfallen. Wie Keulen wirbelten seine Hufe durch die Luft. Aber der Bär hatte sich nun gefasst und ging zum Gegenangriff über. Gewandt wich er den nächsten Schlägen des Schimmels aus und stürzte sich mit erhobenen Tatzen auf seinen Angreifer. Ein Blutschwall ergoss sich über Khans weißes Fell. Er wieherte vor Schmerz hoch auf, schüttelte empört den Kopf, dass die Mähne flatterte, und wandte sich mit angelegten Ohren erneut zum Angriff.
Dieses Mal wartete der Bär ruhig ab und wich dem stürmischen Schwung mit einer Drehung aus, um gleich darauf mit beiden Vordertatzen den Hals des Schimmels zu packen. Beide stürzten zu Boden. Anga, vor Schreck unfähig sich zu rühren, klammerte sich verzweifelt an einen Felsblock unter Wasser. Die eisigen Fluten umspülten ihr Gesicht und schlugen über ihrem Kopf zusammen. Am Ufer sah sie nur noch zwei kaum auseinander zu haltende, ineinander verflochtene Körper. Die Luft hallte von Wiehern, Stöhnen und Brummen wider.
Plötzlich konnte Khan sich freimachen und sprang schwankend auf. Der Bär blieb am Boden liegen und schlug mit seinen Tatzen in die Luft, rollte auf die Seite und brummte

tief auf. Da erst bemerkte Anga, dass in seinem Nacken eine Lanze steckte, die hin und her schwang, und gleichzeitig entdeckte sie Bantje, der zwischen den Bäumen stand. Sie wollte ihn rufen, aber kein Ton kam aus ihrer Kehle. Mit den Tatzen wühlte der Bär nun den Erdboden auf, hob den Kopf und ließ ein schauerliches Gebrüll hören, das bald in einem jämmerlichen Gurgeln erstickte. Seine Bewegungen wurden immer langsamer, er streckte sich, der Kopf fiel zur Seite und dann rührte er sich nicht mehr.
Schweigen lag über dem Wald und nur ein Vogelschrei tönte durch die Nacht. Anga zog sich im Wasser hoch und schwankte zitternd ans Ufer.
Bantje hatte sich nicht gerührt. Jetzt hob er einen großen Stein auf und warf ihn auf den Bären. Das Tier blieb unbeweglich. Nun eilte Bantje zu Khan hin, der in der Nähe im Gebüsch stand. Sein weißes Fell schimmerte in der Dämmerung. Auch Anga stolperte zu ihrem Schimmel und sah, wie im regelmäßigen Rhythmus des Atems das Blut aus seinem Hals schoss.
Wie gelähmt blieb Anga stehen. Sie konnte nichts sagen, nichts denken und nichts tun.
Und immer wieder klang der misstönende Schrei des Nachtvogels an ihr Ohr.
Langsam ging Bantje auf den Schimmel zu, legte ihm mit gestrecktem Arm eine Hand auf die Stirn und wartete. Khan atmete schwer, gab aber sonst kein Zeichen. Seine Augen waren bereits verschleiert. Plötzlich lief ein Zittern über seinen Leib. Ganz langsam brach er in die Knie, fiel auf die Seite und färbte das Gebüsch mit seinem Blut.
Bantje presste die Lippen zusammen. Mit einer langsamen, überlegten Bewegung nahm er einen Pfeil aus dem Köcher, griff nach dem Bogen und spannte ihn.

Erst in diesem Augenblick erwachte Anga aus ihrer Erstarrung. Mit einem Aufschrei stürzte sie auf den Prinzen zu: »Bantje! Nein!«
»Ich muss es tun«, sagte Bantje leise und mit einem seltsam abwesenden Ausdruck im Gesicht. »Er ist verloren.«
Anga starrte ihn entsetzt an, bevor sie vorwärts stürzte und sich zwischen Bantje und Khan warf.
»Nein, Bantje, nein! Tu es nicht!«
»Er stirbt«, erwiderte der Prinz mit bleichen Lippen. »Soll er noch länger leiden?«
»Nein!«, schluchzte Anga in heller Verzweiflung laut auf. Bantje wollte sie beiseite schieben, aber sie hängte sich mit ganzer Kraft an seinen Arm. Sie hätte Bantje gerne geschlagen oder gekratzt oder ihm irgendwie wehgetan – denn er wollte Khan töten. Und das wollte, nein, musste sie verhindern! Niemals durfte er ihrem Pferd etwas antun, nie! Er hatte kein Recht dazu!
Bantje stieß sie mit mehr Kraft als nötig zurück. Sie taumelte, stolperte über eine Baumwurzel und stürzte. Bantje nutzte diesen Augenblick, um den Bogen zu spannen. Die Sehne gurrte. Der Pfeil bohrte sich tief in den Körper des Mondpferdes, gerade an der Stelle, wo das Herz saß. Khan zitterte. Er versuchte vergeblich, sich wieder auf die Füße zu stellen, aber es fehlte ihm die Kraft und er sank zurück. Mit seltsam erstauntem Blick sah er den Prinzen an. Dann starb er.
Anga stand erstarrt vor Schreck da.
»Du hast ihn getötet . . .«, sagte sie endlich mit tonloser Stimme. »Du hast ihn getötet . . .«
Ohne ein Wort zu erwidern, wandte sich Bantje ab und lehnte sich an einen Baum. Voller Ekel betrachtete er seinen Bogen, bevor er ihn ihn auf die Erde schleuderte.

Langsam, als kostete jeder Schritt sie unendliche Mühe, sank Anga vor dem Schimmel im Gras nieder. Sie griff mit beiden Händen in die Mähne, flüsterte unverständliche Worte vor sich hin und legte schließlich ihren Kopf an das blutige Haupt ihres Pferdes. Sie weinte herzzerreißend und ihr Körper zuckte. Das Blut auf Khans weißem Fell begann langsam zu trocknen. Darunter wurde, Anga fühlte es, der Leib des Schimmels immer kälter und ihr seltsam fremd. Im leichten Abendwind flatterten die Haare seiner Mähne.

Einige Zeit später berührte Bantje sanft ihren Arm. Sie fuhr zusammen und wehrte sich.
»Lass mich!«, schluchzte sie. »Lass mich doch.«
»Anga!«, flehte Bantje. »Anga! Wir müssen weiter. Du kannst nicht hier bleiben.«
»Lass mich!«, wiederholte Anga. Sie schien die Verzweiflung in Bantjes Stimme nicht zu vernehmen.
Bantje beugte sich zu ihr hinab, packte sie an den Schultern und zog sie hoch. Sie leistete keinen Widerstand mehr.
Durch den Schleier ihrer Tränen glaubte sie Khan ein letztes Mal zu sehen, wie er erhobenen Hauptes, edel und stolz, für immer über weite Steppen in die ferne Unendlichkeit galoppierte.

16

Als Anga die Augen öffnete, wurde sie von rotem Flammenschein geblendet. Sie lag auf dem Boden, den Kopf auf einem Sattel. Offenbar hatte sie geschlafen. Blinzelnd richtete sie sich halb auf und stützte sich auf den Ellbogen. Sie sah sich um und merkte, sie war allein. Schwankend richtete sie sich auf und blickte suchend umher.

»Bantje!«

Schweigen. Dann klang die Stimme des Prinzen aus dem Unterholz: »Hier bin ich.«

Anga machte einige Schritte in Richtung der Stimme, vernahm Splittern und Krachen von Holz und dann trat Bantje aus dem Dunkel in den Feuerschein. Anga sah, wie er betreten den Kopf senkte und sie nicht anschaute.

»Was machst du?«, fragte sie beunruhigt.

Bantje rieb sich den Nacken, warf einen schnellen Blick zu Anga, sah wieder weg und sagte mit heiserer Stimme: »Ich ... wir können ihn doch nicht so liegen lassen.«

Anga straffte sich und presste die Lippen aufeinander. Sekundenlang zögerte sie, dann ging sie auf Bantje zu und sagte: »Ich komme mit.«

Zusammen drangen sie in den dunklen Wald ein. Keiner sprach ein Wort. Vom Fluss her klangen das Plätschern des Wassers und das Quaken von Fröschen. Im fahlen Sternenlicht konnte Anga erkennen, dass Bantje unzählige Steine auf den toten Schimmel gehäuft hatte. Das weiße Fell war schon fast mit grauem Gestein zugedeckt.

Schweigend und gegen Tränen ankämpfend, machten sich die beiden an die Fortsetzung der begonnenen Arbeit. Mit den Händen kratzten sie die Erde weg, um halb eingesunkene Felsblöcke herauslösen zu können. Unablässig gingen sie hin und her; bald erhob sich in der Einsamkeit des Waldes eine steinerne Pyramide als Grabmal und Schutz vor Raubtieren und Vögeln über dem Kadaver des toten Schimmels.

Als sie fertig waren, wischte sich Anga mit aufgekratzten und blutigen Händen den Schweiß von der Stirn. Die Anstrengung war groß gewesen. Sie fühlte sich vor Erschöpfung dem Zusammenbruch nahe.

Durchs Gebüsch kam Bantje auf Anga zu. Es war so dunkel, dass sie sein Gesicht nicht sehen konnte, aber sie unterschied doch deutlich den Glanz seiner Augen. Unvermittelt zog Bantje das Mädchen heftig an sich. Anga widerstrebte nicht. Sie war so müde, dass sie den Kopf an Bantjes Schulter lehnte und die Augen schloss. An ihrer Wange fühlte sie den Atem des Prinzen und das leichte Streicheln seiner Hand auf ihrem Nacken.

Lange standen sie unbeweglich aneinander gelehnt im Dunkel des Waldes. Doch plötzlich machte sich Anga los, sie schämte sich Schwäche gezeigt zu haben. Wortlos wandte sie Bantje den Rücken zu und stapfte durchs Unterholz zu dem langsam verglimmenden Feuerstoß. Sie bückte sich, stocherte mit einem Ast in der Glut, warf neues Holz darauf und blies in die Kohlen, um die Flammen neu anzufachen. Sie spürte, wie sie zitterte, und sie begann tief und langsam Atem zu holen, um sich wieder zu beruhigen.

Zögernd war Bantje ihr nachgegangen und auch er schwieg lange. Sein Gesicht sah traurig und nachdenklich aus.

»Anga . . .«, begann er.
Das Mädchen hatte sich geschworen ihn nicht anzusehen. Aber irgendetwas in der Stimme Bantjes zwang sie wider ihren Willen den Kopf zu heben. Bantje stand an die Lanze gelehnt, die er aus dem Leib des toten Bären gezogen hatte, und blickte sie über das neu aufflackernde Feuer flehend an. Noch einmal setzte er zum Sprechen an und dabei krampfte sich seine Hand um den Lanzenschaft: »Wir – wir haben beide unsere Eltern verloren. Wir sind allein. Die Gefahren, die wir gemeinsam bestanden haben, zeigen uns, dass wir aufeinander zählen können. Ich . . . wir sind uns nicht mehr fremd. Wenn ich wieder bei meinem Volk bin, möchte ich, dass . . . du meine Frau wirst.«
Anga sah ihn an, ihr Herz setzte aus. Ihre Wangen brannten. Unbewusst und nur um irgendetwas zu tun, stocherte sie wieder im Feuer herum. Sie überlegte fieberhaft, was sie Richtiges sagen könnte. Sie wusste nicht, wie sie ihre Verwirrung über die Worte des Prinzen verbergen sollte.
»Ich bin doch nur die Tochter eines Jägers«, antwortete sie endlich leise. »Du aber wirst einmal der Khan der Chaharen sein. In deinem Volk gibt es bestimmt hundertmal edlere und schönere Mädchen als mich. Ich . . .«
Bantje schüttelte heftig den Kopf und lief um das Feuer herum. Anga richtete sich auf und der Ast fiel ihr aus der Hand. »Hör mich an, Anga«, sagte Bantje ernst. »Für mich bist du das schönste und edelste Mädchen, das ich je kennen gelernt habe. Was soll ich mit einer Frau, die den ganzen Tag nichts anderes tut, als sich herauszuputzen und mit Schmuck zu behängen? Meine Frau muss stolz und mutig sein, wie meine Mutter es war. Ich möchte, dass sie mit mir auf die Jagd geht und dass sie an meiner Seite

in der Ratsversammlung sitzt. Und ich wünsche mir, dass du diejenige bist.«

Anga schwieg. In ihrem Kopf wirbelten so viele Gedanken wild durcheinander, dass sie nicht mehr klar denken konnte. Wie unerwartet das alles war! Der Gedanke, Bantje könnte sie eines Tages lieben und sie sogar zur Frau begehren, war ihr bislang so fern gewesen wie der Mond. Aus Furcht vor seiner Verachtung hatte sie ihre Gefühle für ihn sorgfältig zu verbergen versucht. Erst heute, in dieser Nacht, hatte sie aus Trauer über Khans Tod diesen Gefühlen nachgegeben und sogar ihren Kopf an Bantjes Schulter gelehnt.

So wagte sie es endlich, seinem bittenden Blick nicht länger auszuweichen, sondern ihm freimütig in die Augen zu schauen. In seinem Blick las sie Aufrichtigkeit – und ein wenig Angst. Bantje, der Prinz der Chaharen, fürchtete allen Ernstes, sie könnte seine Bitte zurückweisen!

Dann streckte Bantje vorsichtig die Hand aus und strich zart über ihre Wangen und ihre Stirn. Leise sagte er: »Du wirst eine Krone aus Türkisen und Korallen tragen und goldbestickte Gewänder . . . Du wirst die Königin der Chaharen sein und tausend Krieger werden sich vor dir verneigen. Willst du es, Anga – sag, willst du?«

Jetzt schlug sie die Augen doch nieder. Sie lächelte, halb schüchtern, halb zuversichtlich, und sagte: »Wenn du es willst – ja, dann will ich es auch.«

Bantje schloss Anga fest in seine Arme; sie rührten sich nicht und sprachen auch nicht – für einen langen Moment.

17

Weißer Frühnebel hing in der ersten Morgendämmerung um die Bäume und an den feuchten Bergwänden. Mit ausgebreiteten Flügeln schwebte Tchi-Sik über dem Grün der Wälder und spähte nach Beute in die Tiefe.
Vor ihrem Aufbruch traten Anga und Bantje noch einmal zu Khans steinernem Grabmal. Anga hatte an einem Baum eine lange Ranke mit herbstlich gelben und roten Blättern entdeckt, die sie nun über den Steinhügel legte. Zum Abschied verneigte sie sich und faltete dabei die Hände vor der Stirn wie früher vor dem Hausaltar ihrer Götter. Leise betete sie: »Khan, silbernes Mondpferd, mein Retter, leb wohl!«
Nach ihr verneigte sich auch Bantje. Dann stieg er aufs Pferd. Anga wandte sich mit einem Seufzer langsam um und sattelte ihr Reittier. Als sie spürte, wie unvertraut ihr dessen Gang und Bewegungen waren, wurde ihr erneut das Herz schwer.

Sie bahnten sich einen Weg durch das Unterholz, folgten eine Weile dem Flusslauf und bogen dann in felsiges Gebiet ein. Behutsam stiegen die Pferde den schmalen Pfad längs der Bergflanke hinab in eine tiefe Schlucht, von der es in zahlreichen Windungen wieder langsam bergauf ging bis zu einem sonnenüberstrahlten Pass.
Zwei Tage ritten sie durch dieses Bergland, das sich nach und nach in sanftes, bewachsenes Hügelgelände verwan-

delte. An einem Nachmittag hielt Bantje plötzlich auf einem Hügelrücken an, von dem sich ein weiter Abhang in eine Ebene hinauszog, durch die sich ein blauer Fluss schlängelte. Es war ein fruchtbares Land, wie das hohe Gras und die mächtigen Bäume längs des Flusses erkennen ließen. Aus Sträuchern erhoben sich aufgeschreckte Fasane mit farbenprächtigem Gefieder und langen Schwanzfedern und strichen in tiefem Flug davon.
»Dies ist mein Land!«, sagte Bantje voller Stolz. »Und in Zukunft wird es auch dein Land sein.«
Aufmerksam und freudig erregt sah sich Anga um.
»Ich hatte immer geglaubt, es wäre trockenes Steppenland!«
Bantje lachte auf und wies in die Ferne.
»Nein, die Steppe und die Wüste befinden sich in Richtung des Sonnenunterganges, mehr als dreißig Tagesritte entfernt!«
»Kann man schon die Zeltstadt sehen?«, fragte Anga und blinzelte gegen das Sonnenlicht.
»Vor Sonnenuntergang werden wir dort sein«, kündete Bantje an und trieb das Pferd voran. Mit ernstem Gesicht setzte er hinzu: »Ich kann es kaum erwarten, endlich anzukommen.«
Er sah wieder angespannt aus, wie Anga ihn nun schon öfter gesehen hatte, und sie wusste, er dachte an Maalek. Besorgt überlegte sie, dass Bantjes böse Vorahnungen gerechtfertig sein könnten, dass Maalek die Gelegenheit genutzt hatte sich zum Khan ausrufen zu lassen. Was sollte dann geschehen? Sie stellte diese Frage auch Bantje, der verächtlich mit den Schultern zuckte.
»Dieser Feigling wird mir nicht entkommen.«
Später trafen sie auf einen Hirten, der seine Herde zur

Tränke an den Fluss führte. Bantje ritt auf ihn zu; zwei riesige Hunde stürzten ihnen bellend entgegen. Der Hirte, ein alter Mann, rief sie zurück.

Verstört betrachtete er Bantje, als sei er ein Gespenst. Plötzlich wich er ängstlich zurück und ließ dabei seinen Knüppel aus der Hand fallen. Er beugte sich, um ihn aufzuheben, sank dann in die Knie und verneigte sich, bis sein Kopf den Erdboden berührte.

Bantje befahl ihm knapp: »Steh auf! Wovor hast du Angst?«

Furchtsam hob der Hirte die Augen. Sein Gesicht war grau, sein Kiefer zitterte und er konnte kein Wort herausbringen. Nun wurde Bantje zornig, trieb sein Pferd einige Schritte voran und herrschte den Mann an: »Sprich! Hast du mich nicht verstanden?«

»Hoher Herr!«, begann der Hirte mit erhobenen Armen, als wollte er sich verteidigen. »Oh, hoher Herr – man hat gesagt, du seist tot!«

Bantjes Hand griff fester um seine Lanze.

»Wer ist ›man‹?«

»Hoher Herr, zwei kirgisische Kaufleute ... vor ihrer Ankunft hofften wir Tag und Nacht ...«

Anga und Bantje wechselten einen Blick, und Anga sah in den grünen Augen des Prinzen etwas aufleuchten, das nichts Gutes versprach. Bantje kochte innerlich vor Wut, sie sah es an seiner Hand, die sich um den Lanzenschaft krampfte. Doch hielt er sich zurück und fragte verhältnismäßig ruhig: »Was ist vorgefallen?«

Der Hirte schien endlich zu merken, dass er tatsächlich den Prinzen vor sich hatte, und fasste neuen Mut. Wortreich und aufgeregt sprudelte er heraus: »Wir haben erfahren, dass in den Ländern der Mitternacht die Erde gebebt hat, und der hohe Herr Maalek hat Krieger zum Großen Khan und seiner Familie geschickt. Als sie zurückkamen, haben sie berichtet, überall sei Verwüstung, Zerstörung und Tod. Maalek hat das Volk zusammengerufen und gesagt: ›Es ist nicht gut, wenn die Chaharen keinen Herrscher haben. Ich will an Stelle von Naidung Djaman das Volk regieren.‹ Doch die Priester sagten: ›Der Tod des Khans muss erst bewiesen werden. Maalek soll drei Monde lang warten, danach wollen wir ihn zum Khan machen.‹ Später sind zwei Kirgisen gekommen, es waren Kaufleute, und Maalek hat sie in seinem Zelt empfangen. Danach ist er aus seinem Zelt herausgetreten, hat seine Gewänder zerrissen und die Klagelieder angestimmt: ›Unser großer Khan Naidung Djaman ist mit seiner ganzen Familie umgekommen! Diese zwei Männer haben die Toten gefunden und begraben!‹ Der ganzen Volksmenge hat er das geheiligte Königszeichen gezeigt, den Falken mit ausgebreiteten Flügeln. Kein Zweifel war mehr am Tode der Fürstenfamilie. Der hohe Herr Maalek hat zwölf Tage der Trauer und des Wehklagens angeordnet. Am dreizehnten Tag wurde der Mantel aus Gold und Purpur um seine Schultern gelegt und die Priester haben ihn zum Khan der Chaharen gekrönt. Ich flehe Euch an, hoher Herr, lasst mich nicht büßen, was ich berichte, und glaubt mir, das ganze Volk . . .«

Mit einer Geste hieß Bantje den Hirten schweigen.

»Es ist gut«, sprach er. »Dir wird kein Leid geschehen.« Zu Anga jedoch sagte er leise: »Ich habe mich nicht getäuscht. Maalek hat die Kaufleute bezahlt, damit sie lügen. Da er wusste, wo ich bin, hat er die drei Mörder geschickt, um mich zu töten.«

»Was nun?«, fragte Anga.

»Du wirst schon sehen. Folge mir!«
Bantje ließ sein Pferd wenden und jagte im Galopp voraus. Anga ritt wie ein Wirbelwind hinter ihm her.

18

Inmitten grüner Hügel erschien plötzlich die Zeltstadt der Chaharen. Vor Staunen hielt Anga den Atem an. Da sie in ihrem ganzen Leben nie etwas anderes als ihr ärmliches Jägerdorf gesehen hatte, war sie von einer derartigen Größe und Pracht fasziniert. Es waren mehr als hundert große Zelte, die Seitenwände weiß und rot bemalt, und bunte Fahnen flatterten auf jeder Zeltspitze. Die gesamte Lagerstadt war von hohen Palisaden umgeben; an mehreren Stellen waren hohe, reich geschmückte Portale mit vergoldeten Figuren angebracht. Wachposten in funkelnden Rüstungen und mit Lanzen in der Hand patrouillierten langsam an den Wällen entlang.
Zum ersten Male wurde Anga sich des außergewöhnlichen Schicksals bewusst, das sie hier erwartete. Bantje hatte gesagt: »Du wirst Königin der Chaharen sein.« Jetzt empfand Anga bei dieser Vorstellung ein beklemmendes Gefühl. Sie wusste ja nicht einmal, wie sich Königinnen zu betragen hatten! Aber ihre Mutlosigkeit dauerte nicht lange an und der angeborene Stolz gewann die Oberhand. Ein Steppenkind zeigte niemals Schwäche oder Furcht. »Wenn Bantje mich schon erwählt hat, Herrscherin der Chaharen zu sein«, so sagte sie sich, »muss ich mich dieser Ehre würdig erweisen und darf nicht an mir zweifeln.«
Sie trieb ihr Pferd an, um neben dem Prinzen zu reiten. Sein Gesicht war bis zum Äußersten angespannt. Wie der Wind

jagten die Pferde über das weiche Steppengras dahin, und als Anga nun in gleichem Tempo und Rhythmus neben dem Prinzen daherritt, hoffte sie von ganzem Herzen, dass es ihm gelingen möge, sich sein Recht ohne Blutvergießen zu nehmen.

Im Galopp ritten sie bis zum Hauptportal der Zeltstadt, das von zwei Soldaten bewacht wurde. Die Wachen kreuzten mit drohender Miene ihre Lanzen und versperrten den Eingang.

»Wer bist du?«, rief einer frech.

Hoheitsvoll musterte Bantje ihn von seinem Tier herab.

»Dein Fürst«, entgegnete er schroff. »Macht den Weg frei!«

Die beiden Wachen waren dermaßen verdutzt, dass sie die Lanzen senkten. In einer Staubwolke preschten die Reiter an ihnen vorbei.

Anga wusste genau, dass sich jetzt von einer Minute zur anderen ihrer beider Schicksal entscheiden würde und alles für sie wie für Bantje sehr schlecht, wahrscheinlich sogar tödlich enden konnte. Seltsamerweise hatte sie jedoch nicht die geringste Furcht.

Reich gekleidete Menschen bewegten sich auf der Hauptstraße der Zeltstadt. Die Männer trugen über ihren Brustpanzern weite, pelzbesetzte Umhänge und an ihren breiten ledernen Gürteln funkelten die silbernen Griffe der Dolche. Die Frauen gingen in seidenen Gewändern. Auf ihren hochgetürmten, kunstvollen Haartrachten blitzte es von Edelsteinen und silbergefassten Reiherbüschen. Die Mädchen hatten weiß geschminkte Gesichter. Überall zwischen den Zelten lief eine Unzahl von braun gebrannten Kindern jeden Alters umher. Ein paar Mal entdeckte Anga würdevoll einherschreitende Priester in auffallenden gelben Gewändern.

Alle, Männer, Kinder und Frauen, starrten den seltsamen jungen Reiter an, der zerlumpte Kleider trug und weder Haare noch Bart gepflegt hielt, und sie betrachteten erstaunt das ebenso zerlumpte, aber außerordentlich schöne Mädchen an seiner Seite. Beide ritten direkt zum fürstlichen Zelt in der Mitte der Stadt. Was wollten sie, wer waren sie? Das Staunen machte schnell einem immer ungeheuerlicheren Gerücht Platz. Bantje! Prinz Bantje ist wiedergekommen!

Im Nu hatte sich die Menge um Bantjes und Angas Pferde geschart. Der Prinz ritt mit hoheitsvoller Miene, ohne irgendjemanden anzuschauen, bis zu dem freien Platz vor dem Khanzelt. Über dessen Eingang wölbte sich ein weiter gelbseidener Baldachin, an dem kupferne und silberne Amulette im Winde schaukelten. Vor der Tür lag ein Bärenfell.

Auf ein unmerkliches Nicken von Bantje hin hielt Anga ihr Pferd an. Von allen Seiten waren sie nun von Menschen umstellt, die schweigend der kommenden Dinge harrten. Man hatte Maalek inzwischen benachrichtigt, denn schon trat er aus dem Eingang des Zeltes. Aber er schien in keinster Weise verwirrt. Als er vor Bantje stand und aufschaute, blinzelten seine Augen ein wenig, doch konnte dies von der schräg stehenden Sonne kommen, die ihn blendete. Er war hoch gewachsen, breit und kräftig, ein junger Mann mit einem hochmütigen, selbstgefälligen Ausdruck auf dem hellhäutigen Gesicht. Ein lang gezogener dünner Schnurrbart betonte noch den breiten, grausamen Mund. Er trug eine prachtvoll bestickte Jacke über weiten Hosen, dazu geschnäbelte Stiefel. Gleich hinter ihm waren zwei Wachen in funkelnden Helmen mit langen, federbuschgeschmückten Lanzen hervorgetreten.

Vor der versammelten Menge brach Maalek als Erster das Schweigen. Er nickte herablassend und sprach: »Willkommen, Bantje, Sohn des Naidung Djaman! Seit zwei Monden haben wir deinen Tod beweint. Ein glücklicher Tag ist es, der dich zu deinem Volk zurückführt. Glücklich . . .«

Doch Bantje war nicht gewillt sich in geduldiger Ruhe die salbungsvollen Lügen anzuhören und unterbrach seinen Verwandten mit unwilliger Handbewegung. »Du bist ein feiger Heuchler«, rief er, und seine Augen blitzten. »Weißt du, welche Strafe den Thronräuber trifft?«

Eine Sekunde lang herrschte Totenstille. Dann ging ein bewegtes Raunen durch die Menge. Sogar Anga war über Bantjes mutigen Angriff erstaunt. Maalek selbst zeigte keine Gefühlsregung. Mit unbewegtem Gesicht fuhr er fort: »Zwei Männer brachten uns den Beweis des Todes von Naidung Djaman. Das Volk der Chaharen verlangte nach einem neuen Herrscher.«

»Die zwei Kaufleute hatte ich selbst geschickt!«, warf Bantje ihm mit zornbebender Stimme entgegen. »Ich habe ihnen selbst das Falkenzeichen mitgegeben. Du hast dieses Zeichen als Beweis meines Todes vorgewiesen. Dann sandtest du drei Männer aus, die mich ermorden sollten – wie du siehst, ist dein Plan gescheitert!«

Die Menschen wurden immer unruhiger, denn jeder hatte Bantjes Beschuldigungen verstanden. Auf Maalek fielen feindselige Blicke. Hatte er sich auch mit seiner Waffe Achtung verschafft, so war es ihm doch nicht gelungen, die Liebe des Volkes zu gewinnen. Seit acht Generationen hatten die Ahnen von Bantje über die Chaharen geherrscht und er war ihr direkter Nachkomme. Maalek aber war nur ein Verwandter. Das Volk hatte schon immer den jungen Prinzen Bantje verehrt.

Dies zeigte sich auch jetzt im Raunen der Menge und Maalek spürte es genau. Auf einmal verlor er die Beherrschung. »Du lügst!«, stieß er wütend hervor. Sein Gesicht verzog sich zu einer hässlichen Grimasse.
Mit raschem Schwung sprang Bantje vom Pferd und ging auf seinen Vetter zu. Maalek stand unbeweglich. Da hob Bantje die Hand und schlug Maalek zweimal ins Gesicht. Dies war eine tödliche Beleidigung. Maalek ließ ein dumpfes Grollen hören, sprang wie von einer Schlange gebissen zurück und zog seinen Säbel aus der Scheide. Die gebogene Klinge blitzte im Sonnenlicht.
Unbeweglich, mit hoch erhobenem Kopf, musterte Bantje seinen Gegner in unsäglicher Verachtung. Maalek zögerte zuzuschlagen. Seine Stirn war von Schweiß bedeckt. Von überall sah man empört auf ihn und er spürte, wie sehr die allgemeine Stimmung gegen ihn war – langsam ließ er den Säbel sinken. Plötzlich fiel sein Blick auf den Hohepriester Ogotai, der mit verschränkten Armen in der ersten Reihe der Menschenmenge stand. Der Alte trug ein safrangelbes, bis zu den Füßen wallendes Gewand mit breitem schwarzem Gürtel. Sein knochiges Gesicht hatte eingefallene Schläfen und auf seinem kahl geschorenen Kopf trug er eine hohe, mit Amuletten behangene Mütze und seine mandelförmigen Augen glühten düster und prüfend.
Vor ihm warf sich Maalek als Zeichen größter Verehrung zu Boden.
»Ogotai!«, rief er mit rauher Stimme. »Du hast mich mit den geheiligten Riten zum Khan gekrönt. Mein Herz war ohne Falsch und Lüge, ich dachte nur an das Heil unseres Volkes. Was du eben vernommen hast, sind gehässige Verleumdungen. Der Prinz ist wahnsinnig! Der Schmerz über den Tod seines Vaters muss seinen Geist gestört haben!«

Langsam und würdevoll trat Ogotai einen Schritt nach vorne und sogleich wurde die eben noch erregte Menge still. Klar und fest erklang nun die Stimme des höchsten Priesters: »Die beiden Kaufleute haben das geheiligte Zeichen gebracht, sie gaben an es am Körper des von einem Felsblock erschlagenen Prinzen gefunden zu haben. Hier aber steht Prinz Bantje vor uns allen, gesund und wohlbehalten, und er bezeugt, das Falkenzeichen selbst den beiden Kaufleuten übergeben zu haben, damit sie es dem Chaharenvolk als Beweis seines Überlebens brächten.«
Nun warf er einen scharfen Blick auf Maalek und fuhr mit schneidender Stimme fort: »Wagst du es, Naidung Djamans Sohn einer Lüge zu bezichtigen?«
Maalek hielt mit sichtlicher Mühe seine Wut unter Kontrolle. Er musste sich auf alle Fälle der Unterstützung des Hohepriesters versichern. »Dann bin ich selbst von den Kaufleuten betrogen worden!«, rief er und tat so, als sei er bestürzt über diese Niedertracht.
Bantje hatte sich stillschweigend abseits gehalten, während der Hohepriester sprach. Doch nun trat er vor und streckte seine offene Hand dem Priester hin. Auf ihr lagen die drei kupfernen Knöpfe mit dem Zeichen der geringelten Schlange.
»Und dies hier?«, rief er und hielt Maalek die Hand vors Gesicht. »Weißt du, was dies ist?«
Maalek wurde leichenblass. Aber mit fester Stimme erwiderte er: »Ich weiß nicht, was das bedeuten soll.«
»Dann will ich dein Gedächtnis einmal auffrischen!«, rief Bantje. »Die Knöpfe hier habe ich selbst von den Jacken der drei Männer abgeschnitten, die du zu meiner Ermordung ausgeschickt hast. Und diese Knöpfe sind bei uns, von Chaharen-Goldschmieden, angefertigt worden!«

Verachtungsvoll und wütend warf Bantje die drei Knöpfe vor Ogotai auf die Erde.
Totenstille herrschte auf dem ganzen Platz. Die Anwesenden rührten sich nicht, wagten kaum zu atmen. Alle warteten auf die Entscheidung des Hohepriesters.
Ogotai stand unbeweglich, kein Muskel zuckte in seinem ausgemergelten Gesicht. Endlich erklang seine ruhige und feierliche Stimme: »Ich habe Maalek in der Geistergrotte gekrönt und ich habe seine Stirn, Füße und Hände mit dem heiligen Öl gesalbt, das einst Dschingis-Khan selbst aus der ruhmreichen Kaiserstadt gebracht hat. Allein der Tod kann diese Weihe auflösen. Die Götter müssen eine gerechte Entscheidung fällen.«
Ein Raunen erfasste das Volk. Ein Mund sagte es dem anderen und schließlich erklang es aus Hunderten von Kehlen: »Die Götter sollen entscheiden!«
Der plötzlich ausbrechende Tumult machte die Pferde unruhig und Anga hatte die größte Mühe, sie so zu halten, dass sie nicht scheuten und ausbrachen. Aber auch sie selbst war aufs Äußerste erregt. Was würde geschehen? Die Menge drängte und drängte und konnte kaum noch von den auf einen Befehl Ogotais herbeigeholten Wachen in Schach gehalten werden. Beklommen starrte Anga auf die beiden Rivalen, die nun neben dem Hohepriester standen. Bantje blieb unbeweglich, seine Haltung drückte Ruhe und Verachtung aus. Maalek hingegen zeigte ein verbissenes Gesicht. Seine schwarzen Augen blickten übertrieben triumphierend in die Runde. Plötzlich riss er einem neben ihm stehenden Wachsoldaten den Säbel aus der Hand und warf ihn dem Prinzen zu. Bantje fing die Waffe im Fluge auf. Er trat einen Schritt zurück, ohne seinen Vetter aus den Augen zu lassen. Anga gab keinen

Laut von sich, doch hielt sie die Hand an ihr Herz gepresst. Ein Zweikampf! Und dabei hatte sich Bantje doch noch nicht einmal von seinen Verwundungen erholt. Aber es gab keine andere Wahl, Anga wusste es, und sie verstand auf einmal, warum Maalek die Entscheidung des Priesters erzwungen hatte. Er wusste, der Hohepriester würde es auf ein Urteil der Götter ankommen lassen, und da Maalek seiner selbst im Waffengebrauch sicher war, glaubte er an seinen Sieg.

Auf einen kurzen Befehl Ogotais hin näherte sich ein rot gekleideter Mann mit einem dünnen Seil. Jeder Gegner bekam ein Ende des Seiles um das Handgelenk gebunden, und da es etwa fünf Fuß lang war, hatte jeder der Kämpfer volle Bewegungsfreiheit, konnte sich aber nicht aus der Reichweite der gegnerischen Waffe entfernen.

Der Tumult der Menge verstummte schnell, als man die Vorbereitungen zum Kampf erkannte, und plötzlich lag gespannte Stille über dem Platz. Ogotai trat einen Schritt zurück und hob die rechte Hand zum Zeichen des Beginns. Die beiden Gegner maßen und beobachteten sich und machten kleine Schritte auf dem Boden, um den besten Standpunkt herauszufinden. Maalek schien zu lächeln. Bei jeder seiner Bewegungen blitzte sein Säbel im Schein der untergehenden Sonne rötlich auf. Bantjes Gesicht war völlig entspannt. Er bewegte sich langsam, gewandt wie eine Katze.

Ein leichter Abendwind ließ die seidenen Banner auf den Zeltdächern flattern. In der Stille war das silberne Klingeln der Verzierungen am Baldachin zu vernehmen.

Plötzlich sprang Maalek vor, sein Säbel blitzte. Bantje wich dem Hieb aus, doch die Klinge streifte seine Schulter und hinterließ eine lange blutige Wunde. Gleichzeitig mit dem

Hieb hatte Maalek mit der linken Hand am Seil gerissen, um den Gegner aus dem Gleichgewicht zu bringen. Bantje aber hatte diese List vorausgesehen und warf sich zurück. Das Seil spannte sich wie eine Saite. Da bückte sich Bantje blitzschnell und stieß vor. Mit einem einzigen Satz übersprang er den Raum bis zu Maalek und schwang sein Schwert über dem Kopf. Maalek wich im letzten Augenblick aus und Bantje flog durch seinen eigenen Schwung bis dicht an das Zelt. Sofort sprang er wieder zurück, aber schon drang Maaleks Säbel in die Zeltwand ein, gerade an der Stelle, wo Bantje eben noch gestanden hatte. Krachend riss der Zeltstoff auseinander.
Keuchend standen sich die beiden Kämpfer nun gegenüber und belauerten jedes Zucken in den Augen des anderen. Maalek schlug eine Finte, auf die Bantje zu spät reagierte. Ein rasender Schmerz hatte plötzlich sein Knie durchzuckt, so dass er das Gleichgewicht verlor und zu Boden stolperte. Maalek stach wie ein Rasender auf ihn ein, nur durch eine schnelle Schulterdrehung entging Bantje dem Tod. Er sah die blinkende Klinge und packte das Handgelenk des Gegners. Ganz nahe standen dessen hassverzerrte Züge vor seinem Gesicht. Mit verzweifelter Kraft stieß er Maaleks Hand zurück und es gelang ihm dabei auf die Füße zu springen. Maalek riss erneut an dem Seil. Er hatte Bantjes Schwäche im Knie erkannt und baute hierauf seine Taktik weiter auf: Er verstärkte den Zug am Seil und ließ gleichzeitig die Säbelschläge prasseln, um Bantje zu ermüden.
Bantje spürte, dass er mit der Kraft und Wendigkeit Maaleks nicht mehr lange wetteifern konnte. Also wehrte er die Schläge ab und verlegte seine Widerstandskraft auf das gesunde Bein. Seine einzige Möglichkeit durchzuhalten

bestand darin, Maalek auf sich zukommen zu lassen, ihn dann aus dem Gleichgewicht zu bringen und zu schlagen. Als nun Maalek mit einem Satz auf ihn zusprang, wich er nur gering zur Seite, schob aber gleichzeitig den linken Fuß vor. Über ihn stolperte Maalek und rollte in den Staub. In der gleichen Sekunde, in der Maalek auf dem Rücken lag, ließ sich Bantje mit vollem Gewicht auf ihn fallen und kniete mit beiden Beinen auf den ausgestreckten Armen des Gegners. Die Klinge des Säbels legte er Maalek an den Hals. Maalek versteifte sich und erwartete den tödlichen Streich mit schweißnassem, angstverzerrtem Gesicht. Aber Bantje schlug nicht zu.
»Wirf die Waffe weg!«, befahl er außer Atem.
Er spürte, wie Maaleks Muskeln sich unter seinem Leib spannten, und er stieß ihn heftig zurück. Der Kopf des Gegners schlug dumpf auf der Erde auf.
»Nun?«, zischte Bantje. »Worauf wartest du noch?«
Maalek knirschte mit den Zähnen.
Da stieß Bantje mit seinem Fuß nach der Schwerthand Maaleks, worauf dieser den Zugriff lockerte. Mit einem weiteren Tritt stieß Bantje die Waffe weg.
Nun erhob sich Bantje langsam und mühevoll, denn sein Knie schmerzte wie wahnsinnig. Er zerschlug das ihn mit dem Gegner verbindende Seil. Heiser befahl er: »Steh auf!«
Als Maalek schäumend vor Wut vor ihm stand, sprach Bantje: »Ich schenke dir dein Leben. Aber du bist für immer aus unserem Land verbannt. Wagst du es je, in unser Gebiet zurückzukommen, so wirst du geköpft und dein Haupt wird auf dem Wall aufgespießt.«
Aus der Menschenmenge erhob sich dumpfes Gemurmel, das zu immer stärkeren Rufen anschwoll: »Töte ihn, Prinz! Töte ihn! Die Götter haben gesprochen! Er muss sterben!«

Bantje warf einen flammenden Blick auf die Menge, dann legte er bedächtig den Säbel auf die Erde.
»Ich töte keinen wehrlosen Mann!«, rief er voller Verachtung. Er sah sich um und seine Augen trafen auf Anga. Sie war bleich und atmete schwer. Endlich erschien ein zaghaftes, glückliches Lächeln auf ihrem Gesicht. Bantje ging langsam auf sie zu, als er sah, wie sich ihr Gesicht angstvoll verzog und ihre Augen starr vor Schreck wurden. Gleichzeitig brüllte die Menge wie aus einer Kehle auf. Blitzschnell fuhr Bantje herum. Maalek hatte seinen Säbel wieder aufgenommen und setzte wie ein Raubtier zum Sprung an.
Bantjes Gegenschlag war schneller als ein Gedanke. Anga sah nur, dass er sich leicht beugte, dass sein Arm sich blitzartig nach vorne streckte – und der heranspringende Maalek im Sprung zusammensank. Sein Säbel entfiel ihm, als er nach der Brust griff.
Er hatte den Mund vom Schrei noch geöffnet – da war schon alles vorbei. Maalek lag auf der Erde, in seiner Brust steckte der Dolch des Prinzen.
Mit Trauer und Verachtung sah Bantje auf die Gestalt zu seinen Füßen, dann wandte er sich um. Wie ein lange zurückgestautes Wasser brach nun mit einem Male die Stimme des Volkes los.
Die Spannung löste sich in nicht endenden Rufen und Schreien, die Frauen stießen die besonderen Triller aus, mit denen die Mongolen ihre Freude verkündeten. Die Männer schwangen ihre Waffen.
Während des begeisterten Tumultes trat Ogotai feierlich vor. Als er die Hand hob, schwieg das Volk. Die Stimme des Priesters schallte über den Platz.
»Die Götter haben ein gerechtes Urteil gefällt«, sprach

Ogotai und hob die Arme zum Gebet. »Maalek ist als Verräter gestorben. Sein Leichnam verdient keine ehrenvolle Bestattung. Er soll den Geiern überlassen werden!«
Dann faltete er beide Hände in Stirnhöhe und verneigte sich tief vor Bantje. Und nun sank unter Waffengeklirr und Rauschen seidener Gewänder das ganze Chaharenvolk in die Knie. Alle, Männer, Greise, Frauen und Kinder, neigten sich tief und legten ihre Stirnen in den Staub.
Unbeweglich stand Bantje unter dem königlichen Baldachin vor dem Khanszelt, aufrecht und mit leuchtenden Augen.
Anga war über dieses großartige, ihr unbekannte Schauspiel so verblüfft, dass sie selbst als Einzige noch aufrecht stand in diesem Meer von gebeugten Häuptern. Nun wollte auch sie sich verneigen – aber Bantje kam ihr zuvor. Mit zwei Schritten war er bei ihr und nahm ihre Hand. Durch die Stille ertönte seine klare und sichere Stimme: »Seht alle her, dies ist eure Königin!«
Die Köpfe hoben sich und aller Augen starrten auf Anga. Sie spürte, wie dieses Starren sie erröten ließ, und machte eine winzige Bewegung des Widerstrebens. Bantje aber hielt ihre Hand fest und Anga spürte, wie dieser feste Griff von Bantjes Fingern Ruhe in sie einkehren ließ. Langsam hob sie die Augen und sah, dass Bantje lächelte. Da lächelte auch sie und nun klangen in ihren Ohren die jubelnden, nicht enden wollenden Rufe der Menge, die Rufe *ihres* Volkes.
Sie lächelte, aber da trübte mit einem Male der Gedanke an Khan ihr Glück. Hätte sie damals in den schneebedeckten Bergen nicht das wilde Mondpferd getroffen, diesen stolzen, prächtigen Schimmel mit der silberweißen Mähne, welche andere Wendung hätte ihr Schicksal genom-

men . . .! Sehnsucht, Schmerz und Dankbarkeit bewegten ihr Herz. Sie wusste es, Khan konnte kein gewöhnliches Pferd gewesen sein! Als guter Geist war er ihr von den Göttern gesandt worden, um ihr Schicksal zu lenken und sie zum Glück zu führen.

Voller Zuversicht blickte Anga in das glühende Abendrot, als wollte sie den Göttern dort leise »danke« zurufen. Und es war, als ob Tchi-Sik, der über der großen Zeltstadt seine Kreise zog, Angas Dankgebet in den Himmel trug.

Frei
wie die Sonne

Prolog

Das Mädchen ging über eine von Kastanienbäumen beschattete Straße. Auf dem Boulevard brauste der Verkehr, aber die Querstraße war an diesem Junimorgen erstaunlich ruhig. Das Mädchen war groß und schmal. Über ihre Stirn fielen einige dunkle Locken, das übrige Haar hatte sie nach hinten gekämmt. Sie trug einen schwingenden Rock und Turnschuhe. Das eng anliegende weiße T-Shirt ließ ihre Arme frei; durch die helle Kleidung erschien ihre Haut brauner, als sie war. Ein Rucksack aus Nylon baumelte über ihrer Schulter. Das Mädchen betrachtete die Häuser mit den gewölbten Schieferdächern, den hohen Fenstern und den großen Balkonen. Vor einer schmiedeeisernen Tür blieb sie stehen, zögerte kurz und klingelte. Nach einiger Zeit sprang die Tür auf. Das Mädchen trat ein. Der Eingang war aus Marmor, die Treppe aus glänzend poliertem Holz. Der Hausmeister spähte argwöhnisch hinter einem Glasfenster hervor.

»Ja?«

»Ich bin Tamar Marly«, sagte das Mädchen. »Madame Lopez erwartet mich.«

Der Hausmeister verzog keine Miene.

»Ja, ich weiß Bescheid. Viertes Stockwerk«, setzte er mürrisch hinzu.

Ein altmodischer Aufzug mit Scherengitter brachte Tamar in die vierte Etage. Sie ging noch einige Stufen hinauf, dann blieb sie vor einer Tür stehen. Auf einem Messingschild waren die Namen »T. und S. Lopez-Winter« zu lesen. Tamar drückte auf die Klingel. Sie hörte Schritte, dann ging die Tür auf. Tamar sah eine Frau von etwa vierzig Jahren vor sich, die kräftig und geschmeidig wie eine Sportlerin war. Ihr blondes Haar mit einer weißen Strähne über der Stirn war kurz geschnitten. Über ihrer Jeans trug sie ein Männerhemd mit hochgekrempelten Ärmeln.

»Guten Tag«, sagte das Mädchen. »Ich bin Tamar. Komme ich zu früh?«

Madame Lopez musterte sie aufmerksam mit ihren grünen Augen. »Nein, jetzt habe ich Zeit in Ruhe mit Ihnen zu reden. Was Sie mir gestern Abend am Telefon erzählt haben, hat mich neugierig gemacht.«

Im Flur bedeckte ein eleganter Läufer den Parkettboden. Durch eine offene Tür sah Tamar einen Kerzenleuchter und einen runden Esstisch mit sechs Stühlen. Frau Lopez führte sie in ein Wohnzimmer mit hohen Bücherregalen. Die Möbel waren antik und nahmen viel Platz ein. Die Morgensonne schien auf mehrere Sofakissen aus bunter Seide und verschiedene Ölbilder, die Wüsten- und Meereslandschaften in leuchtenden Farben zeigten.

»Sie sind Malerin, nicht wahr?«, sagte Tamar.

Frau Lopez lachte.

»Man hat so viele Pflichten im Leben, dass man ab und zu etwas tun möchte, was einem Freude macht. Kaffee?«, setzte sie hinzu. »Ich habe ihn gerade aufgegossen.«

Tamar schnupperte den guten Kaffeeduft.

»Gerne!«

Während Frau Lopez in der Küche hantierte, ließ Tamar ihre Blicke umherwandern. Überall standen Gegenstände aus Asien und Afrika, liebevoll gehegte, offenbar mit Erinnerungen behaftete Einzelstücke. Vor

dem Fenster glänzten die Kastanienblätter. Tamar hatte das Gefühl über den Baumkronen zu schweben. Schon kam Frau Lopez zurück. Sie trug ein Tablett mit einer kleinen Kaffeekanne, zwei Tassen und Plätzchen in einer Schale.
»Zucker, Milch?«
»Keinen Zucker, bitte«, sagte Tamar. »Nur etwas Milch.«
»So trinke ich ihn auch.«
Frau Lopez reichte dem Mädchen eine Tasse.
»Es tut mir Leid, wenn ich Sie gestern Abend ziemlich schnell abgefertigt habe. Aber wir hatten Besuch. Mein Mann ist Diplomat und wir haben immer viele Gäste.«
»Bitte, sagen Sie doch ›du‹ zu mir«, sagte Tamar. »Ich bin gerade erst achtzehn geworden.«
Frau Lopez nickte.
»Ich soll also deine Eltern gekannt haben und sie sogar irgendwann einmal gerettet haben. Das hört sich spannend an. Ich würde nur gerne wissen, wann und wo.«
»In Afrika.«
»In Kenia?«
»Nein, in Algerien.«
Frau Lopez kniff die Augen zu, betrachtete das Mädchen nachdenklich und sehr genau.
»Es stimmt schon, irgendwie kommst du mir bekannt vor. Wir waren tatsächlich drei Jahre in Algerien. Mein Vater war dort Botschafter.«
»Ja, ich weiß. Meine Eltern sprechen oft von Ihnen. Meine Mutter wollte mehrmals Kontakt mit Ihnen aufnehmen. Aber Sie waren weit weg.«
»In Singapur, Tokio, Peking und Manila. Alle drei Jahre ein neuer Posten. Eigentlich hatte ich mir geschworen niemals einen Diplomaten zu heiraten.« Frau Lopez ver-

zog das Gesicht und lachte ein wenig spöttisch. Dann wurde sie wieder ernst.

»Aber du hast mir immer noch nicht gesagt, wer deine Eltern sind.«

»Meine Mutter heißt Laetizia Wenger und war ursprünglich Schweizerin. Aber sie hat auch noch einen anderen Namen ...«

Frau Lopez zuckte zusammen. Sie starrte das Mädchen an, als traue sie ihren Augen nicht.

»Mariemma ...«, flüsterte sie.

Tamar nickte.

»Mein Vater heißt Chenani ag Marly. Aber in Europa lässt er das ›ag‹ weg, sonst wird es zu kompliziert ...«

Sie schwieg und blickte in Frau Lopez' Gesicht, auf dem sich Fassungslosigkeit breit machte.

»Mein Gott!«, stieß diese hervor.

Tamar schluckte und fuhr fort: »Sie sind doch Stephanie, nicht wahr?«

Frau Lopez nickte. Ihre Augen schimmerten feucht. »Ja, natürlich. Es war so aufregend, was damals geschehen ist. Ich war jünger als du, kaum sechzehn, als diese Sache passierte. Danach habe ich nie mehr etwas von deinen Eltern gehört.«

»Sie leben jetzt in der Schweiz. Meine Mutter betreut Flüchtlingskinder und befasst sich mit Adoptionsfragen. Mein Vater hat eine Ausbildung als Elektrotechniker absolviert. Daneben ist er als Berater für das ethnologische Museum in Neuenburg tätig. Ich habe gerade Abitur gemacht und studiere nun in Paris Architektur im ersten Semester. Ich wollte schon immer hierher. Ich wohne bei Verwandten meines Vaters, die Algerien ebenfalls verlassen mussten.«

»Wie hast du mich denn gefunden?«
Tamar lächelte.
»Ich habe Sie im Fernsehen gesehen, bei der Eröffnung Ihrer Ausstellung.«
Frau Lopez lächelte auch; sie hatte ihre Fassung wieder gefunden.
»Hier in Paris zeige ich meine Bilder zum ersten Mal. In der Galerie Duparc. Die Vernissage war vor drei Tagen. Aber wie hast du die Verbindung hergestellt?«
»Ihr Name: Stephanie. Und die Bilder von der Sahara. In Ihrem Interview sagten Sie, dass Ihre Sehnsucht nach der Wüste nie aufhören würde. Ich rief sofort meine Mutter an. Sie sagte . . .«
Tamar stockte.
»Ja?«, fragte Frau Lopez.
Tamar strich sich eine Strähne aus dem Gesicht.
»Als meine Mutter in die Schweiz kam, konnte sie kaum lesen und schreiben. Aber sie hat es schnell gelernt. Und später hat sie ein Buch über ihre eigene Geschichte geschrieben.«
»Wurde es veröffentlicht?«
»Ja, in einem Schweizer Verlag. Mittlerweile ist das Buch vergriffen. Aber ich habe Ihnen ein Exemplar mitgebracht.«
Tamar zog das Buch aus ihrem Rucksack und gab es Frau Lopez, die es mit zitternden Händen durchblätterte.
»Frei wie die Sonne . . .«, murmelte sie. »Ein rätselhafter Titel!«
»Mein Vater meint, er passt zu den Nomaden: Die Sonne steht frei am Himmel und folgt dennoch ihrer festgesetzten Bahn. Wir sind das älteste Volk der Erde, aber die Algerier vernichten unsere Traditionen, zwingen uns eine

Kultur auf, die unsere Seele zerstört. Wir sind am Ende unseres Weges. Bald leben wir nur noch von unserer Erinnerung oder hängen einem Traum nach ...«

»Ein schwacher Trost«, sagte Frau Lopez leise.

Tamar seufzte.

»Der einzige, den wir haben.«

Für einen Augenblick versanken die beiden Frauen in ihren Gedanken. Dann fragte Frau Lopez: »Wo kann ich dich erreichen, wenn ich das Buch gelesen habe?«

Tamar gab ihr eine Telefonnummer und erhob sich.

»Ich muss jetzt gehen. Wir haben um zehn eine Vorlesung.«

Stephanie Lopez begleitete sie zur Tür. Einem Impuls folgend, schloss sie das Mädchen in die Arme.

»Ich rufe dich bald an. Und sage deinen Eltern, dass wir uns unbedingt sehen müssen.«

Tamars dunkle Augen strahlten.

»Ich werde es ihnen ausrichten.«

Sie trat in den Aufzug und drückte auf den Knopf. Die Türen schlossen sich. Stephanie sah ihr lächelndes Gesicht hinter dem Scherengitter. Dann brachte der Aufzug das Mädchen nach unten.

Stephanie ging in ihre Wohnung zurück. Sie zog die Vorhänge zu, damit das grelle Morgenlicht sie nicht mehr blendete. Sie setzte sich aufs Sofa und schenkte sich Kaffee nach. Sie trank mit langsamen Schlucken, den Blick auf das Buch gerichtet. Nach einer Weile zog sie die Beine an, lehnte sich in die Kissen zurück und schlug die erste Seite auf.

1. Kapitel

Roter Sand wehte umher, in Wellen, in Schwaden, mit rasender Geschwindigkeit. Ich spürte ihn im Mund, in den Augen und in der Nase. Er drang unter die Kleider und kratzte auf der Haut. Im Dunst kroch der Landrover mühsam vorwärts. An beiden Seiten der kaum mehr sichtbaren Straße standen Sträucher, die sich im Wind bogen. Ein tiefes, anhaltendes Röhren übertönte alle anderen Geräusche. Die Wüste heulte so laut, als hätte auch das kleinste Sandkorn eine eigene Stimme. Die *Kel-es-Suf,* die »Wesen aus dem Nichts«, waren erwacht. Sie waren nicht böse. Aber sie waren mächtig. Vielleicht konnte ich sie mir zu Verbündeten machen ...

Von der anstrengenden Fahrt übermüdet, überließ ich mich den Stößen des schwankenden Wagens. Pasquier und Bechir hatten versucht die Plane hochzuschlagen, doch ohne Erfolg. Bechir umklammerte das Steuer und hustete sich fast die Lungen aus dem Leib. Pasquier hatte seine Schirmmütze mit einem Taschentuch unterm Kinn festgebunden; seine dunkle Sonnenbrille nahm ihm die Sicht. Er war wütend. Heute Morgen, in Ain-Salah, hatte man ihn gewarnt. Der dicke Franzose an der Tankstelle hatte die Zapfpistole in der Hand gehalten und sorgenvoll zum Himmel geblickt. Er lebte schon seit dreißig Jahren in Algerien.

»Fahren Sie lieber nicht, Monsieur. Ein Sandsturm zieht auf.«

In seiner sturen Art hatte Pasquier den Kopf geschüttelt. »Wir haben schon genug Zeit verloren. Und die Straße ist ja asphaltiert.«
»Verlassen Sie sich nicht darauf! An manchen Stellen fehlt der Teerbelag. Devisenmangel, wie üblich. Da können Sie leicht vom Weg abkommen.«
»Kein Problem! Bechir kennt die Strecke in- und auswendig.«
Bechir hatte unbestimmt genickt, ihm war offensichtlich gar nicht wohl bei der Sache, aber er wagte nicht Pasquier zu widersprechen. Der Franzose füllte den Reservekanister und ließ die schmutzigen Scheine, die Pasquier ihm in die Hand drückte, in seiner Overalltasche verschwinden.
»Na dann – gute Fahrt!«
Kaum hatten wir die Ortschaft verlassen, verfärbte sich der Himmel gelblich. Nach einer Stunde trieben die ersten Schwaden über den Boden; der Wind wehte in doppelter Stärke. Wie eine weißliche Kugel hing die Sonne im Dunst. Schon nahten die ersten Wolken des Sandsturms. Rings um uns vibrierte und knisterte die Luft, der Motor kochte. Ich berührte versehentlich die metallene Rückenlehne des Landrovers und holte mir dabei beinahe einen Schlag. Zunächst war das lange, schwarze Band der Teerstraße noch gut sichtbar; dann erreichten wir eine Strecke, die noch nicht asphaltiert war und nur durch Markierungen bezeichnet wurde. Hier begann die »Wellblechpiste«: Der Wind und die Temperaturschwankungen hatten den Sand in wellenförmigen Rippen hart gepresst. Um die Stöße aufzufangen, gab Bechir Vollgas. Der Wagen ratterte, als würde er in der nächsten Sekunde auseinander brechen. Bei klarem Wetter wäre der Weg gut sichtbar gewesen, aber der Sandsturm verwischte alle Konturen. Den weißen

Streifen am Boden durfte man nicht trauen: Fahrer aus der Gegend nahmen gerne Abkürzungen oder verließen die Piste, um Gazellen zu jagen. Bechir aber war zwar ein guter Fahrer, doch er war kein Einheimischer. Ich spürte genau, dass er in die falsche Richtung fuhr. Sollte ich ihn warnen? Aber wozu? *Ich* wusste, wie man in der Wüste überlebt. Was mit den beiden anderen passierte, konnte mir egal sein. Nur für zwei Tage hatten sie Vorräte mit, nur einen einzigen Wasserkanister. Und bis Tamanrasset – Tam, wie die Ortschaft genannt wurde – waren es immerhin noch dreihundert Kilometer.

Da – ein heftiger Stoß. Ich flog vom Sitz. Pasquier wurde unsanft nach vorne geschleudert und schlug gegen die Windschutzscheibe. Bechir riss das Steuer herum; mit knirschenden Reifen schwankte der Wagen hin und her und blieb dann stehen. Pasquier rieb sich die schmerzende Stirn.

»Was ist los?«

»Festgefahren im Sand!«, rief Bechir.

Selbst mit dem Geländegang konnten wir uns nicht aus dem Sand befreien. Immer wieder setzte der Motor aus.

»Rückwärts, verdammt!«, schrie Pasquier.

Bechir setzte den Rückwärtsgang ein. Es war nichts zu machen: Der Motor heulte auf, die Reifen drehten ins Leere. Bechir machte eine hilflose Geste und stellte den Motor ab. Beide Männer stiegen mühsam aus, stolperten um den Landrover herum. Im heißen Wind blähten sich ihre Hemden über ihren Rücken. Auf der windabgewandten Seite des Wagens häufte sich der Sand an, die Reifen steckten schon bis zur Hälfte im Sand. Pasquier schnauzte den Fahrer an.

»Konnten Sie nicht aufpassen?«

»Das ist eine Wanderdüne!«, schrie Bechir zurück. »Die bilden sich bei diesem Sturm innerhalb weniger Minuten!«
»Was nun?«
»Wir müssen ausbuddeln! Aber schnell!«
Bechir stapfte um das Fahrzeug herum, öffnete den Kofferraum und zog eine Schaufel hervor. Garben von Sand peitschten in sein Gesicht, während er ächzend die Schaufel in den Sand stieß. Nach ein paar Minuten setzte sich Pasquier ans Steuer und drehte den Zündschlüssel. Atemlos stemmte sich Bechir gegen die Motorhaube. Der Motor heulte wieder auf, die Reifen quietschten. Ein abrupter Stoß warf mich vorwärts, dann rückwärts. Der Wagen rührte sich nicht von der Stelle. Pasquier sah mich im Rückspiegel an.
»Raus!«, befahl er.
Wortlos öffnete ich die Tür und glitt hinaus. Bechir arbeitete mit aller Kraft, aber der Wind blies sofort neuen Sand in die Löcher, die Bechir gerade gegraben hatte. Pasquier versuchte vergeblich den Wagen in Gang zu setzen; immer wieder erschütterten Stöße das Fahrzeug, der Motor kochte, doch der Landrover bewegte sich kaum vom Fleck. Pasquier bangte um die Kupplung und stellte seine Versuche ein.
»Hoffnungslos!«
Bechir rang nach Atem.
»Nichts zu machen, bevor der Sturm vorbei ist!«
Pasquier riss seine Sonnenbrille herunter und wandte mir sein Gesicht zu. Seine geröteten Augen waren zusammengekniffen, die verkrusteten Lippen bebten. Ich sah, dass er Angst hatte.
»Wie lange kann diese Schweinerei noch dauern?«
Es gab Sandstürme, die innerhalb weniger Stunden

nachließen. Andere dauerten zwei, drei oder sogar fünf Tage. Dann wird die Kehle wund, die Haut rissig; eine Sandkruste überzieht den ganzen Körper. In den *Gueltas* – den Wasserlöchern – versiegt das Wasser, zurück bleibt rötlicher Schlamm. Auf den sandbedeckten Weidegründen sterben die weißen Kamele, die *Mehara,* und die Ziegen. Aber dieser Sturm würde in Kürze nachlassen. Schon konnte ich bei genauem Hinhören die fast unmerkliche Veränderung im tosenden Heulen des Windes vernehmen, sein Schwächerwerden und baldiges Abflauen.
»Bald ist es vorbei«, sagte ich.
»So Gott will«, keuchte Bechir. »Wir müssen warten.«
Die beiden Männer tauschten einen Blick. Pasquier hustete und würgte.
»Es bleibt uns ja nichts anderes übrig.«
Ich zog den Pullover an, den Stephanie mir geschenkt hatte, und stellte den Kragen meiner Windjacke hoch; mit schmerzender Kehle kauerte ich mich auf den Sandboden, den Rücken gegen eines der Wagenräder gelehnt. Auch Pasquier und Bechir suchten im Windschatten des Wagens Schutz. Inmitten des Unwetters saßen wir da und warteten. Der Wind brauste und heulte, mal dumpf und röhrend, mal hell und klar wie eine Schelle. Wie eine Flüssigkeit rieselte mir der Sand in den Nacken und zwischen die Schulterblätter. Ich legte den Kopf auf die Knie und schloss die Augen. Ich war todmüde, aber nicht nur aus körperlicher Erschöpfung; Verzweiflung und ein Gefühl von Ohnmacht raubten mir jeden Lebensmut. Plötzlich spürte ich, wie Tränen in meiner Kehle hochstiegen. Ich biss die Zähne zusammen. Nur jetzt nicht weinen, nur keine Schwäche zeigen! Hab Geduld, dachte ich. Warte. In Tam hast du eine Möglichkeit zu entkommen. Hier nicht. Versuche zu

schlafen, um bei Kräften zu bleiben. Es nützt nichts, wenn du schluchzt und dich wehrst. Im Gegenteil, Pasquier wird dich noch strenger bewachen. Legst du hingegen eine gleichgültige Miene an den Tag, so mag er glauben, dass du dich in dein Schicksal gefügt hast. Das Bewusstsein, dass ich meine letzte Karte noch nicht ausgespielt hatte, beruhigte mich. Auch das Tosen des Sturms schien abzunehmen. Regungslos saß ich da, überließ mich meinen Gedanken, während mich der Sand in rote Schleier hüllte.

Ich musste geschlafen haben. Laute Stimmen weckten mich. Ich richtete mich auf, schüttelte den Sand von meinen Kleidern. Der Wind hatte sich beruhigt; allmählich versank die Wüste wieder in Schweigen. In der Luft schwebende Staubteilchen filterten die schrägen Strahlen der Sonne. Pasquier und Bechir standen über die offene Motorhaube gebeugt.

»Die Batterie ist schwach«, meinte Bechir, der sich die ölverschmierten Hände mit einem Lappen reinigte. »Wenn sie's bis Tam noch tut, können wir von Glück sagen.«

»Erst mal den Wagen freimachen!«, sagte Pasquier.

Während sich die Männer an die Arbeit machten, betrachtete ich aufmerksam das Gelände. Die Sonne hatte ihren höchsten Punkt überschritten, glühte aber mit unverminderter Kraft. Wie Nebel hing der kupferrote Sand über der Hochebene. Eine Art grobkörnige Asche bedeckte den Boden. Kein Baum wuchs hier, kein Strauch. Es war das Land der heißen Sonne, der Trockenheit, des Todes. Mein Blick schweifte zu den Männern zurück, die den Wagen mit weit ausholenden Schaufelschwüngen ausgruben. Wenn sie sich in der Einsamkeit der Wüste verirren sollten, was kümmerte es mich? Die Piste verlief ostwärts, sie drehten ihr genau den Rücken zu. Ich konnte mir die Nacht zu Nutze machen. Mich an den Sternen orientieren. Die Piste erreichen und dort warten. Mehrmals am Tag fuhren Lastwagen vorbei; ein Fahrer würde mich bis Tam mitnehmen. Als Bezahlung konnte ich ihm meinen Armreif anbieten. Das Silber war schwer und von guter Qualität. Und die beiden Männer? Versagte die Batterie, so würde der Wagen endgültig stecken bleiben und sie sich zu Fuß auf den Weg machen müssen. Zwar besaß Pasquier einen Kompass, aber Sandstürme verwirren die Magnetnadel, die sich dann wie rasend in alle Richtungen dreht. Das Wasser würde schnell aufgebraucht sein; auch gab es hier weder Bäume noch Felsvorsprünge, um sich vor den mörderischen Strahlen der Sonne zu schützen. Ja, die Wüste kannte manche Mittel, um jene, die ihre Gesetze missachteten, mit erbarmungsloser Härte zu bestrafen . . .

Endlich war der Wagen freigelegt. Pasquier holte den Wasserkanister, schraubte den Verschluss auf. Er spülte sich den Mund aus und trank gierig. Ohne nachzudenken, leckte ich mit der Zunge über meine trockenen Lippen. Nun spritzte sich Pasquier Wasser ins Gesicht, ließ es über Hände und Arme rinnen. Wie gebannt, starrte ich ihn an. Am liebsten hätte ich ihn angeschrien: »Gehen Sie sparsam mit dem Wasser um!« Aber ich schwieg. Was ging es mich an, ob er am Leben blieb oder starb? Pasquier wischte sich mit dem Handrücken über die Lippen, gab den Kanister an Bechir weiter. Der Fahrer hob ihn zum Mund, hielt dann aber mitten in der Bewegung inne. Unsere Blicke trafen sich. Er zögerte kurz, bevor er mir das Wasser reichte.
»Arme Mademoiselle«, sagte er mit seiner kehligen Stimme. »Du musst großen Durst haben.«

Ich setzte den Kanister an die Lippen, ließ das Wasser langsam durch Mund und Kehle laufen. Dann gab ich Bechir den Kanister zurück und hielt die feuchten Handflächen an beide Wangen, um mein Gesicht zu erfrischen. Bechir lächelte mich an.
»Besser?«
»*Tanemered.*«
Ich hatte auf *Tamahak* – der Sprache der Tuareg – geantwortet und mich bedankt. Bechir lächelte immer noch. Wie den meisten Bewohnern der südlichen Sahara war ihm diese Sprache nicht fremd. Sein Lächeln erfüllte mein Herz mit Wärme. Er war ein Schwarzer aus In Guezzam, einem Grenzort im Süden von Algerien. Während der Kolonialzeit hatte er im Hoggar in einem französischen Regiment gedient. Jetzt war er Lastwagenfahrer. Er stand mir näher als der andere, der Fremde mit dem ausdruckslosen Blick und der kalten, befehlsgewohnten Stimme. Und gleichzeitig war dieser eine Gedanke in mir, ein Gedanke, der mich Tag und Nacht verfolgte: Auch du bist eine Fremde, auch du ...
Ich kämpfte gegen diesen Gedanken an, ließ ihn einfach nicht an mich heran. Wenn ich mich ganz fest zusammennahm, gelang es mir vielleicht, ihn zu vergessen. Aber ich hatte meinen Entschluss geändert. Und Bechir würde niemals erfahren, dass sein Lächeln ihm das Leben gerettet hatte ...

Inzwischen setzte sich Pasquier ans Steuer und warf den Motor an. Bechir stemmte sich gegen die Wagenhaube. Staub wirbelte auf. Die Räder drehten zunächst durch, bis der Landrover sich endlich aus dem Sand befreite. Pasquier wendete kurz hinter der Düne.

»Das hätten wir geschafft! Los, einsteigen!«
Pasquier ließ den Motor laufen und übergab Bechir das Steuer, während ich wieder auf dem Rücksitz Platz nahm. Der Wagen fuhr an, der Motor brummte gleichmäßig. Ich beobachtete forschend das Gelände. Nach einer Weile sagte ich in der Tuaregsprache zu Bechir: »Wir sind von der Piste abgekommen.«
Pasquier drehte rasch den Kopf zu mir hin, bevor er sich fragend an den Fahrer wandte.
»Was sagt sie?«
Bechir antwortete auf Französisch: »Mademoiselle meint, dass wir in die falsche Richtung fahren.«
Pasquiers Stimme war voll beißenden Hohns. »Und woher will Mademoiselle das wissen?«
»Sie kennt sich in der Wüste gut aus«, sagte Bechir.
Pasquier grinste ihn an.
»Besser als ein Berufsfahrer?«
»Mit dem Lastwagen folgt man der Straße«, sagte Bechir. »Aber ich habe schon eine Zeit lang keine Markierung mehr gesehen. Mademoiselle ist mit den Nomaden umhergezogen und hat Erfahrung.«
Pasquier warf mir einen verärgerten Blick zu.
»So? Und wo liegt deiner Meinung nach die Piste?«
»Wir müssen wieder zurück«, sagte ich ausdruckslos. »Dorthin, wo wir hergekommen sind, und dann nach Süden.«
Kurzes Schweigen. Dann brauste Pasquier auf.
»Zum Teufel, warum hast du das nicht früher gesagt?«
Ich blickte ihn an, ohne eine Miene zu verziehen. Wenn er diesen Ton anschlug, verweigerte ich ihm kühl jede Antwort. Aufgebracht durch mein Schweigen, stieß Pasquier geräuschvoll die Luft durch die Zähne.

»Ich frage mich wirklich, wozu ich mir das alles gefallen lasse! Hätte ich nicht dieses Pflichtbewusstsein, würde ich dich deinem Schicksal überlassen!«
Ich erwiderte kalt seinen Blick. Rede mir bloß nicht von Pflichtbewusstsein!, rief ich ihm im Geiste zu. Ich kenne dich inzwischen gut. Du machst ja alles nur aus Geltungsdrang. Doch ich sagte kein einziges Wort. Inzwischen wendete Bechir den Wagen und hielt an, wobei er den Motor laufen ließ, um die Batterie zu schonen.
»Besser, Sie wechseln den Platz mit Mademoiselle«, sagte er zu Pasquier. »Sie kann mich führen.«
»Haben Sie Vertrauen zu ihr?«, knurrte Pasquier unwirsch.
Bechir reckte sich würdevoll.
»Wissen Sie, was man bei uns sagt? In der Sahara macht man nur einmal einen Fehler. Ich habe diesen Fehler noch nicht gemacht. Deswegen bin ich noch am Leben.«
Pasquier brummte etwas, das weder Bechir noch ich verstanden. Aber er sah wohl ein, dass ihm keine Wahl blieb. Wortlos stieg er aus und ich setzte mich neben den Fahrer. Mit gedrosselter Geschwindigkeit fuhr Bechir weiter. Aufmerksam behielt ich den Boden im Auge. Die Sonne ging unter; im kupfernen Abendlicht entdeckte ich einige verwehte Reifenspuren, die noch frisch waren. Nachdem ich diese Fährte entdeckt hatte, war alles leichter. Das Gelände verlief auf und ab; die Spur schlängelte sich zwischen den Steinen hin. Manchmal verschwand sie vollständig, doch nach einer Weile fand ich sie stets wieder. Wortlos wies ich Bechir mit der Hand den Weg. Ich spürte die Spannung der beiden Männer, hörte ihre unregelmäßigen Atemzüge. Nun waren sie mir auf Gedeih und Verderb ausgeliefert. Es war, als führte ich Blinde. Ich konnte mein Spiel mit ihnen treiben, sie die ganze Nacht im Kreis herumführen. Dass

mir der Besitz einer solchen Macht über die beiden bewusst war und ich doch keinen Gebrauch davon machte, dadurch allein rächte ich mich für die erduldete Demütigung.
Die Sonne verglühte am Horizont; der Himmel färbte sich purpurn, dann lila. Bald brach die Nacht herein. Bechir schaltete die Scheinwerfer ein, das Lichtbündel tastete den Boden ab. Mit der Hand bedeutete ich Bechir sich links zu halten. Ein paar Minuten vergingen. Der Wagen rollte über festgetretenes Geröll. Und plötzlich erschien, im Scheinwerferlicht, die erste Markierung der Teerstraße.
Bechir atmete erleichtert auf. Seine Schultermuskeln lockerten sich.
»Allah sei gelobt!«, stieß er mit seiner tiefen Stimme hervor.
»Tatsächlich«, murmelte Pasquier. »Ich hatte schon jede Hoffnung aufgegeben.«
Er zog ein Päckchen Zigaretten aus der Jackentasche und hielt es Bechir über die Sitzlehne hin. Bechir fischte eine Zigarette heraus. Pasquier bot auch mir eine Zigarette an. Ich schüttelte stumm den Kopf. Pasquier knipste sein Feuerzeug an. Er nahm einen tiefen Zug. Seine Stimme übertönte das Dröhnen des Motors.
»Wie hast du das bloß geschafft?«
Mir entging nicht der bewundernde Tonfall seiner Frage. Ich war froh, dass es dunkel war und er nicht sehen konnte, dass ich lächelte.
»Ich bin hier aufgewachsen«, antwortete ich.
Später rasteten wir in der Nähe der Piste. Wie Nebelschwaden hing der Sand am Horizont, verdunkelte den Himmel, sodass nur einzelne Sterne hindurchschienen.
Bechir hantierte mit einem Gaskocher. Pasquier holte Proviant aus dem Wagen: Brot, Gemüsekonserven, ein paar Dosen Sardinen. Ich saß stumm da, eine Decke über den Schul-

tern. Nach einer Weile trat Bechir auf mich zu und hielt mir einen Teller hin, in dem eine Art Ragout dampfte.
»Du musst essen, Mademoiselle.«
Ich würgte mit Mühe einige Bissen hinunter. Mein ganzer Magen war verkrampft. Nur der stark gezuckerte Kaffee tat mir gut. Ich hielt Bechir meinen Becher hin, ließ mir nachschenken, schlürfte das heiße Getränk und spürte, wie eine wohl tuende Wärme sich in meinem Körper ausbreitete. Als die Mahlzeit beendet war, packten die Männer ihre Schlafsäcke aus. Ich suchte etwas abseits des Lagers eine geeignete Schlafstelle und kuschelte mich in meine Decke. Der Sand gab unter meinem Körper nach und bildete eine weiche, bequeme Mulde. Der Boden war noch lauwarm von der Hitze des Tages, doch in der Nacht würde die Temperatur sinken. Die Sicht war wieder klar. Tausende von Sternen funkelten am Himmel; wie Fackeln leuchteten die Planeten. Ich kannte die Namen der Sternbilder, ihre Wanderung im Laufe der Jahreszeiten. Ein Seufzer entwich meiner Brust. Auf einmal stiegen Erinnerungen in mir auf, die mich so mit Schmerz erfüllten, dass ich mich zusammenkrümmte. Diese Bilder vermochte ich nicht zu verjagen: Ich sah die roten Zelte unseres Sommerlagers, die lange Reihe der weißen *Mehara,* die in wiegendem Schritt von den Weideplätzen heimkehrten. Ich hörte das Meckern der Ziegen, die Rufe der Hirten. Ich sah Torhas schönes, ernstes Lächeln, Marly ag Hamids pechschwarze Augen über seinem Schleier. Und ich sah Chenani über glühende Metallteile steigen, in Rauch und Flammen tauchen, um einem Menschen das Leben zu retten. Mein Herz klopfte. Ich stöhnte auf, drehte mich aufs Gesicht und biss die Zähne zusammen. Die Bilder verblassten. Dann schlief ich ein.

2. Kapitel

Himmel und Erde erwachten gemeinsam. Die Helligkeit nahm langsam zu, überflutete den Horizont und unser Nachtlager. Ich richtete mich mit steifen Gliedern auf. Mein Gesicht war starr vor Kälte. Ich bewegte mich, um meine steifen Muskeln zu lockern, atmete tief die eisige Morgenluft ein. Der Himmel glühte rosa, die Sandebene glich einem See voller Licht. Blinzelnd schloss ich die Augen. Da spürte ich einen warmen Hauch auf meinem Gesicht. Ich öffnete die Augen und sah die Sonne am Horizont leuchten.

Ich faltete meine Decke zusammen, zog meinen kleinen Kamm aus der Hosentasche und begann mein verklebtes Haar zu entwirren. Es war hellbraun, gewellt und hing mir bis zur Taille herunter. Während ich es kämmte, konnte ich sehen, wie es in der Sonne rötlich glänzte. Als alle Strähnen ausgekämmt waren, flocht ich sie zu Zöpfen und knotete sie mit einem Band fest.

Auch die Männer erwachten und verstauten ihre Decken und Schlafsäcke im Wagen. Bechir zündete den Kocher an. Pasquier begann sich vor dem Rückspiegel im Wagen zu rasieren. Ein Handtuch war um seinen Hals geschlungen. Er hatte sein Hemd hochgekrempelt; auf seinen Armen waren großflächige rote Narben zu sehen. Er musste spüren, dass ich ihn ansah, denn er drehte das Gesicht zu mir hin und lächelte mich gut gelaunt an.

»Gut geschlafen?«

Ich nickte, wandte aber die Augen ab.
»Du bist nicht sehr gesprächig«, stellte er fest. »Eigentlich solltest du dankbar sein, dass wir diese Strapazen deinetwegen auf uns nehmen.«
Er wartete auf eine Antwort, die jedoch ausblieb. Daraufhin zuckte er mit den Schultern und tupfte sich mit dem feuchten Handtuch das Gesicht ab. Ich wusste, dass ihn mein Schweigen nervös machte.
Der Kaffee war bereit; ich trank ihn schwarz und stark gezuckert. Bechir schnitt Brot in Scheiben.
»Es ist nicht mehr frisch«, stellte Pasquier unwillig fest.
Kurze Zeit später machten wir uns auf den Weg. Der Landrover fuhr gleichmäßig, eine weiße Staubwolke hinter sich lassend. Die Sonne knallte auf die staubige Windschutzscheibe, doch das schien Bechir nicht zu stören. Er fuhr schnell, um die Schläge der von Querwellen durchzogenen Piste aufzufangen. Bald stand die Sonne glühend im Zenit. Der Himmel war farblos, die Erde ohne Schatten, als die Ausläufer des Hoggar-Gebirges im fahlroten Dunst auftauchten. Mein Herz klopfte. Es war jetzt nicht mehr sehr weit. Es ging ständig bergauf, die Berge rückten immer enger zusammen. Hier hatte die Natur den Felsen seltsame Formen gegeben: Sie glichen gigantischen Schildkröten, Riesenpilzen, Türmen und Brücken. Die Sonne glühte unerträglich. Gegen Mittag kamen wir am Militärstützpunkt an. Schilder in arabischer Schrift, die ein Sperrgebiet anzeigten, hingen an einem Stacheldrahtzaun. Zwischen einigen flachen Betonbauten versperrte eine Schranke die Piste. Zwei Soldaten hielten Wache. Als der Landrover näher kam, erhoben sie sich und schlenderten herbei, zufrieden über die Abwechslung und offenbar bestrebt sie andauern zu lassen.

»*Salam alekum*«, grüßte Bechir.
»*Alaikum Salam*«, murmelten die Soldaten mit finsterer Miene.
Ein Offizier kam aus der Baracke, das Gewehr über der Schulter hängend. Er begrüßte Pasquier kühl, wollte seinen Pass sehen, den er gewissenhaft umblätterte. Auch Bechir musste seinen Ausweis zeigen. Inzwischen kontrollierten die Soldaten das Innere des Wagens, klappten die Sitze hoch, wühlten im Gepäck herum. Pasquier bezwang seine schlechte Laune; den Soldaten machte es offensichtlich Spaß, ihre Autorität auszuspielen. Ungeduld würde die Sache nur noch in die Länge ziehen. Schließlich gab ihm der Offizier seinen Pass zurück.
»Alles in Ordnung. Und das Mädchen da . . .?«
Er schaute mich an. Nach Art der Tuaregmädchen erwiderte ich kühl seinen Blick. Eine Araberin hätte zu Boden geschaut.
»Sie hat keinen Pass«, erklärte Pasquier. »Aber ich habe ein Schreiben des Innenministeriums, das sie betrifft.«
Ich hatte den Brief nicht zu sehen bekommen, aber sein Inhalt war mir bekannt. Der Offizier studierte das Dokument, wobei er die Stirn in Falten legte und sich viel Zeit nahm. Die Soldaten standen herum, stocherten in den Zähnen.
Alles war still; nur der Wind pfiff um die Baracken, wirbelte kleine Sandböen auf. Schließlich blickte der Offizier verwundert auf.
»Sonderbare Geschichte, das!«
Wieder trafen sich unsere Augen. Ich zuckte mit keiner Wimper. Der Offizier wandte als Erster den Blick ab; er faltete das Dokument zusammen und gab es Pasquier zurück. Dann wünschte er Gute Fahrt und machte mit der

Hand ein Zeichen. Die Soldaten öffneten den Schlagbaum. Die Straße in den Hoggar lag vor uns.

Schwarze Berge, aus Lava geformt, vom Wind der Jahrtausende geschliffen. Hohe Basaltsäulen. Felsblöcke, die sich auf einer Hügelkuppe geheimnisvoll im Gleichgewicht halten. Zwischen dem Steingeröll zog sich die Piste wie eine Spirale dahin. Auf dem Grund der Schlucht und in der Nähe von Wasserstellen tauchten jene Felder auf, die wir »Gärten« nennen, wo Hirse und Weizen und verschiedene Sorten Gemüse wachsen. Vor den Hütten aus rotem Lehm unterbrachen dunkel verschleierte Gestalten ihre Arbeit, richteten sich mit langsamen Bewegungen auf, die Hacke in der Hand. Ihre Blicke folgten unserem Wagen, der sich auf der Straße entfernte.

Wenig später hielten wir im bläulichen Schatten einer Felswand. Bechir kochte Kaffee. Wir teilten uns den Rest des trockenen Brotes, aßen Käse und ein paar Datteln dazu.

Bechir, der mich verstohlen beobachtete, brachte plötzlich eine Orange zum Vorschein und warf sie mir mit der Geschicklichkeit eines Taschenspielers wie einen Ball zu.

»Für dich, Mademoiselle!«

Ich fing die Frucht auf; Bechir blinzelte mir zu. Wir tauschten ein Lächeln aus. Pasquier zündete sich eine Zigarette an.

»So! Sie kann also auch freundlich sein, wenn sie will.«

Ich öffnete die Frucht mit dem Fingernagel, löste behutsam die saftigen Scheiben heraus. Pasquier stieß gereizt den Rauch durch die Nase.

»Dickschädel! Ich habe keinen Schimmer davon, was in ihrem Gehirn eigentlich vorgeht.«

»Das ist nur, weil Sie die Leute hier nicht kennen«, sagte Bechir sanft. »Nichts ist stolzer als ein Tuaregmädchen.«

»Aber sie ist ja gar keines!«

Der Schwarze schlürfte gelassen seinen Kaffee.

»Sie haben noch keine Beweise, Monsieur.«

»Wieso, keine Beweise?« Auf Pasquiers Stirn begann eine Ader zu pochen; daran merkte ich, dass er wütend war. »Für mich ist alles klar. Eines passt zum andern. Und dieser Pater, den wir jetzt aufsuchen, wird meine Vermutungen bestätigen.«

Bechirs tiefe Stimme wurde noch tiefer.

»Schneiden Sie einer Pflanze die Wurzeln ab, dann stirbt sie. Beim Menschen sind die Wurzeln das, was jeder in seinem Innern trägt, die Seele, wenn Sie wollen. Die kann man nicht herausnehmen.«

Pasquiers blasse Wimpern zuckten. Heftig drückte er seine Zigarette im Sand aus.

»Hören Sie, Bechir, die ganze Angelegenheit geht Sie nichts an. Sie fahren den Wagen, und damit basta. Und Ihre Meinung können Sie für sich behalten.«

»Ja, Monsieur«, erwiderte Bechir ausdruckslos.

Er schwieg und ich war ihm dankbar dafür. Schon hundertmal hatte mir Pasquier gesagt: »Du kannst vor der Wahrheit nicht davonlaufen. Du bist kein Tuaregmädchen, du heißt auch nicht Mariemma. Du bist nicht in der Wüste geboren, schlage dir das aus dem Kopf. Deine Eltern stammten aus der Schweiz. Dein richtiger Name ist Laetizia Wenger.«

Laetizia? Meine Zunge stolperte über die fremden Silben. Eigentlich gefiel mir der Name. Aber ich wollte nicht Laetizia sein.

Abermals vergingen Stunden. Das Dröhnen des Motors hörte sich merkwürdig einschläfernd an, vermittelte mir eine Ruhepause, in der ich meine Gedanken ziellos umherwandern ließ. Schon ging die Sonne unter; seltsame Schatten spielten auf dem Hochtal. Die frisch geteerte Straße zog sich durch rostrotes und schwarzes Geröll. Wir überholten einen Jeep und zwei Lastwagen, die uns in eine Wolke von Gestank hüllten, die ihrem Auspuff entstieg. Dann kamen Telegrafenmasten in Sicht. Die Straße stieg leicht an: Hinter der Anhöhe lag Tamanrasset – eine Ansammlung rotbrauner Lehmhäuser mit flachen Dächern und rechtwinkligen Gassen. Eine lange Felswand, deren Gipfel halbmondförmig gespalten war, überragte die Ortschaft: der Hadrian-Berg. Die Sage erzählt, dass ein Riese mit einem Säbelhieb den Berg gespalten habe, um für eine Kamelherde, die von Räubern bedroht wurde, einen Fluchtweg zu schaffen.
Der Wagen fuhr durch ein Lehmtor mit Spitzbogen, um die von Geschäften gesäumte Hauptstraße zu erreichen. Vor den halbdunklen Krämerbuden saßen die Händler. Manche von ihnen standen in kleinen Gruppen herum und unterhielten sich. Tamariskenbäume mit weiß gefleckten Stämmen säumten die Straße. Ihr grün-goldenes Laub bewegte sich im Wind. Frauen kehrten vom Markt heim, mit Warenballen auf dem Kopf. Die kleinen Mädchen trugen Kleider in grellen Bonbonfarben, unter denen bauschige Hosen hervorschauten. Halbwüchsige mit kahl geschorenen Köpfen, die Knie und Ellbogen grau von Staub, spielten Fußball. Vor den Cafés saßen Soldaten an wackeligen Tischen, tranken Limonade und hörten arabische Musik, die aus einem Lautsprecher über die Straße dröhnte. Einige *Mehara* wanderten mit schaukelndem Gang über die Straße. Blau verschleierte Männer führten sie an einem

ledergeflochtenen Seil, das durch die Nüstern der Tiere gezogen war. Es waren Tuareg vom Stamm der Iforas, die über tausend Kilometer geritten waren, um auf dem hiesigen Markt Tauschhandel zu treiben.
Es roch nach Holzrauch und Gewürzen, nach Staub, Leder und frischem Brot. In dieser Ortschaft kannte ich jeden Winkel und jedes Geräusch: das bunte Gewirr auf dem Marktplatz, das Scharren der Ratten auf den trockenen Lehmziegeln. Die Freiheit war ganz nahe. Ich atmete sie mit jedem Atemzug ein. Wollte ich fliehen, musste ich diese letzte Gelegenheit wahrnehmen. Aber eine Flucht war unmöglich.
Schon hielt der Landrover vor einem Lehmgebäude, das von einer Mauer umgeben war. Über dem Tor war ein handgemaltes Schild mit der Aufschrift »Hotel Amenokal« angebracht. Das Holz war modrig, die Farben verblasst. Das »Amenokal« war das einzige Hotel in Tam. Der Innenhof war mit Kies ausgelegt. Unter verstaubten Feigenbäumen und blühenden Oleandersträuchen standen grüne Eisentische und Stühle. Einige Touristen saßen da, räkelten sich in Shorts, Jogginganzügen und zerknitterten T-Shirts. Manche spazierten bereits mit einem prächtigen Sonnenbrand durch die Gegend.
Pasquier stieg aus dem Wagen, streckte sich und ließ die Gelenke knacken.
»Himmel, was bin ich froh, dass wir da sind! Hoffentlich kann man hier etwas Eisgekühltes bestellen. Ein Bier wäre nicht schlecht.«
»Kein Bier, Monsieur«, antwortete Bechir streng. »Die Leute hier trinken nur Limonade.«
Pasquier lachte kurz auf.
»Und damit wollen sie die Touristen anlocken?«

Ich kletterte aus dem Wagen, durchquerte hinter ihm den Hof. Die Touristen musterten uns. Sie dachten gewiss, dass ich Pasquiers Freundin wäre. Ein abscheulicher Gedanke! In den Taschen meiner Windjacke ballte ich die Fäuste. Woher nahm dieser Mann das Recht mich zu beleidigen? Ich konnte mich nicht wehren. Zu viel stand auf dem Spiel. Meine Augen hoben sich zum saphirblauen Himmel, als suchten sie dort Rat. Doch es kam keiner. Ich sah nur einen Habicht, der mit weit ausgebreiteten Schwingen im Abendwind kreiste. Land, Luft und Gebirge waren sein Reich. Ein tiefer Seufzer entwich meiner Brust. Der Vogel war frei. Ich würde es niemals mehr sein.

3. Kapitel

Man führte mich in ein Zimmer, in dem es nach Chlor roch. Von den grün gestrichenen Wänden blätterte die Farbe ab. Vor das Fenster war zum Schutz gegen Insekten ein feinmaschiges Gitter gespannt. An der Decke hing eine Glühbirne an einem Draht. Im Zimmer standen ein schmales Eisenbett, ein Schrank und ein schmutziges Waschbecken. Darüber hing ein Spiegel, der schon einige Sprünge aufwies. Pasquier hatte den Zimmerschlüssel an sich genommen. Er traute mir nicht. Wovor fürchtete er sich eigentlich? Er wusste doch, dass ich mich nicht davonmachen würde. Entkam ich, so würden sich die Vorwürfe an Torha und Marly richten. Ich wollte ihnen keine Schande machen. Sie hatten meinetwegen schon zu viel ausgestanden . . .

Ich beugte mich über den Wasserhahn und trank aus der hohlen Hand. Das lauwarme Wasser schmeckte nach Eisen. Ich zog mich aus und wusch mich langsam und ausgiebig von Kopf bis Fuß. Die Menschen hier haben sich der Wüste angepasst, nicht umgekehrt. Wasser brauchen wir zum Überleben; es käme dem Wahnsinn gleich, wollte man es zum Waschen verwenden. Zwischen zwei Brunnen liegen oft Hunderte von Kilometern. Manche Quellen liegen unter der Erde. Wir befestigen deshalb ein Gefäß an einem Seil und ziehen damit das wenige, das wir an Flüssigkeit haben, empor. Trotzdem sind unsere Kleider stets sauber, weil es sich nicht gehört, in schmutzigen Gewändern herumzulaufen. Gehen wir auf Reisen, so nehmen wir Kleider zum Wechseln mit und legen sie an, bevor wir an einen bewohnten Ort kommen. Gerade weil Wasser bei uns so rar ist, lieben wir es nahezu überschwänglich und waschen uns und unsere Kleider, sobald sich die Gelegenheit bietet. Diesen Luxus hier ließ ich mir also nicht entgehen! Ich löste meine Zöpfe, hielt mein Haar unter den Wasserhahn und war erst zufrieden, als es schwer und nass vor meinem Gesicht hing. Als ich das Haar zurückwarf, erblickte ich mich im Spiegel. Im trüben Schein der Birne starrte ich mein Gesicht an, betrachtete es wie das einer Fremden. Meine Stirn war hoch und glatt, der Haaransatz zeichnete sich herzförmig ab und die Brauen liefen spitz aus. Die Augen hinter dem Wimpernschleier wirkten dunkel und matt. Wenn Licht auf mein Gesicht fiel, schimmerten sie mit einem Mal blau wie Saphire.

»Du hast Schmetterlingsaugen«, pflegte Chenani zu sagen. Lange Zeit hatte ich nicht gewusst, ob er mich eigentlich schön fand oder nicht. Als Junge hatte er sich gern über alles lustig gemacht. Erst später hatte ich bemerkt, dass ich etwas Besonderes für ihn war.

Ich wrang mein Haar aus. An Chenani zu denken war ein großer Fehler. Die Erinnerung an ihn schmerzte wie eine Wunde. Sie zerstörte jene Kraft, die mich befähigte dies alles zu ertragen. Ich dachte an sein rabenschwarzes Haar, an seine Augen, die so dunkel und fröhlich blitzten. Ich wollte ihn neben mir spüren, seinen Geruch nach Minze, Baumwolle und Holzkohle einatmen. Ich hörte seine Stimme, ein Gemisch aus Zärtlichkeit und Spott, und erinnerte mich, wie er mich streichelte. Als der Schmerz zu groß wurde, schloss ich die Augen. Tränen liefen über meine Wangen. Als ich mich wieder beruhigt hatte, zog ich mich

an und rubbelte mein Haar trocken. Schließlich ließ ich mich mit dem Rücken zur Wand im Schneidersitz nieder und wippte dumpf hin und her.
So fand mich Pasquier, als er mich etwas später zum Essen holte. Das Hotel verfügte über ein kleines Restaurant. Es war ein weiß gekalkter Raum, in dem Kupferplatten und billige Teppiche die Wände zierten. Die Gäste saßen unter Lampen, die mit bunten Glasfacetten verziert waren. Bechir war nicht da: Er war bei Verwandten untergekommen. Der Kellner stellte einen Korb mit Fladenbrot und eine Flasche Wasser auf den Tisch. Dann kam das Standardmenü für Touristen: Pommes frites, dazu Spiegeleier, Bohnen und Thunfisch aus der Dose. Pasquier verzog das Gesicht.
»Das Essen ist miserabel! Aber es gibt ja keine Auswahl in diesem verdammten Kaff!«
Lustlos stocherte er auf seinem Teller herum. Ich sah ihn verständnislos an. Für mich war diese Mahlzeit üppig. Dass man genug zu essen hat, war für mich keineswegs normal, im Gegenteil. »Lieber frei als satt«, sagt bei uns ein Sprichwort. Ich aß und trank, schweigend und langsam, um bei Kräften zu bleiben. Das Leben hatte mich gelehrt niemals die Nahrung zu missachten.

Nach dem Essen brachte mich Pasquier in mein Zimmer zurück, wünschte mir eine Gute Nacht und sagte, dass wir früh aufbrechen würden.
»Bechir kommt um fünf. Sieh zu, dass du rechtzeitig wach bist.«
Die Worte hätte er sich sparen können. Dass man vor Sonnenaufgang aufsteht, um den kühlen Morgen zu nutzen, wusste ich besser als er.

Er sperrte mich wieder ein; ich hörte, wie sich der Schlüssel im Schloss drehte. Mir war jetzt alles gleichgültig. Der Vollmond schien hell ins Zimmer, sodass ich kein Licht machen musste. Wieder setzte ich mich mit dem Rücken zur Wand und rieb unaufhörlich meine Schulterblätter an dem Gips. Eine Zeit lang war das Schaben des Stoffes an der Wand das einzige Geräusch. Allmählich füllte sich die Nacht jedoch mit Stimmen und Gelächter. Trommelschläge dröhnten, Schatten bewegten sich vor meinem Fenster. Mir fiel ein, dass die Algerier um diese Jahreszeit das Fest eines Schutzheiligen feierten. Ich rief mir den Marktplatz und die dichte Menschenmenge ins Gedächtnis zurück. Ich stellte mir vor, wie die Frauen sich in einer Reihe aufgestellt hatten und mit den Händen den Takt klatschten, während weiß gekleidete Männer mit stampfenden Bewegungen tanzten. Über ihren Schultern hingen Gewehre, die im Mondlicht glänzten. Sie erweiterten ihren Kreis und schlossen ihn wieder im Rhythmus der Tragtrommeln. Plötzlich hörte ich, wie die Männer auf ein Signal hin die Waffen von der Schulter rissen und mit Platzpatronen Schüsse in die Mitte des Kreises abfeuerten. Die Erde bebte, die Lehmmauern schienen zu zerbersten. Pulvergeruch breitete sich aus, während das Trillern der Frauen durch die Nacht hallte. Die Trommel schlug immer lauter; die Gewehrsalven krachten in regelmäßigen Abständen. Mit dem Rücken zur Wand saß ich da, ließ den Kopf hin und her baumeln. Unwillkürlich folgte mein Körper dem Rhythmus der Trommelschläge, die sich meinem Herzklopfen anzupassen schienen – ein Auf und Ab, das mir den Atem nahm, mich mit Schmerz und Verzweiflung erfüllte. Ich war so allein, so entsetzlich allein.
»Hilf mir!«, stöhnte ich.

Da – ein undefinierbares Geräusch, ganz nahe. Mein Atem setzte aus. Eine Bewegung am Fenstergitter. Der Draht spannte sich. Ein Schatten wurde hinter dem Fenstviereck sichtbar.
»Mariemma?«, flüsterte eine Stimme.
Ich presste die Hand auf den Mund, um meinen Aufschrei zu ersticken.
»Chenani!«
Ich schnellte hoch; mit zwei Sätzen war ich am Fenster. Ich lehnte mich an das Gitter, spürte Chenanis Atmen, die Wärme seines verschleierten Gesichtes. In der Dunkelheit sah ich nur das bläuliche Weiß seiner Augen. Nach Sitte der Tuareg trug er den *Schesch,* ein um den Kopf geschlungenes Baumwolltuch. Das Ende des *Schesch* bildete ein Schleier, *Tagelmust* genannt, mit dem die Männer ihr Gesicht verhüllten. Wir blickten uns tief in die Augen, drückten unsere Handflächen aneinander. Die Stirn an den Draht gepresst, schluchzte ich leise vor Erleichterung und Freude. Chenani sagte eine ganze Weile lang nichts; an seinem Schweigen merkte ich, dass er ebenso bewegt war wie ich. Es war wohl das erste Mal, dass er mich weinen sah. Endlich vermochte ich zu sprechen. Ich sagte: »Wie hast du erfahren, wo ich bin?«
»Ich habe den Wagen gesehen. Ich wusste ja, dass man dich zur Einsiedelei bringen würde. Meine Mutter sagte, nur noch der Pater kennt diese Geschichte. Man wird bei ihm Auskunft holen.«
Draußen schwieg die Trommel. Der Pulvergeruch verflüchtigte sich. Das Fest war vorbei. Wie immer hatte Chenani leise und bedächtig gesprochen. Seine sanfte, kehlige Stimme ließ in mir die vertraute Vergangenheit aufleben. Der Schmerz verschwand. Zurück blieb nur eine

tiefe, alles umfassende Süße. Ich schluckte meine Tränen hinunter und lächelte Chenani an.
»Wie gut, dass du da bist!«
»Weg von hier!«, flüsterte er.
Ich zuckte zusammen.
»Unmöglich!«
»Warum?«
»Du weißt doch, was dann passiert«, sagte ich bitter. »Pasquier wird deinen Vater anklagen. Die Polizei wird ihm Schwierigkeiten machen ...«
»Mein Vater weiß sich zu wehren.«
»Chenani, sei vernünftig! Dein Vater ist der Regierung ein Dorn im Auge. Die Behörden warten schon lange auf eine Gelegenheit ihn zu verhaften.«
»Das können sie nur, wenn sie ihn mit einem Gewehr in der Hand antreffen. Aber so dumm ist mein Vater nicht. Wenn nötig, lösen wir das Lager auf. Die Sahara ist groß.«
»Die Wüste trocknet aus. In Abalessa gibt es ausreichend Quellen und Nahrung für die Herden. Im Süden sind die Weidegründe verdorrt ...«
»Zerbrich dir nicht den Kopf drüber«, murmelte Chenani.
Verzweifelt versuchte ich ihn umzustimmen. »Ich will nicht, dass die Eltern meinetwegen schikaniert werden. Sie schulden mir nichts. Ich bin nicht ihre Tochter, Chenani. Ich heiße Laetizia. Ich bin eine Ausländerin, die sie aufgezogen haben, nichts weiter ...«
Ich hörte, wie er leise auflachte.
»Ein Glück, dass wir keine Geschwister sind!«
Verwirrt schaute ich ihn an. Dann verstand ich, was er meinte, und erwiderte matt sein Lächeln.
»Ja, wahrhaftig.«

»Komm!«, flüsterte er. »Wir dürfen keine Zeit mehr verlieren.«
Seine Finger tasteten am Gitter entlang und schüttelten es, um seine Festigkeit zu prüfen. Dann suchte er eine Weile den Boden ab, hob einen Stein auf und begann mit kleinen Schlägen die Nägel an der Außenseite des Fensters zu lockern. Wir schwiegen jetzt beide; ich hielt den Atem an und lauschte. Hoffentlich wurde das Geräusch nicht bemerkt! Ein paar Minuten später gab der erste Nagel nach. Das Gitter ließ sich lockern. Chenani entfernte ein paar weitere Nägel. Wir zogen und zerrten an dem Draht, bis er sich löste und wir ihn an einer Seite herausreißen konnten. Bald war die Öffnung so groß, dass ich mich hindurchzwängen konnte. Ich reichte Chenani meine Windjacke, schlüpfte in meine Turnschuhe und band rasch mein Haar zusammen. Dann stieg ich auf die Fensterbrüstung; Chenani umfasste mich mit beiden Armen und zog mich hinaus. Eine Sekunde später stand ich neben ihm. Er packte meine Hand und wir liefen zusammen los. Hinter dem Hotel befand sich ein sandiger Hof. Autoreifen, Kanister und Plastikschüsseln lehnten an der Hauswand. Ein morsches Holztor führte nach draußen. Chenani stieß behutsam den Riegel auf. Durch die Toröffnung sah ich im Mondlicht zwei *Mehara,* die, von einem kleinen Jungen bewacht, neben der Mauer im Sand knieten. Beide trugen eine *Rhala,* einen Sattel aus leichtem Holz. Die Außenseite des kreuzförmigen Handgriffs und die mit scharlachrotem Leder überzogene Rückenstütze waren mit Kupferbeschlägen und bunten Stickereien verziert. Ich schluckte, als ich neben Atlar, Chenanis mächtigem Falben, mein eigenes Reittier Khadine erkannte – Khadine, die milchweiße Kamelstute mit den blauen Augen, die mir Chenanis Vater

aus dem Sudan mitgebracht hatte. Sie hatte immer gehorsam auf jede meiner Anweisungen reagiert. Ihr Schritt war so leicht, dass er keine Spuren im Sand hinterließ.
Lächelnd beobachtete Chenani meine Freude.
»Ich habe sie gerade von der Weide geholt.«
Still drückte ich seine Hand. Meine Zweifel waren gewichen. Mochte man uns verfolgen, in die Enge treiben, mochte kommen, was da wolle, nie wieder würde ich es zulassen, dass wir getrennt wurden.
Der Junge hatte die Rennkamele von ihren Fesseln befreit. Sie bewegten sacht ihre Ohren; ich streichelte Khadine, die zufrieden schnaubte. Während Chenani dem Jungen ein Geldstück zusteckte, zog ich schnell meine Turnschuhe aus und steckte sie in die Satteltasche. Dann band ich die Zügel um mein Handgelenk und schwang mich in den Sattel. Khadine warf ihren Kopf nach hinten, dann den langen Hals nach vorne und stand bereits auf den Beinen. Auch Chenani ließ seine Sandalen, die durch eine Schlaufe am großen Zeh festgehalten wurden, von den Füßen gleiten. Mit einer geschmeidigen Bewegung glitt er in den Sattel. Atlar schüttelte den Kopf und bleckte die Zähne. Doch Chenani wusste mit ihm umzugehen. Er stieß einige Pfeiflaute aus und gab dem Tier einen Klaps auf die Flanke. Seite an Seite verfielen die *Mehara* in einen wiegenden Gang. Die kleinen Kupferschellen an ihrem Zaumzeug klingelten. Wir schaukelten leicht im Sattel, unsere Oberkörper folgten der gleichförmigen Bewegung ihrer Schritte. Alles war still; die Umrisse der Lehmmauern zeichneten sich pechschwarz gegen den Nachthimmel ab. Ein streunender Hund lief über die Straße. Bald lichteten sich die Häuser. Der Wind pfiff über die silbergraue Ebene. Als wir die Telegrafenmasten hinter uns gelassen hatten, be-

schleunigten die Kamele ihren Gang; ihre Kupferschellen klingelten in einem schnelleren Rhythmus, als spielten sie ein Lied. Ich atmete den Geruch von Sand, Minze und Salbei ein, spürte die Wärme der Tiere, ihre Verlässlichkeit. Hoch im Sattel aufgerichtet, führte Chenani gelassen seinen Falben. Sein weißes Gewand schwang über dem Tier hin und her. Ich sah sein verschleiertes Profil, den leuchtenden Spalt seiner Augen. Ein Prickeln überzog meine Haut, das nicht von der Kälte stammte. Dieser Weg kannte kein Ziel, die Nacht kein Ende. Ewig würden wir unter dem glitzernden Mond dahinreiten, in die Wüste, der Freiheit entgegen.

4. Kapitel

Wir waren lange geritten; schon verblasste der Mond über den Tafelbergen, als wir endlich beschlossen zu rasten. Im Schutz einer Felswand ließen wir uns aus dem Sattel gleiten. Wir banden die *Mehara* so an, dass sie sich zwar fortbewegen, aber nicht zu weit entfernen konnten. Wir nahmen ihnen die Sättel ab und schüttelten den Staub aus den Decken. Die Temperatur war unter null gesunken. Ich rieb mir fröstelnd die Hände, doch Chenani schien die Kälte nicht zu spüren. Dabei trug er nur seine *Gandura,* ein Gewand, das an beiden Seiten Schlitze hatte, und eine Pluderhose, die die Fußknöchel bedeckte, den *Serouel.* Mit der Reitgerte fegte er über den Sand, bevor er die Decken ausbreitete. Während ich Steine suchte, sah sich Chenani nach Wurzelholz um, das er schnell fand. Er häufte es zwischen die Steine, zündete ein Streichholz an und machte Feuer. Bald knisterte eine kleine Flamme. Der Rauch duftete würzig. Aus einer der mitgebrachten Taschen zog Chenani einen kleinen Teekessel, eine Teedose und ein Stück Stockzucker, das er mit einem winzigen Kupferhammer zerschlug. Chenani hatte seinen *Schesch* gelöst und den Schleier aus seinem Gesicht entfernt. Der Wind zerzauste sein schulterlanges Haar. Ich betrachtete sein Gesicht mit den schmalen Schläfen, der feinen Adlernase, dem vollen Mund; es schien mir magerer als früher, wie von Sorgen gezeichnet. Meine Kehle wurde eng; ich wusste, dass sein Kummer mir galt.

»Frierst du?«, fragte er besorgt.
»Ein wenig.«
»Der Tee wird dir gut tun.«
Das kleine Feuer warf Funken in die Dunkelheit; bald dampfte der Teekessel. Chenani mischte den Tee und ließ ihn einen Augenblick ziehen. Dann goss er den grünen Pfefferminztee in die Gläser. Ich lächelte glücklich, als er mir über die Glut hinweg das Glas reichte. Ich nahm es zwischen meine erstarrten Finger und trank so hastig, dass ich mir die Zunge verbrannte. Der Tee dampfte und war wunderbar süß. Ich schlürfte ihn mit Wohlbehagen.
»Er ist gut, dein Tee.«
Chenani blinzelte zufrieden.
»Trink, der Zucker gibt dir Kraft!«
Auf seinen Ellbogen gestützt, streckte er sich neben mir aus. Sein Kopf lehnte an meiner Schulter.
»Was haben sie mit dir gemacht, dort in Algier?«
Ich seufzte.
»Weißt du, Chenani, sie waren nicht böse. Wären sie böse gewesen, wäre es weniger schlimm gewesen. Dann hätte ich wütend auf sie sein können. Sie waren gut zu mir. Das war das Schlimmste, verstehst du?«
Er nickte wortlos. Ja, Chenani verstand diese Dinge. Nichts, was mich betraf, entging ihm. Er war mein Spiegelbild, mein zweites Ich. Etwas in mir war verletzt worden. Und nur sein Verständnis und sein Zartgefühl konnten meine Schmerzen lindern, mich so selbstbewusst und stark machen, wie ich es früher gewesen war. Er drückte seinen Kopf fester an meine Schulter.
»Sprich! Sag mir alles!«

Vor meinem inneren Auge stiegen die Bilder Algiers auf:

Planlos über die Hügel verstreute Betonsiedlungen, Häuser, vor deren Fenstern Wäsche hängt, schattige Plätze und alte, mit hässlichen Kritzeleien bedeckte Torbögen. Enge, ungepflasterte Gassen; ausgetretene Treppenstufen, die mit Abfall übersät sind. Breite Straßen, in denen sich Autos, stinkende, überfüllte Busse, Fahrräder und hektisch knatternde Motorräder stauen. Möwenschwärme wirbeln durch die Luft. Der Hafen ist ganz nah mit seine Schiffen und den vielen hohen Kränen. Menschen strömen durch die Straßen. Halbwüchsige dominieren das Straßenbild, schlendern auf und ab, bevölkern die Cafés; kleine Jungen spielen Fußball, raufen sich mit lautem Geschrei. Mädchen lassen sich nur selten blicken, und wenn, dann immer nur in Gruppen. Alte Männer sitzen auf Bänken; manche sind ganz in Weiß gekleidet wie die Männer der Wüste. Verschleierte Frauen schlurfen mit Einkaufstaschen an den Wänden entlang. Hier hat die Menge tausend Gesichter und jeder Mensch ist dem anderen fremd. Ich hingegen war die Ruhe und Weite der Wüste gewohnt, die Gastfreundschaft abseits der Pisten.
Ich wusste von Pasquier, dass Frau Dalbert uns erwartete. Frau Dalbert, hatte ich erfahren, war bei der Schweizer Botschaft angestellt. Ich sollte bei ihr wohnen, bis »mein Fall geklärt war«. Außerdem mussten meine Papiere in Ordnung gebracht werden. Um welche Papiere es sich handelte, wusste ich nicht. Und mir war auch nicht klar, warum sie geordnet werden sollten. Fragen stellte ich schon lange nicht mehr. Pasquiers Erklärungen blieben mir unverständlich und mein Stolz ließ es nicht zu, jedes Mal als Unwissende dazustehen. Also hielt ich lieber den Mund.
Frau Dalbert wohnte in einem Hochhaus im Stadtzentrum.

Die Wohnung lag im fünften Stock. Doch bevor ich dort hinkam, schob mich Pasquier in einen stickigen Käfig, der sich rumpelnd in Bewegung setzte. Ich wollte sofort wieder hinaus, aber Pasquier hielt mich fest und lachte. Es war das erste Mal, dass ich einen Aufzug betrat.
Ein kurzes Rumpeln: Der Aufzug hielt. Oben war ein Flur, der mit Fliesen belegt war. Sie wirkten sehr glatt und glänzten, als ob sie nass wären. Ich bewegte mich vorsichtig; ich hatte Angst auszurutschen. Pasquier blieb vor einer Tür stehen und klingelte. Nach einer Weile hörte man schlurfende Schritte. Ein Dienstmädchen öffnete. Sie war kleiner als ich, trug ein gelbes Kleid und ein bedrucktes Kopftuch. Ihr Gesicht hatte die ungesunde, blasse Farbe der Frauen, die nie ohne einen Schleier nach draußen gehen. Kleine, blaue Zeichen waren auf Kinn und Stirn tätowiert. Ich wollte meine Sandalen von den Füßen streifen, doch Pasquier sagte, das sei hier nicht nötig. Das Dienstmädchen führte uns in ein Wohnzimmer, das mit Schränken, Tischen und Sesseln voll gestellt war. Neugierig betrachtete ich die Einrichtung: Sie kam mir fremdartig und prunkvoll vor, beeindruckte mich jedoch nicht. Zögernd ging ich zur Fenstertür. Sie führte auf einen großen Balkon hinaus. Ununterbrochen stieg das Brausen des Straßenlärms herauf. Mein Blick wanderte über die Dächer hinweg, richtete sich auf den schimmernden Horizont. Das Meer! Tiefblau und glitzernd, lag es unter dem reglosen Himmel da. Zum ersten Mal, seitdem ich die Wüste verlassen hatte, empfand ich so etwas wie Begeisterung. Die unermeßliche, hitzeflimmernde Weite entsprach den Bildern der Wüste, die sich ständig wie ein Wachtraum zwischen mich und meine derzeitige Umgebung schoben. Und gleichzeitig erlebte ich ein ganz eigentümliches Ge-

fühl: Mir schien plötzlich, als habe dieser Anblick etwas in mir geweckt, das lange verschüttet gewesen war. Ich war überzeugt, dass ich das Meer schon einmal gesehen hatte. Aber wo und wann? Bis auf den heutigen Tag hatte ich die Wüste nie verlassen. Plötzlich fielen mir meine seltsamen Träume ein und jene geheimnisvolle Krankheit, von der Chenani mich geheilt hatte. Ich bekam eine Gänsehaut. Was, wenn Pasquier die Wahrheit sprach? Was, wenn meine Eltern wirklich aus Europa stammten?

Das Erscheinen der Hausherrin riss mich aus meinen Gedanken. Frau Dalbert war eine blonde, große Frau mit einem wohl wollenden Gesichtsausdruck. Sie trug ein geblümtes Kleid und Schuhe mit hohen Absätzen, die sie zu kleinen, gestelzten Schritten zwangen. Ich schaute sie verwundert an. Wie kann eine Frau mit Anmut gehen, wenn sie nicht mit den Fersen den Boden berührt? Ebenso wunderte ich mich über ihren vielen Goldschmuck. Wir Tuareg glauben, dass Gold Unheil bringt, und tragen nur Silber.

Frau Dalbert blickte mir in die Augen und ergriff meine Hand. »Herzlich willkommen! Du bist also Mariemma! Oder soll ich dich lieber Laetizia nennen?«

Ich schüttelte unwillig den Kopf.

»Nein? Wie du willst! Du wirst bei mir übernachten und ich möchte, dass du dich wohl fühlst. Wie steht es mit deinem Französisch?«

Ich wollte antworten, doch Pasquier kam mir zuvor.

»Sie spricht erstaunlich gut Französisch«, sagte er, als ob ich nicht anwesend wäre. »Mir wurde gesagt, dass ein Lehrer aus Toulouse eine Zeit lang mit dem Stamm gezogen sei. Die französische Sprache gehört bei den Tuareg zum guten Ton«, setzte er amüsiert hinzu. »Auf Arabisch wird wenig Wert gelegt. Dabei leben sie in einem islamischen Land.«

Frau Dalbert nickte.
»Algerien war über hundert Jahre eine französische Kolonie. Die Tuareg haben zuerst die Franzosen bekämpft, sich dann aber mit ihnen verbündet. Heute, nach der Unabhängigkeit, rächen sich die Algerier mit Schikanen. Sie wollen die Nomaden unter ihre Fuchtel bringen. Aber die Tuareg lassen sich nicht einschüchtern. Und in Algier weiß man genau, dass ein Aufstand im Süden schlimme Folgen haben könnte.«
Sie lächelte mich an.
»Du kannst vermutlich auch lesen und schreiben, nicht wahr?«
»Ja«, flüsterte ich. »Das *Tifinagh* habe ich schon früher gelernt.«
»Was ist denn das?«, fragte Pasquier.
»Sie waren bei den Tuareg, Sie sollten das doch wissen«, sagte Frau Dalbert etwas schnippisch. »Die Tuareg haben ihre eigene Schrift, das *Tifinagh.* Sie besteht aus vierundzwanzig Buchstaben und ist mehrere tausend Jahre alt. Sie wird das ›libysche Alphabet‹ genannt, soll aber ursprünglich aus Ägypten stammen.«
»Hochinteressant!« Pasquier räusperte sich.
»Und wie geht die Sache jetzt weiter?«
»Der Botschafter will, dass Mariemma so schnell wie möglich über ihre wahre Herkunft unterrichtet wird. Die Ermittlungen laufen bereits. Wie lange sind Sie noch in Algier?«
»Ich bin mein eigener Chef«, erwiderte Pasquier großspurig. »Ich kann mich nach Ihnen richten.«
»Wären Sie bereit das Mädchen in die Schweiz zu begleiten?«
Ich fuhr zusammen. Doch Frau Dalbert nickte mir beruhigend zu. Indessen zog Pasquier die Schultern hoch.

»Wenn es sein muss! Ich bin mit ihr schon zweitausend Kilometer gefahren. Unterhaltsam ist sie weiß Gott nicht. Sie sitzt nur da und schweigt. Aber ich habe meine persönliche Methode: Ich kümmere mich nicht um sie.«
Frau Dalbert runzelte die Stirn.
»Versuchen Sie mal, sich in das Mädchen hineinzuversetzen. Diese Umstellung! Aber sie hält sich tapfer, nicht wahr, Mariemma?«
Ich senkte die Augen und schwieg. Frau Dalbert erhob sich.
»Gut, Monsieur Pasquier. Ihre Telefonnummer haben wir ja. Wir werden Sie auf dem Laufenden halten.«
»Lassen Sie sich durch ihre sanfte Art nicht täuschen«, warnte Pasquier Frau Dalbert beim Abschied. »Sie wird Ihnen Scherereien bereiten, machen Sie sich darauf gefasst.«
Frau Dalbert lächelte frostig.
»Ich werde schon mit ihr fertig werden.«
Sie schloss die Tür hinter ihm und ich atmete erlöst auf. Frau Dalbert warf mir einen Blick zu und verzog das Gesicht.
»Du hast schon Recht, der Mann ist ein Holzklotz. Komm, ich zeige dir die Wohnung.«
Sie führte mich in die Küche mit den hellen Kacheln, erklärte mir, wie der Gasherd funktionierte, öffnete den Kühlschrank und ließ mich die Hand hineinhalten, um die Kälte zu fühlen. Auch im Badezimmer zeigte sie mir die verschiedenen Einrichtungen. Schließlich gelangten wir in ein helles, freundliches Schlafzimmer. Das Bett war frisch überzogen. Eine schöne Lampe hing an der Decke. Auf der Kommode standen verschiedene Nippfiguren, die ich interessiert betrachtete.

»Heute solltest du dich ausruhen«, sagte Frau Dalbert. »Morgen gehen wir einkaufen. Deine Kleider sind zwar hübsch und malerisch, aber für das Leben in der Stadt nicht geeignet.«

Ihr Blick fiel auf meine Hände. Meine Fingernägel waren bis zum Nagelmond mit Henna gefärbt. Die rote Farbe betont die Zartheit der Gelenke und gilt bei uns als glückbringend. Doch Frau Dalbert sagte: »Hier im Norden färben sich nur die Landbewohner die Hände. Vielleicht solltest du das Rot entfernen. Keine Sorge! Mit Seife geht das schnell.«

Ich sagte nichts. Frau Dalbert stieß einen kleinen Seufzer aus.

»Viele Sachen werden für dich neu und ungewohnt sein. Aber wir wollen ja nur das Beste für dich.«

Ich schwieg weiterhin. Sie lächelte, offenbar bemüht mich versöhnlich zu stimmen.

»Zeig mal deine Armreife. Oh, die sind wunderschön! Schweres, gutes Silber, wie mir scheint. Heutzutage verwendet man meistens verschiedene Legierungen.«

»Sie stammen von meiner Mutter«, sagte ich.

Sie schaute mich an und schien etwas sagen zu wollen. Doch dann besann sie sich und erwiderte stattdessen: »Morgen wird dich der Botschafter empfangen. Monsieur Winter nimmt sich extra Zeit für dich. Du brauchst dir keine Sorgen zu machen. Er wird alles tun, um den Fall so schnell wie möglich zu klären.«

In der Nacht fand ich keinen Schlaf. Ich war es nicht gewohnt, in einem Bett zu schlafen, warf alle Decken zurück und legte die Matratze neben das Bett. Meine Gedanken kreisten fiebrig umher; doch bald besiegte sie die körperliche Müdigkeit und ich schlief ein. Oucha, das

Dienstmädchen, nickte verständnisvoll, als sie mich ein paar Stunden später zum Frühstück weckte und meine Matratze auf dem Boden liegen sah. Auch sie zog es vor, auf dem Boden zu schlafen.

Frau Dalbert hatte schon gefrühstückt. Als ich ins Wohnzimmer kam, telefonierte sie in ihrem Arbeitszimmer. Ich trank Kaffee mit viel Zucker und knabberte an einem französischen Croissant. Die Erdbeermarmelade schmeckte mir. Aus dem Arbeitszimmer drang Frau Dalberts Stimme zu mir herüber; sie redete in einer mir unbekannten Sprache. Ich trank bereits meine zweite Tasse Kaffee, als sie den Hörer auflegte und mich freundlich begrüßte.

»Guten Morgen! Nun, wie hast du geschlafen?«

Ich sagte: »Nicht so gut. Das Bett war zu weich. Ich hatte Rückenschmerzen.«

Sie wirkte ein wenig betroffen.

»Oh, das tut mir aber Leid!«

»Ich habe die Matratze auf den Boden gelegt.«

Frau Dalbert lachte laut auf.

»Ich sehe, du weißt dir zu helfen.«

Sie blickte auf ihre Armbanduhr.

»Der Botschafter erwartet dich um elf. Wir haben gerade noch Zeit ein paar Einkäufe zu machen.«

Das Warenhaus war für mich überraschend und schrecklich zugleich. Die stickige Luft, die laute Musik, die vielen Leute machten mich schwindlig. Beim Anblick der vielen Sachen, die man dort kaufen konnte, wurde mir fast schlecht. Ich ging vorsichtig auf die Gegenstände zu wie ein Tier, das eine Falle wittert, zögerte, wich zurück. Ich hatte Lust, alles ganz genau zu betrachten und anzufassen, und gleichzeitig misstraute ich diesem Überfluss.

Als wir durch die Kleiderabteilung gingen, stand ich plötz-

lich vor einem Spiegel, der vom Bodenteppich bis zur Decke reichte. Gebannt blieb ich stehen. Zum ersten Mal im Leben sah ich mein Spiegelbild in voller Größe.
In meiner hellblauen *Gandura* kam ich mir aufrecht und schmal vor. Der Kopf erhob sich klein und eigensinnig über dem langen Hals. Mein frisch gewaschenes Haar fiel in Wellen über die Schultern. Der Mittelscheitel ließ auf meiner Stirn die kleine, halbmondförmige Narbe sichtbar werden, die ich sonst unter den Zöpfen verbarg.
Frau Dalbert sagte, ich solle mir ein hübsches Kleid aussuchen.
»Es soll ein Geschenk sein«, fügte sie freundlich hinzu.
Die Sachen, die an Bügeln hingen oder die die Schaufensterpuppen anhatten, gefielen mir nicht. Ich mochte weder grelle Farben noch kurze Röcke. Schließlich entdeckte ich weite, dunkelblaue Hosen, die unserem *Serouel* ähnelten. Ich probierte sie an und stellte fest, dass sie mir gut standen.
»Warum nicht?«, sagte Frau Dalbert.
Wir suchten einige passende Blusen, eine Strickjacke und eine warme Windjacke aus. Dazu Unterwäsche. Einen Büstenhalter hatte ich nie getragen und fand ihn überflüssig. Frau Dalbert akzeptierte es lächelnd. Als ich aus der Umkleidekabine kam und mich im Spiegel betrachtete, fühlte ich mich völlig verwandelt und war mir selbst fremd.
»Hübsch siehst du aus«, meinte Frau Dalbert.
Sie kaufte mir noch ein Paar Turnschuhe und Socken. Inzwischen war es bald elf; Frau Dalbert winkte ein Taxi herbei. Eine Zeit lang fuhren wir durch die verstopften Straßen am Hafen mit seinen verkommenen Lagerhäusern. Dort roch es nach Teer, Dieselöl und Salz. Am Kai lagen Frachtschiffe, Dampfer und Fischkutter. Dann ging

es einen Hügel hinauf. Hier waren die Straßen breit und sauber und die mehrstöckigen, gelb und weiß verputzten Häuser waren von großen Gärten umgeben. Ich bewunderte das kräftige Grün der Büsche, die bunte Vielfalt der Blumen. Das Taxi war jetzt an einer hohen Mauer angekommen und hielt vor einem großen Eisenportal. Ein Wächter in dunkelblauer Uniform salutierte und machte das Tor auf. Der mit Kies bestreute Weg führte zu einem alten, sauber verputzten Haus. Ein Portier öffnete. Wir betraten eine mit schönen Teppichen ausgelegte Eingangshalle. Wieder wollte ich aus meinen Sandalen schlüpfen, doch Frau Dalbert erklärte, das sei nicht üblich. Durch verschiedene Türen sah man in Räume, in denen Beamte hinter Schreibtischen saßen. Frau Dalbert wies auf ein Ledersofa, sagte, ich solle einen Augenblick Platz nehmen, und ging hinaus. Ich setzte mich vor ein Tischchen mit einer Kupferplatte, auf der einige bunte Zeitschriften lagen. An den Wänden hingen große Bilder in schweren Rahmen. Auf ihnen waren Wasserfälle, Schneeberge und hübsche, mit roten Blumen geschmückte Holzhäuser zu sehen. Während ich die Bilder betrachtete, kam Frau Dalbert zurück.

»Komm, Monsieur Winter erwartet dich.«

Ich stand auf und folgte ihr. Pasquier hatte mir bereits die Aufgabe eines Botschafters erklärt. Das hatte mich nicht sehr beeindruckt. Torha, meine Mutter, war die Schwester des *Amenokal* – des Königs unserer Stammesverbände. Mein Vater Marly ag Hamid war sein engster Ratgeber. So trat ich ohne Scheu in den großen, aufwendig möblierten Raum. Hinter einem Schreibtisch saß ein Herr mit grauen Haaren und Hornbrille, der sich freundlich erhob und mir mit ausgestreckten Händen entgegentrat.

»Mariemma! Ich habe schon viel von dir gehört. Komm, setz dich. Wir wollen eine Weile plaudern. Möchtest du etwas trinken? Einen Orangensaft? Kaffee?«
Ich befeuchtete meine trockenen Lippen.
»Ich hätte gerne ein Glas Milch.«
Herr Winter schmunzelte.
»Selbstverständlich. Aber du hast doch nichts dagegen, wenn ich lieber einen Kaffee trinke?«
Frau Dalbert lachte. »Ich kümmere mich darum.«
Der Botschafter musterte mich wohl wollend und neugierig zugleich. In seinem Blick lag Güte; ich spürte, diesem Mann konnte ich vertrauen. Nach einer Weile brach er das Schweigen. »Weißt du, wer ich bin?«
»Ja, Monsieur«, erwiderte ich. »Frau Dalbert hat es mir gesagt.«
Er nickte.
»Gut. Als Schweizer Botschafter vertrete ich hier in Algerien mein Land. Wir stehen jetzt vor einem Problem. Ich möchte, dass du mich richtig verstehst. Als kleines Kind gelangtest du zu den Kel-Rela, dem mächtigsten der drei Adelsstämme im Hoggar. Du wurdest von der Familie des Amrar – des Anführers – adoptiert. Zufällig kam Monsieur Pasquier ins Lager. Ihm fiel sofort auf, dass du eine Europäerin sein musstest. Er hat versucht mehr über dich in Erfahrung zu bringen.«
»Er war schwer verletzt«, erzählte ich. »Wir pflegten ihn.«
»Ihr habt ihm das Leben gerettet«, sagte Herr Winter.
»Der Mann war nicht glücklich bei uns«, versetzte ich kalt.
Der Botschafter unterdrückte ein Lächeln.
»Zugegeben, er ist kein einfacher Mensch. Ich kenne ihn ziemlich gut. Er besitzt eine Möbelfabrik, wollte ursprünglich Reporter werden, musste aber als einziger Sohn das

Familienunternehmen weiterführen. Aus seinem früheren Berufswunsch wurde ein Hobby. Jährlich verbringt er mehrere Monate auf Reisen, schreibt und fotografiert und hat drei Bildbände über Afrika veröffentlicht.«

Ein Angestellter kam herein, brachte ein Tablett mit einem Glas Milch, einer Tasse Kaffee und einer silbernen Zuckerdose. Herr Winter wartete, bis er wieder draußen war, und fuhr dann fort: »Pasquier ist ein Draufgänger – auch wenn man es kaum glaubt, so bieder, wie er aussieht. Er reiste mit einem Freund, dem Piloten der abgestürzten Maschine. Wir hatten ihm von der Tour abgeraten. Derartige Entfernungen sind nichts für ein Touristenflugzeug. Wie du weißt, ging die Sache schlecht aus. Pasquiers Freund verlor bei dem Absturz das Leben.«

Meine Kehle war trocken. Ich trank einen Schluck Milch. Der Botschafter sprach weiter:

»Als Pasquier dich sah, witterte er eine gute Story. Eine Europäerin, die von den Tuareg aufgezogen worden ist! Die Geschichte wollte er sich wohl nicht entgehen lassen. In Tam begab er sich zur Präfektur. Dort wurde ihm gesagt, dass die meisten Akten während des Unabhängigkeitskrieges zerstört worden seien. Ein ehemaliger Angestellter konnte ihm aber eine wertvolle Information geben: Vor zwölf Jahren ist nämlich ein Schweizer Ehepaar, das geologische Forschungsarbeiten durchführte, auf der Piste des Bergs Ilamane bei einem Autounfall ums Leben gekommen. Die kleine Tochter, die damals zwei oder drei Jahre alt war, blieb verschollen. Die Großeltern waren damals nach Algerien gekommen, hatten verzweifelt nach dem Kind gesucht – vergeblich. Man vermutete, dass die Kleine den Unfall überlebt hatte und in der Wüste verdurstet war.«

Ich schwieg. Der Botschafter fuhr fort:
»Als er wieder in Algier war, setzte sich Pasquier mit uns in Verbindung. Tatsächlich haben wir die Akten über diesen Unfall in den Archiven der Botschaft noch gefunden. Die Verunglückten hießen Jean und Carmela Wenger und stammten aus Neuenburg. Der Name des Töchterchens war Laetizia. Sie müsste gegenwärtig etwa fünfzehn Jahre alt sein – also in deinem Alter.«
Ich rührte mich nicht. Der Botschafter stellte behutsam seine Tasse auf die Untertasse.
»Pasquier zweifelte keinen Augenblick mehr an deiner Identität. Er fuhr nach Tam zurück und setzte sich mit Sidi Khalil, dem Unterpräfekten, in Verbindung. Dass Tuareg und Algerier sich nicht mögen, brauche ich dir nicht zu sagen. Sidi Khalil sah eine gute Gelegenheit, dem *Amrar* ein Delikt anzuhängen. Er fuhr mit Pasquier zum Lager und beschuldigte Marly ag Hamid dich entführt zu haben.«
Ich merkte, dass ich die Fäuste ballte.
»Wäre ich nicht freiwillig mitgekommen, hätten sie meinen Vater verhaftet!«
Der Botschafter hüstelte.
»Das Vorgehen war nicht gerade taktvoll. Aber die Algerier haben ihre eigenen Methoden. Immerhin wurde uns die Sache gemeldet. Als mutmaßliche Schweizerin unterstehst du der Schutzaufsicht der Schweizer Botschaft. Dem Gesetz nach bist du minderjährig und hast ein Recht auf unsere Betreuung, bis deine Identität geklärt ist.«
Ich war verzweifelt.
»Bitte, helfen Sie mir!«
»Ich helfe dir so gut ich kann«, sagte der Botschafter gütig. »Dafür bin ich ja da.«

»Ich will nicht nach Europa. Ich will wieder zu . . . zu meiner Familie zurück.«
Er nickte verständnisvoll und etwas hilflos.
»Es tut mir Leid, Mariemma, aber im Augenblick muss ich dir Nein sagen. Siehst du, solange nicht bewiesen ist, dass du *nicht* Laetizia Wenger bist, darfst du Algier nicht verlassen. Ich weiß, welches Opfer das für dich bedeutet. Ich will auch nicht, dass du dich traurig und allein fühlst.«
Ein Lächeln glitt über sein Gesicht. Er hob den Telefonhörer ab und wählte eine Nummer.
»Frau Dalbert ist den ganzen Tag nicht da. Du würdest dich bei ihr langweilen. Ich will mit meiner Frau sprechen; sie wird sich freuen, wenn du bei uns wohnst. Unsere Tochter, die gegenwärtig in der Schweiz ist, kommt bald nach Algier zurück. Sie ist genauso alt wie du. Ihr werdet euch bestimmt gut verstehen.«

5. Kapitel

Der Botschafter wohnte im »Klub der Pinien«, einem eleganten Villenviertel unweit des Strandes, wo ausländische Gesandte und Beamte in leitender Stellung residierten. Das Haus lag inmitten eines Gartens und war mit seiner großen Terrasse, den Marmorsäulen und den Arkaden im maurischen Stil erbaut. Es hatte zwei Stockwerke und einen Innenhof. In einem flachen Springbrunnen plätscherte Wasser. In einem Marmorbecken schwammen kleine Goldfische. Das Haus war halb arabisch, halb europäisch eingerichtet, mit weichen Teppichen und Möbeln, die mir düster und überladen vorkamen. Als Wandschmuck dienten kupferne Teller in allen Größen, schwere Geschmeide aus Bernstein, Korallen und eine Sammlung alter Stiche mit afrikanischen Motiven.

Madame Winter war zierlich, elegant und hatte kurz geschnittene schwarze Haare. Ihre Freundlichkeit wirkte etwas künstlich. Sie nahm mich wie ein Kind an der Hand und zog mich auf ein Sofa, auf dem Kissen lagen. Dann läutete sie ein Glöckchen; sofort erschien ein algerischer Diener. Madame Winter ließ Tee und Süßigkeiten kommen, zündete sich eine Zigarette an und betrachte mich aufmerksam.

»Du bist also bei den Tuareg aufgewachsen. Das sind doch die Nomaden, nicht wahr, bei denen die Männer sich verschleiern und die Frauen das Gesicht unbedeckt tragen?«

Ich nickte. »Ja, so ist es Brauch bei uns.«
»Wie interessant!«, rief Madame Winter aus. »Bei den islamischen Völkern ist es genau umgekehrt. Wie kommt das?«
»Die Männer sind mit den Karawanen unterwegs und oft Staub und Sand ausgesetzt. Mit dem Schleier verhüllen sie Mund und Nase. Und außerdem . . .«
Ich zögerte und setzte hinzu: »Die Männer sind von bösen Geistern bedroht. Der Schleier schützt sie.«
»Und was ist mit den Frauen?«
Ich schüttelte den Kopf.
»Frauen sind stark. Sie brauchen sich nicht vor den Geistern zu fürchten.«
Frau Winter lächelte ein wenig spöttisch.
»Glaubst du an solche Dinge?«
Ich senkte die Augen und schwieg. Unsere Geister, die *Alhinnen,* leben in den Dünen, in den Felsen, in den Brunnen. Man hört oder sieht sie, wenn man bestimmte Riten einhält. Aber über sie sprechen konnte und wollte ich nicht. Frau Winter merkte es und stellte schnell eine andere Frage.
»Ich hörte, dass die Tuareg von einem König regiert werden?«
»Ja. Sein Titel, *Amenokal,* bedeutet wörtlich ›Herr des Erdbodens‹. Wenn eine Königin regiert, wie es früher oft vorkam, so wird sie *Tamenokalt* genannt, wobei die beiden ›T‹ die weibliche Form des Titels bezeichnen. Meine Mutter Torha ist eine Schwester des heutigen Königs, der schon ein alter Mann ist.«
»Ach, wie faszinierend!«, staunte Frau Winter. Sie rauchte in einer etwas affektierten Pose, die Ellenbogen auf den Tisch gestützt. Obwohl sie sich interessiert gab, hatte ich

den Eindruck, dass sie sofort vergessen würde, was ich sagte.
»Das Leben in der Wüste muss sehr hart sein«, meinte sie.
Ich senkte bejahend den Kopf.
»Wir passen uns an, so wie die Haut der Eidechse sich der Farbe der Steine angleicht.«
Sie hob die fein geschwungenen Brauen.
»Das klingt ja geradezu poetisch!«
Ich lächelte.
»Bei uns lernt jedes Mädchen, wie man sich Gedichte ausdenkt und niederschreibt. Das gehört zu unserer Erziehung. Aber ich bin nicht sehr begabt. Ich spiele lieber auf dem *Imzad.*«
»Dem *Imzad*? Was ist denn das?«
»Eine Geige. Sie besteht aus einer ausgehöhlten Kürbisschale, über die eine Gazellenhaut gespannt wird. Die einzige Saite des Instruments ist aus geflochtenen Pferdehaaren. Der Bogen hat die Form einer Mondsichel.«
»Das ist ja toll«, sagte Frau Winter und sah auf ihre kleine, goldene Uhr. »Großer Gott, schon halb vier! Mrs. Parrish erwartet mich zum Bridge. Schnell, mein Kind, ich zeige dir dein Zimmer. Es tut mir Leid, dass ich so wenig Zeit für dich habe. Aber Stephanie – meine Tochter – kommt in ein paar Tagen. Im vergangenen Winter haben wir mit ihr einen Abstecher in den Süden gemacht. Wir kamen bis nach Ain Salah.«
»Ain Salah«, sagte ich leise, »ich kenne Ain Salah.«
Im Frühling findet dort regelmäßig ein großer Kamelmarkt statt. Vor zwei Jahren hatte mein Vater dort eine besonders wertvolle Stute verkaufen wollen. Chenani und ich hatten der Karawane folgen dürfen . . .

Ein leichter Schmerz durchfuhr meine Brust. Ich biss mir auf die Lippen. Wozu diese Erinnerungen wachrufen?
»Eine malerische Ortschaft, nicht wahr?«, sagte Frau Winter heiter. »Stephanie war begeistert. Seitdem ist sie völlig in die Wüste vernarrt. Ich sehe schon, ihr werdet euch viel zu erzählen haben.«

Auch in dieser Nacht konnte ich es im Bett nicht aushalten und legte meine Matratze auf den Boden. Verzweiflung und Traurigkeit hielten mich lange wach. Ich hatte solche Sehnsucht nach Chenani. Wann würde ich ihn wieder sehen? Wie lange musste ich von ihm getrennt sein? Wie viele Tage noch, wie viele Monate? Ich war innerlich völlig aufgelöst und glühte am ganzen Körper. Tränen liefen über meine Wangen. Der Mond schien groß und silberweiß durch das Fenster und tauchte das Zimmer in ein bläuliches Licht. Ich schluchzte lautlos, bis ich einschlief.

Am nächsten Tag kam Pasquier mit zwei algerischen Journalisten. Herr Winter hatte erlaubt, dass man mir einige Fragen stellte und mein Bild in der Zeitung veröffentlicht wurde. Er meinte, das könnte für die Ermittlungen von Nutzen sein.
»Du brauchst keine Angst zu haben«, beruhigte mich Frau Winter. »Ich werde dich nicht allein lassen.«
Ich hatte keine Angst; ich war nicht einmal eingeschüchtert. Tuaregmädchen lernen früh nach dem Vorbild der Erwachsenen zu sprechen und zu handeln.
Pasquier erschien in Begleitung zweier Algerier, die Fotoapparate umhängen hatten. Der eine hatte einen Krauskopf und scharfe Gesichtszüge. Der andere trug eine Hornbrille. In seinem Hemdausschnitt baumelte eine gol-

dene Kette. Ihre zudringlichen Blicke beleidigten mich. Bei uns würden es die Männer nie wagen, ein unbekanntes Mädchen so anzustarren, sondern respektvoll den Blick abwenden. Man bot ihnen Getränke und Zigaretten an. Pasquier wollte ein Bier. Frau Winter saß neben mir auf dem Sofa, als ob sie mich beschützen wollte. Aber ich brauchte keinen Schutz. Ich legte allen Stolz der Tuareg in meine Haltung, beantwortete mit ruhiger, kühler Stimme die Fragen. Die Journalisten wollten wissen, wie ich Algier fand.

»Sehr groß«, sagte ich.

Die Zeitungsleute lachten wie über einen Witz. Ich fragte mich, warum ihnen meine Antwort so komisch vorkam. Ich hatte nicht im Sinn gehabt zu scherzen. Der Mann mit der Brille fragte: »Hatten Sie schon einmal einen Kühlschrank gesehen oder einen Fernseher?«

»Es gibt welche in Tam«, sagte ich. »Aber was sollen wir damit in der Wüste?«

»Ich sagte Ihnen doch«, rief Pasquier gut gelaunt, »die Kleine hat Witz und Verstand.«

Die Journalisten ließen mich nicht aus den Augen. Eine wirklich schlechte Angewohnheit, dieses Anstarren. Ich blickte an ihnen vorbei. Der Krausköpfige beugte sich plötzlich vor und flüsterte, als ginge es um irgendeine Geheiminformation: »Man sagt, die Tuareg hielten nicht viel von Anstand und guten Sitten.«

Pasquier prustete in sein Glas.

»So etwas sollten Sie nicht sagen!«

Ich sah den Algerier an, aber nur für eine Sekunde.

»Wie meinen Sie das?«

»Nun, die Mädchen kommen und gehen, wie sie wollen, und schlafen mit jedem.«

Frau Winter runzelte die Stirn.
»Monsieur, die Bemerkung scheint mir fehl am Platz.«
Ich wusste, dass die Araber sich das Recht nahmen ihre Töchter und Frauen einzusperren. Wir Tuareg lachten darüber. Wie feige mussten Männer sein, die Angst vor ihren eigenen Frauen hatten! Und wie kleinmütig die Frauen, die sich so was gefallen ließen.
Ich entgegnete ruhig: »Ein Sprichwort der Kel-Rela sagt: ›Wo Männer und Frauen in Feindschaft leben, trauert das Glück.‹«
Beide Algerier lächelten geringschätzig. Der Krausköpfige sagte in belehrendem Ton: »In jedem islamischen Land gilt das gleiche Gesetz. Die Frauen müssen den Blicken der Männer entzogen sein.«
So ein Unsinn, dachte ich und antwortete: »Mann und Frau sind Freund und Freundin. Sonst wäre die Liebe stachlig wie ein Kaktus.«
»Kein islamischer Mann heiratet ein Mädchen, das seine Unschuld verloren hat!«, rief der Mann mit der Brille erregt.
Ich schüttelte den Kopf.
»Bevor ein Mädchen sich zur Hochzeit entscheidet, muss es viele Männer in seinem Zelt empfangen. Wie kann es sonst wissen, ob ihm der Bräutigam gefällt oder nicht?«
Ein betroffenes Schweigen folgte. Pasquier räusperte sich und beide Journalisten machten ein finsteres Gesicht. Madame Winter verbiss sich ein Lachen und schlug als geschulte Diplomatenfrau einen Themenwechsel vor. Doch die Algerier waren beleidigt. Sie beachteten mich nicht mehr und sprachen nur noch mit Pasquier.
»Leider gehört der Süden noch zu unseren unterentwickelten Gebieten«, sagte der Krausköpfige finster. »Die Regierung bemüht sich die Nomaden sesshaft zu machen und

führt strenge Grenzkontrollen durch. Daneben gründen wir Koranschulen, um ihnen Gottesfurcht und Moral beizubringen. Aber wir haben Schwierigkeiten damit.«
»Die Tuareg sind faul, selbstherrlich und überempfindlich«, setzte sein Begleiter hinzu.
Pasquier leerte sein Glas.
»Da kann ich Ihnen nur beipflichten.«
Die Journalisten richteten ihre Fotoapparate auf mich und drückten auf den Auslöser. Ich zuckte zusammen, als das Blitzlicht das Zimmer erhellte. Kleine schwarze Flecken wirbelten vor meinen Augen. Doch dann war es vorbei. Die Journalisten verabschiedeten sich; mich bedachten sie mit einem distanzierten Kopfnicken. Auf dem Weg zur Tür sagte Pasquier zu Frau Winter, laut genug, dass ich es hören konnte: »Unsere junge Dame hat nicht den besten Eindruck gemacht.«
Die Gastgeberin lachte locker und amüsiert. »Sie hat den beiden Scheinheiligen ganz schön das Maul gestopft. Als Frau eines Diplomaten kann ich selten sagen, was ich denke. Mir hat sie direkt aus dem Herzen gesprochen.«
Pasquier furchte die Stirn. »Wer weiß, was jetzt über Mariemma geschrieben wird!«
Frau Winter verzog spöttisch die Lippen. »Das wird ihr wohl egal sein.«

Es war mir wahrhaftig egal. Frau Winter las den Bericht zwei Tage später beim Frühstück und murmelte ärgerlich: »Dummes Zeug!« Sie fragte, ob sie mir den Artikel vorlesen solle. Ich schüttelte den Kopf, worauf die Sache erledigt war. Immerhin war ein Bild von mir in der Zeitung erschienen; einige Leser meldeten sich, aber ihre Aussagen waren wenig glaubhaft und brachten die Ermittlungen

nicht weiter. Inzwischen lernte ich die zweifellos angenehmen Seiten der Lebensweise der reichen Städter kennen: das Badezimmer mit Dusche und Badewanne, duftender Seife und weichen Frotteehandtüchern. Und auch den Überfluss bei Tisch: Langusten mit Majonäse, frischer Fisch, Obstsorten, schmackhaftes Brot, viele Sorten von Gemüse und Salaten. In der Wüste hingegen ist die Nahrung karg. Am wichtigsten ist für uns die Milch. Wenn wir nur genügend Milch haben, können wir auf jede feste Nahrung verzichten. Am häufigsten essen wir Kuskus, ein Gericht aus gedämpfter Hirse, die mit Ziegenfleisch und Gemüse vermengt wird. Es gibt bei uns auch eine besondere Art Brot zu backen: Wasser wird über Hirsemehl gegossen, mit Salz vermischt und zu einem Teig geknetet. Diesen Teig legen wir in ein Loch, decken es mit Zweigen zu und zünden sie an. Der Teig wird durch diese Hitze gebacken. Nach einiger Zeit kratzt man die Asche beiseite, entfernt den Sand – fertig! Ja, unser Leben ist zwar genügsam, aber es schenkt uns Kraft und Gesundheit und wir haben gelernt aus der Not eine Tugend zu machen.
Abends kamen oft Gäste und ich stand im Mittelpunkt ihres Interesses. Man musterte mich mit Neugierde, Sympathie oder Bedauern; ich beantwortete höflich alle Fragen. Wenn sie sich dreist oder dumm anhörten, wünschte ich häufig weit weg zu sein. Doch ich wollte meine Gastgeber nicht beleidigen und behielt meine Gedanken für mich. Ich zeigte meine Tränen nie, sondern verbarg den Schmerz in meinem Herzen. Eines Tages, so sagte ich mir, würde das alles vorbei sein.
Ich war daran gewöhnt, im Freien zu leben, und so wurde die Terrasse bald zu meinem Lieblingsplatz. Dort richtete sich mein Blick auf das Meer, das in mir ähnliche Empfin-

dungen auslöste wie die Wüste. In der frischen Morgenluft glänzte die blaue Fläche wie ein Spiegel; gegen Mittag, wenn die Luft vor Hitze flimmerte, trübte ein Schleier die Sicht und spiegelte den Augen Bilder vor, die gleich darauf wie Blasen zerplatzten. Sowie die Sonne niedriger stand, zerflossen diese Bilder. Das Meer wurde tiefblau und klar, bevor es sich in der untergehenden Sonne golden und lila färbte. Im Meer und in der Wüste erkannte ich die Wunder der Erde. Eine tiefe Sehnsucht erfüllte mich – Sehnsucht nach der Wüste, Sehnsucht nach dir, Chenani ...

Eines Abends saß ich im Schneidersitz an eine der Säulen gelehnt. Das Licht wurde sanfter, die Hitze schwächer. Aus den Bäumen erklang das Zwitschern, mit dem die Vögel das Nahen der Dunkelheit verkünden. Das Meer glänzte wie violette Seide. Auf einmal hörte ich neben mir ein Geräusch. Ich wand den Kopf und erblickte ein Mädchen mit blonden, verstrubbelten Haaren. Sie war kräftig gebaut, hatte breite Schultern und enge Hüften. Ihre Wangenknochen waren rund, die Augen schmal, der Mund eigensinnig. Sie trug Jeans, einen Pulli aus Baumwolle und begann sogleich ein Gespräch.
»Ich heiße Stephanie. Du bist Mariemma, nicht wahr?«
Ich nickte; sie kam näher und lächelte mich an. Ihre Augen blickten klar und ruhig und die Form ihrer Brauen war ungewöhnlich schön; sie sahen aus wie mit dem Pinsel gezeichnet.
»Ich bin gerade erst angekommen«, sagte sie. »Mein Koffer ist noch nicht ausgepackt, aber ich wollte dich zuerst sehen. Ich gehe in ein Internat, in Lausanne. Das übliche Schicksal der Diplomatenkinder: Die Eltern sehen sich die Welt an, wir schinden uns für das Abitur. Ferien!«, mur-

melte sie dann und räkelte sich. »Das ist wie doppelt gelebt.«
Ich betrachtete sie und schwieg. Was sollte ich dazu sagen?
»Und du?«, fragte sie plötzlich. »Bist du eigentlich zur Schule gegangen?«
»Wir hatten einen französischen Lehrer.«
»Und was hat der euch beigebracht? Lesen und Schreiben?«
»Und Kopfrechnen auch.«
Sie kicherte.
»Dafür gibt es jetzt Maschinen. Man soll sein Gehirn nicht mit unwichtigen Dingen belasten.«
Ich lächelte; ich hatte keine Ahnung, ob sie das ernst meinte oder nicht. Aber sie gefiel mir. Ich fragte: »Woher weiß man denn, ob eine Sache wichtig ist oder nicht?«
Stephanie schnalzte mit der Zunge.
»Das ist ja gerade das Problem, man merkt es erst später. Und inzwischen stopft man uns den Kopf mit nutzlosem Krempel voll.«
»Macht dir das Lernen keinen Spaß?«
»Dinge, die mich interessieren, bringe ich mir selber bei. Das macht die Lehrer stocksauer. Noch dazu bin ich geradezu unheilbar ungehorsam und schon zweimal von der Schule geflogen.«
Sie sah mich neugierig an.
»Ich wette, du weißt über Dinge Bescheid, von denen die meisten Menschen keine Ahnung haben.«
»Das kann schon sein.«
»Siehst du«, sagte sie. »Das meine ich nämlich auch. Diese Dinge sind für dich bestimmt wichtiger als das Einmaleins. Sag mal, gefällt es dir eigentlich hier?«
Ich dachte über die Frage nach und überlegte, was ich

darauf antworten sollte. Schließlich sagte ich: »Deine Eltern sind sehr nett. Aber ich möchte trotzdem wieder weg.«

»Fühlst du dich einsam?«

Ich nickte stumm. Sie strich sich eine Haarsträhne aus der Stirn. Jeder Eigensinn war aus ihrem Gesicht gewichen.

»Ich glaube, ich kann das verstehen. Wenigstens bilde ich es mir ein. Weil ... weil ich auch einmal in der Wüste war. Und den Tuareg begegnet bin ...«

Ich sah Stephanie zum ersten Mal. Und trotzdem gab sie mir ein Gefühl von Nähe, als ob ich sie schon lange kennen würde. Sie setzte sich zu mir und erzählte.

»Das war in Ain Salah, vor zwei Jahren. Meine Eltern hatten sich einer Reisegruppe angeschlossen. Wir waren mit drei Jeeps unterwegs. Eines Abends zog ich allein los und kam zu einem Lagerplatz am Stadtrand. Die Tuareg saßen im Kreis um ein Kohlenbecken. Ein paar *Mehara* kauerten im Sand ...«

Sie stockte und biss sich auf die Lippen.

»Irgendetwas ist damals mit mir geschehen. Ich bin sozusagen durch den Spiegel gegangen. Und seitdem ist nichts mehr so, wie es vorher war.«

Ich fragte zögernd: »Durch den Spiegel gegangen? Was bedeutet das?«

Sie lachte kurz auf.

»Ach, das ist nur eine Redensart: Man geht durch den Spiegel und findet eine andere Welt.«

»Ich verstehe.«

»Wirklich?«, rief sie lebhaft. »Dann verstehst du bestimmt auch, was dann passiert ist. Das Ganze dauerte kaum ein paar Minuten, aber das genügte. Die Welt um mich herum verschwand in einem Nebel; ich stand einfach da und gaffte. Ich fragte mich, was das für Menschen waren. Plötzlich sah ich diesen Jungen. Er war kaum älter als ich und verschleiert. Wir starrten uns an. Ich dachte, komisch, dieser Junge lacht mit den Augen.«

»Hast du mit ihm gesprochen?«

Sie schüttelte heftig den Kopf.

»Dazu war keine Zeit. Da kam schon die ganze Reisegruppe. Alle quetschten sich heran, fotografierten mit Blitzlicht, stellten idiotische Fragen. Die Tuareg sagten kein Wort; der Junge zog seinen Schleier bis an den Augenrand und drehte mir den Rücken zu. Wir gingen zum Hotel zurück; ich dachte die ganze Zeit nur an ihn. Plötzlich hielt ich es nicht mehr aus. Ich verließ das Hotel und rannte los zum Lagerplatz. Als ich ankam, waren die Nomaden verschwunden. Nur noch ein paar Funken glühten in der Asche und die Spuren der *Mehara* waren noch im Sand zu erkennen.«

Sie schwieg.

Ich fragte: »Und dann?«

»Ich hätte heulen können! Und gleichzeitig habe ich vor Wut gekocht. Ich dachte, jetzt ist er weg und du siehst ihn nie wieder. Inzwischen war es dunkel, doch der Mond schien ziemlich hell. Ich rannte auf eine Anhöhe und blickte auf die Dünen. Und ganz in der Ferne, wie mit Tusche auf den Sand gezeichnet, sah ich die Karawane, die sich entfernte . . .«

Ich nickte.

»Ja. Für lange Strecken nutzen wir die klaren Mondnächte.«

Stephanie seufzte.

»Den Anblick werde ich niemals vergessen. Es war, als ob die Karawane meine Seele entführte. Schule, Tennis,

Schwimmen, Kino und Disko, meine Eltern und ihre Partys, alles kam mir auf einmal so sinnlos vor. Es gab da einen kleinen Palmenhain mit einem Teich, in dem Frösche quakten. Ich legte mich in den Sand und guckte zum Mond. Ich hatte ein ganz eigentümliches Gefühl: Als ob sich der Boden unter mir wie eine Schleuder drehte und mich hinauf in den Himmel werfen würde. Dann muss ich eingeschlafen sein. Zwei Stunden später bin ich starr vor Kälte aufgewacht und habe mich auf den Weg zum Hotel gemacht. Dort herrschte bereits die größte Aufregung. Mein Vater hatte schon die Polizei alarmiert.«
Wir lachten beide. Dann wurde ihr Gesicht wieder ernst.
»Hältst du mich für naiv?«
»Nein.«
Sie sah mich prüfend an.
»Nein? Also, ich weiß nicht. Na schön, ich war ja erst vierzehn. Vielleicht war dieser Junge genau so traurig wie ich. Oder er fand mich völlig bescheuert und dachte, diese überspannte Touristin! Außerdem, was hätte es genützt, ihn kennen zu lernen? Ich hätte ihn ja sowieso nie wieder gesehen. Und noch größeren Kummer gehabt.«
»Bestimmt«, sagte ich.
»Hast du einen Freund?«, fragte sie.
Ich zögerte, doch nur kurz.
»Ja. Und du?«
»Da sind ein paar Jungen, mit denen ich mich ab und zu treffe. Nichts Weltbewegendes. Bist du traurig, weil du von deinem Freund getrennt bist?«
»Ziemlich. Ich weine jede Nacht«, sagte ich.
»Keine Sorge«, meinte Stephanie. »Du kommst schon wieder zu ihm.«
Ich schaute sie zweifelnd an.

»Woher weißt du das?«
Sie lächelte.
»Einfach so. Ich glaube sicher, dass du wieder zu ihm kommst.«
Ihre Zuversicht beruhigte mich. Ich lächelte sie an.
»Kannst du ihn vielleicht herbeizaubern?«
Sie warf ihr dichtes Haar aus der Stirn.
»Das ist nicht nötig. Du bringst das schon selbst fertig. Wenn man jemanden gern hat, spielt die Entfernung keine Rolle mehr. Du denkst an ihn und er an dich und in Gedanken seid ihr zusammen. Siehst du? Das gehört auch zu den Dingen, die man nicht in der Schule lernt.«
Im Haus wurden Stimmen laut; Gläser klirrten. Frau Winter, frisch geschminkt und frisiert, trat auf die Terrasse. Sie trug ein Kleid aus nachtblauer Spitze und hielt eine Zigarette in der Hand.
»Ich dachte mir schon, dass ich euch hier finden würde. Stephanie, hast du vergessen, dass wir Besuch haben? Du stinkst nach Benzin. Bitte gehe unter die Dusche. Und du auch, Mariemma. Und zieht bitte etwas anderes an.«
Stephanie richtete sich missmutig auf.
»Eine Party – das hat mir gerade noch gefehlt. Kaum bin ich in Algier, da geht das schon wieder los. Und alles nur wegen meines Vaters und seines beschissenen Berufs.«
»Nun motz doch nicht schon wieder herum!«, schimpfte Frau Winter. »Wo du gerade erst angekommen bist.«
»Ich gehe schon, aber es wird wieder ein schrecklicher Abend.«
»Du wirst ihn hoffentlich überleben.«
»Kann Mariemma dann in meinem Zimmer schlafen? Wir haben uns noch so viel zu erzählen!«
»Von mir aus«, antwortete Frau Winter. »Falls Mariemma

deine Unordnung erträgt. Und jetzt geht und zieht euch um, die Leute kommen in fünf Minuten. Ihr habt noch genug Zeit zum Reden. Die Ferien fangen ja erst an.«

Frau Winter täuschte sich. Am nächsten Morgen, als Stephanie und ich gerade zum Strand gehen wollten, rief mich ihr Vater in sein Büro. Ich erschrak. Was wollte er von mir? Stephanie tröstete mich.

»Du musst nicht gleich an das Schlimmste denken.«

Ich fühlte einen Kloß im Hals.

»Ich bin sicher, er hat eine schlechte Nachricht.«

»Komm, wir gehen zusammen«, schlug sie vor.

Herrn Winters Büro lag im ersten Stock. Wir liefen die Treppen hinauf. Mit energischen Schritten trat Stephanie vor mir ein. Ihr Vater, der hinter einem Schreibtisch aß, sah belustigt auf.

»Hast du Angst deine Freundin dem Henker auszuliefern?«

»Diplomatenkreise sind verdreht«, gab Stephanie zurück, »das habe ich schon als Kleinkind gemerkt.«

Sie ließ sich auf den nächsten Stuhl fallen und steckte sich einen Kaugummi in den Mund. Der Botschafter machte wieder ein ernstes Gesicht.

»Setz dich, Mariemma. Ich muss mit dir reden.«

Er ordnete einige Papiere auf seinem Schreibtisch.

»Die Familie Wenger aus Neuenburg ist seit dem Tod ihres einzigen Sohnes Jean – deines mutmaßlichen Vaters also – praktisch ausgestorben. Seine Eltern sind ebenfalls tot. Die Mutter starb erst im vergangenen Jahr. Ich habe mit dem Notar korrespondiert, der die Finanzen der Familie verwaltet. Von ihm habe ich erfahren, dass die alte Dame nie die Hoffnung aufgegeben hat eines Tages ihre verschollene Enkelin wieder zu finden, und sie deshalb zu ihrer Alleinerbin bestimmt hat. Haus und Wertpapiere wurden für die Dauer von fünfzig Jahren auf den Namen Laetizia Wenger eingetragen. Nach Ablauf dieser Frist wird das Vermögen der Gemeinde zugesprochen, die es für wohltätige Zwecke verwenden soll. Verstehst du, was das bedeutet?«, fragte er mich mit Nachdruck.

Ich schüttelte stumm den Kopf.

»Das soll heißen, dass du Geld kriegst«, warf Stephanie dazwischen.

»Geld?«, murmelte ich zerstreut.

»Und ein Haus«, ergänzte der Botschafter.

»Warum soll ich das haben?«, fragte ich.

»Weil es deine Großmutter so bestimmt hat«, sagte der Botschafter.

Stephanie kaute auf ihrem Kaugummi.

»Aber wenn sie gar nicht Mariemmas Großmutter ist?«

Ihr Vater seufzte hörbar.

»Das versuchen wir ja gerade abzuklären. Aus diesem Grund habe ich mich mit dem Unterpräfekten von Tamarasset, Sidi Khalil, persönlich in Verbindung gesetzt. Laut Sidi Khalil besitzt Pater Armand – das ist augenblicklich der einzige Bewohner der alten Einsiedelei der ›Weißen Väter‹ – ein Tagebuch seines Vorgängers, Pater Benedikt. In diesem Tagebuch sollen das Unglück und seine Folgen eingehend beschrieben sein.«

Stephanie ließ die Beine baumeln.

»Wer sind denn diese ›Weißen Väter‹?«

»Ein religiöser Orden aus Frankreich. Die Einsiedelei auf dem Berg Assekrem, mitten im Hoggar, wurde von dem berühmten Pater Charles de Foucauld Anfang dieses Jahrhunderts gegründet. Charles de Foucauld war übrigens ein enger Freund von Mussa ag Amastene, dem letzten der großen Könige der Tuareg.«

Ich schluckte aufgeregt.

»Torha – Chenanis Mutter – ist seine Urenkelin.«

Herr Winter legte die Stirn in Falten.

»Chenani? Wer ist Chenani?«

»Ihr Freund«, sagte Stephanie.

»Ach so!« Der Botschafter räusperte sich. »Nun, um es kurz zu machen, ich habe mich auch mit Pater Armand in Verbindung gesetzt. Der ist bereit das Tagebuch seines Vorgängers herauszurücken, weigert sich jedoch uns das Dokument zu senden. Die algerische Post ist nicht die zuverlässigste. Er besteht außerdem auf einer persönlichen Begegnung mit dem Mädchen.«

Er rieb sich die Augen hinter der Brille.

»Mariemma muss also nach Tam zurück und diesen Pater aufsuchen. Ich sehe keine andere Lösung.«

Vor Aufregung blieb mir beinahe die Luft weg.

Der Botschafter fuhr fort:

»Du wirst mit einer Maschine der Air Algérie fliegen. Die Botschaft wird dir das Geld vorstrecken. Ich habe Pasquier den Auftrag erteilt dich zu begleiten.«

Mir wurde innerlich kalt. In meinem Kopf kreisten plötzlich Schreckensbilder: ein Flugzeug, das den Hügelkamm streifte, explodierte und in Flammen aufging.

Ein Brechreiz stieg in mir hoch. Ich presste beide Hände vor den Mund.

»Nein! Niemals! Ich fliege nicht mit dem Flugzeug!«

»Aber Mariemma«, sagte der Botschafter. »Du fliegst mit einer Linienmaschine und einem Piloten, der die Strecke Algier–Ghardaia–Tamanrasset zweimal in der Woche zurücklegt. Da besteht wirklich kein Grund zur Panik.«

Er sprach ruhig und vernünftig. Dann setzte er all seine Überredungskunst ein und versuchte es schließlich mit Strenge. Vergeblich. Ich blieb gegenüber seinen Argumenten taub und zitterte am ganzen Körper.

Endlich fiel Stephanie ihrem Vater ins Wort.

»Nun hör doch auf! Siehst du nicht, dass sie ein Trauma hat? Hätte ich auch an ihrer Stelle. Das muss doch in deinen Diplomatenschädel reingehen!«

»Stephanie, sei nicht unverschämt«, seufzte Herr Winter. »Wie soll sie denn in den Hoggar kommen?«

»Mit dem Wagen.«

»Das sind zweitausend Kilometer von der Küste aus. Und wer soll fahren? Schon wieder Pasquier? Wo er die Strecke gerade hinter sich gebracht hat?«

»Der tut das doch mit Vergnügen. Er ist doch sowieso immer auf der Suche nach Action und Sensationen. Du verschaffst ihm einen Chauffeur. Und außerdem will ich mitfahren.«

Der Botschafter fuhr hoch.

»Kommt nicht in Frage!«

»Papa, ich habe Ferien.«

»Stephanie, ein für alle Mal, meine Antwort ist Nein. Weißt du noch, damals, in Ain Salah? Die Angst, die wir ausgestanden haben! Du bist zu unüberlegt, zu spontan, triffst Entscheidungen, ohne vorher jemanden um Rat zu fragen. Überlege dir doch einmal die Folgen. Deine Mutter und ich würden keine ruhige Nacht mehr verbringen.«

»Ich will Mariemma nicht allein mit diesem Scheißkerl fahren lassen!«

»Stephanie! Nicht diese Ausdrücke! Himmel, du wirst fünfzehn und solltest allmählich lernen dich zu beherrschen. Was sollen denn die Leute denken?«

»Das ist mir piepegal. Ich ...«
»Stephanie!«
»... will da sein, wenn Mariemma Hilfe braucht.«
»Mariemma ist älter als du. Und sie kennt die Gegend und ihre Bewohner.«
Ich legte Stephanie beschwichtigend die Hand auf den Arm.
»Lass nur. Du brauchst dir keine Sorgen zu machen. Ich komme schon zurecht.«
Herr Winter holte tief Luft und griff nach dem Telefonhörer.
»Also, ich will sehen, wie ich die Sache mit Pasquier organisieren kann.«

»Da habe ich meinen Vater wieder angebrüllt«, sagte Stephanie etwas später in ihrem Zimmer zu mir. »Er fordert mich aber direkt dazu heraus, weil er mich immer wie ein Kleinkind behandelt. Tut man das bei den Tuareg eigentlich auch?«
Ich sah sie erschrocken an.
»Den Eltern widersprechen? Nein, niemals!«
»Ja, was machen die Kinder denn, wenn sie wütend auf ihre Eltern sind?«
Ich lächelte verschmitzt.
»Schweigen.«
»Das nützt doch nichts.«
»Aber ja. Sobald sich die Sache beruhigt hat, tun wir, was wir wollen. Und keiner ist gekränkt.«
Sie schnalzte verärgert mit der Zunge.
»Schweigen! Das brächte ich nie fertig!«
»Man kann es lernen.«
Darauf sagte Stephanie zunächst nichts.

»So ein Mist!«, schimpfte sie dann aufgebracht. »Gerade haben wir uns kennen gelernt, jetzt musst du schon wieder fort.«

Ich nickte.

»Ja, morgen.«

»Bist du traurig?«

»Ein wenig«, sagte ich unbestimmt.

»Kommst du wieder?«

Ich spreizte hilflos die Hände.

»Ich weiß es nicht.«

»Dir ist es egal, nicht wahr, ob du ein Haus erbst oder nicht?«

Ich zuckte mit den Schultern.

»Ich will einfach nur zurück in die Wüste.«

Sie ging zum Schrank, betrachtete die paar Sachen, die dort hingen, und nahm einen Pullover aus dem Fach.

»Da, nimm den mit. Die Nächte in der Sahara sind kalt. Aber das brauche ich dir ja nicht zu sagen, ich Schafskopf.«

Wir lächelten uns an. Komisch, dass wir uns mochten, so verschieden, wie wir waren. Manchmal hatte ich das Gefühl, dass ich viel älter als Stephanie war. Und dann wieder kam ich mir neben ihr wie ein kleines Kind vor.

»Ich kenne doch meinen Vater«, fuhr sie fort. »Er will nicht, dass ich in die Wüste fahre. Er hat Angst.«

»Dass dir etwa passieren könnte?«

»Als ob ich das wüsste! Es ist alles zusammen, nehme ich an. Er sagt, ich sei unüberlegt. Aber das ist es nicht. Ich denke immer scharf nach. Bloß, wir denken nicht in die gleiche Richtung. Wenn ich in der Wüste bin, werde ich ein anderer Mensch. Es ist das Klima, die Natur, die Umgebung. Meine Eltern verstehen das nicht. Sie bilden sich irgendwelche Schauermärchen ein.«

Wir sahen uns an. In ihren Augen sah ich ein seltsames Flackern. Stumm löste ich einen meiner beiden Armreife, nahm Stephanies linke Hand und streifte ihr den Schmuck über. Er war etwas eng für sie, aber an ihrem Handgelenk würde sich der Reif noch etwas ausweiten.
Ungläubig starrte sie abwechselnd mich, dann den edlen Silberschmuck an.
»Beide Reife gehören zusammen«, erklärte ich ihr.
Stephanies Lippen zitterten.
»Und was bedeutet es, wenn du mir einen schenkst?«
»Dass du meine Freundin bist. Ich gebe dir die Hälfte meines Herzens.«
Wir blickten uns an. Ich sah in ihren Augen Tränen schimmern. Leise, kaum hörbar, flüsterte sie: »Wenn du mich einmal brauchst, so werde ich es spüren. Tausend Kilometer sind keine Distanz, nicht in diesen Dingen. Und ich werde da sein und dir zu Hilfe kommen, das schwöre ich dir.«
Sie fuhr mit dem Finger über das Armband.
»Ich werde es immer tragen. Sogar nachts.«
Wir schwiegen und lächelten einander traurig an.

Später erfuhr ich, dass Pasquier bereitwillig zugesagt hatte mit mir zurück nach Tam zu fahren. Die Spesen bezahlte die Schweizer Botschaft und die Sache interessierte ihn. Außerdem lag ihm viel daran, sich in diplomatischen Kreisen einen Ruf als großherziger und entgegenkommender Reisejournalist zu sichern, und er schien zu glauben später Vorteile aus der Sache ziehen zu können. Er bat lediglich um einen landeskundigen Fahrer. Herr Winter schickte ihm Bechir, der als zuverlässiger Chauffeur galt und – wie die meisten Saharabewohner – weder bei geplatzten Rei-

fen noch bei kaputten Stoßdämpfern die Nerven verlieren würde.
Frühmorgens verließen wir Algier in südlicher Richtung. Fünf Tage später kamen wir in Tam an. Pasquier sperrte mich sofort im Hotelzimmer ein, aus Angst, ich würde ihm davonlaufen. Am nächsten Morgen wollte er mich zur Einsiedelei bringen, wo Pater Armand uns erwartete.

Mit einem Stock stocherte Chenani in der Glut herum.
»Du gehst nicht«, sagte er ruhig.
Ich lächelte ihn an, wenn auch nur flüchtig.
»Nein, ich gehe nicht.«
Die Nacht war kalt geworden. Wir rückten näher aneinander; ich schmiegte mein Gesicht an seine Schulter. Er zog die Decke über uns und legte beide Arme um mich. Ich atmete den vertrauten Geruch seiner Haut – eine Mischung aus Minze und Holzkohle – ein.
»Was soll nur aus uns werden?«, fragte ich.
Sein Herz pochte so laut, dass ich es hören konnte.
»Wir werden uns schon durchschlagen.«
»Chenani, ich habe Angst.«
»Das brauchst du nicht. Ich bin ja da.«
»Werden wir einander niemals mehr verlassen?«
Seine Lippen berührten meine Wange.
»Nein. Niemals. Das verspreche ich dir.«

6. Kapitel

Die Sonne glänzte wie eine silberne Scheibe. Der Himmel war diesig, die Berge ohne Schatten. Trotz der Hitze trieben wir unsere Reittiere an; wir hatten keinen großen Vorsprung. Sicher waren Pasquier und Bechir bei Sonnenaufgang zu unserer Verfolgung aufgebrochen.

»Sie wissen, wo das Lager ist«, sagte ich nervös. »Mit dem Landrover sind sie schneller da als wir.«

»Nicht, wenn wir die Abkürzung nehmen.«

Wo unsere *Mehara* trabten, konnte kein Wagen uns folgen. Ihre Schritte waren weit und ausgreifend. Ihre breiten, elastischen Sohlen sogen sich förmlich am Felsboden fest, überwanden sicher und ruhig die mit spitzen Steinen übersäten Geröllhalden. Meine nackten Zehen lagen an Khadines Hals und lenkten sie mit leichtem Druck. Weit und breit schienen wir die einzigen Lebewesen zu sein; doch dieser Eindruck täuschte. In weiter Ferne spiegelte sich in der Luft geisterhaft die Silhouette einer Gazellenherde. Kleine schwarz-weiße Vögel flatterten über die Dünen; unter einem Felsen kauerte ein *Dob,* eine große Eidechse mit stacheligem Schwanz.

Chenani und ich hatten einen Plan gefasst. Das Lager in der Nähe bedeutete nur einen Zwischenhalt. Uns würde dort gerade genug Zeit bleiben, um Chenanis Eltern und seine Schwester Lefa zu umarmen. Dann mussten wir weiter. Wir würden nach Süden reiten, in jene Gebiete, in denen die Wüste zur Steppe wird. Dort gab es keine Piste

mehr, auf der Pasquier uns folgen konnte. Wir würden uns an der Sonnenbahn und den Sternbildern orientieren und abwechselnd bei den verschiedenen Stämmen der Tuareg leben; als Kinder des königlichen Ratgebers genossen wir überall bevorzugtes Gastrecht.
Der Ritt war lang und anstrengend. Chenani und ich sprachen wenig, schonten unsere Kräfte. Manchmal tauschten wir einen Blick, lächelten uns an. Unsere Gedanken verliefen Seite an Seite. Wir gehörten zusammen, und das schon seit so vielen Jahren!
Immer wenn ich an meine Kindheit dachte, sah ich den lachenden, flinken Jungen vor mir, mit den windzerzausten Haaren und der nackten Haut unter der *Gandura* aus blauer Baumwolle. Wie alle Jungen seines Alters führte er die *Mehara* auf die Weide oder zur Tränke, melkte die Ziegen und Kamelstuten. Er war dabei, wenn sie ihre Jungen zur Welt brachten, und pflegte sie, wenn sie krank waren. Er lernte, wie man sich an einem Kiesel, einem Gebüsch oder einfach nur am wechselnden Stand der Sonne orientiert. Man brachte ihm auch das Jagen und Fallenstellen bei sowie alle anderen Fertigkeiten, die man braucht, um in der Wüste zu überleben. Ich indessen lernte das Gerben und Walken des frischen Leders, bis es weich und biegsam wurde wie Samt. Wir fertigten daraus Reisetaschen und Kissen, Reitpeitschen, Kamelzügel und Sandalen an. Mit einem kleinen Messer, das an einem Stein geschliffen wird, einem Pfriem und einem Polierholz zeigte mir Torha, wie das Leder kunstvoll gefärbt und bestickt wird. Ich lernte auch Ziegenhaar und Schafwolle zu spinnen. Doch bei der Ausbildung der Mädchen machen Dichtkunst und Musik den wesentlichen Teil aus. Die Mütter bringen ihren Töchtern die klassischen Lieder und

Sagen bei, die seit Jahrhunderten mündlich überliefert werden. Jene Mädchen, die am besten dichten und musizieren, werden auch am meisten umschwärmt. Doch seit ich dreizehn war, hatte ich nur Augen für Chenani. Ich wusste ja, dass ich nicht Torhas wirkliche Tochter war. Man hatte nie ein Geheimnis daraus gemacht. Die Wüste ist ohne Erbarmen. Nicht selten kommt es vor, dass beide Eltern bei Krankheiten oder Überfällen sterben. Die Kinder finden stets eine neue Familie, die sie liebevoll aufnimmt. Torhas leibliche Tochter, Lefa, war etwa zwei Jahre jünger als ich, ein lebhaftes, verschmitztes Mädchen, dem man anmerkte, dass es möglichst unbeschwert durch das Leben gehen wollte.

Schon früh brachte uns Torha das *Tifinagh,* die Schrift der Tuareg, bei. Wir Kinder saßen vor dem Zelt, während Torha mit ihrer schmalen, hennarot gefärbten Hand die Buchstaben in den Sand schrieb. Jedes Schriftzeichen entsprach einem Konsonanten. Wir sagten diese Konsonanten in monotonem Singsang auf, um sie uns ins Gedächtnis einzuprägen. Danach lernten wir Worte zu bilden. Chenani war selten bei der Sache. Still sitzen lag ihm nicht.

»Nichts als Streiche hat der Junge im Kopf«, klagte Torha. Aber sie konnte ihm nie richtig böse sein. Chenani war groß für sein Alter, mit honigfarbener Haut und Augen, die braun waren wie Baumrinde. Sein lockiges Haar war vom ewigen Wüstenwind zerzaust, sein Lächeln bezaubernd.

Mit fünfzehn empfing er von seinem Vater den *Tagelmust,* den Gesichtsschleier. Nun wurde er als Mann angesehen, hatte das Recht ein eigenes Zelt zu bewohnen und bei Versammlungen das Wort zu ergreifen. Ich war damals etwa vierzehn – mein genaues Alter war nicht bekannt.

Wie es unser Brauch wollte, hatte ich für Chenani ein Geschenk angefertigt, einen mit Fransen und Stickereien verzierten Lederbeutel, der an geflochtenen Schnüren befestigt wird. Die jungen Männer hängen ihn um den Hals und bewahren kleine Gegenstände darin auf: das Feuerzeug mit dem Stein, den Pfriem, Geldmünzen und den *Kohol,* mit dem sich alle Nomaden die Augen schminken, um sie vor Krankheiten zu schützen.

In meiner Erinnerung sah ich mich vor dem Zelt sitzen und auf Chenani warten. Ich fühlte mich seltsam aufgewühlt. Ich wusste, dass Chenani jetzt im Alter war den Mädchen den Hof zu machen und dieser Gedanke gefiel mir nicht. Endlich knirschte der Sand unter leisen Sandalentritten; ein Schatten zeichnete sich auf dem hellen Boden ab. Ich hob die Augen und erblickte Chenani. Mein Atem stockte. Wie schön er war! Zum ersten Mal trug er den indigoblauen Schleier der erwachsenen Männer, dazu die weiße, bis zu den Fußknöcheln fallende *Gandura* über den weiten, schwarzen Hosen. In einer reich verzierten Lederscheide steckte die *Takuba,* der Säbel, den jeder Targui edler Herkunft von seinem Vater geschenkt bekommt. Meine Wangen wurden heiß. Ich hätte ihm so viel sagen mögen, brachte aber kein Wort über die Lippen. Stumm ließ er sich mir gegenüber mit gekreuzten Beinen nieder. Diese Unsicherheit zwischen uns war neu; noch gestern wären wir uns mit Scherzworten und Neckereien begegnet. Als wir Kinder waren, hatte es sogar Tage gegeben, wo wir uns zerstritten, uns Schimpfworte zuriefen und uns prügelten. Diese Zeit war vorbei, wir blickten uns an und waren beide gleich befangen. Keiner sprach ein Wort, das war seltsam genug. Schließlich zog ich mein Geschenk hervor und

reichte es Chenani. Seine Finger strichen bewundernd über das gelbe und türkisfarbene, sorgfältig verzierte Leder. Ich lachte verlegen.
»Du weißt ja, ich bin nicht sehr geschickt in diesen Dingen.«
Seine Augen lächelten mich mit verhaltenem Spott an.
»Um so mehr danke ich dir.«
Er beugte sich zu mir, damit ich ihm die Schnur um den Hals legen konnte. Ich tat, was er wünschte, und spürte seinen warmen Atem. Als ich meine Hand zurückzog, ergriff er sie und hielt sie fest. Ohne die Augen von mir abzuwenden, legte er sie auf seine Brust. Unter meinen Fingern spürte ich sein Herz schlagen. So verharrten wir einige Augenblicke lang. Farben, Stimmen und Geräusche um uns herum verschwanden; wir hatten das Gefühl, als seien wir allein auf der Welt. Dann ließ Chenani meine Hand wieder los. Er richtete sich mit einer geschmeidigen Bewegung auf, grüßte verhalten und entfernte sich. Ich starrte ihm nach, unfähig einen klaren Gedanken zu fassen. Dann erhob ich mich ungestüm und stürzte in das Innere des Zeltes, wo meine Mutter mit einer Näharbeit beschäftigt war.
Mit fliegendem Atem kauerte ich mich neben sie. Sie warf mir einen halb schelmischen, halb gerührten Blick zu und wusste sofort alles.
»Meine Kinder kommen allmählich in ein Alter, in dem sie ihrer Mutter ihr Herz verschließen. Nun, ich lese in ihren Augen, was ihr Mund mir verschweigt. Du bist nicht Chenanis wirkliche Schwester. Eurer Zuneigung würde nichts im Wege stehen. Aber nehmt euch Zeit. Du wirst eine schöne Frau werden, Mariemma. Lederarbeiten sind nichts für dich, das können deine Freundinnen besser.

Aber als Musikerin wirst du die Herzen vieler junger Männer erobern. Warte, bevor du dich an einen einzigen bindest.«
Ich schüttelte den Kopf, wortlos und eigensinnig. Sie lachte leise.
»Chenani sieht gut aus, das muss ich schon sagen. Dazu hat er Mut und Verstand. Verfügt er erst einmal über eine reiche Lebenserfahrung, wird er die Nachfolge seines Vaters antreten.«
Ihre Brust hob und senkte sich beim Sprechen unter ihrem Schmuck, der im Halbdunkel glitzerte.
»Aber noch ist es zu früh, an all dies zu denken. Die Jugend ist die schönste Zeit des Lebens. Genießt sie! Denn sie kommt niemals zurück.«

Vor meinem inneren Auge stiegen andere Bilder auf; Bilder aus glücklichen Zeiten. Ich stieg durch den kühlen Sand einen Abhang hinauf: Hinter dem Grat lag eine *Guelta,* ein Wasserloch. Im Halbschatten einer Felswand glitten dünne Rinnsale über geschliffenes Gestein. Im Frühling, wenn es geregnet hatte, floss Wasser aus unterirdischen Kanälen in kleine, mit leuchtend grünem Schilf bewachsene Becken. Das Wasser überflutete den Rand und füllte ein Becken nach dem anderen; das letzte befand sich am Fuß der Felswand. Wir benutzten es, um unsere Kleider zu waschen und auch um darin zu baden.
Jetzt, in der Morgenfrühe, war das Wasser eiskalt. Ich kniete nieder, tauchte die Wäsche in das Becken; die bunten Baumwollstoffe aus dem Sudan bauschten sich wie Blütenblätter auf. Ich rieb die Wäsche am Wasserrand; dann breitete ich sie auf den von der Sonne erhitzten Steinen aus. Während sie trocknete, zog ich meine *Gandura* aus und ließ

mich in das Becken gleiten. Die eisige Kälte schmerzte auf der Haut, zog meine Poren zusammen. Nach ein paar Minuten stieg ich aus dem Wasser, trocknete mich ab, bevor ich wieder in meine Kleider schlüpfte. Ich fühlte mich wunderbar erfrischt und entspannt, als ob Licht durch meine Adern fließen würde. Während ich mein Haar kämmte, dachte ich an den *Ahal,* der heute Abend in einem eigens zu diesem Anlass aufgestellten Zelt stattfinden würde. Chenani, der seit zwei Wochen mit einer Karawane unterwegs war, hatte versprochen rechtzeitig zurück zu sein. Beim *Ahal* trifft sich die Jugend außerhalb des Lagers, fern von den Blicken der Eltern und Verwandten. Ungeduld quälte mich, wenn ich an Chenani dachte. Vielleicht hatte er inzwischen ein anderes Mädchen getroffen und machte sich nichts mehr aus mir? Wenn dem so wäre, so würde ich ihm nicht zeigen, wie traurig ich war, sondern mit anderen Jungen lachen und scherzen. Nur mein Imzad – meine selbst gebaute Geige – würde meine Gefühle kennen. Alles, was ich nicht auszusprechen wagte, würde ich ihrer magischen Stimme anvertrauen und die Geige an meiner Stelle sprechen lassen . . .

Der Tag ging vorbei; die Nacht kam. Der Mond schimmerte hell und klar, als Mädchen und Jungen sich auf den Weg machten. Am Fuß einer weißen Düne, über der noch die Hitze des Tages lag, war ein Zelt aus roten Ziegenfellen aufgestellt worden. Holzstangen stützten es, die äußersten Ränder der Zeltbahnen waren mit Steinen am Boden festgemacht. Vor dem Zelteingang hatte man eine große Schilfmatte, *Asabar* genannt, als Windschutz aufgestellt. Ich kam als eine der Ersten. Lefa hatte sehnsüchtig zugeschaut, als ich mir die Lippen schminkte und die Brauen bis zur Nasenwurzel nachzog; sie war noch zu jung, um zum *Ahal* zu gehen. Meine Geige war in einen kostbaren, indingoblauen Streifen Stoff gewickelt. Die Teppiche waren bereits entrollt, die Kissen übereinander gelegt. Eine verschmitzt lächelnde Dienerin brachte Holz und ein Kohlenbecken. Die Gäste legten einer nach dem anderen ihre Sandalen ab und nahmen im Inneren des Zeltes Platz. Alle waren festlich gekleidet. Der dunkelviolette Stoff vertiefte die Färbung von Stirn und Wangen der Mädchen; dieser Farbton galt als besonders schön, weil er den warmen Bronzeton unserer Haut belebte. Die Mädchen trugen glänzende Brustgeschmeide, schwere Armreife und Ringe in Form von Sternen oder Blumen. Manche waren hohl und hatten im Inneren eine winzige Amberkugel, die bei jeder Bewegung das Silber zum Klingen brachte. Die Augen der Jungen blitzten zwischen dem Gesichtsschleier und den Falten des *Schesch* hervor, welcher ihren Kopf wie ein Helm umhüllte. Im Kohlenbecken knisterte die Glut, zauberte magische Schatten und seltsame Feuerbilder an die Wand.

Bald dampfte der Tee in den Gläsern, wärmte die Handflächen und schenkte uns ein angenehmes Wohlgefühl. Mädchen und Jungen unterhielten sich leise; die Gespräche waren voller Anspielungen und Hintersinn. Die Jungen versuchten einander zu verspotten; jeder wollte sich vor den Mädchen ins beste Licht setzen. Manche benahmen sich ziemlich großspurig dabei. Aber beim *Ahal* gab es feste Regeln. Wortgefechte durften auf keinen Fall in Zank oder Raufereien ausarten. Bei allzu direkten Beschimpfungen wurde von den Jungen erwartet, dass sie kühles Blut bewahrten und Gleichgültigkeit vortäuschten. Der *Ahal* galt als gute Lebensschule: Hier lernten die Hitzköpfe sich zu beherrschen. Keiner wollte von den Mädchen ausgelacht werden. Im Übrigen wurden zwei Vorsitzende gewählt – meistens ein älteres Mädchen und ein Junge, von dem man wusste, dass er besonnen war. Sie hatten die Aufgabe Widersacher zu beruhigen und denjenigen Bußen aufzuerlegen, die sich danebenbenahmen. Diese Bußen waren meistens so lächerlich, dass keiner sie auf sich nehmen wollte. So wurde zum Beispiel von einem Jungen verlangt, dass er den ganzen Tag zwei linke Sandalen tragen sollte. Oder aber er sollte durch das Lager reiten und dabei dem Kopf seines *Mehari* den Rücken zukehren, sodass niemandem verborgen blieb, dass sich der Bestrafte im *Ahal* schlecht benommen hatte. Jungen, die für gewöhnlich eine hohe Meinung von sich hatten, gingen solchen Blamagen lieber aus dem Weg. Dagegen war es allen Teilnehmern gestattet in möglichst blumiger Sprache die Person zu beschreiben, für die sie am meisten schwärmten . . . und auch jene, die sie am wenigsten mochten! Namen durften dabei allerdings nicht genannt werden; man musste heraushören, um wen es sich handelte. Man trug dabei eine möglichst gleichgültige Miene zur Schau, was die Sache besonders spannend machte. Dann veranstalteten wir einen Dichterwettbewerb, bei dem sich die Mädchen als besonders schlagfertig und geschickt erwiesen. Und schließlich wurden die Mädchen aufgefordert zu musizieren. Das war der Höhepunkt des *Ahal.* Ich wusste, dass man auch mich darum bitten würde. An jenem Abend stand mir aber nicht der Sinn danach. Der Mond leuchtete hoch am Himmel, aber Chenani war noch nicht eingetroffen. Je mehr Zeit verging, desto übermütiger tat ich. Lachen und witzige Geschichten erzählen ist nicht schwer; beim Musizieren würde ich jedoch meine Gefühle nicht verstellen können.

Inzwischen wurde eine kleine Trommel gebracht. Meine Freundin Dascha nahm sie zwischen die Knie, schlug die Trommel zuerst gedämpft und langsam, dann in immer schnellerem Tempo, das wir mit Händeklatschen begleiteten. Zuerst wurden kleine Spottgesänge improvisiert. Jeder fügte eine Strophe hinzu, während Dascha den stets wiederkehrenden Refrain sang. Endlich trat eine Pause ein; wir unterhielten uns und tranken Tee, um wieder zu Atem zu kommen. Da hörte ich plötzlich draußen das Klirren von einem Zaumzeug: Ein *Mehari* näherte sich dem Zelt. Seine Sohlen schleiften im schweren Trab über den Sand. Durch den Zelteingang sahen wir es näher kommen. Mein Herz hämmerte: Ich hatte Atlar, Chenanis mächtigen Falben, erkannt. Vor dem Eingang des Zeltes ließ Chenani das Rennkamel im Halbkreis wenden, bevor er es zum Stehen brachte. Nun pfiff er durch die Zähne. Das *Mehari* neigte seinen Hals. Die hohen Beine beugten sich, schnaubend kniete es nieder. Chenani schwang sich geschmeidig aus dem Sattel. Seine *Gandura* leuchtete bläulichweiß im Mondlicht, während der schwarze Umhang in eleganten Falten über seine Schultern fiel. Die Mädchen blickten ihn bewundernd an, als er seine Sandalen vor dem Zelteingang fallen ließ und die bloßen Füße auf den Teppich setzte. Er begrüßte die Anwesenden und entschuldigte sich: Ein Kamel hatte sich am Bein verletzt und deshalb war die Karawane mit Verspätung eingetroffen. Er nahm den Tee, den die Dienerin ihm reichte. Mich schien er nicht besonders zu beachten. Bei der Begrüßung hatten sich unsere Augen nur flüchtig gestreift. Doch nun wandte er sich mir zu.

»Wird Mariemma heute Abend den *Imzad* spielen?«

Wir blickten uns in die Augen, doch nur für einen kurzen

Moment; wir waren beide verwirrt. Dann wickelte ich das mit orangeroten und türkisgrünen Rauten verzierte Instrument aus dem leicht raschelnden Stoff. Ich rieb es mit Harz ein und befestigte das Plektron. Dann legte ich den *Imzad* in den angewinkelten Arm. Meine Hand ergriff den Bogen, führte ihn über die Saiten. Klänge, perlend klar wie der Ruf eines Vogels, erfüllten das Zelt. Alle schwiegen; ich jedoch spielte nur für Chenani. Zwischen meinen Fingern vibrierte der Bogen, als sei er selbst ein lebendiges Wesen, das mit dem Pochen meines Herzens verbunden war. Die Geige sang zart ihr Lied, die Glut knisterte leise. Die Mädchen stützten ihre Gesichter auf die Handflächen. Halb auf den Teppichen ausgestreckt, verharrten die Jungen still, ihre Gesichter nahe an den Schultern der Mädchen, um dem Blick ihrer dunkel geschminkten Augen zu begegnen. Im Halbdunkel rückten einige Paare zueinander. Endlich verstummte der *Imzad*; wortlos legte ich den Bogen beiseite. Im Kohlenbecken erlosch die Glut, nur noch einige Funken leuchteten in der Asche. Der Mond war hinter den Dünen untergetaucht, der Zauber gebrochen: Die Gäste erhoben sich und entfernten sich, allein oder zu zweit. Auch die alte Dienerin verließ das Zelt. Chenani und ich blieben allein. Schließlich sagte er mit rauer Stimme:

»Hast du dir Sorgen gemacht?«

Ich schüttelte den Kopf.

»Nein, ich wusste, dass du kommen würdest.«

Und in dem Augenblick, da ich dies sagte, glaubte ich es wirklich. Im Zelt war es fast dunkel. Chenani nahm meine Hand und schrieb mit dem Zeigefinger ein Zeichen auf die warme Innenfläche. Ich lächelte, wohl wissend, was dieses Zeichen bedeutete, nahm Chenanis Hand und schloss die

Finger um sein schmales Handgelenk. Wir nannten das »Armbandmachen«: Es bedeutete, dass wir einander liebten. Stumm hielten wir uns in den Armen; von draußen kam Kälte herein, der Wind strich über das Zelt. Das angepflockte *Mehari* wieherte friedlich. Die Glöckchen des Zaumzeuges bewegten sich leise und der Klang vermischte sich mit dem Raunen des Windes, der über die Zeltbahnen strich.

Während mich Khadine im Gleichtakt ihrer Schritte dahintrug, kehrte die Erinnerung dieser Momente zu mir zurück. Chenanis Stimme unterbrach meine Gedanken:
»Woran denkst du?«
Ich seufzte.
»An den *Imzad.*«
»Wenn du traurig bist«, sagte er, »wirst du nur traurige Melodien spielen. Beruhige dich, bald wirst du wieder glücklich sein.«
»Seitdem wir Tam hinter uns gelassen haben«, erwiderte ich, »fühle ich mich wieder stark. Wenn wir zusammen sind, mache ich mir keine Sorgen mehr über die Zukunft.«
»Egal, was kommt – wir werden uns niemals mehr trennen«, sagte Chenani mit fester Stimme.
Eine Weile ritten wir still weiter. Lichtdunst umhüllte die Felswände. Ein leichter Wind kam von Osten, trug den Geruch von Holzkohle mit sich. Und bald schon drang über die Entfernung hinweg das Bellen der Hunde bis an unsere Ohren. Das Lager war jetzt ganz nahe.

7. Kapitel

Schon wurden die Schatten länger. Der Himmel war blank, klar und blau wie ein Kristall. Auf der sandigen, mit Büschen bewachsenen Ebene waren die *Seriba,* die Schilfhütten der Tuareg, über eine weite Fläche verstreut. Je nach Trockenheit der Wüste richteten die Tuareg ihr Nomadenleben nach dem Wasservorkommen und blieben manchmal monatelang am gleichen Ort. Da waren die *Seriba,* die oft von sehr großem Ausmaß waren, praktischer als die traditionellen Zelte. Sie verfügten über zwei Eingänge, die bei großer Hitze offen blieben, um für Durchzug zu sorgen. Der Boden war mit feinem Sand bedeckt, den wir täglich erneuerten. Darüber wurden Kissen und Teppiche gelegt. In unseren Lagern stellten die *Seriba* richtige kleine Häuser mit Schlaf- und Aufenthaltsräumen dar. Die Küche befand sich unter einem durch Pfähle abgestützten Vordach. Der Herd bestand aus drei dicken Steinen. Am Gerüst der Hütte hingen Lederschläuche für Wasser, Milch und die täglich frisch hergestellte Butter.

Als wir in das Lager ritten, sprang ein sandfarbener Wolfshund den *Mehara* freudig bellend entgegen. Es war Djinn, Chenanis Hund. Dieser stützte sich auf den Hals seines Reittieres und ließ sich zu Boden gleiten. Djinn sprang winselnd an Chenani hoch, stemmte ihm die Pfoten an seine Brust. Chenani lachte und rieb ihm die Ohren. Ich schnalzte mit der Zunge, ließ Khadine in die Knie gehen. Mit hochmütiger Anmut beugte das Tier seine langen

Beine, stieß einen rauen Laut aus, glücklich darüber, dass die Reise ein Ende hatte. Schon waren zwei *Iklan* da, schwarze Dienstboten, die den *Mehara* Sattel und Zaumzeug abnahmen. Sie begrüßten uns freudig und warfen uns einige Scherzworte zu. Diese *Iklan* waren Abkömmling ehemaliger Sklaven, die man aus dem Süden verschleppt hatte. Häufig dienten sie seit zwei oder drei Generationen bei derselben Familie, als deren Mitglieder sie sich fühlten.

Eine Schar Kinder lief uns entgegen. Die Mädchen trugen geblümte Kleider; das bei den Algeriern immer übliche Kopftuch fehlte, ihr Haar war zu winzigen Zöpfen geflochten. Die Jungen hatten windzerzaustes Strubbelhaar. Manche hatten den Kopf kahl geschoren, bis auf eine Strähne, die auf die Stirn oder über ein Ohr fiel. Alle Kinder trugen um den Hals ein kleines Etui aus Leder, in dem ein Talisman gegen die bösen Geister steckte. Sie umringten uns lachend und lärmend. Von meinen europäischen Kleidern fasziniert, zupften sie an meiner Hose, strichen mit flacher Hand über die Windjacke. Bald traten Frauen und Männer in weißen, schwarzen oder leuchtend blauen Gewändern aus den Hütten. Sie riefen uns Willkommensgrüße zu, während wir zur *Seriba* der Eltern gingen. Außer sich vor Freude, tanzte zwischen uns der Wolfshund und bellte laut. Schon erschien vor dem Eingang Torhas schlanke Gestalt. In ihren indigoblauen Schleier gehüllt, bewegte sie sich voller Anmut und sehr gemessen. Ihr ovales Gesicht mit den schön geschwungenen Brauen hatte die Farbe dunklen Goldes. Ihr Blick glänzte. Waren es Tränen der Rührung, die in ihren Augen schimmerten? Trotz ihres Alters war ihr Haar noch rabenschwarz, ihre Haut nahezu faltenlos. Ein sorgfältig gearbeiteter Schlüssel aus Kupfer hing als Gegengewicht am Zipfel ihres zurückgeschlagenen Schleiers. Lächelnd streckte sie mir beide Hände entgegen und zog mich an ihre Brust. Ich atmete den vertrauten Duft nach Holzkohle, Baumwolle und Amber ein und hörte, wie sie zärtlich lachte.

»Chenani hat geschworen, er würde dich finden oder niemals zurückkommen. Wie ich sehe, hat er seinen Dickschädel durchgesetzt.«

Sie hielt mich eine Armlänge von sich, um mich zu betrachten. »Du bist gewachsen«, stellte sie fest. »Aber du siehst traurig aus. Diese ernste Miene! Komm, trockne deine Tränen. Wenn du jetzt nichts sagen willst, ist es auch gut. Später wirst du uns alles erzählen.«

Aus dem Inneren der *Seriba* ertönte das Geräusch nackter Füße. Einen weißen und hellblauen Schleier um sich herumwirbelnd, lief uns Lefa entgegen; sie war kleiner als ich, etwas pummelig, mit herzförmigem Gesicht und schwarzblauen Augen. Sie schlang beide Arme um mich, schmiegte ihre Wange an meine. Wir umarmten uns freudig bewegt. Lefa überschüttete mich mit Fragen, wollte alles gleichzeitig wissen.

»Die Stadt, in der du warst, wie sind die Leute da? Was essen sie? Was ziehen sie an? Solche komischen Sachen, wie du sie trägst? Und was ist mit den Mädchen? Stimmt es, dass sie nie alleine aus dem Haus dürfen? Dass sie nicht einmal wissen, wen sie heiraten werden?«

»Lefa, genug!«, bestimmte Torha mit sanftem Kopfschütteln. »Mariemma ist müde von der Reise. Und wie soll sie ihren Vater begrüßen, wenn du unentwegt plapperst?«

Chenani und ich gingen durch den Vorhof, wo sich die Küche und die Feuerstelle befanden. Takrati, unser alter, von Rheumatismus geplagter Diener, zerstieß Hirse in einem hölzernen Mörser. Seine Frau Baya, die ebenso krumm und gebeugt war, blies in die Herdglut. Wir begrüßten uns voller Zuneigung. Takrati und Baya hatten uns als Kinder in den Armen gewiegt, uns getröstet, die Nase geputzt und Dornen aus den Füßen gezogen. Sie waren unsere Vertrauten und Lehrmeister gewesen. Sie teilten unsere Mahlzeiten, ihre Kinder waren mit uns groß geworden. Nie würde eine Tuaregfamilie die Schande auf sich nehmen kranke oder betagte Diener zu entlassen; bis zu ihrem Tod war für ihren Lebensunterhalt gesorgt.

Obwohl die Sonne noch brannte, war es in der *Seriba* kühl. Wir traten mit bloßen Füßen ein. Nach der gleißenden Helligkeit brauchten unsere Augen etwas Zeit, um sich an das Halbdunkel zu gewöhnen. Mein Vater, Marly ag Hamid, saß aufrecht und mit gekreuzten Beinen auf einem Gazellenfell. Die Falten seiner schwarzen *Gandura* schmiegten sich wie ein Königsgewand um seinen kräftigen Körper. Schleier und *Schesch,* beides von schwarzer Farbe, und seine bronzene Haut ließen die scharfen Augen umso deutlicher hervortreten. Chenani und ich begrüßten ihn, indem wir ehrerbietig seine Handflächen berührten. Er fasste mich zärtlich an den Händen und zog mich mit einem leisen, rauen Lachen zu sich herunter.

»Meine Tochter, als du uns verlassen hast, zog Trauer in unser Herz ein. Unsere *Seriba* war sehr still in dieser Zeit. Selbst Lefa hatte verlernt, wie man lacht.«

Er blinzelte der Jüngsten zu; Lefa zeigte ihr Lächeln, das ihre Grübchen hervortreten ließ. Chenani und ich waren da; ihre kleine Welt war wieder so, wie sie sein sollte. Sie wusste noch nicht, dass Chenani und ich bald wieder würden gehen müssen. Doch mein Vater schien es zu ahnen; nach der ersten Wiedersehensfreude trat nun Nachdenklichkeit in seinen Blick. Wir ließen uns ihm gegenüber auf dem Teppich nieder. Lefa setzte sich ein wenig abseits. Inzwischen trug Takrati das Kohlenbecken herein, brachte eine Dose Tee, den Wasserkessel und ein großes, ziseliertes Tablett, auf dem einige mit einem Handtuch bedeckte Gläser standen. Er mischte die Teeblätter und zerschlug den Stockzucker mit einem Kupferhämmerchen in kleine Stücke. Inzwischen erzählte ich, wie es mir in Algier ergangen war. Marly ag Hamid hörte zu, wobei er mit dem Zeigefinger Schnörkel und Spiralen in den Sand zeichnete. Diese Eigenart hatte ich schon oft bei ihm beobachtet; sie war ein Zeichen dafür, dass er intensiv nachdachte. Torha saß indessen reglos, mit gefalteten Händen da und schaute uns aus ihren braunen Augen ruhig und aufmerksam an. Auch Baya hatte sich neugierig zu uns gesellt. Während wir sprachen, murmelte sie vor sich hin, machte »ts, ts, ts«, was ihre Betroffenheit ausdrückte. Die Glut aus dem Kohlenbecken warf Schatten auf die bunten Verzierungen der großen Ledertaschen, die an den Wänden befestigt waren. Als das Wasser dampfte, hob Takrati die Kanne in Brusthöhe und ließ den Pfefferminztee in die Gläser sprudeln. Ehrerbietig wollte er zuerst die Eltern bedienen, doch Marly ag Hamid nahm das Glas, reichte es mir und gab dann das nächste Chenani, was uns beide sehr verlegen machte. Bei den Tuareg herrschen strenge Regeln; den Eltern gegenüber wird unbedingte Höflichkeit eingehalten. Indem Marly ag Hamid uns zuerst bediente, zeigte er uns seine tiefe Zuneigung und Besorgnis.

Wir hatten seit Sonnenaufgang im Sattel gesessen und innerhalb weniger Stunden eine Strecke zurückgelegt, für

die man sonst einen ganzen Tag braucht. Torha entging nicht, wie müde wir waren.
»Zuerst müsst ihr euch ausruhen und wieder zu Kräften kommen. Takrati wird bald das Essen bringen. Später werden wir reden.«
Bis das Essen aufgetragen wurde, sprachen wir nur wenig. Auch Lefa hielt ihre Neugier im Zaum. Bald ließ Takrati ein Becken und einen kupfernen Wasserkrug herumgehen, damit wir uns die Hände waschen und den Mund spülen konnten. Dann brachte er in einer großen Holzschüssel ein dampfendes Hirsegericht mit Gemüse und gekochten Eiern. Jeder bekam einen Löffel, denn die Tuareg essen nie mit den Händen. Takrati stellte eine Schale mit Ziegenfleisch vor Torha, die es verteilte, wobei sie darauf achtete, dass Chenani und ich die besten Stücke bekamen. Zum Durstlöschen gab es Buttermilch. Als wir gegessen hatten, fühlten wir uns besser und waren wieder fähig klar zu denken.
»Meine Kinder«, begann Marly ag Hamid, »lasst uns gemeinsam überlegen und eine Lösung finden. Das kleine Mädchen, das Torha eines Tages unter ihrem Schleier verborgen in unser Lager brachte, ist uns so lieb wie unsere eigenen Kinder. Dein Leben, Mariemma, begann für uns in dem Augenblick, da wir dich in unsere Familie aufnahmen. Wenn du auch dem Blut nach nicht unsere Tochter bist, so bist du es doch in unserem Herzen. Deshalb sage ich dir: Wähle nach eigenem Gefühl und eigenem Verstand. Willst du uns verlassen, nach Europa gehen und deinen angestammten Namen wieder tragen, so wird sich hier bei uns niemand deiner Abreise widersetzen. Nur dein freier Wille zählt.«
Er schwieg; einem unsichtbaren Gespinst gleich hing der

Widerhall seiner Worte in der Luft. In der Stille hörte ich, wie Lefa kurz und stockend atmete. Chenani aber saß ruhig da, die Augen auf mich gerichtet. Das innere Band zwischen uns, das ich so intensiv in mir fühlte, dieses innere Vibrieren konnte niemand zertrennen. Mit gefasster Stimme gab ich zur Antwort: »Ich gehe nicht nach Europa. Ich habe mich dazu entschieden, bei euch zu bleiben.«

Torha und Marly wechselten einen Blick. Der *Amrar* hob den Rand seines Gesichtsschleiers mit zwei Fingern hoch, um das Glas an seine Lippen zu führen, und schlürfte geräuschvoll seinen Tee.

»Gut. Was nun?«

Chenani und ich tauschten ein Lächeln. Ich nickte ihm zu. »Sag ihnen, was wir beschlossen haben.«

Mir fiel auf, wie Chenani in letzter Zeit gelernt hatte sein Temperament zu beherrschen. Seine Stimme klang fast ebenso besonnen wie die seines Vaters.

»Wir müssen das Lager so schnell wie möglich verlassen. Pasquiers algerischer Fahrer kennt die Pisten. Sie werden bald hier sein. Und der Unterpräfekt wird alles tun, um Pasquier zu helfen. Er will sich vor den Behörden großtun und uns in ein schlechtes Licht setzen.«

Marly ließ ein Grunzen hören. Ich sah, wie er unter seinem Gesichtsschleier hochmütig die Lippen verzog.

»Der Unterpräfekt? Dieser Fettkloß soll mir nicht noch einmal vor die Augen treten! Die Algerier tun alles, um uns zu demütigen. Aber sobald wir mit dem Säbel rasseln, ergreifen sie die Flucht.«

Torha, die bisher geschwiegen hatte, runzelte die dunklen Brauen.

»Ich bin gegen diesen Plan. Wir Ihaggaren verstecken uns

nicht in der Wüste wie winselnde Schakale. Das geht gegen unsere Ehre. Unsere Tochter soll den Kopf aufrecht tragen und leben, wo es ihr gefällt.«

»Ich stimme dir zu«, knurrte der *Amrar.* »Doch weißt du einen Rat?«

Torha nickte lächelnd; wir blickten sie erwartungsvoll an.

»Chenani und Mariemma, ihr beide seid noch jung. Ich habe euch jedoch beobachtet: ihr bedeutet einander alles. Seid ihr Mann und Frau, so hat niemand mehr das Recht euch zu trennen.«

Marlys Augen funkelten im Halbdunkel.

»Das Sprichwort sagt nicht umsonst, die Klugheit einer Frau wiegt mehr als der Mut von vier Männern.«

Ein Schweigen folgte; ich suchte Chenanis Blick. Seine klaren Augen waren fest auf mich gerichtet und wirkten frei von jeglichem Zweifel. Nur Sicherheit und Glück vermochte ich aus ihnen zu lesen. Was brauchte es da noch viele Worte? Wir hatten uns alles gesagt, was zu sagen war. Wir tauschten ein Lächeln. Dann nahm Chenani Torhas Hand, die er zuerst an seine Stirn, dann an sein Herz legte.

»Wir danken dir, Mutter«, sprach er. »Es soll geschehen, wie du es beschlossen hast.«

8. Kapitel

Hochzeitsfeiern dauern bei uns gewöhnlich acht Tage lang. Doch die besonderen Umstände erforderten Eile. Kraft seines Amtes als Stammesoberhaupt hatte mein Vater die Vollmacht Ehen zu schließen. Die Zeremonie sollte im Beisein des Stammes stattfinden und würde auch für die algerischen Behörden rechtliche Gültigkeit haben. Trotz der späten Stunde hatte die Nachricht im Lager bereits die Runde gemacht. In unserer *Seriba* gingen die Besucher aus und ein, um uns zu beglückwünschen. Der Brauch verlangte, dass Chenani mir sieben weiße Kamelstuten als Brautgabe schenkte. Auch das Zelt aus dreißig rot gefärbten Ziegenhäuten hatte er bereitzustellen. Abseits des Lagers würde es uns in der ersten Zeit der Ehe als Behausung dienen. Torha würde mir ein neues Kleid schenken, einen kostbaren Schleier und ein silbernes Brustgeschmeide, das bereits ihre Großmutter getragen hatte. Während ich meine Sachen in einer schön bestickten, mit purpurfarbenen Fransen verzierten Reisetasche verstaute, kamen meine Freundinnen, brachten Geschenke und beglückwünschten mich. Sie neckten mich; es sei schlimm, sagten sie, dass Chenani jetzt nicht mehr zum *Ahal* kommen würde. Außer ihm gäbe es keine schönen jungen Männer im Lager und nun wären sie gezwungen sich mit den hässlichen zufrieden zu geben. Ich lachte mit ihnen. Die Zeit verging schnell.

Der Brauch verlangte, dass Chenani in dieser Nacht dem

Lager fernblieb. Freunde leisteten ihm Gesellschaft, verkürzten auch ihm die Zeit mit Neckereien. Es war schon bald Tag, als ich mich endlich neben Lefa zum Schlafen ausstreckte. In der Stille waren nur ihr friedlicher Atem und der Wind, der über die Hütte strich, zu hören. Ich schlief nicht lange. Als ich die Augen öffnete, fiel rosa Licht in den Eingang. Leise erhob ich mich, trat hinaus in den Hof. Dort goss ich Wasser in ein Becken und wusch mir Gesicht und Hände. Das Schilf knisterte und bog sich im kühlen Morgenwind. In meinen Schleier gehüllt, betrachtete ich den anbrechenden Morgen in der Wüste, den roten Schimmer auf den Bergen, die lila Schatten auf den Dünen. Vögel zwitscherten in den Büschen. Bald nahm die Helligkeit zu. Das Lager erwachte. Die Ziegen im Pferch meckerten, irgendwo krähte ein Hahn. Hunde bellten, andere antworteten. Kinder traten verschlafen aus den Hütten, gähnten und rieben sich die Augen. Dort kauerte ein schwarzer Diener vor der Feuerstelle und fachte die Glut mit einem kleinen Blasebalg an. Da ging eine Frau zur *Guelta,* zog einen mit leeren Wasserschläuchen bepackten Esel hinter sich her. Als die ersten Rauchfahnen aufstiegen, ging ich in den Hof zurück und setzte mich an die Feuerstelle, wo Takrati die Glut unter dem Kupferkessel entfachte. Er brühte frischen Tee auf, ließ ihn eine Weile ziehen, bevor er mir den heißen Becher reichte und mir dazu ein Stück selbst gebackenes Hirsebrot gab. Er zwinkerte mir verschmitzt zu und summte einige Strophen eines alten Liedes.

»Die Braut ist wie die Morgensonne,
rot und weiß.
Doch schon wartet der Mond
auf der anderen Seite des Himmels.«

Ich lachte verlegen und glücklich. Trotz des kurzen Schlafs fühlte ich mich frisch, spürte in mir die Wärme des Tees und den Glanz des frühen Morgens. Nun trat auch Marly aus der *Seriba.* Sein *Schesch* war in wundervolle Falten geschlungen. Er trug zwei *Gandura* übereinander, eine weiße und eine dunkelblaue. Seine Arme waren nackt. Oberhalb des rechten Ellbogens umspannte ein breiter Reif aus Schlangenstein seinen Arm. Dieser Reif war eigentlich eine Verteidigungswaffe, mit der früher die Krieger ihren Feinden im Nahkampf den Halswirbel gebrochen hatten. Heute diente er nur noch als Schmuck. Ich grüßte ehrerbietig; er antwortete mit leichtem Kopfnicken. Man könnte meinen, so dachte ich, Marly sei mein wirklicher Vater, so stolz ist er auf mich.

Wie überall war auch hier eine Hochzeit ein besonderes Ereignis. Das Kommen und Gehen der Nomaden, die gelassene und gleichzeitig flinke Art, mit der sie ihre täglichen Arbeiten verrichteten, zeugten von Vorfreude und Aufregung. Die Frauen lachten mir zu und winkten. Kinder sausten zwischen den Erwachsenen herum, hüpften und kreischten vor Freude.

In diesen friedlichen, wohl vertrauten Lärm mischte sich plötzlich aufgeregtes Hundegebell. Takrati und Baya unterbrachen ihr fröhliches Geschwätz. Ich sah, wie Marly die Brauen runzelte. Mit einer federnden Bewegung war er auf den Beinen. Plötzlich wurden meine Handflächen feucht. Schweiß drang mir aus allen Poren. Das ungewöhnlich laute Kläffen der Hunde meldete, dass sich Fremde dem Lager näherten. Schon ertönte das Geräusch eines Motors. Das Fahrzeug kam schnell näher. Die Nomaden hatten ihre Tätigkeiten unterbrochen. Ich wusste, dass jeder im Lager meine Angst erriet und sie teilte. Die Frauen verhüllten ihre Gesichter, riefen ihre Kinder zu sich; die Männer bildeten eine stumme, feindselige Gruppe. Auf ihren Stab gestützt, kauerten die Ältesten sich nieder. Der Wagen tanzte wie ein großer, schwarzer Fleck auf der Piste daher, eine weiße Staubfahne hinter sich herwirbelnd. Plötzlich streifte eine Hand meine Schulter. »Sei ruhig und lass deinen Vater reden«, sagte Torha mit sanfter Stimme. Ich zog den Schleier bis unter die Augen. Lefa starrte mich erschrocken an, stieß einen leichten Klagelaut aus. Ich legte den Finger auf meine Lippen. Dann drängten wir uns an das Schilfgeflecht, um durch die Ritzen zu spähen. Der Landrover hatte das Lager erreicht. Bechir fuhr und Pasquier saß neben ihm. Auf dem Rücksitz hatten Sidi Khalil, der Unterpräfekt, sowie zwei bewaffnete Polizisten Platz genommen. Sie mussten sich bereits vorgestern auf den Weg gemacht und die Nacht auf halber Strecke verbracht haben, um gleich frühmorgens das Lager zu erreichen. Stumm und unbeweglich betrachteten die Tuareg die Eindringlinge. Ich wusste, dass das ganze Dorf bereit war mich zu verteidigen. Die Luft knisterte vor Spannung. Das ohrenbetäubende Kläffen der Hunde bildete den einzigen Lärm. Auf einmal stockte mir der Atem: Seinen großen Falben hinter sich führend, näherte sich Chenani den Hütten. Das geflochtene Leitseil war um seinen nackten Arm geschlungen. Wer mochte ihn gewarnt haben? Sein Instinkt vielleicht. Djinn, der Wolfshund, trabte neben ihm her, mit geducktem Rücken und flach angelegten Ohren. Auch er witterte die Gefahr.

Weiß gekleidet und scheinbar gelassen schritt Chenani durch das Lager. Takrati humpelte ihm entgegen. Chenani warf ihm die Zügel seines Reittieres zu, die der Alte im Flug auffing. Mit leisem Winseln streckte sich der Wolfs-

hund im Sand aus, während sich Chenani seinem Vater zur Seite stellte. Zum ersten Mal fiel mir auf, dass beide fast gleich groß waren. Und gleichzeitig bemerkte ich, dass an Chenanis silberbeschlagenem Gürtel die *Takuba* hing, das Langschwert, das ihm sein Vater zum Geschenk gemacht hatte.
Inzwischen hatte der Wagen gehalten. Die aufgebrachte Meute umringte ihn von allen Seiten. Die Polizisten fingerten nervös an ihren Schusswaffen. Sidi Khalil richtete sich mit wütendem Gesicht auf.
»*Amrar*! Rufen Sie Ihre Köter zurück!«
Marly ag Hamid gab ein Zeichen. Ein paar Tuareg stießen den speziellen Pfiff aus, mit dem sie ihre Hunde zu beruhigen pflegten. Das Kläffen verstummte; die Hunde wichen knurrend und jaulend zurück. Jetzt konnten die Männer den Wagen verlassen. Das Geräusch der zuschlagenden Wagentüren hallte laut in die Stille. Sidi Khalil, der Unterpräfekt, musste früher ein gut aussehender Mann gewesen sein; mittlerweile hatte er jedoch Fett angesetzt. Er legte die Stirn in hochmütige Falten. Für die Reise in die Wüste hatte er einen Militärparka angezogen, wohl wissend, dass die Tuareg das algerische Militär hassten und dieses Kleidungsstück als Provokation empfinden würden. Als Gipfel der Lächerlichkeit erschien mir Pasquiers alter Tropenhut, den er im Basar von Tam aufgestöbert haben mochte. Er hatte seine Lippen mit einer weißlichen Salbe gegen Sonnenbrand bestrichen und wirkte aufgeregt und nervös. Diesen Mann, der sich immer wieder als Hindernis in mein Leben stellte, konnte ich nicht einmal mehr hassen. Wenn er mich nur endlich in Ruhe ließe!
Voll unterdrückter Wut trat Sidi Khalil dem *Amrar* entgegen. Die Begrüßung war eisig; beide Männer verzichteten

auf die üblichen Höflichkeitsfloskeln. Marly lud die Fremden nicht in seine *Seriba* ein und Sidi Khalil kam sofort auf das Wesentliche zu sprechen.

»Es ist Ihnen ja wohl bekannt, *Amrar*, dass Ihr Sohn gewaltsam in ein Hotel in Tamarasset eingedrungen ist, um Mademoiselle Wenger zu entführen. Als mutmaßliche Schweizerin steht sie unter dem Schutz ihrer Botschaft. Das Vorgehen Ihres Sohnes könnte für alle Beteiligten – unsere Verwaltung inbegriffen – unangenehme Folgen haben. Ich mache Sie darauf aufmerksam, dass ich nicht gewillt bin mir Ihretwegen Scherereien einzuhandeln. Sie und Ihr Sohn werden mit einem Strafverfahren zu rechnen haben, wenn Mademoiselle Wenger weiterhin zurückgehalten wird.«

Ich rieb meine klebrigen Handflächen gegeneinander. Jetzt einfach verschwinden können oder tot sein. Weshalb war ich überhaupt auf der Welt, wenn meinetwegen alle Menschen, die ich gern hatte, verletzt und beleidigt wurden?

Sidi Khalil hatte Französisch gesprochen, damit Pasquier ihn verstand, aber auch, weil die Tuareg sich weigerten Arabisch zu sprechen: Arabisch war für sie die Sprache der Unterdrücker. Doch mein Vater antwortete nicht sofort. Er war größer als Sidi Khalil; größer sogar als die meisten anderen Männer. Das bewirkte, dass Sidi Khalil und Pasquier zu ihm emporschauen mussten, was beiden offenbar nicht behagte. Marly stand vor ihnen wie ein Baumstamm: ein Mann, der es gewohnt war, dass man ihm gehorchte. Seine langen braunen Hände hingen ruhig an den Hüften herunter. Als er endlich sprach, klang seine tiefe Stimme noch tiefer als sonst.

»Das Mädchen ist eine der Unsrigen. Mariemma wird das

Lager nicht verlassen, sondern noch heute die Frau meines Sohnes werden.«
Ein Schweigen folgte. Sidi Khalil blieb die Antwort buchstäblich im Hals stecken. Pasquier starrte den *Amrar* an, als ob er sich fragte, was er sich noch alles von uns gefallen lassen musste. Endlich fand er seine Sprache wieder.
»Unglaublich!«, rief er. »Unerhört! Wir leben nicht mehr im Mittelalter! Sie können eine junge Europäerin doch nicht gegen ihren Willen verheiraten.«
»Es geschieht nicht gegen ihren Willen«, entgegnete der *Amrar* gelassen. Chenani schwieg; seine braunen Augen funkelten selbstbewusst und kalt. Pasquier wich seinem Blick aus. Chenani hatte ihm das Leben gerettet; aber Pasquier hatte ihn von Anfang an nicht gemocht. Das ruhige Selbstbewusstsein des jungen Mannes war ihm offenkundig unheimlich, in seinem scharfen Blick war nichts, woran er hätte appellieren können. Pasquier zog es vor mit dem *Amrar* zu verhandeln. Er bemühte sich seine Fassung wieder zu finden, reckte das Kinn zu dem hoch gewachsenen Targui empor und schlug einen sachlichen, selbstsicheren Ton an.
»In meinem Land haben wir Gesetze zum Schutz der Minderjährigen. Mademoiselle Wenger ist kaum sechzehn Jahre alt. Ein Mädchen in diesem Alter darf noch keine Ehe eingehen. Und da sie Schweizerin ist, gelten diese Gesetze auch hier.«
Ich verstand nicht ganz, was Pasquiers Worte bedeuteten, verspürte lediglich eine Drohung, gegen die ich machtlos war. Unwillkürlich schüttelte ich mit zornigem Schwung den Kopf. Mit dieser Bewegung verriet ich mich gegenüber Pasquier, der mich bisher nicht gesehen hatte. Ich blickte rasch zu Boden, doch nicht rasch genug. Pasquiers

Reaktion widersprach seiner üblichen Schwerfälligkeit. Chenani hatte keine Zeit sich ihm entgegenzustellen. Bis heute kann ich nicht begreifen, wie er es fertig brachte, so schnell bei mir zu sein. Er drang in die Umfriedung der Hütte ein, packte mich am Handgelenk und zerrte mich hinaus.

»Laetizia! Schluss mit diesem Unsinn! Das geht entschieden zu weit! Sofort steigst du in den Wagen und rührst dich nicht, bis ich diese Angelegenheit geregelt habe!«

Er drehte mir den Arm um und stieß mich rücksichtslos vor sich her. Ich wehrte mich voller Zorn. Meine Silberspange löste sich, der Schleier glitt in den Sand. Pasquier verwickelte sich mit den Füßen darin, stieß ihn von sich. Dann ging alles sehr schnell: Ein starker, sehniger Arm umschloss Pasquiers Hals, zog ihn hart nach hinten und ich war wieder frei. Keuchend, mit rot angelaufenem Gesicht, wich Pasquier Schritt um Schritt zurück. Chenani schleifte ihn gewaltsam weiter, bis er wie ein Sack gegen das Verdeck des Wagens plumpste. Pasquier taumelte halb erstickt hin und her, versuchte vergeblich sich zu befreien. Den Tropenhut hatte er verloren, man sah seinen roten Schädel, an dem das nass geschwitzte Haar klebte. Die Ihaggaren schmunzelten schadenfroh hinter ihren Schleiern; die Polizisten hielten das Gewehr im Anschlag, zögerten jedoch einzuschreiten. Bechir gab einen aufgebrachten Wortschwall von sich, wobei er allerdings vorsichtig genügend Abstand zu den Kämpfern bewahrte. Der Zwischenfall nahm durch Sidi Khalils plötzliches Eingreifen ein Ende.

»Lass sofort Monsieur Pasquier los oder es geht dir an den Kragen«, schnauzte er Chenani an. »Ich habe Soldaten bei mir. Ein Befehl und sie nehmen dich fest!«

Sekundenlang schien Chenani ihn nicht einmal zu hören. Die Klammer um Pasquiers Hals blieb hart und unbeweglich wie ein eiserner Ring. Er brachte sein Gesicht ganz nahe an das seines Gegners und zischte leise und drohend: »Verschwinde!«

Dabei verengte er die Umklammerung noch ein wenig als Warnung. Dann aber ließ er Pasquier mit einem Ruck los. Dieser taumelte gegen den Wagen, massierte sich die schmerzenden Halsmuskeln und hustete sich dabei fast die Lungen aus dem Leib.

»Brutaler Flegel!«, keuchte er, als er wieder zu Atem kam. »Du hast mir fast das Genick gebrochen!«

Sidi Khalils Gesicht war dunkelrot vor Wut.

»Das wird Sie teuer zu stehen kommen, *Amrar!* Was soll man im Ausland von uns denken? Algerien ist im Aufbau, Touristen bringen Devisen ins Land. Sie müssen einsehen, dass es alles andere als freundlich aussieht, wenn Fremde in Ihrem Lager misshandelt werden! Besonders, da die Tuareg die algerischen Gesetze nicht anerkennen und – wie jeder weiß – Pläne gegen die Regierung schmieden. Außerdem wurde Ihr Sohn vor zwei Monaten zum Militär einberufen und hat dem Aufgebot keine Folge geleistet.«

»Mein Sohn hat nicht unter algerischer Flagge zu dienen«, entgegnete der *Amrar* eisig.

Sidi Khalil lächelte höhnisch.

»Er steht mit dem Gesetz in Konflikt. Ein paar Wochen Militärarrest werden ihm die Flausen aus dem Kopf treiben.«

Hochfahrend wandte er sich an Chenani.

»Du stehst unter Arrest. Die Anklage lautet: Dienstverweigerung. Wenn du jetzt versuchst zu entkommen, kostet es dich ein paar Jahre Gefängnis.«

Chenani starrte ihn an; in seinen Augen war ein seltsames Flackern. Ich erriet seine Gedanken; mir wurde kalt ums Herz.

Inzwischen gab Sidi Khalil den Polizisten ein Zeichen.

»Los, verhaftet ihn!«

Ein drohendes Murmeln stieg in den Reihen der Tuareg auf; diejenigen, die am Boden kauerten, standen plötzlich auf und diese Bewegung lief wie eine Welle durch die dicht gedrängten Reihen. Nur Marly hatte sich nicht gerührt.

Die Polizisten zögerten. Sie standen allein gegen ein ganzes Dorf und wussten genau, dass diese anscheinend so ruhigen, gelassenen Männer sich von einem Augenblick zum anderen in unbarmherzige Gegner verwandeln konnten.

»Worauf wartet ihr noch?«, fuhr Sidi Khalil die Polizisten an. Endlich gab sich der kräftigere von beiden einen Ruck und trat vorsichtig, den Finger am Abzug des Gewehrs, auf Chenani zu, der mit keiner Wimper zuckte.

»Komm schon!«, sagte er betont ruhig. »Schön brav und ohne alle faulen Tricks, nicht wahr, mein Junge?«

So plötzlich, dass der Mann zusammenfuhr, warf Chenani den Kopf in den Nacken und brach in schallendes Gelächter aus. Bevor sich der Algerier von seiner Verblüffung erholen konnte, riss er sein Langschwert mit einem sirrenden Laut aus der Scheide. Die Waffe beschrieb einen silbernen Bogen.

»Geh mir aus dem Weg!«, zischte er.

Der Polizist wurde blass im Gesicht. Totenstille lag über dem Lager. Chenanis Langschwert blinkte in der Sonne. Die Algerier hatten Schusswaffen bei sich; gleichwohl schwitzten sie vor Angst. Die Angriffe der Tuareg auf algerische Karawanen gehörten der Vergangenheit an, doch die Erinnerung daran hatte sich bei den Arabern tief eingeprägt. Da schaltete sich Sidi Khalil ein; er kam aus dem Norden, wo andere Maßstäbe galten. Die Eingeborenen aus dem Süden mochten vor diesen verschleierten Halunken zittern – ihn brachte der Hochmut der Nomaden nicht aus der Fassung. Seine Stimme klang völlig beherrscht.

»Immer schön ruhig, mein Junge! Wenn du Mademoiselle weiterhin daran hinderst, das Lager zu verlassen, werden ein paar Anklagen mehr gegen dich erhoben werden: Entführung einer Minderjährigen, Widerstand gegen die staatliche Befehlsgewalt und tätlicher Angriff auf einen Botschaftsbeauftragten.«

»Chenani hat mich nicht entführt!«, schrie ich außer mir. »Ich bin freiwillig hier!«

Alle Augen wandten sich mir zu, als ich durch die Menge lief und mich neben Chenani stellte. Unsere Blicke trafen sich. In seinem Gesicht stand ein fernes Lächeln. Er hob seine freie Hand und legte sie auf meine Schulter. Ich spürte seine schmalen Finger, die sich ganz ruhig und ohne zu zittern auf mich stützten.

Sidi Khalil holte tief Luft. Er ließ seinen Blick über die Anwesenden wandern und richtete ihn schließlich auf den *Amrar.* Seine Stimme klang drohend.

»Bei Gott, Sie scheinen nicht einzusehen, dass Sie dem algerischen Gesetz unterstehen. Die Lösung ist wie folgt: Widersetzen Sie sich dem Befehl der *Willaya,* so schicke ich Ihnen die Armee. Die Soldaten werden das Lager umzingeln. Sie haben nicht die geringste Chance.«

Er wandte Chenani und mir den Rücken zu und ging langsam auf Marly zu.

»*Amrar,* Sie tragen hier die Verantwortung. Glauben Sie ja nicht, dass Ihre Stellung Sie vor einer Festnahme schützt. Sorgen Sie lieber dafür, dass Ihr Sohn zu Verstand kommt.«
Ich sah, wie mein Vater die Fäuste ballte. Seine Augen funkelten vor Zorn. Es sah so aus, als werde er sich sogleich auf den Algerier stürzen, ihn niederschlagen. Doch er beherrschte sich mit großer Anstrengung. Ein tiefer Seufzer entwich seiner Brust. Leise zischte er: »Mein Sohn ist jetzt ein Mann. Er trifft seine Entscheidung und wählt seinen Weg.«
Ein Flüstern stieg aus den Reihen, doch ich hörte es kaum. In meinem Inneren fühlte ich mich krank und leer. Es gab keinen Ausweg. Ich hatte gewusst, dass es so kommen würde. Ich wandte Chenani das Gesicht zu, sah den Schmerz und die Wut in seinen Augen. Schon packte seine Hand den Griff des Schwertes fester, als ich flüsterte: »Nein.«
Wir sahen uns in die Augen; um uns herum schien die Luft zu knistern, zu vibrieren. Kaum hörbar kamen die Worte über seine Lippen: »Mariemma, was soll ich tun?«
»Geh jetzt, schnell!« flüsterte ich. »Bevor sie dich festnehmen ...«
»Und du?«
»Du weißt, wo du mich finden wirst.«
»Wirst du mit mir fliehen?«
»Wohin du willst.«
Ich vernahm Chenanis gepressten Atem und spürte selbst in mir die fiebrige Welle, die in diesem Augenblick durch seinen Körper ging. Ganz plötzlich senkte er den Kopf und stieß mit heftiger Bewegung die Klinge in die Scheide zurück. Nur ein paar Schritte trennten ihn von seinem Reittier. Ehe sich ihm die Soldaten in den Weg stellen

konnten, stützte er sich auf den Hals des *Mehari* und schwang sich mit einer blitzschnellen, geschmeidigen Bewegung in den Sattel. In schnellem Trab ritt er dicht an Pasquier und Sidi Khalil vorbei. Die Polizisten standen da, wie zu Salzsäulen erstarrt, während Stimmengewirr die Luft erfüllte. Die Frauen erstickten ihr Lachen nur mühsam. In großen Sätzen stürmte der Wolfshund hinter Chenani her. Ohne den Schritt seines *Mehari* zu verlangsamen, stieß dieser einen Schrei aus, der wie ein Befehl klang. Djinn wendete sich sofort ab, um dann mit hängender Zunge zum Lager zurückzurennen. Im gleißenden Sonnenlicht entfernte sich der Reiter. Wie ein Traumbild verschwand er in den Luftspiegelungen.

9. Kapitel

Ich saß im Landrover, eingeklemmt zwischen den Polizisten. Sie rochen nach Tabak und sprachen kein Wort; misstrauisch beäugten sie mich. Ein Anflug von Feigheit überkam mich und ließ mich befürchten, sie würden Tränen in meinen Augen glänzen sehen. Doch ich beherrschte mich. Diese Genugtuung würde ich ihnen nicht gönnen. Der Landrover holperte von Schlagloch zu Schlagloch, der Wagen dröhnte unter den Erschütterungen, während Bechir geschickt von einer Fahrspur zur anderen schwenkte. Bei jedem Stoß trafen mich die Gewehrkolben der Soldaten schmerzhaft in die Rippen. Die Sonne schien uns direkt ins Gesicht, spiegelte sich in der staubbedeckten Windschutzscheibe. Pasquier rückte unruhig auf dem Sitz hin und her; ich merkte, dass er sich nicht wohl in seiner Haut fühlte. Er beugte sich zu Sidi Khalil hinüber, um sich durch den Motorlärm hindurch verständlich zu machen.

»Ein ganz gefährlicher Bursche, dieser Wüstensohn! Warum haben Sie ihn entkommen lassen?«

»Die Soldaten hätten auf ihn schießen müssen. Das hätte einen Aufstand verursacht. Der ganze Stamm wäre über uns hergefallen. Aber keine Sorge! Wir werden den Querulanten schon beibringen, wie man das Wort ›Gehorsam‹ buchstabiert.«

»Was nun?«

»Er ist nicht der einzige Targui, der versucht sich vor dem Militärdienst zu drücken. Aber unsere Akten werden auf dem neuesten Stand gehalten. Früher oder später erwischt man die Dienstverweigerer.«

»Ich werde Strafanzeige wegen Körperverletzung erstatten.«

»Ich kann Sie nur dabei unterstützen. Der Bursche wird schon bald wieder auftauchen. Wir haben einen Köder.«

Trotz der Hitze überlief mich ein Schauer. Ich wusste, dass sie mich meinten.

Pasquier sagte nichts mehr. Unwillkürlich fiel mein Blick auf seinen Nacken. Zwischen Haar und Hemdkragen waren die Verbrennungen auf seiner Haut deutlich zu erkennen. Dachte er wohl noch daran, dass Chenani sein eigenes Leben in Gefahr gebracht hatte, um ihn aus den Trümmern des Flugzeugs zu retten? Hatte er Gewissensbisse oder war ihm alles ganz gleichgültig? Ich wurde aus diesem Menschen nicht klug. Während ich durch die Stöße des Wagens hin und her geworfen wurde und die Gewehrkolben sich in meine Seiten bohrten, ließ ich vor meinem geistigen Auge Erinnerungen hochsteigen und verwünschte das Schicksal, das Robert Pasquier in unser Leben hatte treten lassen . . .

An jenem Abend kam Belu, einer der Kamelwächter, und sagte mir, Khadine sei krank. Sie sei am Ersticken, erklärte er, und spucke Blut. Belu, der in der Kamelpflege wohl bewandert war, meinte, dass sie etwas Schädliches verschluckt haben musste.

»Ganz plötzlich ist es über sie gekommen, als sie weidete. Sicher hat sie etwas gefressen, was ihr schlecht bekam. Sie gebärdet sich wie wahnsinnig, lässt niemanden an sich heran.«

Ich suchte sofort Chenani auf. Er hatte mir gesagt, dass er

zum Schmied gehen wollte, um die Anfertigung eines neuen Sattels zu besprechen. Bei uns sind die *Enaden,* die Schmiede, als Handwerker hoch geschätzt, doch ihre Werkstätten befinden sich außerhalb des Lagers.

Joji, der alte Schmied, wohnte in einer verkommenen *Seriba* unweit des Wasserloches. Seine Frau Latifa war dabei, einem Tier das Fell abzuziehen, als ich atemlos zur Hütte kam. Sie spuckte einen Strahl bräunlichen Tabaksaftes in den Sand. Ich störte mich nicht daran: Die *Tinandin,* die Frauen der Schmiede, haben meistens ein Stück Kautabak im Mund. Ich grüßte höflich und fragte nach Chenani; Latifa sagte, er befände sich bei ihrem Mann in der Werkstatt.

Der Schmied kauerte vor seinem kleinen Feuer; Chenani saß neben ihm und sah zu, wie Joji die mit rotem Leder überzogene Rückenstütze des Sattels mit Kupferbeschlägen versah. Ich entschuldigte mich, weil ich den Schmied bei der Arbeit störte, und nahm mir auch die Zeit den Sattel gebührend zu bewundern. Da sie mit Feuer und Metall arbeiteten, galten die Schmiede bei uns als Zauberer; man hatte sie lieber zu Freunden als zu Feinden. Joji kicherte geschmeichelt. Daraufhin berichtete ich, was vorgefallen war. Latifa setzte sich zu uns und hörte aufmerksam zu. Schließlich wandte sich der Schmied sorgenvoll an Chenani.

»Die Stute muss einen Dorn verschluckt haben, der ihr im Hals stecken geblieben ist. Wenn du ihn nicht herausziehen kannst, muss sie sterben.«

Chenani zweifelte nicht an den Worten des alten Mannes.

»Ich will es versuchen. Aber das Tier wird sich wehren.«

»Warte, lass dir helfen«, sagte Latifa.

Sie verschwand in ihrer Behausung und kam mit einem

kleinen Säckchen zurück, das mit einem roten Faden bestickt war. Sie gab mir das Säckchen, in das sie zerriebene Kräuter gelegt hatte.
»Löse das Pulver in Wasser auf und gib es dem Tier zu trinken. Das Mittel wird die Stute einschläfern.«
Wir dankten den *Enaden* und versprachen ihren Rat zu befolgen. Als wir außer Atem auf der Weide ankamen, versank die Sonne gerade wie ein glühender Feuerball am Horizont, während weit weg am anderen Ende des Himmels der silberhelle Mond über den Tafelbergen aufstieg. Vor nicht allzu langer Zeit hatte es geregnet. Heuschrecken hüpften im frischen Gras. Die *Mehara* weideten friedlich, rissen mit ihren dicken Lefzen Blätter von den Büschen. Einige käuten mit aufgedunsenem Bauch wieder, die Augen halb geschlossen, unbeteiligt und zufrieden. Jungtiere tranken am Euter der Mutter.
Die Hirten hatten Khadine an einen Baumstamm gebunden. Ich erschrak bei ihrem Anblick. Die Kamelstute schlug wild um sich und brüllte vor Schmerz. Die Augen verdreht, warf sie den Kopf hin und her und atmete keuchend. Blut und Geifer tropften aus ihrem Maul. Chenani befahl den Hirten, einen Behälter mit Wasser zu füllen. Inzwischen öffnete ich das Säckchen und schüttete den Inhalt in das Wasser. Das Pulver roch scharf nach Rinde und löste sich sofort auf. Die Stute trank gierig, doch schien das Schlucken ihren Schmerz noch zu vergrößern; die Hirten hielten sie mit aller Kraft, um sie am Ausschlagen zu hindern. Nach einigen Augenblicken begann das Mittel zu wirken; das Tier beruhigte sich, atmete tief und gelöst. Nun befahl Chenani, die Stute mit Stricken zu fesseln. Als das Tier sich nicht mehr bewegen konnte, drückten die Hirten sie mit aller Kraft zu Boden. Die Stute stürzte,

versuchte aber sich wieder zu erheben. Doch die Mixtur schien ihre Kräfte gelähmt zu haben. Sie wehrte sich nur noch schwach. Auf Chenanis Befehl hin ergriffen zwei Hirten den Kopf der Stute und rissen ihr die Lefzen auseinander. Khadines Maul war so weit geöffnet, dass man ihre kräftigen gelben Zähne sehen konnte. Ich wusste, dass ein zorniges Kamel einem Menschen schlimme Bisswunden zufügen konnte. Doch Khadine blieb ruhig; ihre Kiefer klafften weit auseinander. Kurz entschlossen, warf Chenani den Ärmel seiner *Gandura* über die Schulter und stieß seine rechte Hand tief in den Rachen des *Mehari.* Ich hielt erschrocken die Luft an. Doch schon zog Chenani seinen blutbefleckten Arm behutsam zurück. Seine Finger brachten einen fast daumenlangen Dorn zum Vorschein, der sich in die Zunge des *Mehari* gebohrt hatte. Die Hirten brachen in Jubel aus, beglückwünschten Chenani zu seiner Geschicklichkeit und befreiten das Tier von seinen Fesseln. Erschöpft und regungslos lag die Stute auf dem Boden. Nach einer Weile stieß sie einen erlösten Seufzer aus. Ich kniete nieder und streichelte ihren Kopf. Chenani zwinkerte mir zu.

»Versprochen, dass ich nicht feilsche, wenn mir Joji für den Sattel einen unverschämten Preis abverlangt!«

In diesem Augenblick hörten wir das Flugzeug. Der Motor brummte lärmend, setzte plötzlich aus und kam dann, hustend und knatternd, wieder in Gang. Schon tauchte das Flugzeug zwischen den Tafelbergen auf: eine kleine, gelbe Touristenmaschine. Sie flog sehr niedrig, machte bei jedem Knattern einen Satz nach vorne und schwankte im Flug von einer Seite zur anderen. Chenani und ich richteten uns auf. Seite an Seite standen wir da, die Augen auf das Flugzeug gerichtet.

»Der Pilot hat Schwierigkeiten«, murmelte Chenani. »Irgendwas stimmt nicht mit dem Motor. Hoffentlich kommt er bis nach Tam!«
Der Flugplatz lag in etwa fünfzig Kilometer Entfernung. Die Maschine glitt dicht über die Felskämme hinweg. Der Motor setzte kurz aus und begann dann heftig zu rasseln. Die erschrockenen *Mehara* trabten nach allen Richtungen davon. Auf einmal wurde der Lärm ohrenbetäubend. Das Flugzeug setzte zu einer Kurve an, legte sich auf die Seite; plötzlich entwich eine Rauchfahne dem Motor. Die Maschine kam auf uns zu, wobei sie mit jeder Sekunde an Höhe verlor. Die Neugierde hatte die Hirten auf der Stelle verharren lassen; nun stoben sie auseinander. Chenani umfasste mich mit beiden Armen, während wir unter einem Felsvorsprung Schutz suchten. Mit donnerndem Getöse raste das Flugzeug über unsere Köpfe hinweg; sein Schatten glitt über den Boden wie der eines riesigen Raubvogels. Am Ende der Weide erhob sich ein mächtiger Lavakegel. Die Maschine streifte mit dem Fahrgestell den Kamm, tat schwankend einen Satz nach vorne, wobei die Fenster in den Strahlen der untergehenden Abendsonne blitzartig aufleuchteten. Dann ließ ein heftiger Stoß den Boden erzittern. In einer Fontäne aus Sand und Rauch flogen Metallteile durch die Luft: Das Flugzeug war auf halber Höhe zerschellt. Schon züngelten Flammen aus den Trümmern hervor, erfüllten die Dämmerung mit unheimlichem Leuchten. Einige Sekunden lang standen alle wie gelähmt. Chenani fasste sich als Erster.
»Wenn es Überlebende gibt, muss man sie herausholen, bevor der Benzintank explodiert!«
Er riss einem der Hirten die Reitgerte aus der Hand und lief auf das nächste *Mehari* zu. Gelenkig stützte er sich

auf den Hals des Kamels, schwang sich auf den Rücken des ungesattelten Tieres. Das *Mehari* versuchte auszubrechen. Da peitschte ihm Chenani rechts und links die Flanken, beugte sich weit vor und stieß dicht an seinem Ohr einen so schrillen, durchdringenden Schrei aus, dass das Kamel mit einem Satz vorwärts sprang und im Galopp dem Hügel entgegeneilte. Ich raffte den unteren Teil meiner *Gandura* zusammen, steckte ihn in den Gürtel und stürzte dem Reiter nach. Um schneller laufen zu können, schleuderte ich meine Sandalen von den Füßen. Im Halbdunkel sah ich das *Mehari* den Hang hinaufjagen. Die verunglückte Maschine kam immer deutlicher in Sicht. Verbeulte, zerfetzte Metallteile lagen im Geröll verstreut herum. Einer der Insassen war aus dem Cockpit geschleudert worden und lag besinnungslos am Boden. Plötzlich trieb der Wind die Rauchschwaden auseinander; bevor sich der Qualm wieder verdichtete, erblickte ich eine Gestalt, die mit dem Kopf nach unten aus dem Flugzeugwrack heraushing. Ich zitterte vor Aufregung, als ich sah, wie Chenani zu Boden sprang, während das Kamel sich noch im vollen Trab befand. Sein Gewand flatterte im Wind, als er von einer Felsrippe zur anderen lief, in fliegender Hast die Geröllhalde erklomm. Sekundenlang war seine hohe Gestalt im flackernden Schein des Feuers zu sehen. Dann tauchte er in den Vorhang aus Rauch ein. Ich lief ihm nach, stolperte über einen Stein, blieb kurz stehen. Meine Beine zitterten, mein Herz klopfte zum Zerspringen. Wie viele Sekunden blieben noch? Dann tauchte Chenani wieder aus den rötlichen Flammen auf, den leblosen Körper eines Mannes hinter sich herschleifend. Er bückte sich kurz, warf ihn über seine kräftige Schulter und lief, unter seiner Last gebeugt, den Hang hinab. Mit scharfem Zischen stieg in diesem Moment eine weißliche Stichflamme vom Brandherd auf. Chenani rief mir eine Warnung zu, duckte sich hinter einer Klippe. Ich hatte kaum Zeit mich niederzukauern, da explodierte der Benzintank. Wie ein Donnerschlag rollte der Knall der Explosion über den Berghang hinweg. Steine prasselten, unter meinen Füßen dröhnte die Erde. Sekundenlang war ich wie benommen. Das Echo der Explosion dröhnte in meinem Kopf, in meinen Ohren. Endlich konnte ich mich aufrichten.

Bitterer, ekliger Staub, der nach Öl schmeckte, drang mir in Mund und Nase. Ein Hustenanfall zerriss mir fast die Brust. Das zerschmetterte Wrack des Flugzeugs bestand nur noch aus einem Haufen glühender Metallteile, über denen kleine Flämmchen züngelten.

»Chenani!«, schrie ich angsterfüllt. Und immer lauter, in beginnender Panik: »Chenani! Wo bist du? Hast du dich verletzt?«

Durch Qualm und Rauch sah ich etwas Weißes schimmern, das sich bewegte. Erleichtert seufzte ich auf. Endlich wurde die Sicht klar: Den Geretteten auf der Schulter tragend, stieg Chenani vorsichtig die Geröllhalde hinab. Einen Augenblick später stand er, hustend und keuchend, vor mir. Seine *Gandura* war rauchgeschwärzt, an seinen Händen klebte Blut.

»Er lebt noch«, stieß er mit rauer Stimme hervor. »Für den anderen konnte ich nichts mehr tun. Mögen ihm die Geister ewige Ruhe schenken.«

Er ließ den Verwundeten von seiner Schulter gleiten und lehnte ihn gegen einen Felsen. Ein noch junger Mann, blond, mit kalkweißem, blutverschmiertem Gesicht. Seine Kleider hingen in Fetzen an ihm, durch die Risse konnte

man seine Haut sehen, die an vielen Stellen aufgeschürft oder sogar verbrannt war.
Die Hirten eilten herbei, redeten alle gleichzeitig auf uns ein. Einer hatte einen Wasserschlauch dabei und reichte ihn Chenani, der seinen Schleier herunterzog und mit langen, durstigen Zügen trank. Dann beugte er sich über den bewusstlosen Fremden, besprengte dessen Gesicht mit Wasser. Der Unbekannte zuckte stöhnend zusammen. Er öffnete die Augen und warf einen leeren Blick in die Runde. Dann murmelte er ein paar unverständliche Worte und fiel wieder in Ohnmacht.
»Wir müssen ihn ins Lager bringen«, sagte ich.
Chenani zog seine *Gandura* über den Kopf und umhüllte damit den Verletzten mit sanften, geschickten Bewegungen. Dann hob er ihn auf und trug ihn zusammen mit den Hirten den Abhang hinunter, über die Weide und bis zur *Seriba* seiner Eltern.

10. Kapitel

Der Fremde hatte hohes Fieber. Seine Brandwunden hatten schon Blasen gebildet und sein Atem ging röchelnd. Manchmal lief mit Blut vermischter Speichel aus seinem Mund. Torha wiegte sorgenvoll den Kopf. Sie schickte nach Fatimata, der ältesten Frau des Stammes. Fatimata lebte allein. Sie kannte die Eigenschaften der Pflanzen, Wurzeln, Blätter und Samen, aus denen sie ihre Medizin herstellte. Die Leute kamen von weit her zu ihr, um sich von ihren Leiden heilen zu lassen. Fatimata war klein und zierlich; ihre Knochen wirkten zerbrechlich. Ihr Haar war fein und schneeweiß. Umso erstaunlicher war ihr verschmitztes, beinahe faltenloses Gesicht. Ihre freundlichen Augen blinzelten ein wenig im rauchigen Schein des Feuers. Sie kniete neben dem Lager des Fremden, der leichenblass und regungslos dalag. Nachdem sie ihn untersucht hatte, sagte sie mit ihrer dünnen Stimme: »Der Mann hat Glück: Er wird überleben.«

Beide Frauen besprachen nun, was mit dem Fremden geschehen sollte.

»Wir könnten die Schwestern benachrichtigen, die in Tam die Krankenstation leiten«, schlug Torha vor. »Man wird einen Wagen schicken.«

Aber Fatimata schüttelte den Kopf. Dem Verunglückten war eine Reise nicht zuzumuten.

»Sein linker Fuß ist gebrochen. Vorerst wird er viel Ruhe brauchen. Auch seine Verbrennungen kann ich heilen.«

Sie erteilte Takrati den Auftrag abgekochtes Wasser, saubere Tücher und zwei feste, ebenmäßige Stäbe zu bringen. Sie warf einige Kräuter in das Wasser, wusch alle Wunden gründlich aus und bestrich die Verbrennungen mit einer Salbe. Dann umwickelte sie das gebrochene Fußgelenk mit einem Tuch und befestigte die Stäbe. Der Mann stöhnte zwar vor Schmerz, ließ jedoch alles mit sich geschehen. Fatimatas Hände waren leicht, flink und sehr sicher. Zum Schluss löste sie ein schmerzstillendes Pulver in Wasser auf und gab es dem Verletzten zu trinken.
»So, jetzt wird er schlafen. Morgen komme ich wieder und behandele die Verbrennungen.«
Die ganze Nacht und auch den folgenden Tag dämmerte der Fremde in Fieberträumen dahin, schien jedoch kaum Schmerzen zu haben. Die Verbrennungen nässten stark, bildeten Blasen und durchweichten den Schutzverband. Immer wieder wurde sein Körper von fiebrigen Schauern geschüttelt; seine Zähne klapperten, sein Atem ging pfeifend. Er bewegte die Hände, murmelte wirre Worte in einer unbekannten Sprache. Von morgens bis abends ließen wir vor der Hütte ein Feuer brennen, um durch den Rauch die Fliegen zu vertreiben. Fatimata kam jeden Morgen, erneuerte die Verbände und gab ihm das schmerzstillende Mittel zu trinken. Meine Mutter, Lefa und ich wachten abwechselnd an seinem Lager. Auch Chenani setzte sich manchmal zu ihm, sah in das gelblich verfärbte Gesicht und runzelte besorgt die Stirn. Endlich, am fünften Tag, trat eine Besserung ein. Der Verunglückte fiel in einen tiefen, erfrischenden Schlaf. Am nächsten Morgen, als ich seine Decke neu faltete, öffnete der Fremde die verschwollenen Lider und schaute mich mit klarem Blick an. Er stellte mir eine Frage, die ich nicht verstand. Seine Stimme

war rau und kaum hörbar. Ich lächelte ihm zu und hob seinen Kopf, um ihn trinken zu lassen. Seine Haut fühlte sich warm an, nicht mehr glühend und verschwitzt wie zuvor.

Fatimata kam etwas später und nickte zufrieden.

»Die Mittel haben gewirkt. Jetzt braucht er nur Geduld, bis der Knochenbruch heilt.«

Der Verwundete erwachte erst am Abend. Erstaunt musterte er das Innere der *Seriba,* die geschnitzten Holzpfähle, die bunten Kissen, die Teppiche, die großen Taschen aus senfgelb, purpur und türkis gefärbtem Leder. Er versuchte sich aufzurichten, ließ sich aber sofort wieder mit schmerzverzerrtem Gesicht auf das Lager sinken.

»Wie fühlen Sie sich?«, fragte ich freundlich. Ich hatte so deutlich wie möglich Französisch gesprochen. Der Mann starrte mich an. In seinem eingefallenen Gesicht leuchteten die blauen Augen fast durchsichtig. Die rauen Bartstoppeln, die Kinn und Wangen bedeckten, ließen ihn älter erscheinen, als er eigentlich war.

»Wo bin ich?«, fragte er ebenfalls auf Französisch.

»Bei den Kel-Rela.«

Da er offenbar nicht verstand, fügte ich eine Erklärung hinzu: »Wir sind der Königsstamm der Ihaggaren-Tuareg.«

Er zuckte zusammen.

»Um Himmels willen! Was ist geschehen?«

»Ihr Flugzeug ist abgestürzt«, antwortete ich. »Chenani, der Sohn des *Amrar,* hat Sie aus den Trümmern geholt.«

Er zog die Stirn kraus.

»Das Flugzeug? Welches Flugzeug?«

Ich erschrak: Hatte er zudem noch das Gedächtnis verloren?

Doch mit einem Mal wurde sein Blick lebhaft.
»Jetzt entsinne ich mich!«, rief er erregt. »Wir hatten einen Motorschaden. Bernard hat eine Notlandung versucht, aber die Maschine war nicht mehr zu lenken. Wo ist er? Wie geht es ihm?«
»Wir konnten nichts mehr für ihn tun«, antwortete ich mit gepresster Stimme. »Die Hirten haben ihn begraben.«
»Mein Gott!«, flüsterte der Fremde.
Er sank auf sein Lager zurück.
»Bernard ... tot!«, murmelte er. »Ich kann es nicht fassen.«
»Er starb schnell«, erwiderte ich, um ihn zu trösten. Der Fremde antwortete nicht, tat eine Weile so, als schliefe er. Gerade wollte ich aufstehen, ihn allein lassen, als er sagte: »Ich habe Hunger.«
Ich war froh, dass etwas ihn von seiner Trauer ablenkte.
»Warten Sie einen Augenblick. Takrati wird Ihnen das Essen wärmen.«
»Nein«, sagte er. »Lieber kalt, aber gleich.«
Ein paar Minuten später kam ich mit Takrati zurück. Der Schwarze brachte frische Ziegenmilch, Fladenbrot und eine Schüssel Kuskus, der mit Kürbissen und Tomaten vermischt war. Der Mann verzog angewidert das Gesicht, doch sein Hunger war stärker. Während er gierig aß und trank, ließ ich ihn allein, wie es bei uns die Höflichkeit verlangt. Takrati brachte ihm ein Becken und eine Wasserkanne, damit er sich Mund und Hände spülen konnte. Erst als der Fremde sich erfrischt hatte, trat ich wieder zu ihm in die Hütte. Der Mann sah ausgeruht aus und schien bei Kräften zu sein. Seine Haut hatte wieder Farbe angenommen. Er betastete mürrisch seine Bartstoppeln und murmelte etwas Unverständliches. Als er mich erblickte, winkte er mich zu sich.

»Hör mal, ich muss hier weg, und zwar so schnell wie möglich. Ich brauche ärztliche Hilfe.«

»Fatimata hat Sie gut gepflegt«, sagte ich. »Sie werden bald ganz gesund sein.«

Er schüttelte verärgert den Kopf.

»Diese dreckigen Verbände, die stinkende Salbe! Ich riskiere ja eine Wundinfektion! Und ich brauche einen Gips, sonst wächst der Knochen nicht richtig zusammen. Der Unterpräfekt Sidi Khalil muss unverzüglich benachrichtigt werden. Mein Name ist Pasquier, Robert Pasquier. Sidi Khalil soll mir sofort einen Wagen schicken.«

Ich fand seine Sorgen unbegründet: Im Laufe ihres langen Lebens hatte Fatimata unzählige Menschen gesund gemacht. Doch das konnte er natürlich nicht wissen. Ich bat Pasquier sich nicht aufzuregen. Wir würden alles tun, um ihm zu helfen.

Ich suchte meinen Vater auf, um ihn von Pasquiers Wünschen zu unterrichten. Der Mann wollte nach Tam zurück? Marly wiegte den Kopf. Ihm schien das Vorhaben unvernünftig. Die Pisten waren in schlechtem Zustand. Dennoch befahl er einem Boten ein Kamel zu satteln und sich noch am selben Tag auf den Weg zu machen. Später, sagte er zu mir, würde er den Kranken besuchen und sich nach seinem Wohlbefinden erkundigen.

Es war schon Abend, als mein Vater, von Chenani gefolgt, in die Hütte trat und sich mit gekreuzten Beinen neben dem Lager niederließ. Ich wollte die *Seriba* verlassen, doch er befahl mir zu bleiben. Er wünschte dem Fremden baldige Genesung und berichtete ihm, ein Kamelreiter sei seinetwegen nach Tamarasset unterwegs. Pasquier stieß einen zufriedenen Seufzer aus. Der *Amrar* sprach weiter.

»Euer Leben verdankt Ihr meinem Sohn Chenani, der Euch in Sicherheit brachte, bevor die Maschine explodierte.«
Marly deutete auf den jungen Mann, welcher abseits saß und schwieg, wie es sich für einen Sohn im Beisein seines Vaters geziemte.
Pasquier richtete sich auf, um ihn anzusehen.
»Und mein Freund? Warum haben Sie ihn nicht auch aus den Trümmern geholt?«
Seine Stimme klang tadelnd, was Chenani durchaus nicht entging.
»Er war schon tot«, erwiderte er knapp.
»Woher wissen Sie das so genau?«, fragte Pasquier scharf. »Vielleicht hätte man ihn noch retten können.«
Chenani schüttelte den Kopf und erwiderte schneidend, dass er wegen eines Toten sein Leben nicht aufs Spiel habe setzen wollen. Chenani war nur selten unhöflich, aber diese Vorwürfe wollte er sich wohl nicht gefallen lassen.
Pasquier wischte sich den Schweiß von der Stirn.
»Nun, was geschehen ist, lässt sich nicht mehr rückgängig machen. Ich hoffe nur, dass Sidi Khalil rechtzeitig einen Wagen schickt und ich mir keine Infektion hole.«
Nach ein paar Augenblicken erhob sich Marly und Chenani tat es ihm nach, denn er hatte nicht das Recht zu sitzen, wenn sein Vater stand. Außerdem wollte er mit dem Fremden offenkundig nichts mehr zu tun haben.
»Es ist gut«, sprach der *Amrar* gelassen, »wir haben getan, was in unserer Macht stand. Mögen die Geister Euch eine baldige Heilung schenken.«
Er neigte den Kopf zum Gruß. Beide, Vater und Sohn, verließen die Hütte. Die Umrisse ihrer weißen Gestalten hoben sich vom tiefen Blau des Abendhimmels ab; dann

waren beide verschwunden. Tief beschämt, blieb ich zurück. Pasquiers Augen richteten sich auf mich.

»Herrgott!«, schnaubte er. »Was willst du eigentlich hier? Heimlich etwas Geld verdienen? Oder mich bewachen?«

Meine Wangen wurden heiß. Seine ungehobelte Art war schwer zu ertragen.

»Ich wollte nur wissen, ob Sie noch etwas brauchen.«

»Wenn ich etwas brauche, lasse ich dich rufen«, entgegnete er hochfahrend. Mir wurde klar, dass er mich für eine Dienerin hielt. Eigentlich hätte ich über seine Borniertheit lachen sollen, aber auch ich war zutiefst gekränkt und ging wortlos aus der Hütte.

Ich fand Chenani im Schatten der Umfriedung sitzend. Er hielt Djinn auf den Knien und suchte ihn nach Zecken ab. Von Zeit zu Zeit kratzte er dem Hund mit den Fingernägeln den Rücken, wobei Djinn genüßlich die Augen schloss. Ich ließ mich neben Chenani auf dem Teppich nieder.

»Der Mann benimmt sich sonderbar. Du hast ihm das Leben gerettet und er hat dir nicht einmal gedankt. Vielleicht hat er einen Schock erlitten?«

Chenanis Augen blitzten verächtlich.

»Nein. Er hat keine Manieren. Aber er ist unser Gast und ich kann ihm nicht die Meinung sagen.«

Djinn rieb seine Schnauze an meiner Hand. Ich kraulte ihn zwischen den Ohren.

»Weißt du, ich wäre froh, wenn er endlich ginge.«

»Ich auch«, sagte Chenani. »Und wie!«

Unsere Blicke trafen sich. Und im gleichen Moment brachen wir in ein befreiendes Lachen aus.

Fatimata kam, um Pasquiers Brandwunden zu pflegen,

doch er wollte von ihren Salben und Heilkräutern nichts wissen. Die alte Frau betrachtete ihn lange und aufmerksam. Dann zog sie ihren dunklen Schleier über den Kopf, erhob sich und ging hinaus. Zu Torha sagte sie: »Ich heile Wunden und Knochenbrüche. Das kann ich gut. Aber Überheblichkeit kann keiner heilen, auch ich nicht. Sein Körper wird sich erholen. Und was das andere betrifft, nun, er ist noch jung. Das Leben wird ihn schon lehren, worum es geht.«

Seitdem Pasquier auf dem Weg zur Besserung war, hatte er ständig etwas zu nörgeln. Er wies das Essen zurück, das Takrati ihm brachte. Die Hirse war zu scharf gewürzt, die Ziegenmilch zu fett, das Wasser unsauber. Nach allem, was geschehen war, wunderte ich mich, dass ich noch Mitleid für Pasquier empfand. Es kam wohl daher, dass ich ihn die ganzen Tage über gepflegt und um sein Leben gebangt hatte.

»Kranke haben ihre Launen«, sagte ich zu meiner Mutter. »Gib mir sein Essen, ich will es ihm bringen.«

Torha nahm die Schüssel, füllte sie eigenhändig mit Kuskus und Ziegenfleisch.

»Vielleicht erreicht Mariemma mit ihrem Lächeln, was Takrati – trotz aller guten Worte – versagt bleibt?«, neckte sie mich und steckte einen Löffel in das dampfende Gericht.

Ich schlüpfte aus den Sandalen und betrat die *Seriba.* An jenem Tag hatte ich mein Haar gewaschen, es war noch etwas feucht. Da ich es meistens in Zöpfen trug, fiel es in Locken herab, und ein rötlicher Schimmer leuchtete auf dem Braun.

Pasquier richtete sich auf, als ich mit dem Kupfertablett in den Händen zu ihm trat.

»Kann man das Feuer vor der Hütte nicht endlich löschen?«, brummte er unwillig. »Dieser verdammte Rauch! Man kann ja kaum atmen!«
Ich bemühte mich um einen versöhnlichen Tonfall.
»Wenn Sie wollen, löschen wir das Feuer. Aber wenn kein Rauch mehr da ist, kommen die Fliegen. Und Fliegen gibt es viele um diese Jahreszeit.«
»Wie kann man nur auf diese primitive Weise leben?«, murmelte Pasquier.
Ich lächelte ihn an.
»Sie müssen essen, wenn Sie wieder gesund werden wollen. Takrati hat extra für Sie frischen Salat geholt.«
Er hatte den Salat aus einem der wenigen Gärten, die es im Hoggar gab. Hinter einer Hecke aus Palmwedeln, die den Sand abhielt, bewässerten Ziehbrunnen kleine Salat- und Tomatensetzlinge, Kartoffelstauden und Minzenkraut. Das Wachsen jeder Pflanze wurde liebevoll überwacht; die kleinste Frucht, das geringste Gemüse waren kostbar.
Doch Pasquier schüttelte den Kopf.
»Nein danke! Ich esse keinen Salat. Soll ich mir noch eine Magenverstimmung holen?«
»Der Salat ist gewaschen.«
»Mit diesem Dreckwasser?«
Ich fing allmählich an die Geduld zu verlieren. Aber ich beherrschte mich.
»Das Wasser kommt aus dem Ziehbrunnen. Es ist nur etwas sandig.«
Er hörte nicht zu, sondern starrte mich an, als sähe er mich zum ersten Mal.
»Du siehst nicht wie eine Targuia aus. Du hast ja rötliches Haar! Wie kommst du bloß in dieses Lager?«

Was hat das damit zu tun? Er soll endlich essen!, dachte ich verärgert. Doch ich wollte ihn nicht reizen.
»Ich bin nicht hier geboren«, sagte ich.
»Bist du entführt worden?«, rief er sehr erregt.
Entführt? Ich verbiss mir ein Lachen. Der Mann hatte wirklich komische Ideen!
»Wie kommen Sie darauf? Meine Eltern sind beide tot. Torha, meine Pflegemutter, hat mich bei sich aufgenommen, als ich noch ein kleines Kind war.«
»Aber du bist doch eine Europäerin!«
»Was macht das schon aus? Ich bin hier aufgewachsen.«
Ich hoffte, nun würde er sich trotz allem dazu entschließen, ein paar Bissen zu nehmen, und reichte ihm das Tablett.
»Sie brauchen den Salat nicht zu essen, wenn Sie nicht wollen. Aber den Kuskus sollten Sie nicht stehen lassen.«
Doch er wies die Schüssel ungeduldig von sich.
»Weißt du nichts über deine wirkliche Familie?«
Auf einmal lief es mir kalt den Rücken hinunter. Seine Fragen waren mir unheimlich, so als ob mir plötzlich eine heimtückische Gefahr drohte.
»Meine Familie ist hier«, antwortete ich abweisend.
»Ganz sicher nicht!«, widersprach Pasquier. »Ich setze mit Bestimmtheit darauf, dass du noch Angehörige in Europa hast. Wie kann ein Mädchen wie du hier leben?«
»Ich bin mit meinem Leben zufrieden«, antwortete ich schroff.

»Was ist mit dir? Du siehst ja ganz blass aus«, sagte Torha, als ich einige Augenblicke später zu ihr kam. Ich erzählte ihr, was der Fremde gesagt hatte. Ein Schatten glitt über ihr Gesicht, bevor ihre Züge wieder die gewohnte Gelassenheit zeigten.

»Hab keine Angst, er wird in ein, zwei Tagen nicht mehr hier sein.«

Wütend stieß ich hervor: »Ich will ihn nicht mehr sehen!«

Sie nickte ruhig.

»Bis zu seiner Abreise wird sich Takrati um ihn kümmern. Dann kann er dich nicht mehr mit Fragen belästigen.«

Am Nachmittag saß ich mit Lefa im Windschatten des *Asabar*. Wir flochten uns gegenseitig die Zöpfe, eine Beschäftigung, die viel Sorgfalt erforderte. Zuerst war die Reihe an Lefa: Sie hielt geduldig still, während ich ihre dichten, schwarzen Haare mit Jasminöl einrieb und zwischen den Händen knetete, um sie glänzend und geschmeidig zu machen. Dann teilte ich mit einem kleinen Holzspatel Strähne um Strähne, flocht sie zu Zöpfen und verteilte diese so um Lefas Kopf, dass die untersten ihre braunen Wangen umrandeten. Sorgfältig ausgeführt, hielt diese Frisur einige Tage lang. Bei der Arbeit studierte ich Lefas Profil, die kleine Nase, die Augen mit den langen Wimpern. Eine Zeit lang hatte ich mir eingebildet, dass wir uns ähnlich sahen. Doch nun dachte ich an Chenani und war froh, dass ich nicht ihre leibliche Schwester war ...

Später kamen Freundinnen zu Besuch. Wir saßen im Kreis und tauschten nach Mädchenart Vertraulichkeiten aus oder lachten grundlos, während der Wind in unseren blauen Schleiern spielte. Alles war friedlich. Ziegen meckerten, Baya zerstampfte Hirse in einer großen Holzschale, lachte mit uns oder warf uns Scherzworte zu, die einige Mädchen zum Erröten brachten. Auf einmal vernahmen wir ein Geräusch. Der Fremde erschien im Eingang der Hütte. Er erhob sich nur selten von seinem Bett. Musste er sich waschen oder seine Notdurft verrichten, so begleitete ihn Takrati. Sein plötzliches Auftauchen verwirrte uns. Der

Gedanke, unser Lachen und Geplauder könnte seine Ruhe gestört haben, war uns unangenehm.
Unrasiert blinzelte der Fremde ins Sonnenlicht. Seine schmutzigen Kleider rochen unangenehm. Wäre sein Benehmen freundlicher gewesen, hätte ich ihm die Kleider eigenhändig gewaschen, doch mittlerweile war mir sein Wohlbefinden gleichgültig. Lefa biss sich auf die Lippen und einige Mädchen verbargen hastig ihr Gesicht. Er sollte nicht sehen, dass sie ihn – um es krass zu sagen – nicht besonders anziehend fanden. Ein paar Sekunden lang herrschte betretenes Schweigen. Schließlich räusperte sich Pasquier.
»Mariemma, komm einen Augenblick zu mir.«
Lefa kniff mich in den Arm. Die Mädchen kicherten verlegen. Ich stand widerwillig auf, folgte Pasquier in die *Seriba.* Er ließ sich schwerfällig auf sein Lager fallen. Ich sah kühl auf ihn herunter. Der Mann widerte mich an.
»Ich habe lange über dich nachgedacht«, fuhr er fort. »Du hast sicher noch Angehörige in Europa. Ich will etwas für dich tun. Ich werde Nachforschungen anstellen und dir helfen deine richtige Familie wieder zu finden. Aber dazu brauche ich genauere Angaben. Kannst du dich an deine Eltern erinnern? Waren es Franzosen?«
Ich schüttelte stumm den Kopf. Zorn stieg in mir auf und gleichzeitig überfiel mich eine panische Angst. Pasquier schien nicht zu merken, wie mir zu Mute war, und stellte weitere Fragen.
»Wie sind deine Eltern umgekommen? Hatten sie einen Unfall? Mit dem Auto vielleicht?«
Erinnerungen stiegen in mir auf, blitzartig und doch mit aller Eindringlichkeit. Bilder und Eindrücke, vorübergehend ausgelöscht, deren Spur sich aber seither tief in mein

Gedächtnis eingegraben hatte: ein Krachen und Schreien, eine Staubwolke, und dann vor meinen Augen eine warme, rote Flüssigkeit und ein stechender Schmerz, als sei der Knochen meines Schädels bloßgelegt worden!
Ich wandte mich ab, zog den Schleier über mein Gesicht, um die Heftigkeit meiner Empfindungen zu verbergen. Durch das Rauschen meines Blutes in den Adern vernahm ich Pasquiers erschrockene Stimme: »Mariemma! Um Himmels willen! Ist dir nicht gut? Es tut mir Leid. Ich wollte ja nur ...«
Blindlings stolperte ich aus der *Seriba,* lief an den verstörten Mädchen vorbei. Etwas abseits kauerte ich mich an einen Felsen, atmete ein paarmal tief ein und aus, um wieder zu Verstand zu kommen. Ich spürte Pasquiers sture Hartnäckigkeit, ahnte, dass er mich nicht in Ruhe lassen würde. Ich wusste nicht, welches Ziel er verfolgte; Dankbarkeit war es jedenfalls nicht! Es mussten andere Gründe sein. Aber welche nur? Ich schüttelte verwirrt den Kopf, fuhr mit den Fingern über die Narbe am Haaransatz. Sie bildete einen schmalen, weißlichen Halbkreis, der auf meiner glatten, braunen Haut kaum sichtbar war. Plötzlich kam sie mir riesig vor, wulstig und geschwollen, als hätte man sie mir mit glühendem Eisen soeben frisch eingebrannt. Diese Narbe war das Geheimnis, das mich verfolgte, der Beweis, den ich nicht auslöschen konnte. Pasquier sagte ja nur die Wahrheit: Ich war keine Targuia. Aber wer war ich wirklich?

11. Kapitel

Am folgenden Tag traf Sidi Khalil, der Unterpräfekt von Tam, mit dem Landrover ein. Wir kannten ihn gut, denn er kam öfters, um mit meinem Vater zu verhandeln. Seit Jahren lagen die Tuareg mit der algerischen Regierung im Streit. Sie trieben ihre Herden über die Grenzen, wann und wo es ihnen passte, bezahlten ihre Steuern unpünktlich oder überhaupt nicht, hielten an ihren eigenen Traditionen fest und missachteten die islamischen Gebote. Aber die Stammesverbände bildeten eine politische Macht; Sidi Khalil sah sich gezwungen den *Amrar* mit Rücksicht zu behandeln.
Er trug an jenem Morgen einen gelben Pullover und eine teure Sonnenbrille. Wie üblich umringten die Hunde den Wagen mit feindlichem Gebell. Die Schwarzen riefen sie zurück. Marly ging dem Gast nicht entgegen, sondern erwartete ihn auf der Schwelle seiner *Seriba;* er schuf somit eine Distanz, die der Unterpräfekt schlecht gelaunt zur Kenntnis nahm. Kühl begrüßten meine Eltern den Besucher, wobei die Anwesenheit meiner Muter den algerischen Sitten widersprach. Doch bei uns ist es nicht üblich, dass sich die Gastgeberin zurückzieht. Nur Chenani, Lefa und ich blieben als jüngste Familienmitglieder im Hintergrund, wie es die Höflichkeit verlangte. Sidi Khalil schlüpfte aus seinen Schuhen und nahm auf den Teppichen Platz. Er schlürfte den Tee, den meine Mutter eigenhändig zubereitete, und erklärte, er sei gekommen, um den Fremden abzuholen. Marly nickte kurz.

»Der Mann erwartet Sie mit Ungeduld. Seine Verletzungen heilen; er wird die Reise verkraften.«
Meine Mutter gab Takrati ein Zeichen. Der Schwarze verließ die Hütte; ein paar Minuten später war er wieder da und führte Pasquier, der sich schwer auf ihn stützte.
Sidi Khalil erhob sich.
»Allah sei gelobt, Sie sind mit dem Leben davongekommen. Die Maschine wurde als vermisst gemeldet. Seit zwölf Tagen schon . . .«
Pasquier unterbrach ihn gereizt.
»Warum haben Sie nicht sofort eine Hilfskolonne losgeschickt?«
Sidi Khalil hob beschwichtigend beide Hände.
»Erst musste die Absturzstelle lokalisiert werden. Das dauert Tage, wie Sie sich denken können.«
»Mein Freund Bernard starb bei dem Unfall.« Pasquiers Stimme klang krächzend. »Ich kam wie durch ein Wunder davon, dank der Hilfe der Leute hier. Aber mein Fuß ist gebrochen und muss eingegipst werden.«
»Ein französischer Arzt leitet die Krankenstation«, sagte Sidi Khalil. »Sie werden dort gut gepflegt werden.«
»Gott sei Dank!«, rief Pasquier. »Hier kam nur eine Alte, die mir die Wunden mit irgendeiner übel riechenden Mixtur beschmiert hat!«
»Ach, Sie meinen Fatimata?«, sagte Sidi Khalil gedehnt. »Die hat mir ihren Kräuterpflastern schon manchem das Leben gerettet, wissen Sie . . .«
Pasquier verzog das Gesicht.
»Ich glaube eher, dass ich meine Genesung meiner eigenen Widerstandskraft verdanke. Wann können wir fahren?«

»Am besten sofort, damit wir vor Einbruch der Dunkelheit in Tam sind.«

»Gut, aber fahren Sie vorsichtig.«

Nur noch etwas Geduld, dachte ich mit unsäglicher Erleichterung. Nur noch etwas Geduld. Gleich geht er und du siehst ihn nie wieder . . .

Inzwischen wandte sich Pasquier an Chenani, der ausdruckslos seinen Blick erwiderte.

»Sie haben mir das Leben gerettet. Wenn es möglich wäre, würde ich mich gerne erkenntlich zeigen . . .«

Er steckte die Hand in seine Hosentasche, zog eine Brieftasche hervor und entnahm ihr einige sorgfältig gefaltete Banknoten.

»So, das ist für Sie. Leisten Sie sich etwas davon, amüsieren Sie sich in der Stadt! Es gibt hier doch keine Abwechslung für einen jungen Mann in Ihrem Alter.«

Sekundenlang herrschte tiefe Stille, bevor sich Chenani mit einer schwungvollen, leichten Bewegung aufrichtete. Meine Wangen glühten; ich fürchtete, Chenani würde die Selbstbeherrschung verlieren. Aber er streckte nur langsam die Hand aus, nahm das Geld, ohne den Blick von Pasquier zu lösen, und zerriss mit ruhiger, fast gleichgültiger Bewegung die Scheine. Pasquier starrte ihn an.

»Haben Sie den Verstand verloren?«

Chenani blieb ihm die Antwort schuldig. Verächtlich wandte er sich ab, schlüpfte in seine Sandalen und verließ die *Seriba*. In diesem Augenblick fühlte und empfand ich mit ihm die Demütigung, die man ihm angetan hatte, als schlügen unsere Herzen im gleichen Takt, als verbände ein und derselbe Gedanke unser beider Seelen.

Pasquier, der überhaupt nicht zu begreifen schien, was er falsch gemacht hatte, suchte fassungslos Sidi Khalils Blick.

»Weiß der Junge überhaupt, welchen Betrag er da gerade in der Hand hatte?«
Höhnisch lächelnd, beantwortete Sidi Khalil die Frage mit einem Kopfnicken. Pasquier machte ein betroffenes Gesicht.
»Ich fürchte, ich habe ihn verletzt. Das lag nicht in meiner Absicht. Ich konnte ja nicht ahnen, dass die Leute hier so empfindlich sind.«
Sidi Khalil grinste.
»Die Unwissenheit eines Fremden werden sie vergeben. Aber es wird dennoch besser sein, nicht länger zu bleiben.«
Kleinlaut wandte sich Pasquier an meine Eltern, dankte ihnen für ihre Hilfe und Gastfreundschaft und setzte hinzu: »Sobald ich gesund bin, werde ich mein Möglichstes tun, um Mariemmas Eltern zu finden.«
Mein Atem stockte. Wieder ergriff mich diese unbestimmte Furcht vor einer heimtückisch Lauernden Gefahr. Schnell zog ich den Schleier über mein Gesicht; Pasquier sollte nicht sehen, in welchen Zustand seine Worte mich versetzt hatten. Marly schien ihnen keine Bedeutung zu schenken, doch Torha erwiderte kalt: »Mariemma hat nur eine Familie, und das sind wir.«
Auf Takrati gestützt, humpelte Pasquier zum Wagen. Der Unterpräfekt half ihm beim Einsteigen. Man schichtete Decken auf den Rücksitz, damit er sein verletztes Bein ausstrecken konnte. Sidi Khalil verabschiedete sich von meinen Eltern und kletterte auf den Fahrersitz. Mich hatte er kaum eines Blickes gewürdigt. Nun ließ er den Motor an. Eine Staubwolke hinter sich herziehend, fuhr der Landrover aus dem Lager, kurvte zwischen Geröll und Schlaglöchern über die Hochebene. Dann machte

die Piste einen Bogen und der Wagen entschwand unseren Blicken. Bald erstarb auch das Motorengeräusch. In der einkehrenden Stille seufzte ich erleichtert auf. Der Fremde war weg. Alles war wieder so, wie es sein sollte. Aber ich hatte einen widerlichen Geschmack im Mund und fühlte mich den Tränen nahe. Die Angst, die ich in den letzten Tagen in meinem Herzen getragen hatte, ließ mich nicht los.

Bald nahm die Trockenheit zu. Der Wasserspiegel sank in der *Guelta,* das Gras verdorrte. Es wurde Zeit die Herden über die Grenze in den Süden zu bringen, wo die Weiden noch grün waren. Chenani begleitete die Karawane. Zu seinen Aufgaben gehörte die *Bellahs,* die Nomadenhirten, zu beaufsichtigen. In dieser Jahreszeit brachten die Stuten ihre Jungen zur Welt und brauchten viel Pflege; die Hirten wurden nachlässig, wenn man sie nicht überwachte. Der Abschied fiel uns schwer; Chenani würde zwei bis drei Monate fortbleiben.

Während Chenanis Abwesenheit wurde ich krank. Ich konnte nicht mehr nachdenken, fühlte mich müde und kraftlos. Ich sprach kaum ein Wort, verweigerte das Essen und wurde immer dünner und schwächer. Eine bleierne Müdigkeit überfiel mich; ich fühlte mich wie gelähmt und verließ kaum noch mein Bett. Manchmal schien es, als würden die Tage nie enden; und wenn die Nacht kam, lag ich schlaflos da und wartete auf den Morgen. Eines Abends kam Fatimata. In ihren schwarzen Schleier gehüllt, betrat sie die Hütte und setzte sich neben mein Lager. Torha hielt eine Sturmlaterne hoch. Das helle Licht blendete mich. Fatimata nahm mein Handgelenk zwischen ihre langen Finger und fühlte mir den Puls. Ihre Stimme

erreichte mich aus unendlicher Ferne. »Fieber hat sie nicht, am Körper ist sie völlig gesund.«
»Aber was ist es dann?«, fragte Torha.
Die alte Frau dachte nach. Schließlich sprach sie: »Ihre Seele ist weit weg, auf Wanderschaft. Ich kann sie nicht zurückrufen. Mariemma muss selbst die Kraft dazu aufbringen.«
Ich flüsterte: »Nehmt das Licht weg, bitte!«
Ich wollte nichts als Stille und Dunkelheit. In einem Strom von Gleichgültigkeit trieb ich dahin. Jegliches Empfinden von Zeit war wie aufgehoben; Tage und Nächte flossen unterschiedslos ineinander. Ich spürte, wie wenig es im Grunde brauchte, um von der völligen Teilnahmslosigkeit in den Tod hinüberzugleiten.
Dann – eines Nachts, als der Mond die Hütte hell erleuchtete – hörte ich eine ruhige, weiche Stimme sagen: »Ich bin da!«
Ein Gefühl von unendlicher Leichtigkeit durchströmte mich. Es durchdrang die Dunkelheit um mich herum – jene Dunkelheit, in der mich zuvor die Angst so stark heimgesucht hatte. Ich öffnete die Augen; eine weiß gekleidete Gestalt beugte sich über mich. Mein Herz begann heftig zu klopfen. »Chenani!«, flüsterte ich voller Erleichterung.
Seine Arme umfingen mich. Ich presste das Gesicht an seine Brust. Er wiegte mich wie ein Kind, sprach leise an mein Ohr. »Jetzt ist alles gut. Du wirst gesund. Hab keine Angst mehr. Wir bleiben immer zusammen.«
»Wie hast du erfahren, dass ich krank bin?«
»Ich lag unter dem Sternenhimmel in meine Decke gewickelt und hatte einen bösen Traum. Ich sah mich am Rande deines Grabes sitzen. Man hatte Steine auf die lockere Erde gehäuft. Ich hob einen Stein auf und betrach-

tete ihn: Er hatte eine seltsame Form, wie ein Gesicht. Als ich erwachte, noch unter dem Eindruck des Traumes, sah ich den gleichen Stein neben meiner Hand liegen. Da wusste ich, dass mir die Geister eine Botschaft geschickt hatten, und machte mich noch vor Tagesanbruch auf den Weg.«

Ich weinte jetzt; Tränen rollten über meine Wangen. Chenani drückte sein Gesicht an das meine, strich mit den Fingerspitzen über meine klammen Schläfen. Da lächelte ich; mein Kopf wurde wieder klar, in meinen Gliedern fühlte ich neuen Lebenswillen aufsteigen.

»Chenani, ich brauche Wasser. Frisches Wasser.«

Er erwiderte mein Lächeln.

»Du sollst es haben. Sofort.«

Von jener Stunde an erholte ich mich rasch. Meine Kraft kehrte beständig zurück. Chenani wachte stundenlang an meinem Lager. Er zwang mich löffelweise Nahrung zu mir zu nehmen, verwöhnte mich mit Kleinigkeiten. Er kämmte und flocht mein Haar, erzählte mir Geschichten, die mich zum Lachen brachten. Die ruhige Kraft seiner Anwesenheit half, wo Fatimatas Heilkunst versagt hatte. Jeder neue Tag brachte uns einander näher und wir liebten uns noch intensiver. Später – Jahre danach – kam mir der Gedanke, dass meine Krankheit vielleicht keinen anderen Sinn gehabt hatte, als den unseren Willen zu stärken und unsere Zuneigung auf die Probe zu stellen. Denn eines wusste ich mit Bestimmtheit: Pasquier würde zurückkommen. Und Chenani wusste es auch.

12. Kapitel

Im Herbst erteilte uns der Vater die Erlaubnis einen *Iljugan* zu veranstalten. Der Besuch des Oberhauptes eines verbündeten Stammes sollte gefeiert werden. Ruani ag Barka hatte Dassine, die jüngste Schwester meines Vaters, geheiratet und wollte mit seiner Familie kommen. Er hatte drei Söhne und zwei Töchter, die im gleichen Alter waren wie Chenani und ich. Wir freuten uns alle sehr, denn wenn Gäste in ein Lager kamen, war es von jeher Brauch, dass die Mädchen sangen und die Reiter ihre Kamele zum Klang der Trommeln tanzen ließen.
Als die Besucher am Rande des Hochtals auftauchten, war die Luft klar und mild. Ruani ag Barka, ein lebhafter Mann mit pechschwarzen Augen, war zu Pferd gekommen, was in der Sahara eine Ausnahme bedeutete. Sein Reittier, ein nervöser Araberhengst mit samtenem Maul, trabte graziös durch den Sand, warf den Kopf hoch und schüttelte die mit bunten Wollfäden durchflochtene Mähne. Am Sattelknauf hingen ein Fernglas und ein Gewehr mit einem sehr langen Lauf. Dassine, eine hoch gewachsene Schönheit, ritt eine ruhige Kamelstute. Ihr Silberschmuck funkelte und die Glöckchen am Zaumzeug ihres *Mehari* klingelten bei jedem Schritt. Ihre Töchter saßen zu zweit auf einem scharlachroten Sattel. Ihre violetten und hellblauen Schleier flatterten im Wind. Die drei jungen Männer, in Schwarz und leuchtendem Blau gekleidet, ritten Rennkamele von edelster Zucht. Einige Dienstboten folgten auf Mauleseln.

Die Besucher wurden mit fröhlichem Gelächter und Willkommensrufen empfangen. Ihnen zu Ehren hatte man ein großes Zelt aufgestellt und Kissen und Teppiche ausgebreitet. Lefa und ich hatten unsere Festkleider mit Rosenwasser besprengt, Handflächen und Nägel mit Henna rot gefärbt. Unsere Augen waren mit *Kohol* geschminkt, die Brauen geglättet und nachgezogen. Chenani stand neben mir. In seiner blau und schwarz gestreiften *Gandura* war er wunderschön anzusehen. Sein Langschwert, das in einer zinnoberroten Scheide steckte, hing an seinem Gürtel. Seine Augen leuchteten hell und sanft; ich ahnte das bezaubernde Lächeln hinter seinem Gesichtsschleier.
Inzwischen hatten die Besucher den Lagerplatz erreicht. Die *Mehara* ließen sich schnaufend auf den Knien nieder, während der Hengst, von sämtlichen Kindern bestaunt, neben dem Zelt angepflockt wurde. Meine Eltern führten ihre Gäste in den Schatten des Zeltes. Schon mischte Takrati, über ein kleines Feuer geneigt, mit geschickter Hand die duftenden Teekräuter. Nachdem die Gäste sich erfrischt und die Älteren ihre Neuigkeiten ausgetauscht hatten, machte sich die Jugend für das Reiterspiel bereit.
Zwei Dienstboten brachten den *Tendi,* eine große Trommel aus verwittertem Holz. Wir Mädchen setzten uns um die Trommel, zupften unsere Kleider zurecht, legten unsere Schleier in Falten. Dass ich gut musizierte, hatte sich längst herumgesprochen; so war es an mir, den Rhythmus zu bestimmen. Ich goss ein wenig Wasser auf das Trommelfell, damit es geschmeidiger würde. Dann begann ich in raschem, dumpf vibrierendem Takt die Trommel zu schlagen. Fast gleichzeitig stimmte Lamia, die als schönstes Mädchen des Stammes galt, ein Lied an. Mit wiegendem Oberkörper klatschten alle Mädchen in die Hände und

sangen nun das Lied im Chor, das sich aus vielen Strophen zusammensetzte und beliebig lang improvisiert werden konnte. Im selben Augenblick ertönte von der Gruppe der wartenden Reiter ein kurzer, durchdringender Ruf. Die jungen Männer schwangen sich in den Sattel, berührten mit den Reitgerten die Flanken ihrer *Mehara.* Die Tiere erhoben sich mit mächtigem Schwung. Zunächst stellten sich die Reiter in zwei Reihen beiderseits der Sängerinnen auf und ritten paarweise aufeinander zu. Die Kamele trabten mit geblähten Nüstern und erhobenem Kopf, die langen Beine im Takt der Trommelschläge bewegend. Dann bildeten alle Reiter eng um die niederkauernden Mädchen einen Kreis. Die Tiere drängten sich Brust an Brust, ihre Flanken rieben aneinander. Die Sonne stand bereits tief; Staubteilchen glitzerten in der Luft, die Reiter warfen lange Schatten. Für uns Mädchen galt es, sie zu Kunststücken anzuspornen und gleichzeitig unbeteiligt zu wirken, was nicht immer einfach war. Wenn ich Chenani anblickte, stieg mir das Blut in die Wangen. Hoch im Sattel sitzend, führte er seinen Falben mit Anmut und Gewandtheit. Wie Vogelschwingen spreizte sich seine *Gandura* im Wind. Sobald unsere Blicke sich trafen, senkte ich den Kopf. Kehrte er mir jedoch den Rücken zu, so folgte ich ihm sogleich mit den Augen, was die anderen Mädchen zu Scherzen veranlasste. Ich verbarg meine Verlegenheit und lachte mit ihnen. Auf einmal jagte ein Reiter sein *Mehari* ganz nahe an Lamia heran; im vollen Trab beugte er sich aus dem Sattel, entriss ihr den locker um die Haare geschlungenen Schleier. Die Mädchen lachten laut, während sich Lamia in gespielter Verlegenheit an die Schulter ihrer Gefährtin lehnte. Wir alle kannten die Spielregel: Das Mädchen konnte nun ihren Schal zurückverlangen, indem sie den Jungen in ihr Zelt einlud. Wollte sie nichts von ihm wissen, überließ sie ihm den Schal. Und natürlich machten sich die Mädchen den größten Spaß daraus, die Jungen stundenlang, wenn nicht tagelang im Ungewissen zu lassen. Inzwischen ritt der junge Mann im Kreis, wobei er den Schal triumphierend schwenkte. Noch während wir ihm nachblickten, fühlte ich, wie eine Hand mein eigenes, locker um die Haare geschlungenes Musselintuch ergriff. Ich kam aus dem Rhythmus, wandte mich hastig um und erblickte Chenani, der im goldenen Gegenlicht das Tuch über dem Kopf schwang. Die Mädchen bogen sich vor Lachen. Im selben Augenblick ließ Chenani seinen Falben im Lauf niederknien – ein Kunststück, das nur die wendigsten Reiter beherrschten – und ließ ihn nun langsam nach vorne robben. Atlar schnaubte erbost, wobei die geschwollene Zunge zwischen seinen Lefzen hervortrat; ich roch den starken Moschusdunst des Tieres, fühlte die Wärme seines Atems und bewahrte nur mühsam eine ungerührte Miene. Plötzlich riss Chenani das *Mehari* mit einem Ruck hoch und jagte über den Lagerplatz, während seine Gefährten Beifall spendeten.

Schon färbte sich die Sonne purpurn. Das rote Abendlicht spiegelte sich auf den Dünen. Die Trommel schwieg, das Spiel war beendet; langsam senkte sich der Staub. Die Reiter ließen ihre Kamele im Sand knien und standen in kleinen Gruppen herum. Dienstboten brachten uns Tee, den wir mit Behagen schlürften. Marly und Torha saßen mit ihren Gästen noch immer an der gleichen Stelle, erfreuten sich an dem Gelächter und der Fröhlichkeit von uns Jugendlichen. Auf dem Lagerplatz brannten bereits die ersten Feuer, als Motorenlärm die Stille durchbrach. In der

Ferne wurden zwei Lichtpunkte sichtbar, die noch kaum stecknadelkopfgroß waren. Ein Schauer lief mir über den Rücken. Wie gebannt, starrte ich auf die Scheinwerfer, die langsam größer wurden und in weitem Bogen die Ebene beleuchteten. Ich kauerte mich inmitten der Mädchen nieder und zog den Schleier tief über meine Stirn, als ob ich mich darunter verbergen wollte. Sie spürten meine Angst, ihr Lachen verstummte. Inzwischen hielt der Wagen vor dem Zelt der Ehrengäste. Zwei Männer stiegen aus. Das Zuschlagen der Wagentüren hallte laut in der Stille. Die Silhouetten der Besucher zeichneten sich im Halbdunkel ab, und obwohl ich ihre Gesichter nicht sehen konnte, wusste ich sogleich, dass es sich um Pasquier und Sidi Khalil handelte. Marly war offensichtlich verstimmt; die Fremden störten das Fest. Doch die Höflichkeit verlangte, dass er sich erhob und die Besucher begrüßte. Betont kühl fragte er nach Pasquiers Befinden; die Erinnerung an seine Taktlosigkeit war ihm noch allzu gegenwärtig. Pasquier erwiderte unbefangen, es gehe ihm gut, der Knochenbruch sei bestens verheilt. Marly nickte uninteressiert. Wenn er Pasquier nicht kurzerhand aus dem Lager wies, so geschah das nur mit Rücksicht auf seine Gäste. Inzwischen zogen die Besucher ihre Schuhe aus und setzten sich. Im Bestreben, sich das Wohlwollen des *Amrar* nicht ganz zu verscherzen, hatte Pasquier Geschenke mitgebracht: Tee und zwei Zuckerstöcke. Während sich Takrati um das Kohlenbecken zu schaffen machte, bat Sidi Khalil den *Amrar* mich holen zu lassen. Was er zu sagen habe, betreffe seine Adoptivtochter. Marly runzelte argwöhnisch die Brauen, doch er gab der alten Baya ein Zeichen. Die Schwarze verließ das Zelt und humpelte zu uns Mädchen. Ihre heisere Stimme klang besorgt.

»Dein Vater möchte, dass du zu ihm kommst.«
Ich holte tief Luft. Meine Gefährtinnen tuschelten miteinander, warfen sich bestürzte Blicke zu. Lefa hielt mich am Arm fest, aber ich löste mich sanft aus ihrer Umklammerung und stand auf. Langsam, mit erhobenem Kopf, ging ich zum Zelt. Plötzlich trat mir Chenani entgegen. In der Dunkelheit sah ich nur den leuchtenden Spalt seiner Augen. Einen Augenblick lang sahen wir uns an. Leise, kaum hörbar, stieß er hervor: »Mariemma . . . ein Wort von dir . . . und wir reiten!«
Das gab mir ein wenig Mut. Ich flüsterte: »Warte. Noch nicht . . .«
Er nickte und trat wortlos zurück. Wir verstanden uns: Der *Amrar* hatte mich gerufen. Wir durften ihm vor seinen Gästen keine Schande machen.
Pasquier war stattlicher als in meiner Erinnerung; er sah gut genährt und kräftig aus; seine blauen Augen blickten mich freimütig an, doch ich witterte sofort seine Hinterlist. Er begrüßte mich freundlich und redselig.
»Ach, Mariemma! Wie nett dich zu sehen! Du bist noch hübscher geworden. Komm, setz dich zu uns, ich habe interessante Nachrichten für dich.«
Ohne ihn zu beachten, schritt ich rasch an ihm vorbei und trat zu meiner Mutter, die etwas abseits saß. Im Feuerschein sah ich ihr Gesicht; ihre Augen flackerten beunruhigt. Ich kauerte mich nieder, die Wange an ihre Schulter geschmiegt. Stumm legte sie den Arm um mich. Durch den dünnen Stoff, der sie umhüllte, spürte ich ihren unregelmäßigen Atem. Inzwischen richtete Sidi Khalil das Wort an meinen Vater.
»Wie Sie sehen, hat sich Monsieur Pasquier von dem Unfall gut erholt. Seit zwei Tagen ist er wieder in Tam. Er

bringt eine Vollmacht mit, wonach ihn die algerische Regierung zu Nachforschungen über Ihre Adoptivtochter ermächtigt. Die Eltern des Mädchens sollen aus der Schweiz stammen, wodurch Monsieur Pasquier sich umso mehr ermutigt fühlt der Sache nachzugehen. Wir sind gekommen, um das Mädchen nach Tam zu bringen. Von dort aus wird sie nach Algier reisen und der Schweizer Botschaft anvertraut, die sich mit ihrem Fall beschäftigen wird.«

Er schwieg und leerte sein Glas. Pasquier lachte aufgeräumt in die Runde.

»Großartig, nicht wahr? Sie müssen doch zugeben, dass ich meine Zeit nicht vergeudet habe!«

Er bot den Männern Zigaretten an. Ruani ag Barka nahm eine, zog seinen Gesichtsschleier herunter und ließ sich von Pasquier Feuer geben. Mein Vater hatte mit keiner Wimper gezuckt. Als er zu sprechen begann, bebte seine Stimme vor Zorn.

»Mein Sohn hat diesem Mann das Leben gerettet. Wir haben ihn bei uns aufgenommen und gepflegt. Ist das sein Dank?«

Sidi Khalil stellte sein Glas auf die Kupferplatte, die Takrati ihm hinhielt. Sein Gesicht war rot vor Ärger.

»Sie müssen mich verstehen, *Amrar,* es handelt sich um eine amtliche Angelegenheit. Dass Ihnen so etwas gleichgültig ist, weiß ich. Aber Sie sind den algerischen Gesetzen unterworfen. Wenn Sie sich weigern das Mädchen freizugeben, müsste ich – so unangenehm es mir ist – polizeilich gegen Sie vorgehen.«

Torha zuckte zusammen. Mein Herz setzte kurz aus. Dann aber begann es so heftig zu pochen, dass ich beinahe erstickte. Immer mehr Menschen drängten sich nun um das Zelt, doch herrschte ein solches Schweigen, dass man das Feuer knistern hörte. Sekundenlang waren alle – Männer und Frauen – wie versteinert. Dann erhob sich unter den Anwesenden ein Murmeln. Ich kannte meinen Vater gut: Er spielte mit dem Gedanken dem Unterpräfekten die geballte Faust ins Gesicht zu schlagen. Stattdessen ließ er einen tiefen Seufzer hören und sagte dann: »Verlassen Sie mein Zelt!«

Seine Stimme klang völlig ruhig. Seine Hände waren jedoch so fest um den blauen Saum seiner *Gandura* verkrampft, dass die Knöchel wie dunkles Elfenbein hervortraten. Ein nervöses Zucken lief über das Gesicht des Algeriers.

»Meine Amtspflicht verlangt, dass ich Monsieur Pasquier bei seinem Auftrag helfe.«

»Hinaus!«, sagte Marly.

Sidi Khalil sprang hastig auf.

»So geht das nicht, *Amrar*! Wir werden Sie vor Gericht bringen müssen.«

Marly erhob sich mit einer knappen, geschmeidigen Hüftbewegung. Der erschrockene Pasquier war fast im gleichen Augenblick auf den Beinen.

»Aber, aber! Es wird doch wohl nicht zu einem Handgemenge kommen?«

Mit den aufgetürmten Falten seines *Schesch* wirkte mein Vater neben den beiden Männern wie ein Riese. Hinter ihm erhoben sich die Gäste und wie eine Welle lief diese Bewegung durch die dicht gedrängten Reihen der Tuareg. Nur die Frauen blieben sitzen. Der Unterpräfekt starrte wutentbrannt zu meinem Vater empor.

»Sie haben uns schon oft genug an der Nase herumgeführt, aber in dieser Sache werden Sie den Kürzeren ziehen. Wir

sind ein junger Staat und müssen für unseren guten Ruf Sorge tragen!«
»Verschwinden Sie, bevor meine Männer die Geduld verlieren!«
»Ist das Ihr letztes Wort?«
Ein Zittern durchlief meinen Körper; diese Angelegenheit war so nutzlos und konnte unserem Stamm nur Unglück bringen! Rasch befreite ich mich aus Torhas Armen, sprang auf und rief: »Ich habe keine Angst. Ich bin bereit zu gehen.«
In der Stille klang meine Stimme sonderbar hell. Alle Augen richteten sich auf mich. Ich sah, wie das Antlitz meines Vaters unter dem Gesichtsschleier schmerzerfüllt zuckte. Leichtfüßig trat ich an ihn heran. Er hob seine Hand, streifte mein Gesicht mit einer halb segnenden, halb liebkosenden Gebärde und ließ sie dann sinken. Er sagte nichts. Es gab auch nichts zu sagen. Mein Opfer gab ihm seine Ehre zurück. Er hatte nicht das Recht es zurückzuweisen. Da entstand eine Bewegung unter den Männern: Im rötlichen Flammenschein trat Chenani in den Kreis und dann zu mir. Seine Hand umklammerte die Reitgerte. Seine Brust hob und senkte sich. Unsere Blicke versanken ineinander und für Sekunden hatten wir das Gefühl, als existiere außerhalb von uns beiden die Welt nicht mehr. In diese Stille hinein flüsterte ich nur für ihn hörbar: »Ich komme zurück, Chenani, später. Willst du auf mich warten?«
Er antwortete, ebenso leise: »Ja, Mariemma. Ich warte auf dich.«
Nur ein kurzer Augenblick war vergangen; schon rückte die Welt wieder an ihren Platz. Alle konnten sehen, wie ich lächelte. Ohne einen weiteren Blick ging ich an Chenani

vorbei, umarmte meine Mutter und Lefa. Allerdings vernahm ich kaum ihre Worte; viel zu sehr fraß mich der Kummer bereits in diesem Moment innerlich auf. Ich bat die alte Baya meine bunt gefärbte Ledertasche zu holen, die mir als Reisegepäck diente. Ich umarmte auch sie; in ihren Augen hingen Tränen. Dann warf ich die Riemen der Tasche über die Schulter; mit starrem Blick verließ ich wie blind die vertraute Wärme des Zeltes. So gleichmütig ich nach außen wirken wollte – diese Situation überstieg fast meine Kräfte. Aber ich drehte mich kein einziges Mal um. Und so folgte ich den beiden Männern zum Wagen und stieg ein. Das Geräusch der zuschlagenden Tür hatte etwas Endgültiges an sich. Wortlos setzte Sidi Khalil den Landrover im Bewegung. Ich lehnte mich zurück, blickte zu den Sternen empor. Sie glitzerten, schienen von einem weißlichen Schein umgeben zu sein. Da erst merkte ich, dass ich weinte ...

Man erzählte mir später, dass Chenani an jenem Abend kein Wort mehr gesprochen habe. Er nahm auch keinen Bissen zu sich und blieb bis zum Tagesanbruch wach. Als der Morgen anbrach, war in der Luft ein aufkommender Sandsturm zu spüren. Trotzdem sattelte Chenani seinen Falben, nahm Khadine an die Leine und machte sich auf den Weg nach Tam. Bald nahm ihm der durch die Luft fliegende Sand jede Sicht. Gegen Mittag pfiff der Wind mit starker Geschwindigkeit. Den Sandböen völlig ausgeliefert, suchte Chenani Zuflucht unter einem Felsvorsprung. Dort verbrachte er zwei Tage, während derer ihn Verzweiflung und Sorge quälten. Endlich ließ der Sturm nach; doch als Chenani in Tam eintraf, erfuhr er, dass Pasquier und seine Begleiter die Stadt frühmorgens bereits verlassen hatten.

Chenani brachte die *Mehara* auf die Weide. Dann ließ er sich beim roten Lehmtor der Stadt nieder und wartete. Unbeweglich saß er dort, Tag für Tag, mit der Gelassenheit der Wüstenbewohner, denen die Zeit nichts bedeutet. Und eines Abends, als das Schlagen der Trommeln in der ganzen Stadt zu hören war, sah er weit draußen auf der nordwärts führenden Piste die Scheinwerfer eines Wagens.

Die Liebe hat magische Kraft. Ein einziger Blick auf den Wagen genügte und Chenani wusste, dass er nicht vergeblich gewartet hatte. Er drückte sich an das Lehmtor, zog den Schleier bis unter die Augen und sagte sich: »Da kommt sie!«

13. Kapitel

Der Weg zur Einsiedelei führte über die Hochebene des Assekrem, einer Landschaft mit Gipfeln, Türmen und Klippen. Bronzefarbene Basaltpfeiler, Überreste erloschener Vulkane, ragten wie Säulen zum Himmel empor. Im Spiel von Licht und Schatten waren die tiefen Rillen des Gesteins deutlich sichtbar. Die Piste zog sich in unzähligen Windungen den Berg hoch. Je weiter wir nach oben kamen, desto schwieriger wurde die Fahrt. Der Wagen schwankte und holperte; mit raschen Ausweichmanövern versuchte Bechir die offenen Schlaglöcher zu umfahren. Ich hielt mich fest, so gut es ging. Eine Ziegenherde, vom Motorenlärm erschreckt, stürzte einen Abhang hinunter, die Hirtin in einer zerlumpten *Gandura* schleuderte ihren Stab hinter den Tieren her. Ein Geier mit weißen Federn zog am Himmel seine Kreise. Sein Schatten glitt über die Steine. Es war kalt; ein messerscharfer Wind blies durch die Schluchten. Endlich wurde auf der Passhöhe eine Steinhütte sichtbar. Bechir steuerte den Wagen an den Pistenrand.

»Wir sind da.«

»Hier wohnt Pater Armand?«, fragte Pasquier in ungläubigem Ton.

»Nein, weiter oben am Berghang. Hier ist nur ein Karawanen-Rastplatz. Wir müssen zu Fuß weiter.«

Er streckte den Arm aus; Pasquier folgte seinem Blick. Weit oben, am Felsabhang, befand sich eine rundliche Ausbuchtung. Sie glich einem Adlernest, das da oben hoch über der grenzenlosen Berglandschaft zu hängen schien. Pasquier pfiff durch die Zähne.

»Beeindruckend!«

Ich stieg aus, steif vor Kälte; die heftigen Windstöße rissen mich fast zu Boden. Die Polizisten zogen die Mütze über die Ohren, stampften mit den Füßen und rieben sich die Hände. Sie würden in der Hütte ein Feuer entfachen und auf uns warten. Zu mir gewandt, sagte Pasquier: »Komm!«, und griff nach meinem Ellbogen. Ich wich zurück. Ich wollte mich nicht von ihm anfassen lassen. Langsam begannen wir den mühseligen Aufstieg. Der kaum sichtbare Pfad schwang sich von Absatz zu Absatz hoch. Die Sonne blendete, die Basaltklippen funkelten. Das Blau des Himmels war von einer solch gläsernen Härte, dass es aussah, als würde er im nächsten Augenblick zerspringen. Raben stürzten in Schwindel erregendem Gleitflug an den Felswänden herunter, ihr Krächzen vermischte sich mit dem Pfeifen des Windes. Mir wurde schlecht, ich taumelte vor Kummer und Erschöpfung. Ich wollte die Augen schließen und mich im endlosen Fall, den Raben gleich, in die Tiefe hinabgleiten lassen.

»Himmel, ist das eine Strapaze!«, stöhnte Pasquier.

Endlich erreichten wir die Einsiedelei. Im Felseinschnitt, am Rande des Hügelhanges, erhob sich ein niedriger, mit Balken abgestützter Steinbau. In einer Nische standen ein alter Holztisch und einige Stühle. Matten aus Schilfgeflecht, wie sie die Hirten benutzen, waren auf dem Boden ausgebreitet. Ein Mann in Tuaregkleidung trat aus dem Bau und kam uns entgegen. Obwohl er sich kerzengerade hielt, zeigten die Runzeln und Falten auf seinem Gesicht, dass er bereits ziemlich alt war. Ein schütterer, grauer Bart

bedeckte das schmale Kinn. Die blauen Augen strahlten hell, die aufgesprungenen Lippen zeigten ein offenes Lächeln.
»Ich bin Pater Armand!«, sagte er. »Willkommen hier oben!«
Er schüttelte den Männern die Hand. Mich begrüßte er höflich in der Sprache der Tuareg. Seine Stimme klang erstaunlich jung. Ich neigte den Kopf, erwiderte leise seinen Gruß. Mir war elend zu Mute.
»Bitte, machen Sie sich's bequem«, fuhr der Pater fort. »Ich will Ihnen Kaffee wärmen. Ein steiler Aufstieg, nicht wahr? Wir sind hier fast auf dreitausend Meter Höhe. Aber man gewöhnt sich daran.«
Pasquier und Bechir setzten sich; ich kauerte mich auf der Matte nieder, den Blick auf die Berge gerichtet. Ich fühlte mich auf eine seltsame Weise von mir losgelöst, so als ob ich neben meinem Körper schwebte, anstatt mich in ihm zu befinden.
Pater Armand kam mit Tassen und einer dampfenden Kaffeekanne zurück. Ich nahm dankend die Tasse, die er mir reichte. Doch zwischen meinen Fingern zitterte die Tasse so stark, dass ich sie kaum an die Lippen brachte. Obwohl wir uns an einem windgeschützten Ort befanden, schlotterte ich vor Kälte. Nicht einmal der heiße Kaffee vermochte mich zu erwärmen.
»Wohnen Sie ganz allein hier oben?«, fragte Pasquier den Pater.
»Wir sind zu zweit. Aber Pater Michel ist gegenwärtig in Frankreich bei seiner Familie zu Besuch.«
Pater Armand bediente seine Gäste mit selbstverständlicher Gelassenheit, bevor er Pasquier gegenüber Platz nahm. Dieser ließ ein Räuspern hören.

»Vermutlich wissen Sie, weshalb wir zu Ihnen kommen.«
Pater Armand nickte.
»Ja, natürlich. Entschuldigen Sie bitte die Schrulligkeit eines alten Mannes, der ein Dokument, an dem ihm viel gelegen ist, nicht der Post anvertrauen wollte. Und außerdem . . .«
Sein freundlicher Blick schweifte zu mir herüber.
». . . und außerdem wollte ich das Mädchen sehen.«
Ich senkte den Kopf, biss mir hart auf die Lippen.
Pater Armand seufzte tief. Er erhob sich und verschwand in der Behausung. Ein paar Minuten später kam er zurück. In seinen abgearbeiteten Händen hielt er ein vergilbtes, schwarz eingebundenes Heft. Als er es aufschlug, erblickte ich eine kleine, enge Handschrift, die im Lauf der Zeit verblasst war.
»Seit elf Jahren lebe ich hier oben«, sagte der Pater mit seiner ruhigen, wohl klingenden Stimme. »Mein Vorgänger, Pater Benedikt, hatte keine Angehörigen, als er starb. Seine persönlichen Dinge gingen an das Heimatkloster zurück. Das Heft lag in einer Steinnische neben dem Bett, wo es übersehen wurde. Pater Benedikt hielt darin die Ereignisse seines Tagesablaufes fest und verzeichnete das langsame Fortschreiten seiner Krankheit. Er war leidend, wollte sich aber nicht von einem Arzt behandeln lassen. Zuletzt war er so schwach, dass er die Einsiedelei nicht mehr verlassen konnte. Tuareg vom Dag-Rali-Stamm, die hier in der Nähe ihr Lager hatten, versorgten ihn mit Lebensmitteln.«
Er suchte eine bestimmte Stelle, nannte ein Datum von vor zwölf Jahren und las vor.
»Mittwoch. Ein schlimmer Tag! Unweit des Ilamane-Berges wurde ein Wagen von einem Steinschlag erfasst und

in einen Abgrund geschleudert. Die Insassen – eine Frau und ein Mann – waren auf der Stelle tot. Nur ein kleines Mädchen – ihre Tochter – hat den Unfall überlebt. Mein Freund Akkar und sein Bruder Suri vom Stamm der Dag-Rali haben das Kind gefunden. Neben den Leichen seiner Eltern war es zwischen Autoteilen eingeklemmt. Sie haben die Kleine befreit und zu mir gebracht. Außer einigen Schürfwunden und einer Kopfverletzung scheint das Kind unversehrt . . .«

Pater Armand sah auf: Unsere Blicke trafen sich. Ich wandte hastig das Gesicht ab; die Narbe auf meiner Stirn brannte wie Feuer.

Aber schon las der Pater weiter.

»Die Platzwunde sieht schlimm aus und müsste genäht werden. Gottlob ist der Schädelknochen nicht verletzt. Ich habe die Wunde gewaschen und desinfiziert und dem Kind, so gut es ging, Mut zugesprochen. Arme Kleine! Sie heißt Laetizia, ist keine drei Jahre alt und steht unter Schock. Sie weint nicht, aber sie fragt nach ihren Eltern. Ich versprach ihr, dass sie bald kämen, was sie zu beruhigen schien. Jedenfalls schläft sie jetzt. Akkar und Suri haben für die Verstorbenen ein Grab geschaufelt, um sie vor wilden Tieren zu schützen. Ich habe lange für sie gebetet. Gott möge sie in Gnade aufnehmen.

Das Schicksal der Kleinen beschäftigt mich sehr. Sie spricht Französisch. Aber wer ist sie? Woher kamen ihre Eltern? Die Dag-Rali wissen keine Antwort. In Tam könnte ich einiges in Erfahrung bringen, aber ich kann die Reise nicht antreten. Manchmal fühle ich mich so schwach, dass mir die Beine den Dienst versagen. Die Tuareg, denen ich anbot hier zu übernachten, schlafen bereits. Ich werde sie beauftragen das Kind zur Krankenstation in Tam zu brin-

gen. Die ›Kleinen Schwestern‹ werden seine Wunden pflegen und nach seinen Angehörigen forschen.«
Pater Armand hustete, blätterte eine Seite um und fuhr fort:
»Donnerstagmorgen. Die Dag-Rali sind mit Laetizia aufgebrochen. Dem Kind ging es nicht gut. Ich versuchte ihm zu erklären, seine Eltern seien auf eine Reise gegangen und hätten es nicht mitnehmen können. Welch kümmerliche Ausflucht! Die Kleine hatte hohes Fieber und schien sich nicht an den Unfall zu erinnern. Ich sah die beiden Tuareg den Hang hinabsteigen. Akkar hatte Laetizia in eine Decke gewickelt. Der Kopf des Mädchens ruhte in der Höhlung seiner Schulter. Eine kleine Hand ragte aus der Decke. Die angepflockten Kamele warteten am Rande der Piste. Akkar bestieg sein Reittier, während ihm sein Bruder das Kind hinaufreichte. Wie liebevoll sie mit der Kleinen umgehen! Ich weiß, ich kann ihnen vertrauen. Ich selbst bin so schwach, dass mir bei jeder Bewegung der kalte Schweiß ausbricht . . .«
Wieder unterbrach sich Pater Armand und blätterte ein paar Seiten weiter. Die Sonne ging unter und tauchte den Himmel in kupferrotes Licht. Mir war, als erlösche das Tageslicht für immer, als nähmen die Schatten der Nacht und des Todes von meinem Herzen Besitz. Stumm saß ich da und rieb mir die Schultern mit kreisenden Bewegungen.
»Und jetzt die letzten Eintragungen, zwei Tage später«, sagte Pater Armand.
»Sonntagabend. Ich liege wie ein Holzklotz da; die Glieder versagen mir jeden, auch den leichtesten Dienst. Trotzdem will ich versuchen aufzuschreiben, was sich ereignet hat. Akkar kam wieder, diesmal ohne seinen Bruder. Er war

anders als sonst, wagte kaum meinem Blick zu begegnen. Ich fragte nach dem kleinen Mädchen. Akkar schlug die Augen nieder. Eine Zeit lang war nichts aus ihm herauszuholen. Schließlich sagte ich: ›Akkar, was ist mit dem Kind? Du weißt, ich habe nicht mehr lange zu leben. Willst du einem Sterbenden nicht die Wahrheit sagen?‹ Da brach er in Tränen aus und erzählte. Auf dem Weg nach Tam seien sie einer Karawane der Kel-Rela begegnet. Es waren Frauen dabei; unter ihnen Torha, die Königsschwester. Sie zeigten ihr das Kind, das vor Fieber glühte. Die Kopfwunde hatte sich entzündet und zog die Fliegen an. Torha war sehr erschrocken.

›Akkar, das Mädchen ist krank und wird die Reise kaum überleben. Vertraue es mir an! Ich will für es sorgen, als wäre es meine eigene Tochter.‹

Akkar weigerte sich zunächst: Er wollte sein Versprechen halten. Aber das Kind sah wirklich schlecht aus und er bangte um sein Leben. So übergab er es der Königsschwester in der Gewissheit, dass die Kleine bei ihr die bessere Pflege finden würde. Nun machte er sich Sorgen, weil er mein Vertrauen missbraucht hatte. Ich tröstete ihn: Er hatte für das Kind ja nur das Beste gewollt. Ich werde einen Brief an die ›Kleinen Schwestern‹ schreiben, damit sie nach den Verwandten des Mädchens forschen. Sie können es dann bei den Tuareg abholen, sodass es wieder nach Europa kommt.«

Pater Armand schlug das Heft zu. Die Berge hatten die Farbe von Asche angenommen; nur auf den Gipfeln glühte noch ein roter Schein. Der Pater sprach weiter: »Pater Benedikt kam nicht mehr dazu, diesen Brief zu schreiben.« Der alte Mann holte tief Luft.

»Ein Jahr später trat ich seine Nachfolge an und fand dieses

Tagebuch. Auch mich beschäftigte das Schicksal des Kindes. Doch was wusste ich von ihm? Nur den Namen – Laetizia. Die französische Botschaft in Algier besaß keine Unterlagen. In Tam konnte oder wollte man mir keine Auskunft geben. Die algerischen Behörden machen keinen Hehl daraus, dass sie uns als Christen hier nur dulden. Ich bekam keinen Zugang zu den Akten. Und was die Kel-Rela betrifft, der Stamm nomadisiert in einem Umkreis von mehr als tausend Kilometern. Kurzum, die Zeit verging. Vielleicht melden sich Angehörige, dachte ich, denen ich bei ihrer Suche behilflich sein kann. Aber niemand kam. Akkar fiel einer Typhusepidemie zum Opfer, sein Bruder arbeitete auf einem Ölfeld im Norden. Und schließlich siegte bei mir die Überzeugung, dass das kleine Mädchen, wenn es noch am Leben war, in seiner Adoptivfamilie glücklich sein würde.«

Das Ende von Pater Armands Erzählung fiel mit dem Ende des Tages zusammen. Die Berge waren jetzt grau wie Asche.

Der alte Mann straffte die Schultern und erhob sich schwerfällig. Er holte eine Petroleumlampe und zündete sie mit ruhigen, gemessenen Bewegungen an. Schattenspiele geisterten flackernd an den Steinwänden entlang. Der Pater blickte mich an und streckte mir die Hand hin.

»Komm!«, sagte er voller Güte.

Steif, wortlos, erhob ich mich und trat zu ihm hin. Er ließ den Lampenschein auf mein Gesicht fallen. Ich blinzelte; behutsam strich er mein Haar zurück, legte die längst verheilte Narbe bloß.

»Laetizia«, sagte der Pater.

Alles verschwamm vor meinen Augen. Formen, Farben und Geräusche vermischten sich. Berge und Himmel drehten sich langsam im Kreis. Ich fühlte mich zu Boden gezogen, wie Ertrinkende langsam im Strudel versinken. Das Einzige, was ich wahrnahm, war ein rhythmisches Pochen: mein Herz. Der Wirbel drehte sich schneller und zog mich in die Tiefe. Ich fiel und ließ mich fallen – in die schwebende Finsternis.

14. Kapitel

Ich erwachte und glaubte zu träumen. Ich lag in einem dunklen Raum und hörte den Wind heulen. Ich tastete mit der Hand neben mich, fühlte eine Matratze, eine raue Wolldecke. Regungslos starrte ich zur Decke. Was war geschehen? Weshalb lag ich hier? Neben dem Lager, auf einem kleinen Schemel, bemerkte ich ein Glas Wasser. Ich richtete mich mühsam auf, griff nach dem Glas und trank. Das Wasser erfrischte und tat gut. Als ich zurück auf das Lager fiel, zerriss der Schleier, der meine Sinne verdunkelt hatte. Ich erinnerte mich! Die Ungewissheit war tausendmal leichter zu ertragen gewesen als die Wahrheit. Nein, ich wollte nicht nach Europa, um keinen Preis! Wen würde ich dort finden? Alle, die ich hätte lieb haben können, waren tot. Ein Haus sollte dort sein und Geld, das mir gehörte. Was sollte ich damit anfangen? Ich liebe dich, Chenani. Ich bin deine Frau, ich will bei dir bleiben! Aber was nun? Wie können wir uns zur Wehr setzen?

Durch ein kleines Fenster drang ein kalter Luftzug. Die Sterne warfen helle Muster auf den Boden. Ich schlug die Decke zurück, schwang die Füße aus dem Bett. Durch die Socken spürte ich die Kälte des Steinbodens. Ich trat zum Fenster und blickte hinaus. Der Stand der Sternbilder zeigte das Nahen des Morgens an. Auf den Bergen flimmerte ein silbernes Licht. Am Rande der Piste sah ich, klar erkennbar, die Umrisse der Schutzhütte und des Wagens. Nichts regte sich, kein Feuer brannte. Auch die Polizisten schliefen. Die Kälte drang mir bis ins Mark. Und trotzdem brachte ich nicht die Kraft auf mich von diesem Fenster zu entfernen. Es war, als ob ich auf etwas wartete. Und plötzlich – wahrhaftig! Dort unten, im Schatten der Felsen, kam eine weiß verschleierte Gestalt auf einem *Mehari* in Sicht. Eine Erscheinung, so blass und unbestimmt, so schwebend leicht, dass sie mir wie ein Trugbild vorkam, wie eine Spiegelung des Sternenlichts.

Die Zeit schien stillzustehen. Ich vernahm nur noch die harten Schläge meines Herzens, das Brausen des Blutes in den Ohren. Chenani! Er musste seinen Falben bis zur Erschöpfung angetrieben haben. Nun war er hier und wartete auf den Morgen. Ich wollte ihm ein Zeichen geben, ihn wissen lassen, dass ich ihn gesehen hatte. Doch schon tauchte die Gestalt des Reiters in den Schatten. Ein letztes helles Schimmern – weg war sie. Ich starrte in die Nacht, bis mir die Augen brannten. Freude, Angst und eine ganze Flut unbestimmter Gefühle ließen mich erbeben. Chenani, sei vorsichtig!, rief ich ihm im Geiste zu. Wir dürfen nichts unternehmen, was unsere Lage noch verschlimmert.

Ich wartete sehr lange, von Kälteschauern geschüttelt. Die Zelle war nur von dem Geräusch meiner Atemzüge erfüllt. Aber Chenani war und blieb verschwunden.

Ich musste geschlafen haben. Plötzlich traf ein Lichtstrahl mein Gesicht. Die Scharniere quietschten, als die Tür zurückgeschoben wurde. Pater Armand stand draußen im Sonnenlicht. Aus dem runzligen Gesicht leuchteten, freundlich und besorgt, seine blauen Augen.

»Wie geht es dir, mein Kind?«

»Besser«, flüsterte ich.

Er setzte sich zu mir auf die Bettkante und legte mir gütig die Hand auf die Schulter.
»Ich weiß, es wird schwer für dich sein. Du hast ein seltsames Schicksal erlebt. Es steht mir nicht zu, dich in dieser oder jener Richtung zu beeinflussen. Deinen Weg musst du selber suchen. Vertraue auf Gott, er wird dir helfen klar zu sehen. Und ich wünsche und bete darum, dass du zur Ruhe kommst, dein Glück findest.«
»*Tanemered!*«, dankte ich ihm in der Sprache der Tuareg und wandte sofort die Augen ab. Pater Armand erhob sich.
»Komm jetzt und trink eine Tasse Kaffee. Das wird dir gut tun.«
Ein paar Minuten später trat ich nach draußen. Ringsum strahlte die Sonne, die Berge glitzerten im gleißenden Licht. Einige Raben ließen sich auf den Steinen nieder, putzten ihr Gefieder und krächzten. Auf einem kleinen Gebetsteppich kniend, verneigte sich Bechir in Richtung Mekka. Pater Armand schnitt ein Brot, das er selbst gebacken hatte, in Scheiben. Pasquier begrüßte mich gut gelaunt. Seine Teilnahme klang echt.
»So, jetzt gefällst du mir besser! Gestern habe ich wirklich Angst um dich gehabt. Du hattest es nötig, eine ruhige Nacht zu verbringen. Heute Morgen sieht doch alles ganz anders aus!«
Ich schlürfte den heißen Kaffee und knabberte an einer Schnitte Brot, ohne zu antworten.
»Du musst doch zugeben«, fuhr Pasquier fort, »dass sich meine Entschlossenheit gelohnt hat. Sobald wir in Tam sind, geht ein Telegramm an die Botschaft ab. Bechir kümmert sich um Benzin und Proviant. Morgen früh brechen wir nach Algier auf.«

Eine Fliege summte um mein Gesicht; ich blinzelte und scheuchte sie weg. Pasquier steckte sich eine Zigarette an. »Das Mädchen kann sehr eigensinnig sein«, hörte ich ihn halblaut zu dem Pater sagen. »Zum Glück weiß Frau Winter sie zu nehmen!«
Es wurde Zeit aufzubrechen. Mit leichten Schritten begleitete uns Pater Armand zu dem Pfad. Vor dem Abstieg blieb er stehen, streckte mir zum Abschied die Hand entgegen. Ich ergriff sie nicht, sondern streifte nur seine Handfläche, wie es bei den Tuareg Sitte ist.
»Viel Glück, Laetizia. Gott behüte dich.«
Wir tauschten ein schwaches Lächeln und ich wandte mich ab. Hinter Pasquier und Bechir stieg ich den schuttbedeckten Hang hinab. Hoch aufgerichtet stand Pater Armand vor der Steinumfriedung und folgte uns mit seinem Blick. Ich jedoch dachte an Chenani, der irgendwo im Gebirge auf uns wartete, und vermeinte seine Nähe selbst in der Luft zu spüren, die ich einatmete.

Die beiden Polizisten hatten die Nacht in der Raststätte verbracht und standen bereits neben dem Wagen. Offenbar hatten sie nichts Verdächtiges bemerkt. Bechir füllte Benzin aus dem Reservekanister in den Tank. Er vergewisserte sich, dass die Stoßdämpfer in Ordnung waren. Schließlich nickte er Pasquier zu. Alles in Ordnung! Wir stiegen ein. Bechir ließ den Motor an und wartete, bis er sich gleichmäßig drehte. Dann setzte er den Wagen in Bewegung und fuhr die Piste talabwärts. Das Morgenlicht tauchte die Klippen in gold-rosafarbenen Dunst; die Sonne schien auf die staubige Windschutzscheibe, was Bechir offenbar nicht störte. Die Räder schlugen hart auf Felssplitter und steinharte Sandverwehungen. Eine Zeit lang fuh-

ren wir an einer zerklüfteten Schlucht entlang. Ein Schwindelgefühl erfasste mich. Ich versuchte nicht in den Abgrund zu schauen, doch ich hatte das Gefühl, dass die Tiefe meinen Blick mit unwiderstehlicher Gewalt anzog. In einer solchen Schlucht hatten meine leiblichen Eltern den Tod gefunden. Irgendwo in der Nähe lag ihr Grab und ich hatte nichts davon gewusst. Jetzt, da man von ihnen gesprochen hatte, versuchte ich mir vorzustellen, wie sie ausgesehen haben mochten, versuchte mir ihr Gesicht und ihre Gestalt ins Gedächtnis zu rufen. Doch über meiner Erinnerung lag ein Schleier. Mitunter tauchten Bilder ohne klaren Zusammenhang aus dem Unterbewusstsein auf: ein weißes Haus mit braunen Ziegeln; unter dem Dach war ein Erker angebracht und im Garten blühten Obstbäume. Dann änderte sich das Bild: Ich sah eine blonde Frau in knielangen Hosen und einen Mann, der ein blaues Hemd trug. Sie standen auf einem Schiff; die Haare der Frau flogen im Wind – dichte, blonde Haare. Ihr Teint war eine Mischung aus Braun und Rosa. Der Mann hatte mich auf seine Arme gehoben und zeigte mir . . . was eigentlich? Er hatte etwas von fliegenden Fischen gesagt. Aber Fische flogen doch nicht! Solche Bilder waren zu fern und ergaben für mich keinen Sinn; möglicherweise hatte ich sie nur im Traum gesehen . . .
Das Kreischen der Bremsen riss mich schlagartig aus meinen Gedanken. Wir wurden nach vorne geschleudert. Geistesgegenwärtig hatte Bechir das Fahrzeug knapp vor einem Haufen Steine zum Stehen gebracht, der uns am Weiterfahren hinderte. Pasquiers Gesicht lief rot an.
»Irgendwelche Idioten haben die Piste blockiert!«
»Das ist das erste Mal, dass ich das sehe«, murmelte Bechir. Auf Arabisch wechselte er einige Worte mit den Polizisten.

Die Algerier verließen den Wagen, spähten gespannt umher. Ich stieg als Letzte aus, mit zitternden Knien. Die Stille war unheimlich; ein lähmendes, geheimnisvolles Schweigen hing über den Bergen. Pasquier wandte sich stirnrunzelnd an Bechir.
»Was soll das heißen? Mir wurde gesagt, die Gegend sei sicher. Zum Glück haben wir die Polizei bei uns.«
»Raubüberfälle kommen hier nicht vor«, antwortete Bechir, was die Polizisten grinsend bestätigten.
»Das ist nicht zum Lachen«, entgegnete Pasquier gereizt. »Wir sind hier schließlich mitten in der Wildnis. Und Sie sollten lieber die Steine wegräumen.«
Mit Bechirs Hilfe schoben die Männer die Steinblöcke an die Seite. Pasquier zündete sich nervös eine Zigarette an. Meine Kehle war wie ausgetrocknet. Die Erregung nahm mir jedes Gefühl, jeden Gedanken.
Plötzlich brach vor uns auf der Piste ein *Mehari* zwischen den Felsen hervor. Mit elastisch weichem Schritt trabte es heran. Während die Männer wie versteinert dastanden, riss der weiß verschleierte Reiter mit einem scharfen Schrei den Säbel aus der Scheide. Das Sonnenlicht spiegelte sich in seinem Stahl; die Waffe flammte auf wie eine Fackel. Einen Augenblick lang stand ich wie erstarrt da. Ich kannte Chenani. Er wollte bluffen, die Bestürzung der Männer nutzen, um mit mir zu entkommen. Wir beide waren stark und geschmeidig; ich war ebenso wie er fähig mich auf ein trabendes *Mehari* zu schwingen. Schon sprang ich über die Steine, ihm entgegen, als ich aus den Augenwinkeln sah, wie Pasquier dem neben ihm stehenden Polizisten die Waffe entriss. In wilder Panik hob er das Gewehr an die Schulter und feuerte ab. Während der Widerhall des Schusses durch das Hochtal peitschte, stieg ein lauter

Schrei zum Himmel auf und verhallte. Erst einen Augenblick später merkte ich, dass ich es gewesen war, die ihn ausgestoßen hatte.
Chenani war leicht zusammengesackt. Seine Hand öffnete sich, ließ den Säbel fallen. Er schwankte und fiel seitwärts aus dem Sattel, genau vor meine Füße, während der erschrockene Falbe über die Steine galoppierte und den leeren Sattel mit sich forttrug.
Ich taumelte und starrte auf Chenani herunter, der ausgestreckt am Boden lag. Seine Hand bewegte sich, tastete durch den Staub; über sein schmales Handgelenk tropfte Blut. Ich spürte, wie ein Brechreiz in mir hochstieg. In meinen Ohren sauste das Blut, Geräusche und Stimmen erreichten mein Bewusstsein nur wie aus weiter Ferne.
»Es war Notwehr!«, schrie Pasquier. »Sie haben es ja gesehen! Der Wahnsinnige wollte mich umbringen!«
»Dummes Zeug!«, schrie Bechir zurück. »Er wollte Ihnen nur Angst machen. Es ist schlimm, was Sie da getan haben, Monsieur!«
Der Polizist riss Pasquier das Gewehr aus der Hand, sagte wütend einige Worte auf Arabisch.
»Was sagt er?«, stammelte Pasquier.
Bechir sah ihn böse an.
»Er sagt, Sie hätten nicht das Recht von einer Militärwaffe Gebrauch zu machen.«
Ich kniete auf den scharfen Steinkanten, von Stimmen umgeben, die ich nur am Rande wahrnahm. Ich nahm Chenani an den Schultern und drehte ihn sanft um. Seine Lider zuckten und öffneten sich.
»Hast du Schmerzen?«, fragte ich.
Er bewegte mühsam die Lippen.
»Es geht . . .«

Er war wieder bei Bewusstsein und atmete unregelmäßig. Dünnes Blut rann über sein Kinn. Behutsam zog ich seine *Gandura* über die Schulter und knöpfte sein Hemd auf. Dicht unter der Achselhöhle sah ich die Schusswunde; Blut sickerte heraus und färbte den weißen Stoff rot.
Ein Schatten fiel neben mich, eine Hand packte meine Schulter. Ich hob die Augen, blickte in Bechirs Gesicht, das blass war vor Angst.
»Allah steh ihm bei! Den hat's übel erwischt. Wir müssen sofort zur Krankenstation.«
»Es tut mir Leid!«, hörte ich Pasquier betreten stammeln. »Ein dummer Unfall! Wie konnte ich denn wissen ...«
Bechir schob seine Arme unter Chenanis Schultern, versuchte ihn aufzurichten. Chenanis Gesicht verzog sich vor Schmerz. Bechir winkte die Polizisten herbei. Während ihn die Polizisten aufrichteten, wanderten Chenanis Augen suchend umher.
»Die *Takuba* ...«, stieß er rau hervor.
Ich machte ein paar Schritte, sah den Säbel im Staub funkeln und hob ihn auf. Auf dem geschwärzten Stahl waren alte Zauberzeichen eingeritzt, der Griff bestand aus abgenutztem Kupfer. Der Säbel war mit vielen Erinnerungen behaftet; Chenanis Ahnen hatten ihn schon getragen. Ich steckte den Säbel in die Scheide an Chenanis Gürtel; seine Hand schloss sich um den Griff, doch nur für einen Augenblick. Dann öffneten sich seine Finger. Sein Kopf fiel seitwärts zurück. Er war wieder ohnmächtig geworden.
»Die Wunde muss verbunden werden«, murmelte Bechir. Wir hatten einen Erste-Hilfe-Kasten im Wagen. Bechir kümmerte sich um den Verband, verklebte ihn mit Heftpflaster. Seine Hände strahlten Ruhe aus, jede seiner Be-

wegungen war ausgeglichen. Ich kniete neben Chenani und stützte ihn.
Pasquier stand hilflos da und schaute Bechir bei seiner Tätigkeit zu. Er war krebsrot im Gesicht, an seinen Schläfen hingen dicke Schweißtropfen. Die Polizisten schwiegen mit finsteren Gesichtern. Schließlich gab Bechir ihnen ein Zeichen; gemeinsam hoben sie den Bewusstlosen hoch und trugen ihn in den Wagen. Mir war, als würde ich niemals mehr die Kraft aufbringen aufzustehen. Erst als die Männer den Verletzten auf den Hintersitz hoben, kam ich schwankend hoch, kletterte neben Chenani und legte beide Arme um ihn. Ich hörte seine schwachen, unregelmäßigen Atemzüge; mir war, als folgten meine eigenen Herzschläge dem Takt seines hastigen Atems. Inzwischen hatten die Polizisten die Piste wieder freigelegt und zwängten sich zu uns auf den Rücksitz. Immer noch wie benommen, setzte Pasquier sich neben Bechir, der den Wagen vorsichtig startete. Die Polizisten warfen Chenani bedeutsame Blicke zu und unterhielten sich auf Arabisch.
»Was sagen sie jetzt schon wieder?«, wollte Pasquier wissen.
Bechir schaute missmutig vor sich hin.
»Sie sagen, der Targui sei ein Dienstverweigerer. Sobald er wieder auf den Beinen ist, wird er verhaftet.«
»Recht so!«, knurrte Pasquier. »Dieser Bursche braucht Disziplin.«
Meine Kehle brannte wie Feuer; ich merkte erst jetzt, dass mir Tränen über die Wangen liefen, und versuchte sie vor den Algeriern zu verbergen. Die Lage war ausweglos: Chenani war verletzt und wir würden getrennt werden. Was, wenn die Wunde tödlich war? Ich schob den Gedanken von mir, versuchte ihn gar nicht erst aufkommen zu

lassen vor lauter Angst sonst loszuschreien. Der Landrover rutschte und holperte über den steinigen Bergpfad. Die Räder wirbelten Staub auf, das weiße Sonnenlicht blendete. Bei jeder Erschütterung dröhnte der Wagen ohrenbetäubend. Ich hielt Chenani fest, um ihn, so gut es ging, vor den Stößen zu bewahren. Ich versuchte mir einzureden, das alles sei nur ein böser Traum. Doch Chenanis Blut klebte an meinen Fingern und ich spürte jede Drehung der Räder, jede Vibration in allen Fasern meines Körpers.

15. Kapitel

Als wir Tam erreichten, hing die Sonne wie unbeweglich über der Erde. Der Himmel war diesig, das Gebirge farblos, die Lehmmauern wirkten grau wie Asche. Bechir fuhr sofort zur Krankenstation. Der Landrover hielt vor dem Tor. Chenani war immer noch bewusstlos. Der Verband unter seiner *Gandura* war nass und dunkelrot vor Blut. Als die Männer ihn aus dem Wagen hoben, bewegte er sich und öffnete die Augen. Sein Gesicht war seltsam eingefallen und gelblich-blass. Nomaden warteten im Hof der Krankenstation. Einige Frauen kauerten mit ihren Kindern im Halbschatten. Die Bäuche der Kleinen waren aufgedunsen, die Knochen zeichneten sich unter der Haut ab: Unterernährung. Ein alter, in Lumpen gehüllter Mann hustete und spuckte in den Sand. An seinen eitrigen Augen klebten Fliegen. Ein Halbwüchsiger stützte sich auf einen Stock; verdreckte Stofffetzen waren um sein verwundetes Knie gewickelt. Wir betraten einen getünchten Flur, in dem es nach Desinfektionsmitteln und Äther roch. Irgendwo wimmerte ein Kind; eine weiche Frauenstimme sprach beruhigende Worte. Eine Tür ging auf, eine Schwester erschien. Sie trug einen blauen Kittel und ein blaues Kopftuch. Die robusten, nackten Füße steckten in Sandalen. Sie hatte ein kluges Gesicht, das kein Alter erkennen ließ, und wirkte ruhig und gelassen.

»Was ist passiert?«, fragte sie.

»Der Junge hat mich angegriffen!«, stammelte Pasquier.

Sie hob die Brauen.
»Angegriffen?«
»Ein dummer Irrtum ... ein Missverständnis. Ich fühlte mich bedroht ...«
»Eine Schusswunde«, murmelte die Schwester. »Kommen Sie!«
Sie führte uns in einen Raum, in dem ein Eisenbett und Regale mit Medikamenten standen. Die Männer stützten den Verletzten, während die Schwester mit meiner Hilfe Chenanis *Gandura* über seinen Kopf zog und den blutigen Verband entfernte.
»Ich hole sofort den Arzt.«
Der Arzt, ein Franzose, warf nur einen kurzen Blick auf die Wunde und nickte der Schwester zu.
»Die Kugel muss heraus.«
Sie verließ sofort das Zimmer, um das Nötige vorzubereiten. Pasquier räusperte sich, befeuchtete seine trockenen Lippen.
»Was zu fragen?«, warf der Arzt mürrisch auf Französisch hin.
»Glauben Sie, dass er davonkommt?«, fragte Pasquier mit belegter Stimme. »Ich fühle mich zwar nicht verantwortlich, aber schließlich hat man so etwas wie ein Gewissen ...«
Der Arzt musterte ihn kalt, bevor er achselzuckend erwiderte: »Der Schuss ist nicht tödlich. Und im Allgemeinen sind die Leute hier schnell wieder auf dem Damm.«
Ein erregter Wortwechsel mit den Polizisten folgte. Der Arzt sprach Arabisch und antwortete ziemlich ungehalten, bis er Bechir und die beiden Algerier schließlich unsanft vor die Tür setzte. Zu Pasquier sagte er: »Die Kerle wollten ihn gleich nach der Operation verhaften. Dummes

Zeug! Er kriegt jetzt eine Narkose und braucht mindestens zwei Tage Bettruhe. Sie sagten, sie würden morgen eine Wache aufstellen.«

Chenanis Lider zuckten; er versuchte sich aufzurichten, etwas zu sagen. Ein Hustenanfall schnitt ihm das Wort ab; er stöhnte schmerzerfüllt auf und ließ sich wieder auf das Bett zurückfallen.

»Ruhig, junger Mann«, brummte der Arzt. »Im Augenblick können Sie keinen Säbel mehr schwingen.«

Ich nahm Chenanis Hand und hielt sie fest. Er antwortete mit leichtem Druck. Inzwischen brachte die Schwester eine Waschschüssel und ein Tablett mit Instrumenten. Während sich der Arzt die Hände mit einer desinfizierenden Flüssigkeit einrieb, machte die Schwester eine Spritze bereit. Ich beobachtete sie. Sie schaute auf; unsere Blicke trafen sich. Mit einem Mal begann ich zu zittern; Übelkeit stieg in mir auf. Die Schwester lächelte mir beruhigend zu.

»Mach dir keine Sorgen, bald ist alles gut.«

Sie stieß die Nadel in Chenanis Arm. Er lag ganz ruhig da und hielt meine Hand. Eine Weile verging; dann entspannte er sich. Die Narkose wirkte. Nun machte sich der Arzt an die Arbeit. Ich schloss die Augen; die Operation mit anzusehen ging über meine Kräfte. Zehn Minuten später war alles vorüber, der Arzt hatte die Kugel entfernt, die Schwester stillte das herausrinnende Blut und legte geschickt einen frischen Verband um die Wunde. Unterdessen wusch sich der Arzt die Hände.

»Der Junge wird bald wieder zu sich kommen. Ich gebe ihm Antibiotika gegen eine Infektion. Zum Glück hat die Kugel die Lunge nur gestreift. Haben Sie eine Zigarette?«, fragte er Pasquier.

Dieser hielt ihm ein Päckchen hin und gab ihm Feuer. Der Arzt inhalierte kräftig.
»Zigaretten sind Mangelware in Tam!«
»Sie können das Päckchen behalten.« Pasquier zögerte. »Glauben Sie, dass diese Geschichte für mich Folgen haben wird?«
Der Arzt zog die Schultern hoch.
»Der Junge kommt ins Gefängnis, aber an Ihrer Stelle würde ich mich nicht mehr lange in Tam aufhalten. Solche Vorfälle sprechen sich schnell herum. Es könnte nicht gut für Sie ausgehen.«
Pasquiers Stimme überschlug sich.
»Herrgott, ich bin für die Sache nicht verantwortlich! Ich sagte Ihnen doch, es war Notwehr! Ich habe Zeugen ...«
»Ich rede nicht von den Algeriern. Aber die Tuareg könnten in Versuchung kommen Selbstjustiz auszuüben. Ihre Vorfahren waren hart gesottene Burschen, vergessen Sie das nicht.«
Ich hörte ihre Stimmen, doch sie berührten mich kaum. Ich beugte mich über Chenani; mir war, als sähe ich Schatten des Todes auf seinem Gesicht. Die Schwester nickte mir tröstend zu. Ihre Miene drückte Verständnis und Güte aus.
»Du brauchst nichts zu befürchten! Die Wunde heilt schnell.«
»Ich will bei ihm bleiben«, flüsterte ich. »Ich bin seine Frau.«
Der Arzt warf mir einen neugierigen Blick zu, bevor er den Kopf schüttelte.
»Tut mir Leid, der Besuch von Angehörigen ist nur tagsüber gestattet.«
Pasquier fuhr herum.

»Was erzählst du da?«, schnauzte er mich an. »Das ist eine unverschämte Lüge! Und außerdem bist du noch minderjährig.«

»Hören Sie«, sagte der Arzt ungeduldig, »ich weiß nicht viel von der ganzen Geschichte, aber ich werde nicht dulden, dass Sie hier Krach schlagen und meine Patienten aufregen. Und jetzt . . . wenn Sie mich bitte entschuldigen wollen, ich habe noch lange nicht Feierabend.«

Er warf die Zigarette auf die Steinfliesen, trat sie aus und ging. Im Schweigen, das folgte, legte mir die Schwester die Hand auf die Schulter.

»Keine Sorge, die Nachtschwester wird sich gut um ihn kümmern.«

»Wann . . . wann kann ich ihn sehen?«, stammelte ich.

»Heute Abend nicht. Aber morgen früh wird er schon wieder besser aussehen, dann kannst du mit ihm sprechen. Glaube mir«, fügte sie hinzu. »Ich kenne das.«

Chenani lag ganz still auf dem Rücken; er atmete kaum hörbar. Doch die Schwester lächelte zuversichtlich. Ihr Lächeln flößte mir Vertrauen ein. Trotz meiner Verzweiflung versuchte ich nicht den Mut zu verlieren. Ich wollte den Kampf nicht aufgeben.

Ein paar Minuten später verließen wir die Krankenstation. Im Landrover herrschte bedrücktes Schweigen. Die Polizisten verließen uns vor der Unterpräfektur, um dort Rapport zu erstatten. Die Sonne leuchtete glutrot; die Zweige der Tamariskenbäume warfen Schatten auf den Boden. In den Krämerläden flimmerte spärliches Licht; Gestalten in langen, hellen Gewändern wanderten durch die Straßen; einige Radfahrer wichen dem Wagen aus. Manchmal wurde die Stille durch das Rumpeln schwerer Transsahara-Lastwagen unterbrochen. Staub wirbelte empor, sank dann langsam zu Boden. Vor dem Tor des Hotels hielt der Landrover. Wir stiegen aus; Pasquier gab Bechir Anweisungen: er müsse den Wagen zur Garage bringen, Stoßdämpfer und Motor kontrollieren und den Reservekanister füllen.

»Wir starten morgen früh um sieben. Seien Sie gefälligst pünktlich.«

Ich starrte ihn hasserfüllt an.

»Ich bleibe in Tam!«

Pasquier gab Bechir ein ungeduldiges Zeichen.

»Los, fahren Sie zur Garage, sonst ist die Werkstatt womöglich geschlossen!«

Bechir setzte wortlos den Motor in Gang; Pasquier wandte sich mir zu. Die Ader auf seiner Stirn pochte.

»Mariemma, ich habe bisher versucht die hiesige Mentalität zu verstehen, aber jetzt bin ich mit meiner Geduld am Ende. Dein heißblütiger Freund steht mit dem Gesetz in Konflikt und muss nun die Folgen tragen.«

Ich ballte die Fäuste.

»Ich fahre nicht mit Ihnen. Ich bleibe bei Chenani.«

»Hast du den Arzt nicht gehört? Zwei Tage und er ist wieder auf dem Damm. Das Militär wird ihm schon die Flausen aus dem Kopf treiben. Aber ich bin kein Unmensch, glaube das ja nicht. Ich habe auch nicht vergessen, was er für mich getan hat. Morgen, bevor wir starten, fahren wir zur Krankenstation. Ich möchte mich bei ihm entschuldigen. Dann kannst du auch sehen, wie es ihm geht, und dich von ihm verabschieden.«

Er musterte mich. Ich rührte mich nicht von der Stelle.

»Worauf wartest du noch?«

Stumm setzte ich mich in Bewegung, als hätte ich nie gehen gelernt, als hinge ich an Bindfäden wie eine Marionette. Meine Hände waren klebrig und feucht. In meinem Kopf war nur noch eine große Leere.

Im Vorhof des Hotels saßen die üblichen Touristen, schrieben Postkarten oder genossen die Abendkühle. Ein Kellner balancierte gelangweilt ein Tablett mit Gläsern. Aus dem Lautsprecher drang arabische Musik. Auf den Treppenstufen saß ein Mädchen, die Beine ausgestreckt, die Hände in den Jeanstaschen. Der Wind zerzauste ihr kurzes, widerspenstiges Haar. Sie trug einen schwarzen Baumwollpulli und verstaubte Sandalen. An ihrem Handgelenk schimmerte ein schwerer, silberner Armreif. Als wir in den Hof traten, erhob sie sich und schlenderte uns entgegen, blinzelnd, als ob sie sich über einen gelungenen Streich freute.

»Endlich!«, sagte Stephanie. »Ich sitze hier schon den ganzen Nachmittag und warte.«

16. Kapitel

Im Vorhof des Hotels »Amenokal« starrte Pasquier das Mädchen an, als ob er seinen Augen nicht traute. Stephanies anmaßende Art brachte ihn vollends aus der Fassung.

»Mademoiselle Winter! Wie kommen Sie in dieses gottverlassene Nest? Wo sind denn Ihre Eltern?«

»In Algier. Beide waren nicht da, als ich ging. Vor zwei Stunden habe ich ein Telegramm für sie aufgegeben. Vorher war die Post noch geschlossen.«

Pasquier fiel die Kinnlade herunter.

»Dann haben Sie das Flugzeug genommen, ohne Ihre Eltern zu fragen?«

Sie zog die Schulter hoch.

»Wozu? Die hätten ein Riesentheater veranstaltet. Ich hatte noch etwas Geld. Gerade genug, um den Flugschein zu kaufen. Der Flug war übrigens scheußlich. Ich habe zweimal gekotzt.«

Pasquier griff sich an den Kopf.

»Stephanie, ich habe Sie immer für eine wohlerzogene junge Dame gehalten. Wie konnten Sie sich bloß in ein solches Abenteuer stürzen?«

»Wegen Mariemma, natürlich.«

»Sie heißt nicht Mariemma, sondern Laetizia. Der Fall wurde endlich geklärt. Morgen früh fahren wir nach Algier zurück. Sie kommen selbstverständlich mit. Schließlich trage ich jetzt die Verantwortung.«

Stephanie verzog verächtlich die Lippen.
»Und wenn ich Lust habe hier Ferien zu machen?«
Pasquier hatte das Debattieren satt. Aufgebracht deutete er auf mich, die noch kein Wort gesagt hatte.
»Sie finden, sie ist ein armes, bedauernswertes Mädchen? Wenn Sie nur die Situation sehen könnten, wie ich sie sehe. Stellen Sie sich vor, ihr sauberer Freund wollte mich umbringen. Noch dazu mit einem Säbel!«
Stephanie fing an zu lachen.
»Toll!«
Auf Pasquiers Gesicht zeigten sich rote Flecken.
»Da gibt es nichts zu lachen, die Sache ging schlimm aus. Ich musste mich wehren. Jetzt liegt er im Krankenhaus mit einer Schusswunde.«
Stephanies Augen wurden schmal.
»Sie haben auf ihn geschossen?«
»Was sollte ich denn anderes machen?«, schnaubte Pasquier.
»Sich köpfen lassen«, antwortete Stephanie schnippisch. Sie trat auf mich zu und nahm meine Hand.
»Mariemma ... Du siehst schrecklich aus. Komm, wir trinken eine Cola.«
»Möglicherweise ist es ganz gut, wenn Sie mit ihr über die Sache reden.« Pasquier wischte sich den Schweiß von der Stirn. »Auf mich hört sie ja doch nicht. Vielleicht kommt sie endlich zur Vernunft. Ich nehme inzwischen eine Dusche. Von einem eiskalten Bier kann man hier ja nur träumen ...«
Als er gegangen war, wechselten Stephanie und ich ein Lächeln. Wir setzten uns an einen freien Tisch unter einen großen Oleanderbaum. Die Dunkelheit war ganz plötzlich hereingebrochen; die ersten Sterne funkelten bereits am

Himmel. Ich verschränkte fröstelnd die Arme. Der Kellner kam; Stephanie gab die Bestellung auf.

»Ich habe dir doch gesagt, wenn du mich brauchst, werde ich es spüren«, sagte sie. »Ich wurde diesen Gedanken einfach nicht los. Nachts konnte ich deswegen nicht schlafen. Nenne es, wie du willst. Vielleicht Seelenverwandtschaft?«

»Ich bin ja so froh, dass du da bist.«

»Und du sitzt ganz schön in der Klemme.«

Ich war nahe am Weinen. Der Kellner stellte ein Glas Cola vor mich. Ich leerte es in einem Zug, wie eine Verdurstende, und wischte mir mit dem Handrücken über die Lippen.

»Ich ... ich bin völlig durcheinander. Ich kann nicht mehr klar denken.«

Stephanie schnalzte ärgerlich mit der Zunge.

»Pasquier ist ein Hornochse. Der geht seinen Weg und trampelt alles nieder. Wenn er wenigstens dumm wäre, aber nein. Er ist sogar ganz gescheit, das macht die Sache noch komplizierter.«

»Ich kann ihn einfach nicht hassen ...«, sagte ich dumpf.

Sie grinste.

»Das musst du auch nicht. Es genügt, dass du ihn nicht magst.«

Ich knetete die Hände im Bewusstsein unserer ausweglosen Lage. Stephanie musterte mich mit gerunzelten Brauen.

»Ist es wirklich wahr, dass du eine Schweizerin bist?«

Ich nickte; die Kehle war mir wie zugeschnürt.

»Aber was hat das zu bedeuten, Stephanie?«

»Nichts. Jetzt erzähl mal, was passiert ist.«

Mit einem Mal spürte ich, was für starke Kopfschmerzen ich hatte. Jedes Wort, das ich sprach, war eine Qual. Doch das Reden verschaffte mir Erleichterung.

»Chenani und ich dachten, dass wir rechtzeitig fliehen könnten. Aber alles ging schief. Sobald Chenani gesund ist, wird er verhaftet. Und ich muss nach Algier zurück und dann womöglich nach Europa. Wie sollen wir das nur aushalten?«
Stephanie nagte an ihrer Unterlippe.
»Glaubst du, dass Chenani kräftig genug wäre, um mit dir zu entkommen?«
»Heute Nacht?«
»Natürlich könnten wir Pasquier klarmachen, dass wir morgen nicht reisen wollen.« Stephanie schien laut zu denken. »Ich könnte zum Beispiel mit ganz schrecklichem Durchfall aufwachen. Aber was ist mit der Polizei? Die Kerle holen Chenani womöglich schon morgen aus dem Bett. Wir müssen so schnell wie möglich handeln.«
Ich starrte sie an. Sie gab mir neue Hoffnung, neuen Mut.
»Hast du eine Idee, Stephanie?«
»Ja . . . nein. Mir wird schon etwas einfallen! Nehmen wir mal an, wir holen Chenani aus der Krankenstation. Was dann?«
Das Nachdenken kostete mich entsetzliche Mühe. Alles kam mir ganz unwirklich vor.
»Wir müssen in den Süden. Chenanis Falbe wird den Weg zum Lager zurückfinden. Aber inzwischen haben wir kein Reittier. Und kein Wasser und keinen Proviant . . .«
»Zuerst das *Mehari*«, sagte Stephanie. »Wo könntest du eines auftreiben?«
Ich presste meine Finger gegen die heißen Schläfen.
»Die Iforas würden uns bestimmt ein Tier verkaufen. Ich weiß, wo ihr Lagerplatz ist. Aber ich habe kein Geld, nur noch diesen Armreif. Aber so viel ist der nicht wert.«
»Und zwei Armreife?«, fragte Stephanie.

Gegen meinen Willen hefteten sich meine Augen auf das Silber, das unter dem Ärmel ihres Pullovers hervorblitzte. Ein Lächeln zuckte um Stephanies Mundwinkel. Rasch streifte sie den Schmuck von ihrem Handgelenk.
»Da, nimm ihn. Er hat ja immer dir gehört.«
Ich starrte sie an, stumm und aufgewühlt. Mir fiel nichts ein, was ich ihr hätte sagen können. Sie schüttelte ungeduldig den Kopf.
»So nimm ihn endlich. Du brauchst ihn jetzt. Später kannst du mir einen anderen schenken.«
Sie griff nach meinem Arm, zog ihn über den Tisch zu sich hin und streifte den Reif über mein Handgelenk. Ich brachte immer noch keinen Ton über die Lippen. Sie zwinkerte mit beiden Augen gleichzeitig.
»Du, ich glaube, ich habe einen Plan!«
Mein Herz schlug zum Zerspringen.
»Was hast du vor?«
»Geduld! Ich muss mir noch ein paar Einzelheiten überlegen. Inzwischen lass dir nichts anmerken. Tu alles, was Pasquier sagt. Er darf nicht misstrauisch werden. Ich werde ihn glauben lassen, dass du damit einverstanden bist, morgen zu fahren. Weil ich dabei bin, werde ich ihm sagen. Das hört sich logisch an.«

17. Kapitel

Ich lag angezogen im dunklen Hotelzimmer auf dem Bett. Meine Kopfschmerzen wurden nicht besser. Ein milchiger Schleier bedeckte die Pupillen, ich sah alles nur verschwommen. Doch ich konnte und wollte nicht schlafen. Auch diesmal hatte Pasquier mich eingeschlossen, obwohl er sicher sein konnte, dass Chenani mich nicht wegholen würde. Sei ruhig, ich habe einen Plan, hatte Stephanie gesagt. Ich wusste nicht, was sie beabsichtigte, aber ich vertraute ihr. Stunden mussten vergangen sein, in denen ich mit schmerzenden Schläfen vor mich hin gedöst hatte, als der Schlüssel sich leise im Schloss drehte. Ich fuhr auf, hörte das Knarren der sich behutsam öffnenden Tür. Ein Schatten schob sich durch den Spalt, ein anderer blieb draußen stehen.

»Komm!«, flüsterte Stephanie.

Rasch schlüpfte ich in meine Sandalen. Hinter Stephanie erblickte ich den Angestellten von der Rezeption, der mir wohl wollend zunickte. Im Hotel war alles finster und ruhig. Die Gäste schliefen bereits. Der Angestellte führte uns zum Eingang, machte die Tür auf. Stephanie legte den Finger auf die Lippen. Der Angestellte grinste.

»Keine Sorge, Mademoiselle. Ich werde dichthalten!«

Behutsam schloss er die Tür hinter uns. Wir gingen durch den dunklen Hof. Stephanie kicherte leise.

»Ich habe den Angestellten bestochen. Mit zwei Päckchen Zigaretten, die ich Pasquier aus dem Zimmer geklaut habe. Und jetzt los, wir setzen alles aufs Spiel.«

Um diese Zeit wirkte Tam wie ausgestorben. Die Cafés waren geschlossen, die Läden der Händler ebenfalls. Nur der Nachtwind flüsterte in den Tamariskenbäumen. Meine Kopfschmerzen verflüchtigten sich in der frischen Luft. Ich konnte wieder klar denken. Bald lichteten sich die Häuser. Vor uns tat sich eine Sandebene auf, die im Sternenlicht bläulich schimmerte. Hier lagerten die Nomaden. Ein kleines Feuer flackerte in der Finsternis. Einige Schatten bewegten sich vor dem rötlichen Hintergrund. Ein scharfer Geruch stieg uns in die Nase: Ein paar *Mehara* kauerten gefesselt am Boden. Sie bewegten den Hals, ließen ein dumpfes Schnauben hören. Ein Hund knurrte argwöhnisch; als ich ihn anpfiff, zog er sich zurück. Die Nomaden hatten uns gesehen. Einer von ihnen stocherte in der Glut, um das Feuer neu zu entfachen, ein anderer erhob sich. Er trug eine schwarze *Gandura* und einen schwarzen *Schesch.* Ich sagte die üblichen Begrüßungsworte, die er leise erwiderte.
»Was wünschst du?«, fragte er kurz, aber höflich, denn an meiner Haltung und Sprechweise hatte er eine »Tochter aus großem Zelt« erkannt. Ich sagte ihm, dass ich ein *Mehari* kaufen wolle. Der Mann fragte mich nicht nach meinen Gründen, doch ich hörte, wie er verhalten auflachte.
»Jetzt, im Dunkeln? Wer bürgt dafür, dass ich dir nicht ein krummbeiniges Tier anhänge?«
»Dein Wort«, erwiderte ich.
Die Männer, die um das Lagerfeuer saßen, nickten. Diese Sprache war ihnen vertraut. Eine »Tochter aus großem Zelt« ließ sich nicht betrügen. Der Mann wandte sich ab und durchschritt den Lichtkreis des Feuers. Ohne Hast trat er zu den abseits angepflockten *Mehara* hin, blieb bei einem Tier stehen und ließ es den Kopf heben. Das *Mehari* schüttelte den Hals und schnaubte unwillig.

»Dieser Stute kannst du dich anvertrauen«, sagte der Karawanenführer. »Ihr Name ist Beidj. Sie trägt dich sicher und gut.«

Wir traten näher. Stephanie beobachtete interessiert, wie ich die Flanken des *Mehari* betastete, seinen Höcker befühlte, Zähne und Augen, so gut es ging, in der Dunkelheit untersuchte. Der Targui hatte mich nicht beschwindelt. Die Stute war kräftig und wohl kaum zehn Jahre alt.

»Was verlangst du?«, fragte ich.

»Was bietest du?«, kam die Antwort.

Zum Feilschen blieb mir keine Zeit. Ich ließ den rechten Armreif über mein Handgelenk gleiten. Der Targui nahm den Schmuck, prüfte das Gewicht. Dann zog er seinen Gesichtsschleier herunter und biss in das Silber. Ich wartete geduldig. Ich wusste, dass er den zweiten Armreif gesehen hatte.

»Der Schmuck ist nicht schlecht«, meinte er schließlich. »Aber mein Tier ist gesund und kann noch Junge bekommen. Dieser Armreif reicht nicht aus, um es zu bezahlen.«

Ich löste das zweite Schmuckstück von meinem Arm und gab es dem Mann, der rasch danach griff.

»Ich brauche noch einen Sattel«, sagte ich. »Und Wasser, Zucker, Tee und Datteln.«

Der Targui stopfte die Armreife in den Beutel, den er an seinem Gürtel trug. Dann stöberte er in den am Boden verstreuten Warenballen, zog einen abgenutzten, aber noch gut erhaltenen Sattel hervor und legte ihn vor meine Füße. Ich nickte. Er hob den Sattel auf seine kräftigen Arme und warf ihn auf den Rücken des Tieres. Inzwischen brachte ein Junge eine mit Wasser gefüllte Lederflasche

und ein paar Säckchen voller Lebensmittel herbei. Der Mann befestigte Sattelgurt und Zügel, stieß ein paar leise Pfiffe aus, die das *Mehari,* wenn auch unwillig, auf die Beine brachten.
»Möge deine Reise friedlich sein«, sprach der Mann, bevor er mit ruhigen Schritten zu seinen Gefährten ging und sich am Feuer niederkauerte.
Ich schlang die Zügel um meinen Arm und schnalzte mit der Zunge. Das *Mehari* setzte sich mit schwankenden Schritten in Bewegung.
»Und jetzt zur Krankenstation«, sagte Stephanie mit einer Stimme, die vor Erregung heiser klang.

Wir verließen den Lagerplatz, bogen in eine Straße ein und gelangten dann in die nächste. Dort erhoben sich die Umrisse der Lehmbauten pechschwarz gegen den Nachthimmel. Der Atem des *Mehari* sowie das Schleifen seiner breiten Sohlen im Sand waren die einzigen Geräusche in der Stille. Einige an Kabeln hängende Glühbirnen schaukelten im Licht; Schatten huschten gespenstisch an uns vorbei. Am Himmel glitzerten die Sterne. Der abnehmende Mond leuchtete blass über dem Hadrian-Berg.
Endlich erreichten wir die Krankenstation. Im Schatten der Mauer gab mir Stephanie ein Zeichen das *Mehari* niederknien zu lassen. Ich unterwarf mich mit vollem Vertrauen ihrem eigenartig starken Willen. Ihre Zuversicht hatte sich auf mich übertragen. Obwohl der schwierigste Teil unseres Unternehmens noch bevorstand, fühlte ich mich seltsam ruhig, fast gleichmütig.
Endlich kniete das *Mehari* im Sand. Stephanie nickte zufrieden und schob die Hand in die Gesäßtasche ihrer Jeans. Ich hörte ein leises Klicken und sah im Mondschein eine

winzige Messerklinge aufblitzen. Fassungslos starrte ich auf die Klinge, dann in Stephanies Gesicht. Sie verzog die Lippen zu einer kleinen Grimasse, reichte mir die Klinge und streifte den Ärmel ihres Pullovers bis zum Ellbogen hoch.

»Los! Jetzt mach mir einen ordentlichen Schnitt in den Arm. Aber nicht so zimperlich. Es muss Blut fließen!«

Ich stand da wie gelähmt. Hatte sie den Verstand verloren? Sie sah mein Zögern und sprach hastig weiter.

»Versteh doch! Wenn ich eine Wunde habe, schöpft niemand Verdacht. Ich lasse mich von der Nachtschwester behandeln. Und inzwischen siehst du zu, dass du mit Chenani hinauskommst . . .«

»Stephanie . . .«, flüsterte ich bebend. »Ich kann doch nicht . . .«

»Stell dich nicht so an!«, fiel sie mir ins Wort. »Jede Minute zählt. Da! Nimm das Messer und stich zu. Ich würde es ja selbst tun, aber ich bin nicht heldenhaft genug . . .«

Wir sahen uns mit einem Blick an, der stärker als alle Worte unsere innere Verbundenheit ausdrückte. Schweigend ergriff ich das Messer, nahm die Hand des Mädchens – eine glatte, warme Hand, die kaum zitterte – und stieß die Klinge in die gespannte Haut des Unterarmes. Sofort quoll dunkles Blut aus dem Schnitt hervor und tropfte in den Sand. Stephanie biss die Zähne zusammen, nickte mir zu und lächelte.

»Ausgezeichnet. Komm!«

Sie steckte das Messer wieder in die Tasche, zog ein Taschentuch hervor und wickelte es um die Wunde. Dann trat sie vor das Tor der Krankenstation und klopfte. Es dauerte ziemlich lange, bis wir endlich Schritte hörten. Stephanie tupfte geistesabwesend das Blut ab. Ich betrachtete ihr Gesicht, den stolzen, fast herablassenden Zug um den Mund. Mein Herz strömte fast über vor Zärtlichkeit für sie. Ich wollte Schwester zu ihr sagen, ihr meine Heimat, den Hoggar, schenken, Brot und Salz mit ihr teilen und sie Aufnahme finden lassen bei dem Volk, das ich liebte. Aber wie sollte ich ihr das alles erklären, jetzt, da ich vor Angst und Ungewissheit zitterte? Was, wenn Chenani im Sterben lag? Dann wäre die Wüste mit all ihrer Unermesslichkeit nur noch ein großes Gefängnis für mich, ein Käfig der Einsamkeit, gegen dessen Gitterwände ich überall und für alle Zeiten stoßen würde . . .

Da – das Geräusch eines zurückgeschobenen Riegels. Die Tür ging knarrend auf. Ein alter Hausmeister erschien mit einer Petroleumlampe. Ich hatte ihn schon am Nachmittag gesehen, als er den Hof fegte. Nun richtete er den Lampenschein auf unsere Gesichter. Wir blinzelten und Stephanie sagte: »Ich habe mich am Arm geschnitten. Es blutet!«

Der Hausmeister senkte die Lampe und Stephanie entfernte mit schmerzvoller Miene das Taschentuch.

»Was ist geschehen?«, fragte der alte Mann auf Französisch.

Stephanie war nie um eine Antwort verlegen.

»Ich wollte eine Konservenbüchse aufmachen. Kann jemand die Wunde desinfizieren?«

»Kommen Sie, Mademoiselle. Ich hole die Nachtschwester.«

Der Mann hob die Lampe und ging vor uns durch den Hof. Er führte uns durch den Gang zur Zentrale. Eine große Glühbirne, um die Nachtfalter schwärmten, leuchtete an der Decke. Die Schatten der Insekten glitten riesenhaft über die grün gestrichenen Wände. Der Hausmeister sagte, wir sollten einen Augenblick warten.

»Die Nachtschwester macht gerade ihre Runde, ich sage ihr Bescheid.«
Sie kam ein paar Minuten später – eine ältere Frau, schon grauhaarig, mit abgearbeiteten Zügen. Sie nickte uns freundlich zu und besah sich die Wunde.
»Der Schnitt ist ziemlich tief.«
»Ich bin entsetzlich ungeschickt«, seufzte Stephanie. Während die Schwester Verbandszeug und Desinfektionsmittel bereitmachte, sah sie mich bedeutungsvoll an.
»Hast du immer noch Bauchschmerzen?«
Ich stand wie angewurzelt da; ich konnte nicht so gut bluffen wie Stephanie. Ich hatte das bei den Tuareg nie gelernt. Die Schwester warf mir einen Blick zu.
»Die Toilette ist am Ende des Flurs.«
»Himmel, wie das beißt!«, stöhnte Stephanie, als die Schwester die Wunde desinfizierte. »Nun geh schon, Mariemma, sonst wird dir wieder schlecht.«
Hastig verließ ich den Raum und lief durch den Gang. Ich hörte leise Geräusche, stieß vorsichtig eine Tür auf. Im schummrigen Licht der Glühbirne erkannte ich den Gemeinschaftssaal für die männlichen Patienten. Frauen und Kinder waren in einem getrennten Raum untergebracht.
Vorsichtig trat ich ein. Ein Schwall verbrauchter Luft kam mir entgegen und nahm mir fast den Atem. Voller Herzklopfen lief ich an den zerwühlten Betten entlang; einige Patienten schliefen, andere blickten mich stumm an. Sie mussten denken, dass ich zum Pflegepersonal gehörte. Ein alter Mann spuckte in seine Lumpen, seine Brust wurde von trockenem Husten geschüttelt. Ein anderer lag unbeweglich. Seine von einer weißlichen Haut überzogenen Augen waren starr zur Decke gerichtet. Zuweilen unterbrachen ein Seufzer oder ein Flüstern die Stille. Im Neben-

raum wimmerte ein Kind; eine weibliche Stimme sprach tröstende Worte. Endlich erblickte ich Chenani in einem Bett dicht an der Wand. Er hielt die Augen geschlossen und atmete tief und langsam. Sein Gesicht war ruhig und entspannt. Wahrscheinlich hatte man ihm ein Schlafmittel gegeben. Doch als ich mich über ihn beugte, zuckten seine Lider. Sein glasiger Blick richtete sich auf mich. Ruckartig hob er den Kopf, versuchte sich aufzurichten, bevor er sich mit schmerzverzerrtem Gesicht zurückfallen ließ.

»Mariemma, wo kommst du her?«

»Kannst du aufstehen?«, flüsterte ich. »Ein *Mehari* reiten?«

Er runzelte die Stirn, bemühte sich seine Gedanken zu ordnen.

»Ich glaube schon . . .«

Er setzte sich auf; er trug nur seinen *Serouel.* Ein breiter Verband war um seine nackte Brust geschlungen. Ich half ihm seine *Gandura* überzustreifen. Seine Haut fühlte sich heiß und trocken an; er hatte Fieber. Den langen Stoffstreifen, der den *Schesch* bildete, wickelte er sich rasch um den Kopf. Einige Kranke waren erwacht und beobachteten uns, auf ihre Ellbogen gestützt. Niemand sprach. Chenani saß jetzt aufrecht auf dem Bettrand; ich half ihm seine Sandalen über die Füße zu streifen. Er wies auf seinen Gürtel mit der *Takuba.* Ich schlang den Gürtel um meine eigene Taille; das Schwert war etwas zu lang für mich, aber ich wusste, wie man es tragen musste. Er nickte zufrieden. Nun legte ich meinen Arm um Chenanis Schultern. Wankend stand er auf, stützte sich mit seinem ganzen Gewicht auf mich.

»Geht es?«, fragte ich leise.

Ich hörte, wie er mit klappernden Zähnen bejahte. Müh-

sam schleppten wir uns an den Betten vorbei. Chenanis zunächst zögernder Schritt gewann zusehends an Kraft. Durch die Bewegung verflüchtigte sich allmählich die Wirkung des Schlafmittels. Wir erreichten die Tür; ich bedeutete ihm zu warten, sah durch den Spalt. Im Gang war alles ruhig; ich hörte Stephanie in der Zentrale sprechen. Offenbar erzählte sie der Schwester eine endlose Geschichte, um sie abzulenken. Hoffentlich ließ sich der Hausmeister nicht blicken! Ich winkte Chenani zu.
»Komm!«
Wir erreichten den Eingang. Der Hof lag vor uns; er schimmerte blau im Sternenlicht. Ich gab Chenani ein Zeichen, dass er im Schatten der Mauer bleiben sollte. Er ging mit geneigtem Oberkörper; sein Atem rasselte. Jeder Schritt musste ihn eine ungeheure Anstrengung kosten. Schon stieß ich das Tor auf. Wir zwängten uns durch die Öffnung. Geschafft! Das angepflockte *Mehari* schimmerte weiß in der Dunkelheit. Chenani machte ein paar unsichere Schritte auf das Tier zu und lehnte sich dann an die Mauer, die Hand auf den Mund gepresst, um einen Hustenanfall zu ersticken. Auf seinem Handrücken sah ich Blut und auch auf seiner *Gandura* zeichneten sich nasse, dunkle Flecken ab: Die Wunde hatte erneut begonnen zu bluten. Meine Knie wurden weich; was nützte es, die Freiheit wiederzuerlangen, wenn Chenani sie mit dem Leben bezahlen musste?
Plötzlich fuhren wie beide zusammen: Im Hof der Krankenstation wurden Stimmen hörbar. Chenani drückte sich tiefer in den Schatten, riss mich an sich. Ich spürte die Hitze seines Körpers, die hämmernden Schläge seines Herzens. Knarrend öffnete sich das Tor. Wir hörten Stephanie heiter ein paar Worte sprechen, bevor ihre schmale Gestalt auf

die Straße trat. Hinter ihr schloss sich das Tor, der Riegel wurde vorgeschoben. Stephanie blickte sich suchend nach allen Seiten um. Ich trat aus dem Schatten. Hastig lief sie auf mich zu.

»Ich habe der Schwester gesagt, dass du sicher schon gegangen bist. Sie hat ein komisches Gesicht gemacht. Rasch, ihr müsst weg, bevor sie hinter die Sache kommt.«

Chenani löste sich langsam aus dem Schatten. Ich drückte seine Hand.

»Das ist Stephanie, meine Freundin. Ohne sie hätte ich dich nicht befreien können.«

»Ich habe immer gute Ideen!«

Stephanies Augen leuchteten in der Dunkelheit. Auch Chenani deutete ein Lächeln an. Ein neuer Hustenanfall schüttelte ihn. Er grub die Zähne in seinen Handrücken. Stephanies Lächeln erstarb.

»Sie sind schwer verletzt . . .«

»Das macht nichts.«

»Sie können nicht fortreiten . . . nicht in diesem Zustand.«

»Wir reiten«, sagte Chenani mit fester Stimme.

Mit wankenden Schritten ging er zum *Mehari,* prüfte den Sattelgurt, den Zügel. Stephanie packte meinen Arm.

»Er riskiert sein Leben!«

Ich schüttelte den Kopf.

»Wir wollen niemals mehr getrennt sein.«

Meine Stimme schien mir fremd in ihrer unbeirrbaren Zuversicht. Woher nahm ich nur diese Ruhe, diese Sicherheit, dass wir es schaffen würden? Mein Herz, meine Seele und das pulsierende Blut in meinen Adern, sie alle schienen miteinander in Einklang zu stehen und flossen zu dieser einen Gewissheit zusammen: Chenani und ich, wir reiten. Da war nichts mehr, was uns hindern konnte. Ich

nahm Stephanie in die Arme und fühlte ihre nasse Wange an meinem Gesicht. »Warum weinst du?«, wollte ich fragen, aber ich hielt die Frage zurück, denn unbewusst fürchtete ich mich vor der Antwort.
»Pasquier«, flüsterte ich. »Was wirst du ihm erzählen?«
»Irgendein Lügenmärchen«, sagte Stephanie. »Die Wahrheit werde ich nur meinen Eltern sagen.«
»Sie waren gut zu mir«, antwortete ich. »Aber mein Leben ist hier.«
»Ja«, flüsterte sie rau. »Ich weiß ...«
Mit schwerfälligen Bewegungen hatte sich Chenani auf das *Mehari* gehoben. Er wandte Stephanie sein bleiches Gesicht zu.
»Hab Dank«, flüsterte er.
Ihre Lippen zitterten.
»Passen Sie gut auf sich auf!«
»Mariemma ist bei mir«, erwiderte er gleichmütig.
Sie schluckte krampfhaft.
»Werden wir uns einmal wieder sehen?«
»Vielleicht später«, sagte ich. »In einigen Jahren.«
»Was macht das schon?«, meinte Stephanie. »Wir werden immer Freundinnen sein.«
Ich glitt hinter Chenani in den Sattel, legte beide Arme um seine Taille, schmiegte mein Gesicht an seine von Fieber geschüttelte Schulter. Mit einem Zungenschnalzen, einem Fersendruck brachte Chenani das Rennkamel auf die Beine. Die Stute ließ ein Schnauben hören und setzte sich mit wiegendem Schritt in Marsch. Mitten auf der Straße blieb eine einsame, dunkle Gestalt zurück, die im Licht der Sterne einen langen Schatten in den Sand warf. Ich schluchzte leise. Da fasste Chenani meine Hand, presste sie mit sanftem Druck an sich. Unter meinen Fingern spür-

te ich die pochenden Schläge seines Herzens. Leise, kaum hörbar, sagte er: »Wir sind frei, Mariemma.«
»Ist es wirklich wahr?«, flüsterte ich.
»Es ist wahr«, versicherte er mir. »Weil wir es wollen.«
Schon erhob sich vor uns am schwarzen Horizont die Helligkeit des Morgens.

20 Jahre später

Vor dem Café auf der Place St. Michel standen Stühle und Tische in der Abendsonne. Geschirr und Gläser klirrten, es duftete nach Vanille, Kaffee und kandiertem Zucker. Im Gewimmel der Passanten überquerte Tamar die Straße. Diesmal trug sie Shorts, die ihre langen Beine zeigten, und eine Hemdbluse. Das Café war voll besetzt; Tamar blickte suchend umher, bis sie Stephanie Lopez erkannte, die allein an einem Tisch saß und winkte. Eine Sekunde später setzte sie sich zu ihr und schob ihre Sonnenbrille über die Stirn.

»Es tut mir Leid, ich habe mich verspätet!«

»Keine zwei Minuten! Tuareg sind immer pünktlich. Was trinkst du?«

»Einen Orangensaft, bitte!«

Tamar sah das Buch, das Stephanie vor sich auf den Tisch gelegt hatte. Dann blickte sie die Frau mit einem kleinen Lächeln in den Mundwinkeln an.

»Mariemma beschreibt nicht, wie es weiterging«, beantwortete Stephanie Tamars stumme Frage.

Das Gesicht des Mädchens wurde nachdenklich.

»Es müssen schwere Jahre gewesen sein. Meine Eltern gingen schwarz über die Grenze und lebten eine Zeit lang im Süden, im Staate Niger. Mein Vater wusste, dass er sich nicht mehr in Algerien blicken lassen durfte. Seine Wunde heilte, aber er blieb geschwächt und erkrankte schließlich an Tuberkulose. In diesen Jahren wandte sich das Glück langsam, aber stetig gegen die Tuareg. Als der letzte König starb, hätte sein jüngerer Bruder die Nachfolge antreten sollen. Die algerische Regierung verhinderte aber seine Wahl. Für die Kel-Rela war dieser Beschluss eine ungeheure Beleidigung. Der Gedanke eines Befreiungskrieges kam auf. Man beschaffte sich Gewehre und Munition. Aber die Algerier hatten Wind von der Sache bekommen: Mein Großvater Marly wurde als Kopf der Verschwörung verhaftet. Algerisches Militär umzingelte das Lager. Die *Seriba* wurden in Brand gesteckt, die Tuareg zusammengetrieben und in die Stadt gebracht, wo sie zwangsweise sesshaft gemacht wurden. Marly verlor im Gefängnis sein Leben. Man vermutet, dass er umgebracht wurde. Torha starb einige Monate später an gebrochenem Herzen. Lefa wurde gezwungen einen Algerier zu heiraten, der sie einsperrt und verschleiert . . .«

Der Kellner brachte Orangensaft und ein Schälchen mit Salzmandeln. Die untergehende Sonne schien auf Tamars Gesicht. Ruhig fuhr sie fort zu erzählen.

»Inzwischen war ich zur Welt gekommen. Meine Eltern sahen ein, dass es für mich in der Sahara keine Zukunft gab. Dazu kam die Krankheit meines Vaters. Meine Mutter beschloss mit der Schweizer Botschaft Verbindung aufzunehmen. Da sie nicht nach Algerien reisen durfte, gingen meine Eltern nach Marokko. Der Botschafter in Casablanca ging der Geschichte nach. Als sich herausstellte, dass meine Mutter tatsächlich Schweizerin war, wurde ihr ein Pass ausgestellt. Mein Vater erhielt als politischer Flüchtling Asyl. Dank der Hinterlassenschaft der Schweizer Großmutter konnten meine Eltern ein neues Leben beginnen. Für beide war es eine harte Umstellung, aber mittlerweile sind sie in ihrer neuen Heimat

glücklich. Und auch die Tuberkulose meines Vaters konnte geheilt werden.«
»Haben sie noch Sehnsucht nach der Wüste?«
»Die Sehnsucht ist immer da«, seufzte Tamar. »Sie wird niemals vergehen. Aber damit müssen sie leben . . .«
Stephanie nickte, den Blick ins Leere gerichtet.
»Als ich das Buch las, stand mir wieder alles so deutlich vor Augen. Die Gedanken und Gefühle von damals, die Abendsonne über den Dünen, die wunderbare Stille der Nacht . . .«
Sie schluckte.
»Die Bilder, die ich in meinem Herzen trage, setze ich in Formen und Farben um. Ich male verlorene Landschaften und habe dabei eine Illusion von Glück . . .«
Sie stockte, hob ihr Glas zum Mund. Tamar erblickte auf ihrem Handgelenk eine schmale, weiße Narbe. Ein Lächeln zuckte um ihre Mundwinkel.
»Meine Mutter hat ziemlich fest zugestochen, damals. Die Narbe ist noch da.«
Stephanie lachte jetzt ebenfalls.
»Man könnte sie mit einem Armreif verdecken. Der von früher war schön. Leider habe ich ihn nicht mehr.«
Tamar blinzelte verschmitzt.
»Ich habe in Neuenburg angerufen«, sagte sie. »In den Ferien kommen meine Eltern nach Paris. Meine Mutter bringt Ihnen den Armreif zurück.«
Stephanie starrte sie an und schüttelte mit leichtem Stirnrunzeln den Kopf.
»Den Armreif, den sie mir geschenkt hat? Aber sie hat ihn doch gegen ein Kamel eingetauscht, damit sie fliehen konnte!«
Tamars weiße Zähne blitzten.

»Ein paar Jahre später, im Süden, hat sie den Targui von damals wieder getroffen und beide Armreife zurückgekauft. Und es kam oft vor, dass sie mir sagte: ›Ein Armreif gehört mir, der andere Stephanie. Sie hat ihn mir nur geliehen. Eines Tages werde ich sie wieder sehen und ihr den Schmuck zurückgeben.‹«